目次

JN189159

目次

表紙のことば

『西行学』第九号の表紙は、静岡県藤枝市岡部町専称寺所蔵の「西行座像」(藤枝市指定文化財)である。平成二九年第九回静岡大会の実地踏査でも拝観したが、その静岡大会の記録を柱とする今号にふさわしい表紙とすることができた。掲載の許可をいただいた専称寺住職池谷和浩氏および藤枝市文化財課に深く御礼を申し上げる。

この像は、享保十一(一七二六)年に江戸の柑本南浦《こうじもとなんぽ》が西行山最林寺に奉納したものである。最林寺は明治に廃寺となったが、現在その跡に十石坂観音堂が残る。専称寺より東北に五〇〇メートルほど、県道二〇八号線沿いに位置する。ここに、西行が安置したと伝承される千手観音像とともに祀られていたが、昭和五十三(一九七八)年の盗難を経て、専称寺で保管されるようになった。千手観音像は、現在も行方不明である。詳細については、本誌【大会実地踏査記録】蔡佩青「静岡の西行伝承地」を参照いただきたい。

富士山を見上げる所謂「富士見西行」とは異なる旅姿の西行であるが、やや伏した目線の先に何を見て何を思うのだろうか。想像を掻き立てられる一体である。

大会講演記録

西行勧進『国宝 久能寺経』

良知文苑

キーワード
待賢門院璋子　台記　不軽　駿河　霊峰富士

一　駿河《するが》の久能寺《くのうじ》

JR静岡駅から東南へ四㎞程進むと駿河湾久能海岸へ出る。久能から三保半島へ続く長い浜を昔は「有度浜《うどはま》」と呼んでいた。清少納言は『枕草子』(二〇五段)に「浜は　有度浜。長浜。吹上の浜。打出《うちいで》の浜。もろよせの浜。千里の浜、広う思ひやらる。」と、有度浜の名を真先にあげ讃えている。美しい景として平安みやこ人にも知られていたのである。

この地は古代より、常世信仰が厚くその霊地が有度山(三〇七m)であった。眼下に広がる眺めは、壮大優美で人々が求めた楽土、浄土とみられていたのである。白砂青松の浜で禊《みそぎ》する女性の姿は、天女のように美しく「有度浜・天人伝説」が生まれた。駿河区中平松の『天人社』が、その面影を伝えているが、時代の流れと共に『御穂神社』の「三保松原・羽衣伝説」の方が広く流布するようになっていった。

駿河湾に面し有度山南域に小高くそびえている山が、久能山(二一六m)である。山腹には極彩色の『徳川家康公東照宮御社殿』(国宝)が輝いている。実はその昔、この神域一帯に『補陀洛山久能寺』が存在していたことを知る人は少ない。

久能寺は、昔から霊峰富士を望む観音の霊場とされ、「西の補陀洛」熊野に対し「東の補陀洛」久能として極楽往生を願う人々にとって、憧れの観音浄土であった(図版1)。

久能寺の成り立ちは、一四〇〇年ほど昔、推古天皇の頃(七世紀）、駿河の国司・秦氏一族の久能忠仁が山中で得た金の千手観音像（五寸余）を草堂に祀ったことにはじまる。

その後、養老七年（七二三）、僧行基が訪れ七躰の千手観音像を造立し、その一躰の胎内に小観音を納め「久能寺」を中興したという。残り六躰は、「駿河七観音」として、七ヶ寺に納められた。

（久能寺・霊山寺《れいざん》・法明寺《ほうみょう》・平沢寺《へいたく》・増善寺《ぞうぜん》・徳願寺《とくがん》・建穂寺《たきょう》）

平安時代頃から天台宗・真言宗など観音や地蔵信仰が広まり、修験道が盛んになった。久能寺には、名僧、円爾（聖一国師）等が来住し「常行三昧道場」となっている。密教の中核的な地方山岳寺院として朝廷とも深い関わりをもっていた。

鎌倉時代の『海道記』（一二二三）には、有度浜の美しい景と久能寺隆盛の有様が綴られている。寺は、延暦寺の末寺で近在に三百余もの僧房を構え、読経の声絶ゆることなく、人々は仏を信じ心を寄せて暮らしていたという。

ところが、嘉禄年間（一二二五〜七）に、麓から起きた火災が山上の堂舎まで焼き尽してしまい、寺はその後、衰微の一途を辿っていく（『久能寺縁起』康永元年・一三四二 静岡市指定文化財・鉄舟寺蔵）（図版2）。

中世の日本は、戦乱の世となる。久能山は、天然の要塞となることから足利氏が寺に立籠ったり（一三五一）、今川氏が寺城としたりした。今川氏真は寺の復興に務め観音堂を再建している（一五六五）。天下統一を狙う甲斐の武田信玄は今川氏を攻略した（一五六八）。武田氏は、山頂を山城とする為、久能寺を東麓の妙音寺地区（現鉄舟寺）に降ろし武運祈願の寺「新義真言宗」とした。

久能山城は武田氏滅亡により、徳川氏の支配となる（一五八二）。

家康公は、「新義真言宗」に帰依し、「補陀洛山来迎院・久能寺」（京都智積院末寺・朱印地二百五十石）を優遇している。

家康公は、日本一の浄土・久能山を「我が廟所に」と遺言し薨去（一六一六）された。ただちに二代将軍・秀忠公により『東照宮社』が建立（一六一八）される。以来、此所は全国の大名が参詣寄進するところとなっていった。

明治維新（一八六八）、「神仏判然令」による廃仏毀釈の嵐は、神仏混淆であった東照宮にも村松の久能寺にも容赦なかった。観音堂のみ残る荒寺となった久能寺であったが、由緒ある寺は、山岡鉄舟により甦ることゝなる。鉄舟の身を捨てゝの再興決意は、地元の芝野栄七や清水次郎長の心を動かし臨済宗『補陀洛山・鉄舟禅寺』（初代・今川貞山）として中興される（一八八二）。

『鉄舟禅寺』には、『国宝・久能寺経』をはじめ、奈良時代後期の『千手観音立像』（静岡県指定文化財）、『重文・金銅錫杖頭《こんどうじゃくじょうとう》』、『龍笛』（「義経伝承薄墨の笛」静岡市指定文化財）、『蘭陵王面』（伝シャクツル作・静岡県指定文化財）など数々の寺宝が伝わっており往時を偲ばせる。

平成八年――久能寺草創一四〇〇年慶讃大法要
（鉄舟禅寺第四世・香村俊明師）

平成二十七年―家康公顕彰四百年記念大祭
（久能山東照宮・落合偉洲宮司）

【図版１】東海道名所図会『久能寺』

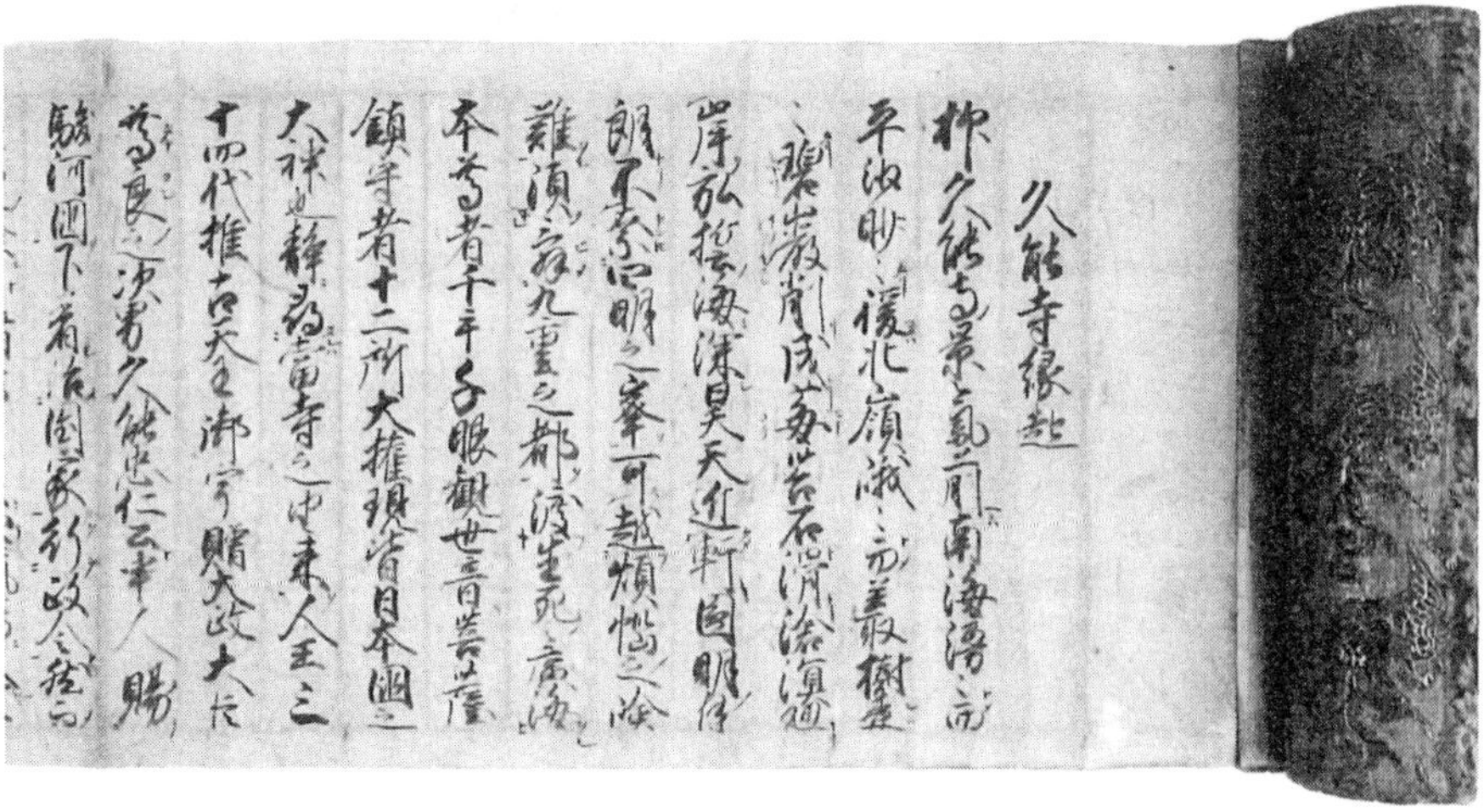

【図版２】『久能寺縁起』

二 『国宝 久能寺経』

久能寺（現・鉄舟禅寺）には、平安時代の貴族達によって書写された装飾法華経が伝えられ、いつの頃からか『久能寺経』と呼ばれるようになった。

㈠ 日本三大荘厳経

『久能寺経』は、『平家納経』や『慈光寺経』と共に「日本三大荘厳経」と呼ばれ現存する日本最古の装飾法華経である。

久能寺経（一一四二）──鳥羽院中宮・待賢門院璋子《たいけんもんいんたまこ》
平家納経（一一六四）──平清盛
慈光寺経（一二〇一～五）──後鳥羽院中宮・宜秋門院任子《ぎしゅうもんいんとうこ》

㈡ 「法華経」・末法思想

六世紀頃、インドで生まれた末法思想は中国を経て日本へもたらされた。聖徳太子が『法華義疏』（国宝）を選述し、以後、日本仏教のもとゝなったのである。永承七年（一〇五二）から末法の世に入るというので人々は、ひたすら仏に縋り浄土の世界を強く求めるようになった。時あたかも天災による飢饉が起り、疫病も流行したので末法思想は現実感を伴い、不安定な世情と重なり浄土信仰は、益々盛んになる。権力者達は競って寺院を建立し、多くの仏像を造立している。埋経《まいきょう》も盛んに行われ末法の世に対処したのである。

そのような中で人々の心を捉えたのは、諸経の王といわれた「法華経」である。二十八の章から成り「開経・無量義経」、「結経・観普賢経」を加え、合せて三十品になる。それまで女性は、救い難き者とされていたが、法華経の「提婆品《だいばほん》」がはじめて、男女平等を明らかにし女性も共に成仏出来ると説いている。

男性優位の風潮の中では、女性が漢字を書くことを嫌い経品を掌にとることすら許されなかった。しかし、女性も成仏の証を立てようと、必死の思いで筆を執り経を写す。それを更に荘厳することで功徳が増す…と信じられ競って料紙を装飾し装釘にもさまざまの趣向を凝らしたのである。男女を問わず人気を集めたのが「法華経」であった。法華経書写が、日常的に行われたことは、公卿の日記・記録類に散見される。

法華経は、文化芸術に至るまで、大きな影響を与えていた。清少納言は『枕草子』（二〇九段）に「経は法華経さらなり」と述べ「一番にあげられる御経は法華経である」としている。

貴族達は、病を得たり晩年になると出家し、死を迎える時がくると、作法に従い浄土へ導かれるように道筋をつけたのである（『往生要集』源信）。

㈢ 奥書名《おくがきな》

『久能寺経』の巻末には、結縁した人の名や官職名が記されているが、経文を写した人の筆とは異なる。別人の筆によって書き込まれている。荘厳華麗な経品に手を加えられる人物は、一体誰であろうか。文字の書体、結体、筆勢、紙質による墨色・筆の変化など詳細に調査したが不明である。

しかし、この奥書名があることによって、『久能寺経』は、平安時代の鳥羽院中宮・待賢門院《たいけんもんいん》璋子《たまこ》を中心とした貴人達により成立したものであることがわかる。鳥羽院や女御、白河法皇の皇女、また仕えていた女房や廷臣等、女院ゆかりの貴人達により結縁供養された法華経である。なかには、自筆によると思われる個性ある写経体のものもある。

『久能寺経』成立時期について、従来は、鳥羽院御出家・逆修供養（一一四一）と推定されてきた。しかし、「寿量品奥書名」には、「一院」と記されており、「一院」とは鳥羽院のことであるから、崇徳帝が「新院」となられた永治元年（一一四一）以後の成立ということになる。そこで、現在では、鳥羽院中宮・待賢門院御出家（一一四二）の折、成立したものという論が通説となっている。つまり、待賢門院ゆかりの方々が一人一巻ずつ筆を執り書写供養した一品経である。

㈣ 経品の相《すがた》

『久能寺経』は、「法華経廿八品」に「開経」と「結経」を加えた三十巻に、「阿弥陀経」・「般若心経」が入り更に「金剛寿命陀羅尼経」（待賢門院中納言局書写）を加え三十三巻であった（『修訂・駿河国風土記・巻12―今川仮名目録・三十三ヶ条』一五二六）。

ところが、戦乱の世を経て江戸時代に三巻亡失、そして「今川仮名目録」記載後、三巻が不明となっている。更に明治時代八巻（武藤家・東博・個人蔵）が寺より流出した。

現在、『久能寺経』は、所々に分蔵されてはいるが、二十七巻が確認される〔図版3〕。

法華経「久能寺経」三十三巻
成立年 康治元年（一一四二）

- 鉄舟寺蔵（国宝 十七巻）
  - 方便品 譬喩品 信解品 授記品 化城喩品
  - 人記品 宝塔品 提婆品 勧持品 不軽品
  - 神力品 嘱累品 薬王品 妙音品 普門品
  - 厳王品 観普賢経
- 武藤家蔵（国宝指定平成二十九年 四巻）
  - 薬草喩品 湧出品 随喜功徳品 勧発品
- 東京国立博物館蔵（重要文化財 三巻）
  - 無量義経 法師品 安楽行品
- 五島美術館蔵（重要文化財 二巻奥書無）
  - 序品 法師功徳品
- 個人蔵（一巻）
  - 寿量品
- 亡失（江戸時代初期 三巻）
  - 五百弟子品 分別功徳品 陀羅尼品
- 不明 三巻
  - 阿弥陀経 般若心経
  - 金剛寿命陀羅尼経（中納言局書写）
  - 『修訂・駿河国新風土記・巻12（今川仮名目録・三十三ヶ条）一五二六』

【図版３】法華経『久能寺経』（現存二十七巻）

『久能寺経』は、大変優雅な趣きを湛えている。経品の内容に添う装飾が施されており浄土の世界を具現している。

鉄舟寺所蔵の『国宝十七巻（東博寄託）』は、明治三十四年、日本美術院により大修繕が行われた。装飾経の眼目である平安時代見返絵の殆どは切断を余儀なくされた。絵は、新たに描かれ、表紙・軸端《じくばな》・帯《たい》も新調されている。

修復に当った古社寺保存会委員・前田健次郎は、「久能寺経は宮中より奉納されたもので平家納経とは何の関係もない納経である」と述べている。そして、「法華経」書写当時のすがたをとゞめたいと苦心を重ねた様子がうかゞわれる（『久能寺経妙典考証及ビ重修ノ記』巻子本・前田健次郎誌）。

寺より流失した八巻の内、武藤家所蔵の四巻のみ、平安時代に描かれた見返絵のまゝ現在まで保存されている。

「薬草喩品《やくそうゆほん》」

経意を現わす見事な絵である。銀色の地に銀切箔《きりはく》、野毛《のげ》を散らし一つ傘に二人の貴公子が描かれ雨の滴が落ちている。経品の「三草二木の喩《たと》え」を表わし、片輪車《かたわぐるま》、旅の荷、葦、三羽の鳥、雲が描かれもの淋しげである〔図版4〕。

この見返し絵は、中納言局の求めに応じた藤原俊成の結縁歌をもとにして経意を重ね描いたと思われる。

春雨はこのもかのもの草も木も
わかず緑に染むるなりけり
『長秋詠藻』

「随喜功徳品《ずいきくどくほん》」

「芦手絵《あしでえ》」という技法が用いられ実に華麗、繊細である。紫の打曇《うちぐも》を漉き込んだ料紙に金銀の切箔・砂子を散らし水のながれに蓮葉、鳥を描いている。夢幻的な美しさ、神秘的なものが感じられる〔図版5〕。

法華経と見返絵の世界が一体となり荘厳された信仰の世界が拡がる。内奥に秘めた美に対する感覚の高さ、想像力の豊かさに驚かされる。

㈤「譬喩品《ひゆほん》」

『久能寺経』の価値は、「待賢門院」の奥書名が記されている「譬喩品」にある。女院に代り藤原定信（一〇六六～一一五〇）が筆を執っている。彼は、待賢門院女房・中納言局の弟である。「日本三蹟」（小野道風・藤原佐理・藤原行成）の一人、世尊寺流・藤原行成の五代目に当り「当代きっての能書」といわれた人である。

或時、私は国立博物館一室に於いて「譬喩品」を熟覧する機を得た。何百年の刻を経ようともそこに蘇きる定信の信仰の強さ深さが伝わってくる。容易に人を寄せつけない偉大な力ともいえよう。

譬喩品の料紙には、複雑な紫を霞様に染めた鳥ノ子紙が用いられている。渋い緑青、銀泥などで草や松ノ木、飛ぶ鳥などを描き、金銀大小の切箔《きりはく》、野毛《のげ》、砂子《すなご》振りにより格調の高さが、醸《かも》し出されている。絢爛豪華な装飾料紙を駆使した定信の筆は、変化の妙と連綿のもつ美と気品に溢れている〔図版6〕。

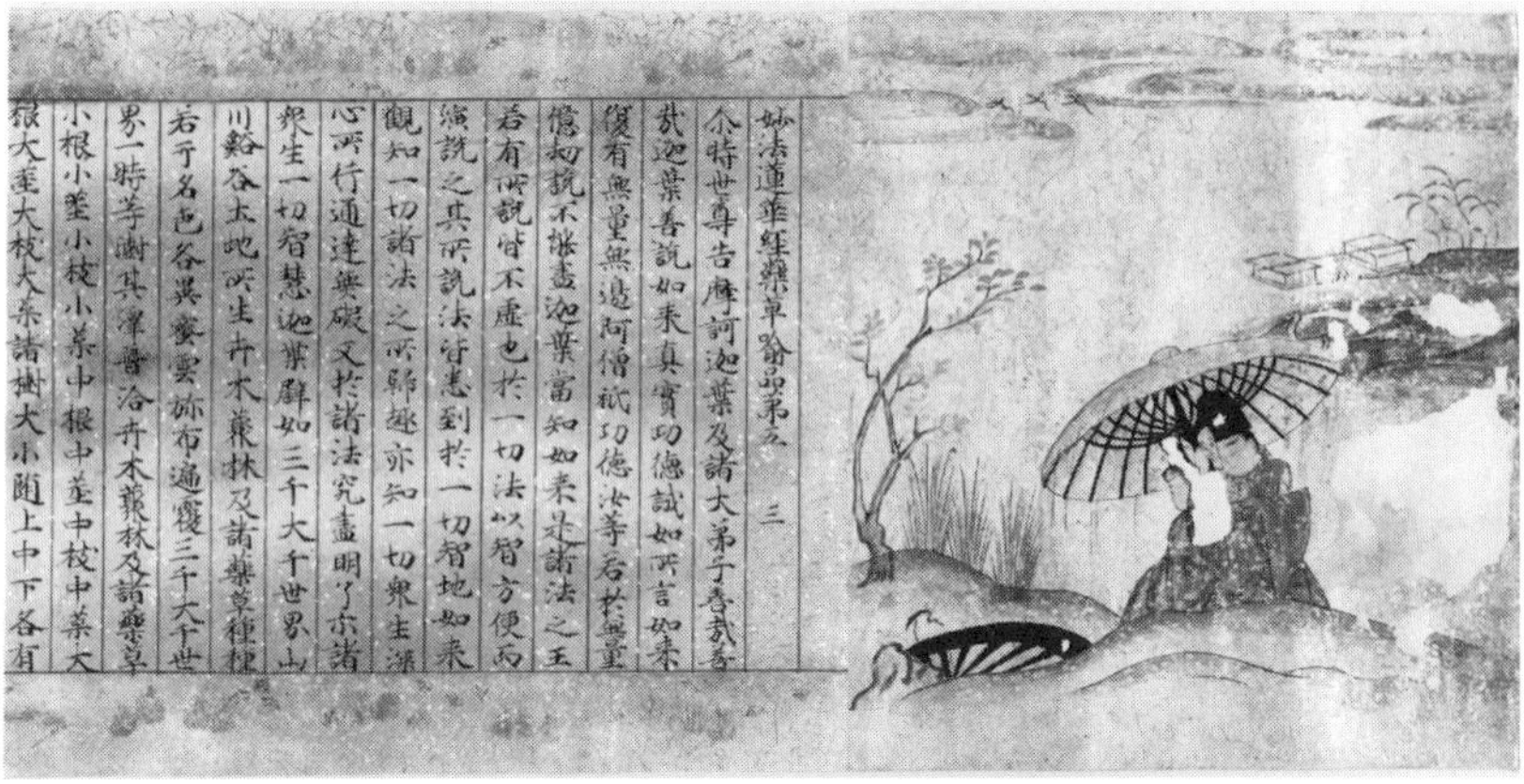

【図版４】「薬草喩品」（田中親美複本）

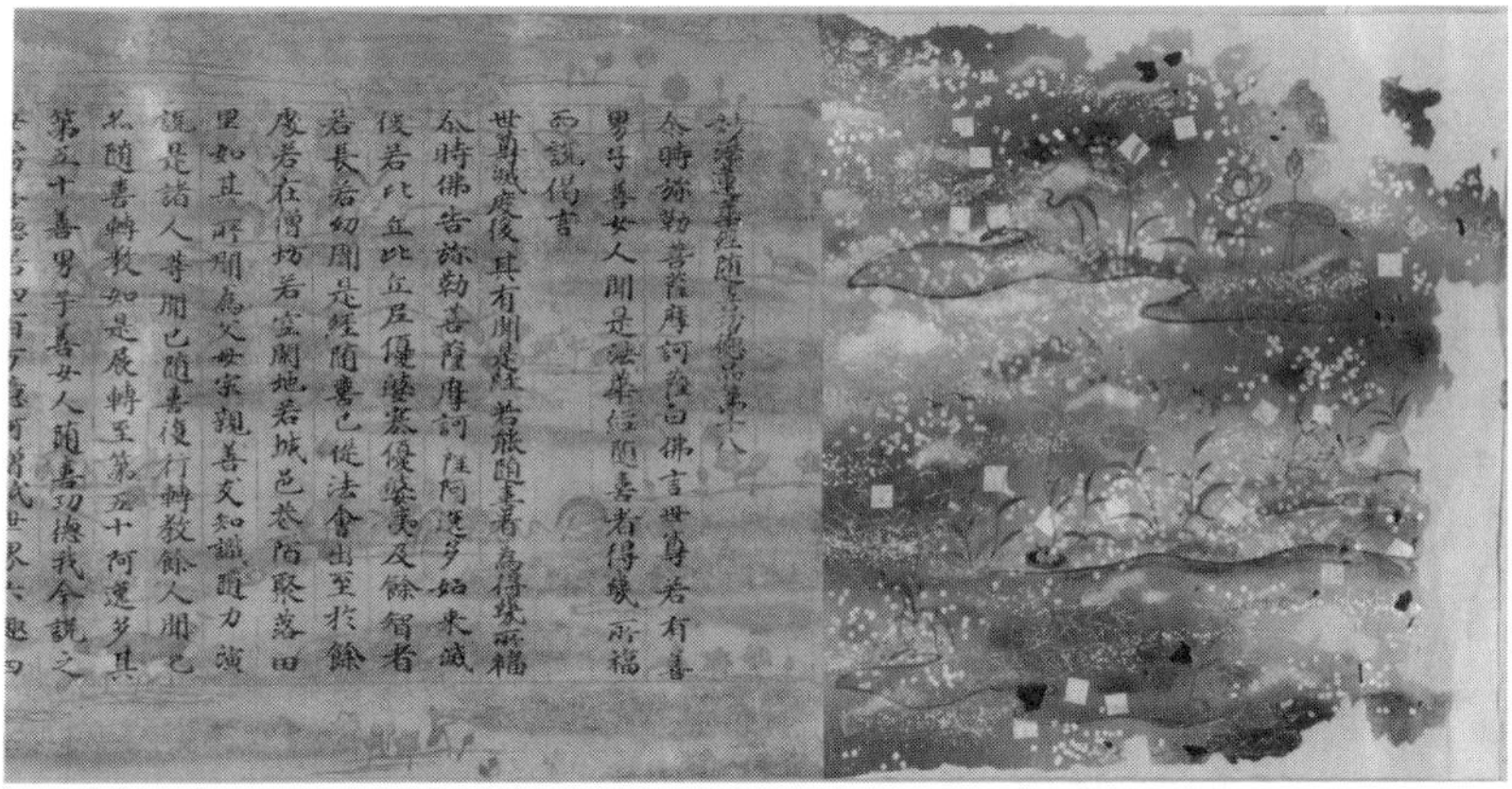

【図版５】「随喜功徳品」（田中親美複本）

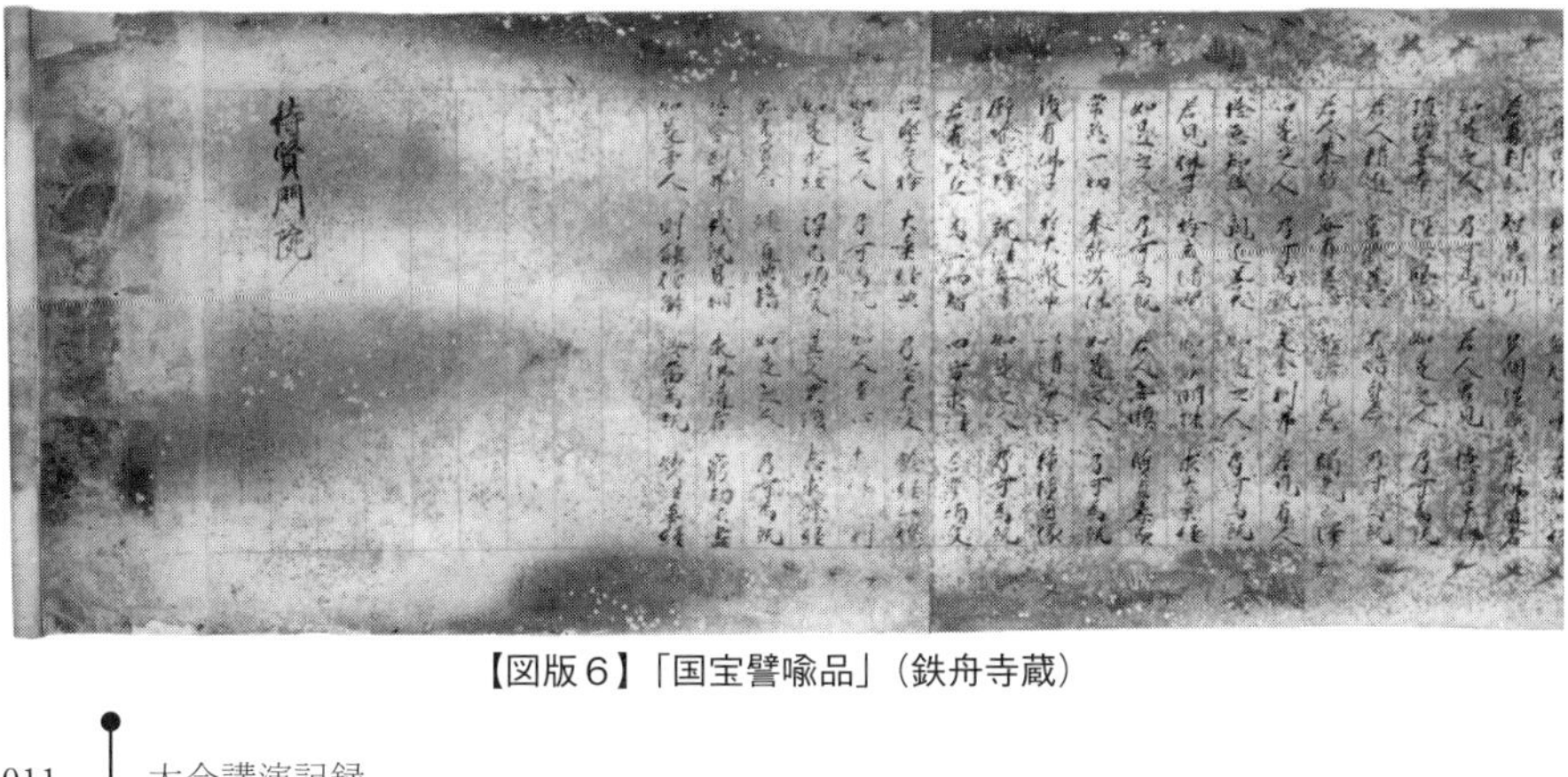

【図版６】「国宝譬喩品」（鉄舟寺蔵）

三　中心人物・待賢門院璋子《たいけんもんいんたまこ》

(一) かゞよふ姫君

待賢門院璋子（一一〇一～四五）は、閑院流・東宮大夫・藤原公実（一〇五三～一一〇七）を父に、光子（一〇六〇～一一二一）を母に末女として生まれている。

閑院流というのは、大内裏に近い西洞院大路にある閑院邸に因んだ名称である。閑院流の祖・公季《きんすえ》（九五七～一〇二九）から実季《さねすえ》、公実《きんざね》と続く藤原北家の流れ、摂関家と深い関わりをもつ。

父・公実は、和歌が巧みで美男・温厚と評判の人物であった。母は、「従二位光子（堀河帝・鳥羽帝乳母）とて並びなく世にあひ給へりし人におはす」（『今鏡』―すべらぎの中）とある。

公実一家は皆、美貌に恵まれていたが、璋子は殊の外、美しく愛らしかった。璋子は、幼い時、白河法皇（一〇五三～一一二九）寵愛の祇園女御の養女となり、五歳の時には、法皇猶子《ゆうし》となる。格別な計《はか》らいのもとに育てられ、長じては女性として最高の地位に身を置くようになっていく。

「璋子《たまこ》」という名は、鳥羽帝へ入内する時、白河法皇の命名によると推定される。美しい玉のような「かゞよう女人」になることを望まれて最良の名を選ばれた。璋子は、七人の皇子女をもうけられ、崇徳帝・後白河帝の国母となられた方である（『今鏡』―すべらぎの中）。

待賢門院が優れた女性であったことを裏付ける記述が、所々に見い出される（『長秋記』源師時）。

御出産の折、御自身で「臍ノ緒」を切られる程、気丈な女性であった（元永二年五月二十八日条）。

独裁者であった白河法皇が、女院血縁の方々を昇進させようとされた時には、叙位・叙任により御政道に傷つくことを案じ諫言《かんげん》されている（大治四年二月十日条）。

待賢門院が判断力をもった女性であることを物語っている。

(二)『源氏物語絵巻』と「久能寺経見返絵」

紫式部によって著された『源氏物語』は、貴族達に読み継がれていた。

白河法皇と待賢門院の発案により視覚化が望まれ、元永元年十一月頃から『源氏物語絵巻』の製作が始まり、宮廷をあげての大事業となっていく（『長秋記』一一一九）。

そして、待賢門院・後白河帝により「後宮」に於いて製作が続けられ完成されたと考えられる（『源氏物語秘技抄―仮名陳状考』一一二七）。

浄土信仰全盛の時代、「物語絵」は、御仏の意に叶う、より美しきものとして信仰の世界にとり入れられた。「源氏絵」は、待賢門院紀局《きいのつぼね》、長門局《ながとのつぼね》により描かれ、「詞書《ことばがき》」は、関白忠通、花園左大臣有仁らの筆による。製作の為、宮廷に「絵所」が作られたと推測される。

『源氏物語絵巻』製作の頃と同時期に成立している『法華経・久能寺経』は、現存する見返絵の類似から同一人の筆によるのではないか。

【図版７】薬草喩品見返絵

【図版８】源氏絵（匂宮）

例えば、「薬草喩品・貴公子」〔図版7〕と「源氏絵・匂宮の貴公子」〔図版8〕いずれも才女の誉れ高い紀伊朝子《きいのあさこ》（雅仁親王・後白河帝乳母）の手による類型かと思われる。墨線は微妙で複雑な意味合いが感じられる。

彼女は、『久能寺経—結経・観普賢経』に結縁している信西（藤原通憲）の妻で雅仁親王（御白河帝）の乳母であった。

『二十巻本・源氏絵』と同様に『久能寺経』の一部が「待賢門院後宮」で製作されたと思われる。

両者が同じ「絵所」で描かれていることの証しは、「源氏絵‐蓬生」の詞書料紙と「久能寺経‐化城喩品」の寫経料紙の雲母《きら》刷《ずり》波文様《なみもんよう》に、全く同じ版木が用いられていることにある。

㈢ 御願寺『法金剛院《ほうこんごういん》』

白河法皇院政のもと世の中は、無事平穏であった。待賢門院は廿九歳、白河法皇鳥羽上皇を後ろ盾にその勢力は揺るぎ無いものであった（『今鏡』—すべらぎの中）。

大治四年（一一二九）七月七日、白河法皇突然の崩御（七七歳）。待賢門院にとって嵐が吹き荒ぶように訪れた法皇との別れであった。女院の嘆きは凄まじかったという（『長秋記』大治四年七月七日条）。

待賢門院にとって悪夢のような年が過ぎ、翌五年には、亡き法皇の為、経文を書写され、「法皇追善の願文」を奉られている。

待賢門院は、法皇供養の御願寺として「法金剛院」（京都市右京区花園）を建立される。女院はその寺で仏事を営まれたり静養する憩の場とされたりした。

平成七年学術調査の為、発掘された法金剛院周辺の遺跡（東西二三〇m・南北三三〇m）は、当時の女院の権勢の大きさを物語るものであった。

四　西行

㈠ 西行の「生い立ち」と「出家」

西行（一一一八〜九〇）は、俗名を佐藤《（家名）》左兵衛尉・藤原《（氏名）》朝臣義清《のりきよ》、僧名を円位といゝ大宝房と号した。

藤原北家・房前の男・魚名《うおな》の系統で、紀伊国・田仲庄の預所に生まれている。藤原秀郷の末裔・九代目に当り代々、武人の家である。父は「左衛門尉・康清」、母は「監物・清経ノ女」である。

西行が幼い頃、東山野面に雲居寺《うんごじ》・瞻西《せんさい》聖人（一一二七没）勧進の「八丈弥勒大仏」が造営された。その時、聖人の説法と法華経に因んだ「後宴の歌合」が行われた（天治元年（一一二四）『中右記』、『山城名勝志巻十四』）。名僧・瞻西聖人の講説は、「弁舌の妙音」といわれる程、巧みであった。それを聞いた人は皆、仏に帰依したという（『永昌記』）。また、多くの女性達に授戒していることから西行の母もおそらく亡夫の菩提を弔う為に帰依していたと思われる。

「歌の道」と「仏の道」が相まってそこに醸し出される浄土の世界…少年であった義清の心の奥深くに沁み込んで後の人生（出家）を左右することになっていったとしても不思議ではない。

彼は、子供の頃から和歌を詠ずることに「非凡な何か」をもっていたと思われる。

義清は、十六歳の頃から待賢門院の兄である、権大納言・藤原実能（閑院流・徳大寺家）の随身として仕えていた。十八歳の時、実家の巨額の寄進と実能の推挙により鳥羽院「北面の武士」に任官され左兵衛尉となる。

義清は、仕事熱心で武術に猛け、宮廷の和歌の会では秀歌を詠じていた（『吾妻鏡』）。

平安時代は、血縁と権力、階級で編まれた「官司請負制」があった。現代の尺度では想像することも出来ない程の身分や人格の差別である。義清のように公卿でない者は、例えどのような才智に恵まれていようとも身分、地位、血筋で定められた生涯変わることのない階級制度である。

義清は、北面に仕え、権力に関わる人々の我執の凄さを眼前にし、悩みや迷いが湧き上がってきたことであろう。

義清自身が、歌詠みとして秀れた才ある身と自負しても所詮、「下賤《げせん》卑陋《ひろう》の輩《やから》」に過ぎない。選出された秀歌は、「読み人しらず」とされてしまう。そこで、遁世し僧となれば、特権で高貴な方々のもとへ参上叶い、勅撰集にも堂々と撰歌されて肩を並べることが出来る。

義清は、さまざまなことを乗り越えて心に叶う己れの道を切り開くためには、出家の道に進むしかないと考えたのではないか。すべてを捨てゝも「仏の道」「歌の道」、つまり「真《まこと》の道」へ進もうと……。

永治元年（一一四一）十月十五日、義清は突然「北面」を辞し出家の覚悟をする。二十三歳であった。

鳥羽院に出家のいとま申し侍るとて詠める

惜しむとて惜しまれぬべきこの世かは
身を捨ててこそ身をも助けめ
（日本古典全書『山家集』二〇八三）

鳥羽上皇にひそかに私懐を述べ出家したのであろうか。
西行は、女院女房である歌人の堀河局、中納言局、兵衛局たちとは和歌を贈答しあう深い交わりがあった。

彼の出家について遺されている一文がある。

藤原頼長『台記』「康治元年三月十五日条」の記述である。

…又余問レ年、答曰、廿五［去々年出家、廿三］抑西行者、本兵衛尉義清也、［左衛門大夫康清子］以二重代勇士一仕二法皇一、自二俗時一、入二心於仏道一、家富年若、心無レ愁、

> 遂以遁世、人歎二美之一也。

…又余年ヲ問フ、答ヘテ曰ク、廿五ト［去々年出家、廿三］ソモソモ西行ハ、モト兵衛尉義清ナリ［左衛門大夫康清ノ子］重代ノ勇士タルヲ以テ、法皇ニ仕ヘ、俗時ヨリ仏道ニ心ヲ入レ、家富ミ年若ク、心ニ愁ヒ無キモ、遂ニ以テ遁世セリ、人コレヲ歎美セルナリ。

頼長は、西行に「あなたはいくつになられるか」と尋ねた。「二十三歳で出家し、今、二十五歳になる」と答えた。「西行の家は豊かでまだ年も若く、何の心配事もないのに出家したことを人々は讃美した」、「俗時ヨリ心ヲ仏道ニ入レ」と記している。人々は、彼の出家の動機をさまざまに詮索しその真意を推し量った。

現代でも研究者の間では、求仏道説・殉崇徳院説・失恋説、諸説紛々としている。

西行は、出家した心の内を生涯、語ることも書き遺すこともしていない。表に出さなかったということは、現代人では、想像することも出来ない程の強い心をもってのことであろうか…。

世にあらじと思ひたちけるころ、
東山にて人々寄霞述懐と云ふ事をよめる

そらになる心は春のかすみにて
世にあらじともおもひたつかな
（日本古典全書『山家集』七八六）

「真《まこと》の道」へ繋がる…。それは、彼自身が思うことであった……か。

晩年、西行は若い明恵上人に（一一七三〜一二三二）に「一首詠み出では一躰の仏像を造る思いをなし、一句詠み続けては秘密の真言を唱うるに同じ、我この歌によりて法を得ることあり…」といっている。「和歌ハ即チ真言」…。この「真言」について、鎌倉時代の禅僧・無住は、「和歌に秘められた力、和

歌即チ陀羅尼、陀羅尼とは真言と同じ意」と述べている（『沙石集』十巻（仏教説話集））。

㈡ えにし

さて、待賢門院と西行の縁は、どのようにして生まれたのであろうか。

義清は、藤原実能の随身として仕え、また、北面に伺候していたことから女院のことは早くから知るところであり、「両院御幸」に供奉することもあったであろう。彼が、生涯かけて女院に憧憬の念を抱いていたことは当然であったと思われる。

西行は、すべてを捨て出家の形をとったが、都の近く小倉山の麓や嵯峨に草庵を結び法金剛院を訪れたり、在家や貴族の人達と交ったりしていた。

待賢門院へ寄せる深い讃仰の念、そして御子・崇徳天皇への特別な感情故に都から離れることが出来ないでいたと思われる。

崇徳天皇は、文雅を好まれ西行を敬重された。西行もまた深く崇徳天皇に傾倒し一首奉っている

頼もしな君きみにます時にあひて
　心のいろを筆にそめつる
（日本古典全書『山家集』二一〇〇）

白河法皇崩御のあと待賢門院周辺には、さまざまな権力争いの火種が見えてくる。

長承二年（一一三二）には、鳥羽上皇のもとへ藤原忠実女・勲子《いさこ》（翌年、皇后に冊立泰子《やすこ》と改名）が入侍する。翌年には、藤原長実《ながざね》女・得子《なりこ》（一一一七～六〇）が入侍した。

女院は、師時に述懐されている。「世間ノ事、年来皆存ゼシムル所ナリ。始メテ驚クベカラズ」（『長秋記』長承二年六月七日条）。

しかし、これらの事は、待賢門院にとって白河法皇に守られ過された日々が偲ばれ、心が傷つけられたものとなったであろう。

得子は、皇子・体仁《なりひと》親王を出産（保延五年一一三九）される。上皇は、体仁親王の即位を望まれた。体仁親王を崇徳帝と中宮・聖子《きよこ》の養子・皇太子に立て、養育された。得子は、東宮生母ということで女御に任ぜられる。

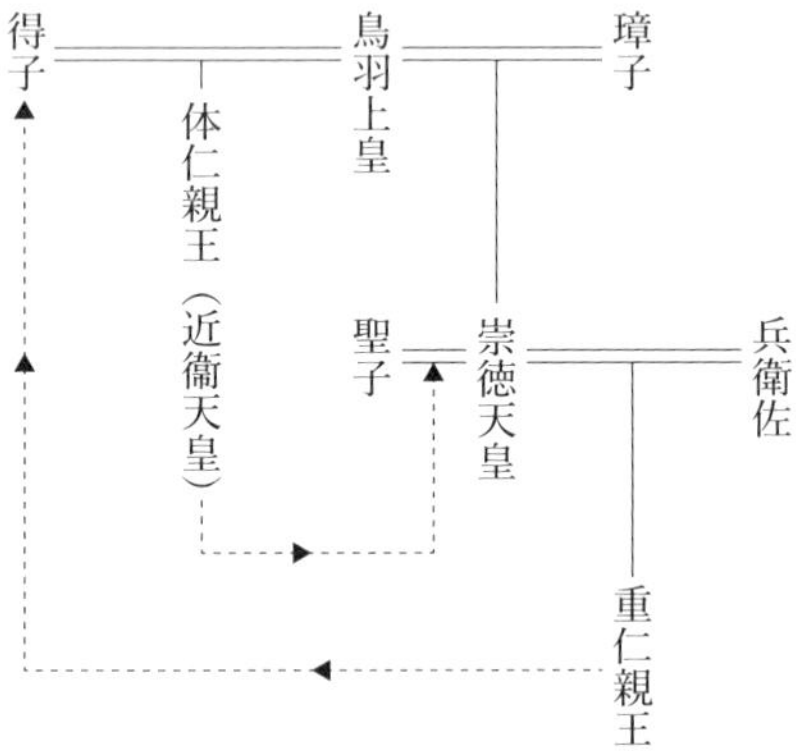

【図版９】体仁、重仁親王系図

崇徳帝と兵衛佐《ひょうえのすけ》の間に重仁《しげひと》親王を出産、親王は、得子に引き取られ養育される〔図版９〕。

鳥羽上皇は、御出家され空覚《くうかく》と号される（永治元年一一四一）。皇后・泰子も上皇に続き御出家し「高陽院《かやのいん》」となられた。

鳥羽上皇寵愛が美福門院へ深まることによって、官位官職を巡る政治的な権力に影響が及ぶことは明らかである。

その年も終ろうとする十二月七日、鳥羽上皇は、二十三歳の崇徳帝に対しわずか三歳の「体仁親王譲位」の「院宣」を下されたのである。

崇徳天皇の皇位継承をめぐり、鳥羽院と忠通の宮廷内外の画策。その不穏な空気の流れ、更に「呪詛問題」が絡み待賢門院が身体不調となられた。現世の煩わしさから早く逃れたい思いを強く持たれたと推測される。

五 「西行勧進」

㈠ 待賢門院落飾

康治元年（一一四二）二月二十六日、待賢門院は法金剛院で御出家、「真如法」と号された。仕える女房、堀河局・中納言局は、共に女院に従い出家している（『本朝世紀』）。

西行は、待賢門院が突然落飾されたことを知り、女院が迷わず浄土の道へ進まれることを只々願った。この熾烈な想いは女院のために是が非でも「一品経勧進」を行うことにあった。そのことは、中納言局と相談して運ばれた。西行勧進にあわせ中納言局は『法華経結縁歌』を周囲《まわり》の人々に求めたのである。

西行は、やむにやまれぬ思いで日々勧進して歩いた。沙門という立場にあったからこそ院へ出入りしたり権門を訪れたり出来たのである。

㈡『台記』

『台記』は、左大臣・藤原頼長（一一二〇～五六）の日記である。頼長十七歳から「保元の乱」（一一五六）で命を落す三十七歳までの二十年間の記録である。九条家に巻子本として伝来した。西行の勧進について詳細に記述されている唯一の文書である。

公卿の日記・物語などの殆どは、原本が散逸し写本が流布している。繰り返される写本が誤写により原本と異なる場合もあることから調査が必要となる。『台記』の原本は存在しないので、私はすべての写本に当った。その結果、表記の誤写は認められなかった。

『台記』写本参考文献
①『史料大観』（明治三一年発刊）
紅葉山文庫写本を底本とし他の写本と校合し刊行
・紅葉山文庫本（国立公文書館蔵）・榊原本（国立国会図書館蔵）・桂宮本、他十一冊（宮内庁書陵部蔵）
②『史料大成』（昭和四〇年発刊）
『史料大観』を元本に刊行

西行が、頼長邸を訪れたのは、三月十五日、女院御出家から十八日後のことである。

『台記』「康治元年三月十五日条」

> 十五日戊申、令㆓侍共射㆒弓、西行法師来云、依㆑行㆓一品経㆒、両院以下、貴所皆下給也、不㆑嫌㆓料紙美悪㆒、只可㆑用㆓自筆㆒、余不㆓軽承諾㆒、……

十五日、戊申、侍共ト弓ヲ射テイルト、西行法師来リテ云フ、一品経ヲ行フニ依リ、両院以下、貴所皆下シ給フ也、料紙ノ美悪ハ嫌ハズ、只自筆ヲ用フ可シ、余不二軽承諾一、……

私（頼長）が、侍達と弓を射ているところへ西行法師が訪ねて来た。

「一品経を行うので、両院はじめ貴人の皆さまには引受けていたゞいた。料紙のよしあしは問わないが、只自筆でお願いしたい」という。

「一品経ヲ行フ」とは、法華経廿八品に開経・結経を加えた三十巻を一人が一巻ずつ書写し供養することをいう。「両院」とは、鳥羽院、崇徳院のことである。

こゝで注目したいのは、次に続く記述、本稿の主題である、「余不軽承諾」という語句である。

㈢「余不軽承諾」のヨミと解釈

「余不軽承諾」は、四通りの読みと解釈が考えられる。

㊀余不二軽承諾一　—角田文衛・窪田章一郎

　余ハ軽ク承諾セズ（余は軽く承諾しない）

㊁余不レ軽二承諾一　—角田文衛・窪田章一郎

　余ハ承諾ヲ軽ンゼズ（余は承諾を軽くみることはしない）

㊂余不軽承諾　—小松茂美

　余ハ不軽ヲ承諾ス（余は不軽品を承諾した）

㊃余不軽シ承諾ス　—良知文苑

　余ハ不軽シ承諾ス（余は礼拝し承諾した）

㊀㊁の解釈（従来説）

「余不軽承諾」は従来『史料大観—台記』に付されていた返り点をもとに解釈されてきた。「軽々しく、軽はずみに」とか、「たやすくは」の意であって、どちらにしても「頼長は、たやすく承知しなかった。後になって承諾した」と解釈されたのである。

頼長は、西行の申し出を重く受け止め承諾したことであり全否定ではない。

しかし、「軽き承諾をせず」「承諾を軽くみることはしない」などという「読ミ」は、日本語としては如何にも不自然な言いまわしである。

㊂の解釈（小松説）

この小松説は、近年まで多くの研究者の同意を得て、定説とされている。しかし、左説に従うと「久能寺経」とは関わりない別の「一品経」となってしまう。

『史料大観』の返り点によれば、〈余ハ軽ク承諾セズ〉と。果して、そうなのか。面々、こぞってのにぎやかな結縁に頼長ひとりなぜつむじを曲げるのだろう。ところが、この「不軽」の二字は、法華経第二十品目の不軽品《ふきょうぼん》のことで、〈余、不軽（品）承諾ス〉と読むべきもの。頼長は、不軽品の一巻を分担したというわけである。

いかに文献の正しい読みとりが、大切なことか。とかく、われわれは、活字本に頼りすぎる。常に疑いの目に立ちかえってみる必要があろう。

（『図書２３６号（岩波書店）』昭和四十四年四月号所載）」

㈣の解釈（良知説）

私は、先人の論についてさまざまに考察して来た。㈢説に従うと、漢文では固有名詞として「不軽品」（常不軽菩薩品第二十）と書く場合、「不軽」は、文の末尾へおき、「余承諾不軽」としなければならない。

そこで、結論として次のように読むことに至った。

余不軽《シ》承諾《ス》　—余ハ不軽シ承諾ス（余は礼拝し承諾した）

「不軽」とは、「他人を尊敬し、礼拝し、あなどらないことの意」とある。この五文字の漢文の読みに至った経緯の詳細については後述する。

六　西行勧進の一品経こそ『久能寺経』

㈠「不軽」の考察

では、「不軽」とは、一体どのような意味をもつ語句なのか、調べてみる必要があると考え主要な辞典を確認してみる。

『日本国語大辞典』小学館
ふきょう（不軽）—仏語。常不軽菩薩のこと。
〔例〕「源氏物語—総角」「愚管抄—三・花山」
『新潮国語大辞典』新潮社
フキョウ（不軽）→ジョウフキョウ
〔例〕「源氏物語—総角」
『大辞林』三省堂
ふきょう（不軽）—「常不軽」に同じ。
〔例〕「源氏物語—総角」
『例文仏教語大辞典』小学館
ふきょう（不軽）—
1 他人を尊敬し礼拝し、軽んじあなどらないこと。また、その心。
〔例〕「地蔵霊験記」—上・五
2 「じょうふきょうぼさつ（常不軽菩薩）」の略。
〔例〕「顕戒論」—上・一
ふきょう（不軽）の行—「ふきょうぎょう（不軽行）」に同じ。
〔例〕「今昔物語集」—一九・二八
ふきょうぎょう（不軽行）—常不軽菩薩が行ったような、他を尊敬礼拝して、けっして軽んじあなどることをしない行為。また、そのような修行。
〔例〕「往生拾因」—第一

この中で、『例文仏教語大辞典』（石田瑞麿著）は、「他人を尊敬し礼拝し、軽んじあなどらない」という意を採用し、さらに「不軽の行」「不軽行」を立項し、『今昔物語集』と『往生拾因』の用例を挙げている。

『古今著聞集』、『西行物語絵詞　巻九四一』「不軽行」の用例などもある。

常不軽菩薩が行ったように、他を尊敬し決して軽んじない行為を「不軽の教え」とし、「不軽行」は、平安時代の人々の心深く浸透していた。つまり人々は、自然の当り前の行為としてすべてのものに対し尊敬の念をもち礼拝したのである。

私は「不軽」という言葉は、末法思想を背景に生まれた「仏教語」であると確信し、それに従い解釈することにした。

「一切経」の書写を二十三年間で成し遂げた藤原定信が、藤原頼長の邸を訪れた時のことである。頼長は、口を漱ぎ、衣服を改め膝間付いて定信を仏として礼拝したという。

西行が、頼長邸へ一品経勧進に訪れた時のこと。

頼長は、若くして出家し、世の人々に褒め称えられた西行を迎えて、尊敬の念を以ち、うやうやしく礼拝し、その申し出を承諾したにちがいない。彼は、現在行方不明となっている『久能寺経』のいずれかの品に結縁したと考えられる。

㈡「不軽品」の結縁者

西行勧進の「一品経」は、待賢門院落飾時の『久能寺経』であると考えたい。『久能寺経』「不軽品」奥書には「弁阿闍梨心覚」（一一一七〜一一八二）とある。高野山に留錫《りゅうしゃく》していた高徳の人である。

㈢説によれば、「不軽品」の結縁者は、頼長ということになるが、奥書名に「弁阿闍梨心覚」とあることからこの説は、全く成り立たない。

『久能寺経』結縁の中核を成したのは、待賢門院とその女房達である。

弁阿闍梨心覚は、父・左大弁平実親卿「無量義経」、母・左大弁室「薬王品」、妹・左大弁姫君「神力品」、甥・式部大夫為親「嘱累品」というように親族こぞって結縁している〈図版10〉。

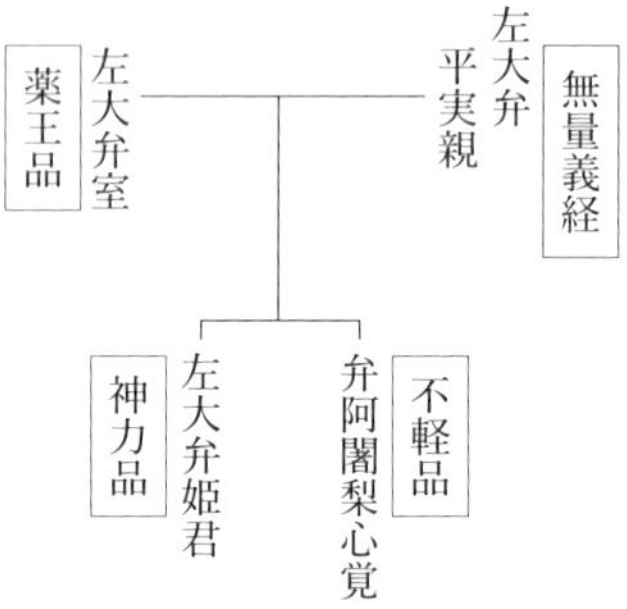

【図版10】不軽品系図

㈢『台記』藤原頼長

頼長は、西行と同時代に生きた政治家である。白河法皇から始まった「院政」は、鳥羽上皇に継承され院は、政治の実権を握り権力絶大の時代であった。

頼長の父は、摂関家・藤原忠実（一〇七八〜一一六二）であり、関白・忠通（一〇九七〜一一六四）は異母兄弟である。

頼長は、十一歳で元服（正五位下）し、十二歳で従三位となり十七歳で内大臣という位に着いた。『中右記』に藤原宗忠は「未曾有ノ事ナリ」と記している。頼長は、聡明で才気あり内外典を極め独自の学風を築き、人々からは、「日本一の大学生《だいがくしょう》」と称せられる程の秀才、学識豊かな人物であった。経書にも大変よく通じていた。

　平成十二年、奈良春日大社で「平安時代の飾太刀・毛抜型太刀」が発見された。父・忠実が頼長の出世安泰を祈念し奉納したものである。父が、頼長にかける期待の大きかったことを物語る。

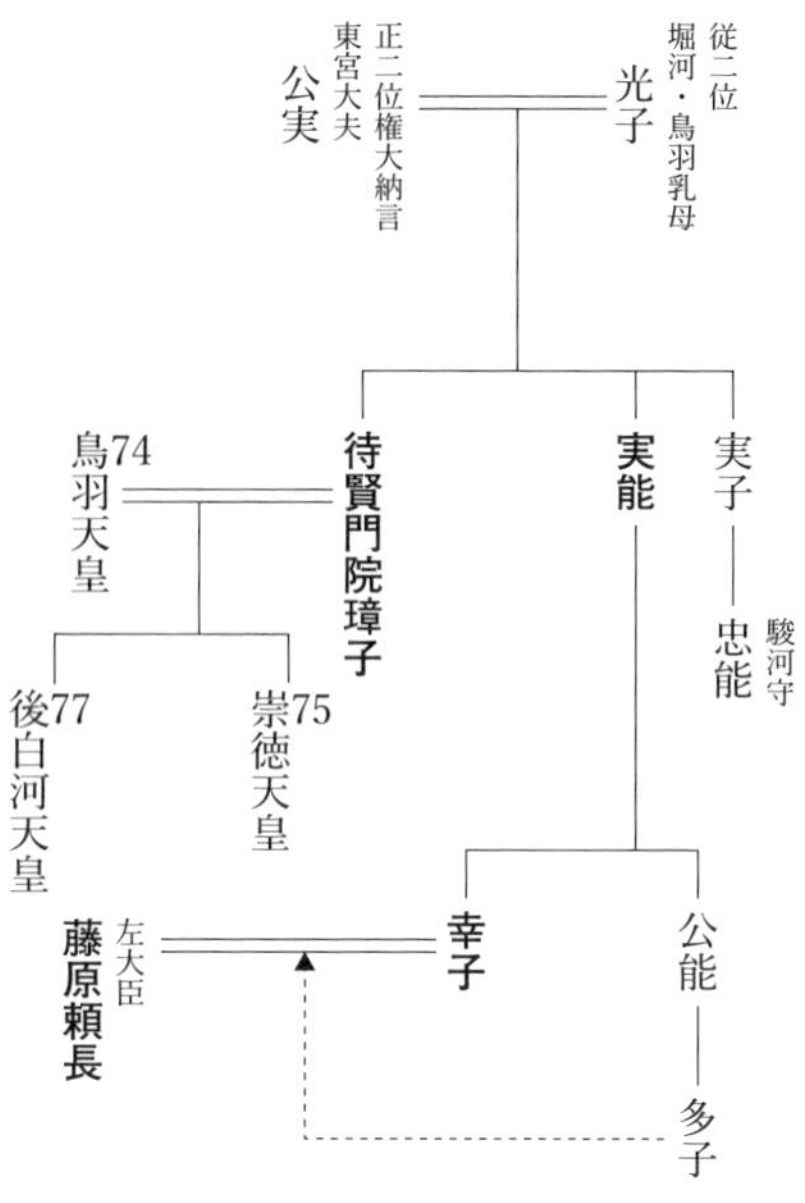

【図版11】実能・頼長系図

　頼長は、長承二年（一一三三）に待賢門院の兄・実能の女・幸子と婚姻し、婿として実能家（大炊《おおい》御門《みかど》弟《てい》）に十六年間、同居している〔図版11〕。

　西行が一品経勧進に訪れた頃、頼長は西ノ館に、実能・公能親子は、東ノ館に住まっていた。当然、西行は勧進の為、実能家へ訪れていたにちがいない。おそらく不明となっている経品に結縁していると考えられる。

　さて、「余不軽承諾」の「不軽」であるが、『台記』を調べると頼長は経品を表記する場合、「写寿量品《じゅりょうぼん》」、「余写湧出品《ゆじゅつほん》…」というように必ず「品」を付している。彼は、人々から漢文の造詣が深いとみられていたから、「康治元年三月十五日条」の「不軽」を経品名とするなら、此の時に限って「品」を付けなかったとは考え難い。

結論

『史料大観―台記』の「余不二軽承諾一」に付けられた返り点によって、「不軽」の読ミと解釈が間違えられたと考えられる。その上、㊂説により「不軽」に「品」を付して『不軽品』とする固有名詞にする誤りが重なったと思われる。

　そこで㊃説「不軽」を「仏教語」として解釈し「余ハ礼拝シ承諾シタ」と読めば、自然なかたちで前後の繋がりもよく「余不軽承諾」を読み下すことが出来る。

　『台記』の「余不軽承諾」の五文字の読みに私が執着するのは、この難解な語句を含む「三月十五日条」を読み解くことで、「西行一品経勧進の経緯」と「西行出家の要因」が考察出来るからである。更に、謎とされている『久能寺経』奉納に関わった人物も推定出来るかもしれない…。

　『久能寺経』と「西行」、そして「待賢門院璋子」を繋ぐ重要な鍵が、この「余不軽承諾」の五文字である。

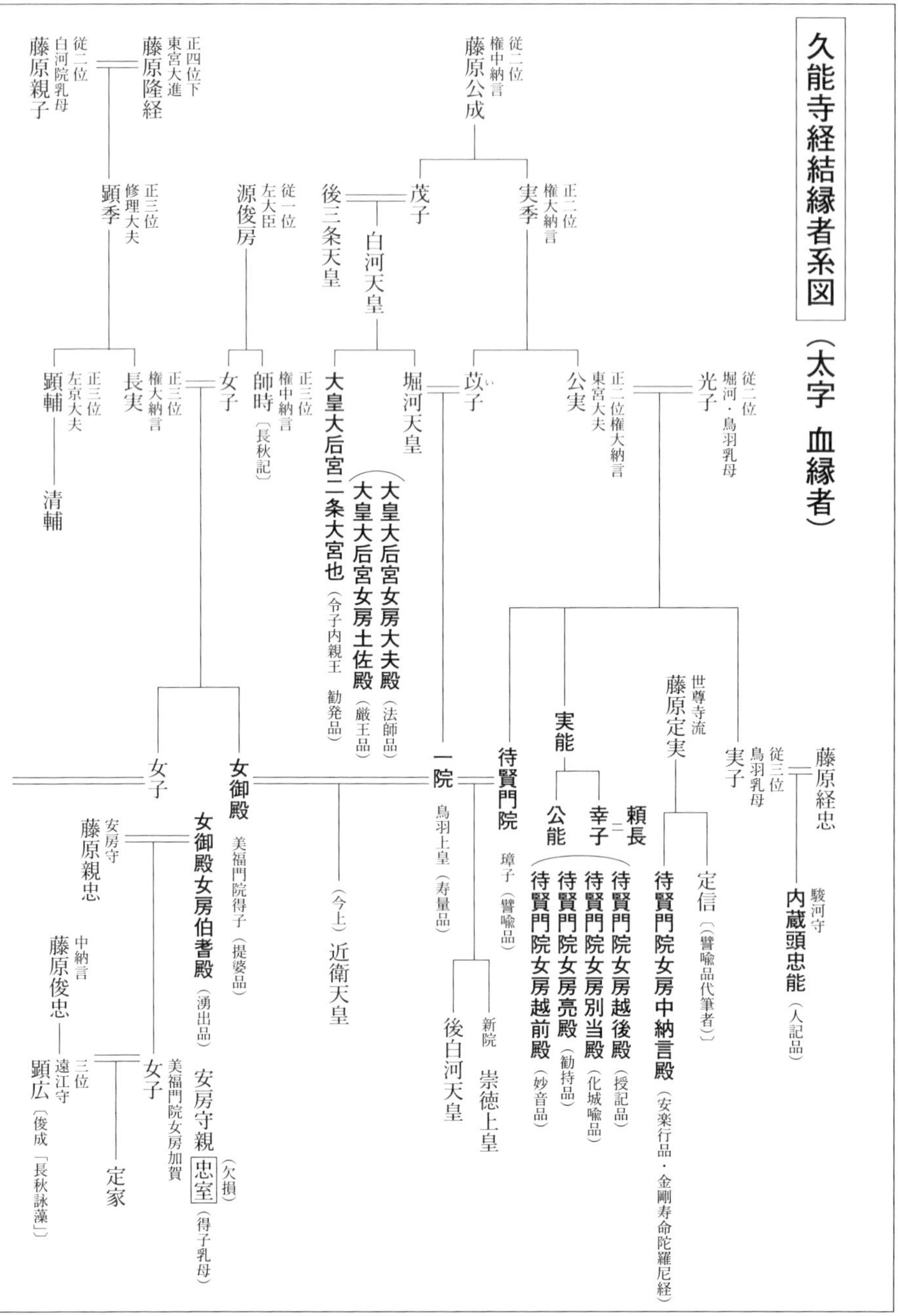

【図版 12】久能寺経結縁者系図（太字　結縁者名）

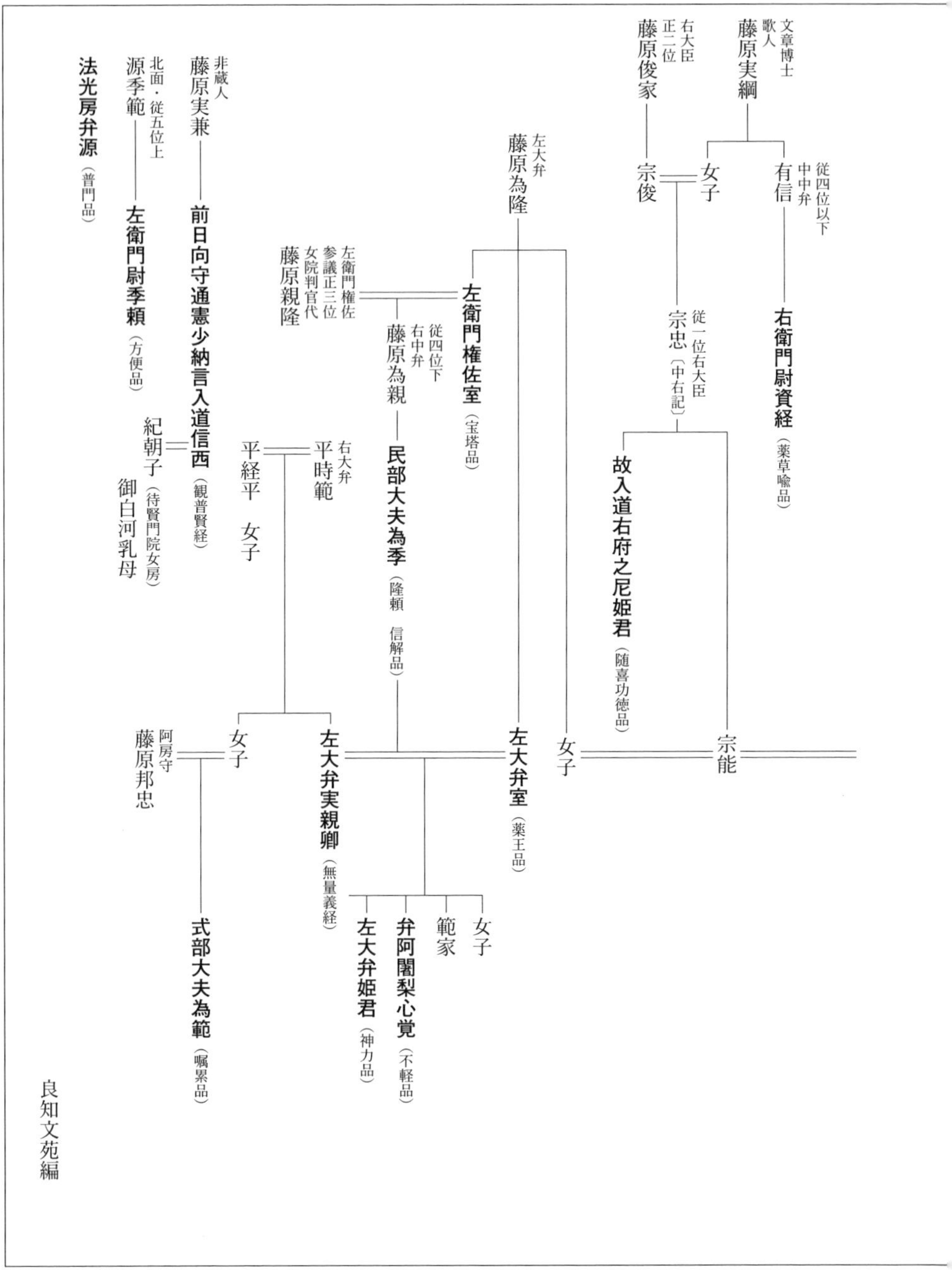
文章博士 歌人 藤原実綱
右大臣 正二位 藤原俊家
従四位以下 中中弁 有信
女子
宗俊
右衛門尉資経（薬草喩品）
従一位右大臣 宗忠（中右記）
故入道右府之尼姫君（随喜功徳品）
宗能
左大弁 藤原為隆
左衛門権佐室（宝塔品）
左大弁室（薬王品）
女子
左衛門権佐 参議正三位 女院判官代 藤原親隆
従四位下 右中弁 藤原為親
民部大夫為季（隆頼 信解品）
右大弁 平時範
平経平 女子
左大弁実親卿（無量義経）
女子
阿房守 藤原邦忠
女子
範家
弁阿闍梨心覚（不軽品）
左大弁姫君（神力品）
式部大夫為範（嘱累品）
非蔵人 藤原実兼
前日向守通憲少納言入道信西（観普賢経）
紀朝子（待賢門院女房） 御白河乳母
北面・従五位上 源季範
左衛門尉季頼（方便品）
法光房弁源（普門品）

良知文苑編

(四) 二人の法華経歌

待賢門院と共に出家した中納言局は、「久能寺経・安楽行品」と共に女院の不老不死を願い「金剛寿命陀羅尼経」も書写、結縁している(『修訂・駿河国新風土記』)。

更に中納言局は、西行の「一品経勧進」にあわせ「法華経結縁歌」を発意している。俊成と西行はそれに応え共に詠歌した。俊成の『長秋詠藻・下―釈教歌』と西行の『聞書集』である。

〈俊成・法華経歌〉

康治の頃ほひ、待賢門院の中納言の君、法花経廿八品の歌、結縁の為め人人に詠ますとて題を送りて侍りしかば、詠みて贈りし歌

薬草喩品「無有彼此、愛憎之心」

春雨は此面彼面《このもかのも》の草も木も
分かず緑に染むるなりけり
(『長秋詠藻』下・『釈教歌』俊成)

『長秋詠藻』は、詠歌されてから四十年経って仁和寺の守覚法親王(後白河院皇子)の求めにより俊成が献上した自撰歌集である。康治元・二年は、一一四二・三に当り『久能寺経』成立年と合致する。俊成は二十九歳、待賢門院をめぐる歌壇の一人であり、のちに歌界の第一人者となる。

〈西行・法華経歌〉

薬草喩品「我観一切 普皆平等 無有彼此 愛憎之心」

ひきひきに苗代みづをわけやらで
ゆたかに流す末をとほさむ
(日本古典全書『山家集』一六四八)

『西行上人・聞書集』(天理図書館蔵)は、伊達家・家宝として伝来した為、世に出たのは昭和四年(一九二九)のこと、佐佐木信綱発見である。

これら二人の『法華経歌』の存在によっても、西行勧進の一品経は『久能寺経』であると立証出来るのではないか。

(五) 奉納の道筋

では、『久能寺経』を奉納した人物は一体、誰であろう。

待賢門院庁は、全国に広大な荘園を所有していた。法皇を後ろ盾にした待賢門院の権勢に所領を寄進する者が多かった。

静岡県牧之原市中《なか》に『小仁田《こにた》薬師堂(「瑠璃光薬師立像」高野山伝法院祭祀伝承)』が所在する。こゝは、覚鑁《かくばん》(一〇八五―一一四三)が新義真言宗『医王山 密厳院・成安寺』を開山(一一三一)したという伝承の地である(『静岡県旧榛原町文化財保護審議会編冊子』)。覚鑁は、鳥羽院・待賢門院・美福門院をはじめ院の方々が深く帰依した高僧である。西行も、覚鑁の教えに関心を寄せていたと思われる。

大治三年(一一二八)には、「遠江国・質侶荘《しとろ》」、大治五年(一一三〇)には、「駿河国・益頭荘《ましず》」(『長秋記』公領・志太山除クと記述)が立荘された。当時の遠江国司は藤原顕広(俊成)であり、駿河国司は女院の甥・藤原忠能(「久能寺経・人記品」結縁)で

ある。

これらの事柄からも女院結縁の法華経施入地として「霊地・久能寺」が選ばれたのではないかと考えられる。

ここで注目されるのは、久能寺経の成立年と同じ記銘をもつ、『重文・金銅錫杖頭』（長さ六十一・五糎）が鉄舟寺（元久能寺）に伝えられていることである〔図版13〕。この錫杖は、僧が遊行に用いるものとしては特大であり、青銅漆塗であることからなんらかの大法会に用いられたと思われる。

年号銘（茎部）が鋳造された「錫杖」の遺品は殆どなく、日本最古のものである。また、「念空」とあるが、僧名を錫杖に刻む例はあまりない。

「念空」について、出来得る限りの調査にあたったが、全く不明である。残念なことに久能寺に於て、康治元年九月八日「念空施入」による儀式の記録は見当らない。

「念空」とは『久能寺経』奉納に関わりある人物であろうか。

『久能寺経』奉納については、いまだ謎が多く後の人々の研究を願っている。

表面　右・不動尊　中心・釈迦如来　左・地蔵菩薩
裏面　右・聖観音　中心・薬師如来　左・毘沙門天
年号銘
奉施入錫杖　康治元年壬戌　九月八日丁酉　久能寺念空

【図版13】金銅錫杖頭（重文）

七　歌僧・西行「真如の月」

(一) 花散る

待賢門院御出家から三歳《みとせ》が流れ、伏せがちだった女院は花が散るように黄泉《よみ》の国へ旅立たれた。臨終にあたって鳥羽法皇は哭泣《こっきゅう》され御側に仕えていた女房や侍臣達も皆、号泣したという（『台記』久安元年（一一四五）八月二十三日条）。

女院は四十五年の生涯を惜しまれながら散華された。

後白河法皇は、八月二十二日を「国忌」と定められ法皇が、崩御されるまで「法会」は続けられた。

西行にとって女院崩御は、耐えがたい悲しみ苦しみであった。女房達が喪に服している御所を訪ねては亡き女院への想いを歌にして奉っている。

待賢門院かくれさせおはしましける御あとに、人々また
のとしの御はてまで候はれけるに、みなみおもての花ち
りけるころ堀河の局のもとへ申しおくりける

たづぬともかぜのつてにもきかじかし
花とちりにし君が行へを
（西行）

返し

ふくかぜの行へしらするものならば
はなとちるにもおくれざらまし
（堀河局）

（日本古典全集『山家集』八五〇・八五一）

女院一周忌法要が厳修されすべてが変わっていく。

西行は、都を離れ陸奥への旅に出る。彼を修行の旅に駆り立てたのは、「己が捨てて捨て得ぬ心」からの脱却である。若い西行は、修行者として「己が心を不動のものに定めたい」と考えての苦しい旅の第一歩であった、と考えられる。

西行は、苦しみを重ね乍ら駿河国、天台の名刹久能の山寺まで辿り着いたのである。

(二) 真如《しんにょ》の月

しずまり返った塔堂の片隅でふと仰ぎ見る空には晄々と輝く月があった。

するがのくに久能の山でらにて月をみてよみける

なみだのみかきくらさるるたびなれや
さやかにみよと月はすめども

（日本古典全書『山家集』一一七三）

一点の曇りもない虚空の彼方、森羅万象すべてを見霽《みはるか》す月…。崩御された女院へ捧げる言の葉が胸を突き上げ湧き出てくる。ゆかりの方々の運命に想いをおき、しのびよる激動の世に己が心をうつしての涙か…。

「涙のみかきくらさるゝ…」と心の底から「哀しみ」「苦しみ」を発したもので、迷いや苦しみをあらわに表出している。

西行は、この時、「真如法」、待賢門院の御姿と仏の悟りの境地を象徴する月とを重ねていた。

彼は、覚鑁の教学「心月輪秘釈《しんがちりんひしゃく》」、悟りの境地について、おそらく熟思していたと考えられる。

密教の悟りの法の一つである。仏の前に円形で月を図画して掲げ、それに向い座して心と月とが一体となるまで瞑想を深めていく。

西行は、一切の迷いを捨て、すべてを正しく明らけくみよと、自らの心をも清らかに澄む月に重ねた。

この時、「真如の法身」「真如の月」を感得したであろう。

この頃、天台の名刹「久能寺」を中心に「大般若経書写」という大事業が推められていた。

静岡県牧之原市相良町大沢の『曹洞宗・般若寺』（草創一四六

五）には、鳥羽院政時代に書写された『大般若経』六百巻の内、六十五巻が所蔵されている。

「大般若経・第四六二」奥書には、

久安三年（一一四七）七月十日　於久能寺未時許書了　願主　覚智也
保元元年（一一五六）五月二十五日一校了　栄秀

「久能寺ニ於テ凡ソ未時《ヒツジノトキ》ニ書了シタ」と記されている。「願主・覚智」は、久安三年頃、久能寺住持の僧であったかと考えられる。（「覚智」―美濃守・藤原知房息、園城寺僧、保元元年（一一五六）権律師『尊卑分脈』）。

久能寺で、詞書を置き詠歌している西行は、おそらくこの時、覚智と相遇していたと思われる。

鉄舟寺が所蔵する古い仏像や、文物は、往時の久能寺隆盛と由緒を物語るものである。

康平五年（一〇六二）、久能寺・能快が勧請した『鎮守十二所権現勧請札』があった。百年後、星光坊・見蓮により時の宰相入道・藤原教長《のりなが》（駿河守）が揮毫により改作されている。

これは、十一世紀頃から修行道を介して熊野を中心とする神仏習合の補陀洛信仰と繋がる重要な位置に、駿河の久能寺があったことを示すものである。

㈢ 歌僧・西行

平安末期、天照大神を大日如来の化現とする思想は完成していた。

高野の山を住みうかれて、伊勢の国二見のやま寺に侍りけるに、大神宮の御山をば神路山と申す。大日如来の御垂跡をおもひてよみ侍りける

深くいりて神路の奥をたづぬれば
また上もなき峯のまつ風
（日本古典全集『山家集』二一〇八）

西行は、高野から伊勢への経路を詞書においている。大日如来は伊勢大神であると述べ天照大神、即、日神思想「本地垂《ほんじすい》迹《じゃく》」の信仰に結びつけたのである。

彼の歌や書は、王朝様の優雅な趣きを湛えている。

「梵文陀羅尼」は、天竺の歌で漢詩である。日本では、これが和歌であるという。「和歌即真言、真言即和歌」。和歌は一つの真言であって、印度の梵語の真言と似ている。

和歌の両句は、「天地陰陽、胎・金の二界」。上句は「胎蔵界」、下句は「金剛界」とする。「和歌ハ即チ真言」である。

西行は、命ある限りすべてを詠い尽し往生を遂げた…と思われる。仏が神となって此の世に現われる神仏同体にもとづき生涯最後の歌を伊勢神宮へ捧げることが西行の願いであった。

「御裳濯河歌合」、「宮河歌合」の奉納詠歌の判定を俊成・定家に乞うていた。

西行は、生涯に二千余首もの歌を遺した。後鳥羽院からは「当代随一、生まれながらの歌人、おぼろげの人、まねびなどすべきにあらず。不可説の上手なり」（歌論集『後鳥羽院御口伝』）と賞め讃えられた。

仏を造る思いで月に花に恋に数多の歌を捧げた。それは、「一切の美しきものは、神の恩寵」とする真言の教理に繋がるものであった。

西行は、最後まで一筋の「真《まこと》の道」を貫抜き通した。彼の人生は、修験道、勧進と廻国の修行道であった。

私は、西行のことを人智を越えて、神から仏から命をいたゞいた人であると考えている。

終りに

平成廿五年、富士山は信仰の対象、芸術との関わりで「世界遺産」に登録され人々は喜びに湧いた。

有度山からの「霊峰・富士」の姿を「大日如来」と拝し、周囲の山波を「八葉蓮華」と観なし、これ等すべてを極楽浄土の世界、「胎蔵界中台八葉」とみたのである。

永い時の流れと共に後世に護られ脈々と継がれてゆく精神文化……。

平成卅年秋、有度山の「日本平県立自然公園」には、「山頂シンボル施設」が建立される。施設には、『国宝・久能寺経—薬草喩品』（田中親美複本）の陶板が掲示される。

前庭には、『法金剛院』（京都市花園）川井戒本師から御寄贈いただいた「奈良の八重桜」、「西行しだれ桜」が華やかに彩《いろ》を添える。そして、また西行終焉の地、『弘川寺』（大阪府・南河内）高志慈海師御寄贈の「西行白山桜」が山道を彩どる。

思いを馳せるのは、やはり乱世に生きた西行…である。

歌は、花　そして、悟りであった…と。西行が最も愛した花…さくら。

ほとけにはさくらの花をたてまつれ
　わがのちのよを人とぶらはば
（日本古典全書『山家集』八九）

私は、霊峰富士の雄姿に「世界平和」と「日本国安泰」を祈念し、西行第一の自讃歌（慈円家集「拾玉集」）とする歌を掲げ筆を擱く。

東の方へ修行し侍りけるに富士の山を見て
風になびく富士のけぶりの空に消えて
　行方も知らぬわが思ひかな
（日本古典全書『山家集』一一三八）

（注）西行和歌の引用・歌番号は、日本古典全書『山家集』—伊藤嘉夫校註—（朝日新聞社）に拠る。

（らち・ぶんえん／全日本書道連盟正会員・静岡県書道連盟会員・著書『国宝久能寺経の歳月』和泉書院刊）

シンポジウム「西行伝承の世界」趣旨・総括

大会シンポジウム記録

蔡　佩　青

平成二十九年度第九回西行学会大会が静岡英和学院大学にて、九月九、十、十一日の三日間にわたって開催された。本シンポジウムは二日目の午後に行われ、熱意のこもった報告と活発な議論が厳しい残暑よりも熱かった。

テーマは「西行伝承の世界」である。

ご存じのように、これは花部英雄氏が平成八年に著した書のタイトルをお借りしたものである。花部氏は、平成八年に創立した西行伝承研究会のメンバーの一人であり、西澤美仁氏や木下資一氏など十数人の研究者とともに、西行伝承を西行研究の一領域として確立させるために尽力した。西行伝承研究会は西行学会の前身であり、当時稿者は日本文学・文化を習い始めたばかりで、当然ながらその一員ではないが、様々な機縁を得て、西行伝承研究会が十二年にわたる研究調査活動の総括として平成二十年に名古屋大学で開催した研究集会に、稿者も出席して研究発表を行った。その時に行われたシンポジウムのテーマは「西行の和歌と説話と伝承」であった。西行研究の三大テーマが一堂に会して議論され、いずれか単独の領域だけでは西行を語り尽くすことができず、そこで「越境する西行」、「脱領域する西行」が生まれ、「西行学」が提案され、その翌年に西行学会が発足した。

ただ、和歌・説話・伝承の中でも、伝承的西行はいまだ文学から少々距離が置かれているように思われる。そこで、伝承をキーワードに虚でありながら実として語り継がれてきた西行像の進化・深化を改めて追究したいと考えた。また、稿者は現勤務校に赴任したことを機に、静岡に伝わる西行伝承を調査してきたこともあり、本シンポジウムを通じて、類型化した民間伝承的西行像の流伝と、地方色の濃い説話的西行伝承の創出をめぐる諸問題について、新たな学問の方向性が拓かれることを願って、「西行伝承の世界」をテーマにした。

パネリストは、和歌のジャンルでは橋本美香氏、説話の視点からは木下資一氏、伝承・民俗学では花部英雄氏にそれぞれ依頼した。詳細は本誌に掲載されている各氏の論に委ねるが、こここでは簡単に三人の紹介及びテーマのみ報告順に述べておく。

橋本氏は、西行和歌を中心に多くの研究業績を残されており、ことに西行和歌に用いられる様々な表現について深く関心を持ち、鋭い洞察力で西行の歌語の特徴を分析なさっている。その成果を凝縮したものとして、平成二十四年に出版された和歌文学会と笠間書院が共同企画した「コレクション日本歌人選」の一冊、『西行』が挙げられる。本シンポジウムの報告「『西行物語』の西行歌の多様性」では、稿者も参与している科学研究費補助金基盤研究「コーパスを活用したテキスト校訂・本文解釈の研究」で扱っている岩国徴古館所蔵の『西行絵詞』を中心に、西行和歌の物語中における表現の改変や、西行伝承歌の問題について検討がなされた。

木下氏は、西行伝承研究会の主要メンバーの一人で、十年間継続した科学研究費によるプロジェクト「西行伝説の説話・伝承学的研究」の代表を六年務めていらっしゃった。当該プロジェクトは年一度、西行伝承地をフィールドワークし、長野・宮城・福井・和歌山・香川など、西行の痕跡を求めつつ日本全国を歩いたという。その成果は三回にわたって、いずれも千ページを超える充実した報告書にまとめあげられている。平成十三年にまとめられた第一次成果報告書には、氏は「この研究の最終的に目指すところは、日本各地の西行伝承を採集、それを総合的・体系的に整理。その上で、西行伝承研究の方法論的確立をはかり、西行伝承成立の背景、文化史的意義を明らかにすることである」と述べておられる。また、氏は、説話・伝承学会事務局の代表を務めていらっしゃった時、西行学会と説話・伝承学会との合同例会の企画として「西行伝承とは何か」と題したシンポジウムを主催された。このように、西行伝承研究の成果が段階的に発表され、その方法論も学問的に定められつつある。本シンポジウムでは、「西行伝承とは何か――文献説話から」という題で、『古今著聞集』に描かれた西行説話と『西行物語』の成立との関わりについて報告がなされ、西行伝承の位置付けをより一層明確に提示された。

最後に、花部氏は、言うまでもなく西行伝承学の第一人者である。『西行伝承の世界』から十年、平成二十八年八月に上梓された『西行はどのように作られたのか――伝承から探る大衆文化――』が、西行伝承論の更なる新境地を拓いた（本誌第八号には西澤美仁氏による書評が掲載されている）。なるほど、西行はそこに存在しているというより、作られた人物なのだと改めて意識すると、まるで西行その人は実際に存在しなかったかのように思えてしまう。日本各地に語られている西行にまつわる伝説や昔話などは、確かに実在した西行の面影が薄いものばかりである。歴史上の人物としての西行を語る上で避けて通れない西行出家の理由にも、こういった「作られたもの」が混在している。氏の報告「「西行発心のおこり」の内と外」は、西行発心の契機を出発点として、日本における説話享受の問題から大衆文化へと、視野をアジア全体までに広げられた。

いずれの報告も中世に語られた西行説話を切り口として、伝承的西行が形成されるまでのプロセスを示しながら、伝承論の手法や見地においての新たな可能性を提示してくださったものである。ただ、西行伝承の〝世界〟というテーマ設定が欲張り過ぎたようで、西行の和歌表現から世界神話との関連まで広大に展開された内容に対して、十分に議論できる時間がなかったことは心残りである。しかしながら、西行研究の世界的展開という意味では、同大会初日に行われた阿部泰郎氏による特別報告「リスボンEAJS大会「西行フォーラム」開催報告」（詳細は本誌巻末参照）にもつながっており、西行伝承学の今後の研究への示唆が得られたのではないか。今後も成長し続けるであろう西行伝承の世界が、西行も行脚したこの静岡の地で繰り広げられて議論される機会が与えられたことに感謝する。

（さい・はいせい／淡江大学）

『西行物語』における和歌の多様性
――岩国徴古館蔵本『西行絵詞』を中心に――

大会シンポジウム記録

橋本美香

キーワード
西行物語　中間本系　岩国徴古館蔵本『西行絵詞』
西行歌の配列　西行歌の変容

一　はじめに

『西行物語』の西行像は、必ずしも事実を伝えるものとは限らない(注★1)。西行伝記の実録としてその足跡や歌の数々を追慕する物語享受から、奇跡的な往生者西行に対する結縁行為としての物語享受へと変質したことにより、再編が図られたとされている(注★2)。

しかし、物語の再編は、西行像の再編に止まらず、西行歌についても行われている。『西行物語』の作者は、『新古今和歌集』の西行の全歌、『六家集本山家集』抄出歌と、その他若干の歌、『発心集』等の説話をたねとして、「西行伝」「西行名歌集」「仏教説話」を兼ねるものと仕立て、そのしくみのために、西行の伝記の筋にそって詞書と説話をあざない、時に虚構を用いて歌の収容を行い、物語風に綴っていったとされる(注★3)。そのため、そこに出現する和歌は、実際の西行歌の組織、構成を解体し再編成を行っており、整合性・合理性に根ざした享受、再編が行われ、素朴な変容論や注記の本文化などの転写の問題に還元されないものであるとされている(注★4)。

また、『西行物語』の諸本の分類については諸説あるが(注★5)、中間本系については、慶應義塾大学図書館蔵本(寛永十七年四月書写の奥書、以下、慶応本)が善本とされている(注★6)。

この他に、中間本系には、今回取り上げる岩国徴古館蔵本『西行絵詞』(以下、岩国本)がある。岩国本は、西行和歌の再編について特に顕著なものとされており（注★7）、慶応本に属するか、別の経緯で書写されたものなのか、確定してない。この本の特徴は、増補改編が著しいものであり、大枠において広本系に属すが、略本系『西行上人発心記』や采女本系あるいは、七家集などの諸系統本と交渉し合う橋渡しのような性格を持つこととされている（注★8）。また、本文の特徴として、平仮名が多く、表記については忠実に再現しようとしていると考えられている（注★9）。さらに、岩国本では、他分類の本にみられない和歌があることが指摘されている（注★10）。

そこで、本稿では、『西行物語』の諸本との関係が指摘されており、他の分類の本にみられない和歌がある岩国本について、和歌の再編を確認することにより、岩国本の特徴を考えていくこととする。

二　西行歌の配列―花の歌―

ここでは、中間本系である岩国本と慶応本にのみに再録されている桜の歌についてみていくことにする。桜の歌の配列は、全体的に広本系の書陵部蔵本（文明十二年の奥書有。以下、文明本）と同じであり、そこに中間本のみにある歌が挿入された形となっている。なお、岩国本の和歌については、文末に一覧を示した。岩国本の歌番号はこれによることとする。

桜の歌は、別表の28～40がそれにあたるが、このうち、29、32～34の歌に注目する。これらの歌は、桜の花に対する執着を示している。以下、中間本系のみにみられる歌に「○」を付すこととする。なお、テキストは岩国本に従う。

まず、30の歌について、直前に「よしの山のてい、しかじかのゑ有之。」という絵の説明の表現が入っている。そして、新たな段の始まりとして、吉野山に入ったことが記されている。

うき世の中の花をみるからましてごくらくの花いとよ〱こゝろにそみて此はるをまぢえてよしの山にいりてみればふもとにはちりつむ花かとおどろきてみねのこずゑの雪はこのもとをうづみ桜がえだは雲にまがひてふりしくあは雪みえければ

○30よし野山ふもとにふらぬ雪ならば花かとみてやたづねいらまし（山家集　五六五、宮河歌合　四九）

『山家集』では「冬歌十首」のうちの一首であるが、この場面では、桜の花を極楽の花と見立て、開花を待ち遠しく思いながら吉野山に入り、麓に散り積もっているのが桜だと感嘆したが、実は雪であったことを説明した上で、歌が示されている。

また、33～35については、以下のように本文が続いている。

みねのしら雲風にわかるゝもひまなくてさくらのもとあまたみえければたづね入こゝろざしうれしくて

○33をしなべて花のさかりになりにけり山のはごとにかゝるしら雲（山家集　六四、千載集　六九、御裳濯河歌合　五）

此よをすてはてたれどおもふにも花のさかりなるこずゑをみるときはうき世めぐりぬべきこゝちせられて

34ながめとてはなにもいたくなれぬればちるわかれこそかなしかりけれ
（山家集　一二〇、新古今集　春下　一二六）

○35花にそむ心のいかでのこるらんすてはてゝきとおもふわが身を（山家集　七六、千載集　雑中　一〇六六、御裳濯河歌合　一五）

33の歌は、『山家集』において「落花の歌あまたよみけるに」の歌群の一首であり、この系統本にのみみられるものである。この歌の前に、吉野山に桜が多く咲いていることが分かるので尋ね入ることが嬉しいという説明を加えた上で、さらに、花に対する執着を示した歌が続く。次の34歌では、初句が「なかめ（眺め）とて」とあるが、『山家集』、『新古今和歌集』をはじめ、同系統の慶応本や他の『西行物語』においても、「ながむとて」となっており、異同がみられる。さらに、35の歌も33の歌と同様に「落花の歌あまたよみけるに」の歌群の一首であるが、俗世を捨ててきたと思う我が身に、桜の花に染まる心はどうして残っているのだろうと、桜の花を愛でたいという気持ちがあることが吐露されている。

これらの歌の前に、西行が出家したことや出家直後の山里での様子が描写されている。在俗時の懺悔をし、山林流浪の行をするために、まず吉野山へ入ったとある。しかし、西行は花に対する執着を持ち続けており、これを強調するために、桜の歌三首は配されていると考えられる。さらに、歌の説明を地の文で示すことにより、その執着をより際立たせることを意図しているのではないだろうか。これらの三首は『山家集』にあるものであり、勅撰集にも採られている歌である。

ここで、中間本系にのみみられる30、33、35の歌は、『御裳濯河歌合』、『宮河歌合』と西行の自歌合にも採られていることも注目できよう。

三　西行歌の配列―月の歌―

月の歌においても、中間本系である慶応本と岩国本のみにみられるものがある。これらの歌は、中間本系では、月の歌百首を詠もうと思ったところ、結縁のためと求められて詠んだ十首歌の一部として、設定されている。また、残りの八首については、すべて『西行物語』の中に採録されているが、同じ設定で十首歌として詠まれたものではない。

次に、その十首歌を挙げる。

57おもかげのわすらるまじきわかれかなごりを人の月にとどめて
（山家集　六二一、新古今集　恋三　一一八五）

○58こん世にもこころのうちにあらはさんあかで入ぬる月のひかりを
（西行法師家集　五三八、千載集　雑上　一〇二三、御裳濯河歌合　一四）

59月みばとたのみをきてしふるさとの人もやこよひ袖ぬらすらん

（山家集　一八六、新古今集　羇旅　九三八、御裳濯河歌合　四〇）
60たちいでて雲まをわけし月かげをまたぬけしきやそらにみえけん
（山家集　八五五、新古今集　釈教　一九七六）
61山陰にすまぬこころはいかなれやおしまれて入月もありけり
（西行法師家集　一七六、新古今集　雑中　一六三三、宮河歌合　二五）
62よもすがら月こそ袖にやどりけれむかしの秋をおもひいづれば　（山家集　三五一、新古今集　雑上　一五三三）
63すつとならばうき世をいとふしるしあらんわが身はくもりの秋のよの月
（西行法師家集　一九六、新古今集　雑上　一五三五）
64月のいる山にこころをくりきてはれけるあとの身をいかにせん　（新古今集　雑下　一七八一）
○65霜さゆるよはのこのはをふみわきて月はみるやととふ人もなし
（山家集　五二一、千載集　雑上　一〇〇九、御裳濯河歌合　四三）
66くまもなきおりしも人をおもひいでてこころと月をやつしけるかな
（山家集　六四四、新古今集　恋四　一二六八）

この十首歌の直前に、「つねにはわしのみやまの月かげをながめつゝ十しゅ歌とそよみける」とあり、ここに詠まれている月は、俗世の月ではなく、霊鷲山の月を想起しているものとして詠まれている。中でも58は、『西行法師家集』において「述懐の心を」という歌群にあり、『御裳濯河歌合』では、七番右として、「ねがはくは花のもとにて春しなむその二月のもち月のころ」と番わされている歌である。また、65の歌も『山家集』では、「閑夜冬月」の題詠であり、『御裳濯河歌合』にも14左として配され勝となっている歌である。

60の歌は、『新古今集』において釈教歌であり、霊鷲山の月を想起した歌としては対応している。しかし、この歌は、待賢門院堀河が西行に訪問するように依頼していたにも関わらず、通り過ぎたと聞いて西行に贈った「にしへ行くしるべと思ふ月かげのそらだのめこそかひなかりけれ」（新古今集　釈教　一九七五）に対して、立ち寄らなかったことについての返歌である。また、（　）内に示したように、これら十首はすべて勅撰集に採られているものであるが、十首歌として詠まれたものではない。さらに、中間本系である岩国本と慶応本にのみ採録されている58・64の歌が西行の自歌合に番わされているものである。

また、これに続く場面でも、「厭離穢土　欣求浄土の次第、成仏得道」の心を詠んだ十首のうちの三首として挙げた歌に、岩国本と慶応本のみにみられる歌がある。

○67こしかたのみしよのゆめにかはらぬはいふもうつつのこころやはする
（山家集　七六一）

68うけがたき人のすがたにむまれきてこりずやたれも又しづむべき

（西行法師家集　六七四、新古今集　雑下　一七五二）

69世をいとふ名をだにもさはとめをきてかずならぬ身のおもひでにせん

（山家集　七二四、新古今集　雑下　一八二八）

70うき世こそいとひながらもあはれなれ月をながめてとしのくれぬる

（西行法師家集　一九一、玉葉集　六九五、御裳濯河歌合　一二）

71更にけるわが身のかげをおもふまにはるかに月のかたぶきにけり

（西行法師家集　五三九、新古今集　雑下　一五三六）

67の歌は、無明の眠りから覚めることのない凡夫としての自己を詠んだとされているものであり（注11）、『山家集』に題しらずとある。中間本系の岩国本と慶応本の月の歌では、十首歌として構成された歌の一部として配列をされているといえよう。

四　西行歌の配列―修行者としての歌―

次に、旅の歌についてみていくことにする。ここでは、西行歌の歌集や勅撰集の詞書に概ね即した表現で登場している。そのため、西行歌の詞書と『西行物語』本文の表現に注目してみていくことにする。

武蔵野において老僧のもとを訪ねて語り合った時に詠んだという設定の二首のうちの一首が、岩国本と慶応本に特異な歌である。

○84玉にぬく露はこぼれてむさし野の草のはむすぶ秋のよの月

（山家集　二九六、新勅撰集　秋上　一九六）

故郷述懐と云ふ事を、ときはの家にてためなりよみけるに、まかりあひて

85しげき野をいく一むらにわけなしてさらにむかしをしのびかへさん

（山家集　七九六、新古今集　雑中　一六七八、御裳濯河歌合　五九）

84は、『山家集』では秋歌十首のうちの一首目、『新勅撰集』でも「題しらず」とある歌である。また、この歌と連続して配列されている85の詞書にある「ためなり」は、西行と交流のあった大原の三寂の一人である寂念の俗名である。寂念と「故郷述懐」の題で詠んだ歌を、武蔵野の老僧と語り合ったことと再編集して、取り入れられているのである。

また、陸奥に流罪になった奈良の僧侶たちと衣川で語り合った場面において、「遠国述懐」の題で詠んだ歌がある。ここでは、『西行法師家集』の詞書をほぼそのまま引用している（注★12）。

世中に大じいできて、しん院あらぬさまにならせおはしまして後、かのことによりて、ならの大しゆ、あまたみち

の国へながされけるが、中そんと申ところに、かの人々にまかりあひて、みやこの物がたりをすれば、なみだをながして、さて、ありふれば、かくゆきあひ奉りぬるこそありがたく候へ。いのちのあらば物がたりしが、とを国にして思ひをのぶるといふだいにてよみける中に、

○88なみだをばころも川にぞながしけるふるきみやこをおもひいでつつ
（西行法師家集　四五三）

さらに、西国に修行に行くことを思い立ち、終夜念仏を唱えているとき、「よもすがらねんぶつ申て、ゐたりけるあけがたに、かねのきこえければ」と、暁に鐘の音が聞こえた歌として、次の歌を配している。

○129あかつきのあらしにたぐふかねのねを心のそこにこたへてぞきく
（山家集　九三八、千載集　雑中　九三八、御裳濯河歌合　六一）

この歌は、『山家集』、『千載集』ともに「題しらず」である。そして、「とさのかたへまからんとしけるに、しばしも、しばのいほりになれたるなごりおしくて、月のあかきをみて都はるかにへだてたるながめも、あはれにおぼえて」と、善通寺に庵を結んだ後、土佐に旅立つときの歌として二首を詠んでいる設定のうち、一首目の歌も岩国本と慶応本のみにみられるものである。

○134わたのはらはるかに波をへだてきてみやこにいでし月をみるかな
（山家集　一一〇一、千載集　羇旅　五一六）

135ここを又我すみうしとうかれなば松やひとりになるらんとすらん
（山家集　一三五九）

134の歌は、『山家集』では「たびの歌よみけるに」、『千載集』では「世をそむきてのち、修行し侍りけるに、海路に月をみてよめる」とあり、西行歌で旅の歌としているものを土佐への旅と場所を設定した配置となっている。135の歌は、『山家集』では「いほりのまへに、まつのたてりけるをみて」の詞書があり、ここから旅立つことを詠んでいるが、『山家集』においてはどこに向かうかは示されていない。一方で『西行法師家集』には「土佐のかたへやまからましと、思ひ立事侍りしに」と、土佐に向うことが示されている。この詞書は『山家心中集』にも示されているものである。

また、135の歌に続いて、「あまきる雪をしのぎつつ、あかゐのこほりをたたきあけて、あらしに身をまかせつつ、しきみの花をつみあつめて、ほとけに奉りけるに、たまばしるあられはらはらと、あかのおしきにかかりけるが、おしきのふちにとまり侍りければ」と、閼伽棚の樒に霰が降りかかっていることを詠んだ歌も岩国本と慶応本のみにみられる歌である。

○136しきみつむあかのをしきのふちなくばなににあられのたまとならまし
（山家集　一三六七）

この歌は、『山家集』において「はなまゐらせけるをりしも、をしきにあられのちりけるを」とあり、樒に霰が降り積もる様を詠んだ歌であるが、岩国本と慶応本では、仏事を行う様を詳細に示す内容が加えられた上で、歌が配されている。

この他に、西行と同行であった西住の臨終に際し、寂然との贈答歌も岩国本と慶応本には掲載されている。

○122みだれせぬおはりきくこそうれしけれさてもわかれはなぐさまねども
（山家集　八〇五　寂然、千載集　哀傷　六〇四）

○122此世にて又あふまじき君ならばすすめし我ぞこころみだれし
（山家集　八〇六、千載集　哀傷　六〇五）

『山家集』では「同行に侍りける上人、をはりよく思ふさまなりときゝて、申しおくりける」とあるのに対し、「そののちさいぢうは、ぢうびやうありて、しやうねんにすまゐして、わうじやうをとげたりければ、さいぎやうのもとへ、じやくれんよみて、つかはしける。」と、そのままの設定で、ほぼ同じ内容となっている。

これらの旅の歌では、詞書の状況設定にほぼ従っており、その詞書を、より具体的に本文に即した形で説明している形となっている。これらの歌では、西行の修行者としての姿を強調するための歌が配されているといえよう。

五　『西行物語』の採録歌の独自性

先述の西住臨終の場面である121、122に続いて登場する123の歌もまた、岩国本と慶応本に特異なものである。この歌は、『千載集』では「同行上人西住、秋ごろわづらふことありて、限にみえければよめる」と、西行が西住の臨終が近いことを思い詠んでいるのに対し、「さいじう、着病のころ、月をみて」と、西住が詠んだ歌に改変している。

○123もろともにながめながめて秋の月ひとりにならんことぞかなしき
（山家集 七七八、千載集　哀傷　六〇三）

さらに、121、122、123の歌は、『千載集』において連続したものであるが、123の歌が寂然との贈答歌の前に置かれており、西住の死後に思い出して詠んだ123の歌を、時系列に従い再配列している。さらに、詠み手を西行から、西住に再設定されているという点も注目に値する。

また、西行の歌ではないものを中間本系の岩国本、慶応本では、西行が詠んだものとして取り上げている。

○27しらぬまに花をや人のおりつらんえだをかぞへてうぐひすぞなく
（「梅に鶯の鳴きけるを聞きて」空仁　治承三十六人歌合　一八九、御裳濯和歌集　六五）

この歌は、西行と出家前から交流があり、西行の出家にも影響を与えたとされる空仁のものである（注★13）。この歌は、『御裳濯和歌集』において、直前に西行の「色にしみかもなつかしき梅がえにをりしもあれや鶯のこゑ」（御裳濯和歌集 六四）が配されている。そのため、中間本系では、西行と空仁の歌を取り違えている可能性もある。一方で、『治承三十六人歌合』をみているのであれば、西行歌を重視しているというよりも、むしろ物語の流れの中に必要と考えられる歌を、西行歌として取り入れているという姿勢もうかがえるのではないだろうか。
　この他に、別系統本にも入っているが、西行の歌とは断定できないものがある。

80かさはありその身はいかになりぬらんあはれはかなきあ
めがしたかな

この歌の歌語である「笠」「身」「あはれ」が詠み込まれた西行と同時代の歌に次の歌がある。

かさのうへにあられたばしる旅人はたがひによそのあはれ
をぞしる　（拾玉集　一〇六二　宇治山百首）
かさゆひのしまこぎわかれこぐ舟の跡ゆくなみのあはれ世
中　（後鳥羽院御集　一〇七二　雑百首）

また、「あはれはかなき」は、謡曲にみられ、『頼政』に「うたかなの、あはれはかなき世の中に」、『百万』に「あはれはかなきちぎりかな」、『砧』に「あはれはかなき身の行方かな」、『義経記』に「あはれはかなき清経かな」などがある。そのため、中世以降に口承に上った表現であると考えられる。また、阿仏尼にも次の歌がある。

旅人は蓑打ち払い夕暮れの雨に宿かる笠縫の里（十六夜日
記 笠縫の里）

『西行物語』には、中世以降の文芸の中で醸成された表現が流入しており、その表現が西行のものとして伝承していることを示しているといえよう。そのため、『西行物語』の歌をすべて西行の和歌として扱うには注意が必要ではないだろうか。

六　和歌表現の変容

岩国本は、慶応本と同系統のものであるが、西行の和歌の変容は、岩国本独自のものがみられる。次にこれについて、例示をしていくこととする。ここでは、岩国本の和歌の後に、勅撰集や西行の家集にみられる歌を示すこととする。岩国本で改変がある箇所には、岩国本に傍線を付した。

20おしむともおしみはつべき此世かは身をすててこそ身を
ばたすけめ
惜しむとて惜しまれぬべきこの世かは身を捨ててこそ身

をば助けめ（西行法師家集　六三七、玉葉集　二四六七）

この歌は、「鳥羽院に出家のいとま申とてよめる」とあり、西行が鳥羽院に出家を願い出たときのものである。西行歌で、「惜しまれぬ」を岩国本では、「惜しみはつ」と改変されている。これにより「おしまれぬべき」では、どのように惜しむのかが不明であるが、中間本系統である岩国本では「惜しみつくす」と意味を明確化している。

また、西行の自讃歌ともされている次の歌でも現れる。

82風になびくふじのけぶりと雲にきえてゆくゑもしらぬ我
おもひかな

風になびく富士の煙の空にきえてゆくゑもしらぬわが思
ひかな　（新古今集　雑中　一六一五）

西行歌では、「空」が岩国本では「雲」となっている。この歌については、同じ中間本系の本であっても慶応本においては「空」を踏襲している。

岩国本では、「雲」に改変している歌がこの他にもみられる。

44あはれとて花みしみねになをとめてもみぢもけふは雲と
なりけり

あはれとて花みしみねになをとめてもみぢもけふはとも
に散りけり　（山家集　一一一四）

73ふかく入て神ぢのおくをたづぬれば又うへもなきみねの
しら雲

御もすそ川のほとり、かみぢ山のすそに、大にちに
よらいを、あがめたてまつりたるだうにとどまりて、
すいじやくのめでたくおはしますことを、おもひい
でて、

ふかくいりて神ぢのおくをたづぬれば又うへもなきみね
の松かぜ　（千載集　神祇　一二七八）

また、西行の臨終の場面の定家詠においても、「空」を「雲」としている。

139もち月のころはたがはぬ雲なれどきえけん人のゆくゑかな
しな

建久元年二月十六日、西行上人身まかりにけるを、を
はりみだれざりけるよしきて、三位中将のもとへ

もち月の比はたがはぬ空なれどきえけん人の行へかなしな
（拾遺愚草　二八〇九）

岩国本の本文は、以下の通りである。

かやうにうちながめて、さいごにちへんのねんぶつを申て、くうにしらくの雲かすかにきこえて、しうんたなびきて、かうばしき香みちみちたり。二十五のぼさつ、れんだいをかたぶけ、くはんをん御てをさづけて、つゐにわうじやうをとげにけり。みやこのうちに、哥よむ人々なみだをなが

しあはれみて、はなのさかりには、ことにかなしびける中
に、さこんゑの中将さだ家あそん、ぼだいゐんの三位中じ
やうのもとへ、さいぎやうがわうじやうのことを申たりけ
るに、かくぞよまれける。

本文において「しらくの雲」と「雲」の表現を用いていることが、和歌においても「空」を「雲」へと変えることに繋がっていると考えられる。

このように岩国本において、「雲」への改変を好む傾向があるといえる。広本系の文明本では、「雲」が二十例、松平本系ともいわれる島原松平文庫蔵本『西行聖人物語』では十七例、略本系の松平文庫蔵『西行発心物語』では十一例、今治市河野美術館蔵『西行四季物語』は十例であるのに対して、岩国本では二十七例みられる。このことからも、岩国本においては、雲の語彙を好んでいることが推測できる。

この他に岩国本では、同じ西行歌について場面を変えて二度登場させている。96は「なげき」の表現を「ならひ」と習慣化した表現に改変し、114では「なげきを」を「なげきぞ」にしている。

96あはれとて人の心のなさけあらばかずならぬにはよらぬ
ならひぞ
114あはれとて人の心のなさけあれなかずならぬにはよらぬ
なげきぞ
あはれとて人の心のなさけあれな数ならぬにはよらぬな
げきを　（山家集　一二七六）

この歌は、『山家集』においては、「恋百十首」の中の一首であるが、96では、陸奥で秀衡に請われて詠んだ歌として示されており、一方、114では、都で同行のもとにいたところ、「恋百十首」を詠むようにという宣旨が出たため詠んだとある。ともに「恋」題であるが、「恋百十首」として詠んだものは、西行歌そのままの形を取り、秀衡に請われた歌としては、改変がなされている。これは、『西行物語』では、物語に沿った形に、歌を取り込んでいることが分かる歌であると考える。

また、西行歌にまったく別の意味を付与している印象を与えるものもみられる。

37おろかなる心のひくにまかせつつさてさはいかに露のい
のちは
おろかなる心のひくにまかせても　さてさはいかにつゐ
の住みかは
（西行法師家集　六七二、新古今集　雑下　一七四九、慶
応本）
46ささの舟のりこす舟をあさたちてなびきわづらふありの
とわたり
ささの海のりこす舟をあさたちてなびきわづらふありの
とわたり　（慶応本）
ささふかみきりこすくきをあさたちてなびきわづらふあ
りのとわたり　（山家集　一一一六）
97ほととぎす宮こへゆかばことづてんこえおくれたるたび

のあはれを
郭公都へゆかばことづてんこえくらしたる山の哀を
（西行法師家集　六三一）

37では「つゐの住みか」を「露のいのち」としている。46の「ありのとわたり（蟻の門渡）」は、大和の国の大峰の行場である。『山家集』で「ささふかみきりこすくき（岫）」とあり、笹の深い山頂を乗り越すという意味であるが、慶応本では「ささの海のりこす舟」と笹の深いことを「ささの海」と見立て、「舟」を用いている。一方で、岩国本では「ささの舟のりこす舟」と、「ささ舟」と小さな舟をイメージし、それを追い越していく舟の姿まで想起させている。

七　おわりに

岩国本を中心に、慶応本や、西行の家集や勅撰集の歌と検討を行ってきた。その結果、西行歌について、組織、構成を解体し再編成を行っているだけではなく、歌そのものも『西行物語』の書き手によって、再編集されていると考えられる。今回のシンポジウムは、「西行伝承の世界」であるが、『西行物語』の和歌もまた、伝承性を孕んでいるといえよう。

以上のことから、岩国本における西行の歌は、そのまま実際の西行歌と同等のものとすることには注意が必要であると考える。このような西行和歌の再編集は、それぞれの系統の『西行物語』の和歌にもみられるものであるのか、あるいは別の系統の本では実際の西行歌と同一なのか、変容しているものなのかを明確にすることによって、『西行物語』の本文と和歌の特徴を示すことができるのではないかと考える。

また、岩国本と慶応本は、同じ系統のテキストであるにも関わらず、歌には違いがみられることが明らかになった。さらに、『西行物語』の語彙について、略本系の肥前島原松平文庫蔵本『西行聖人物語』、采女本系の今治市河野美術館蔵本『西行四季物語』と岩国本の語彙は、自立語の品詞比率、語種比率、高頻度語がそれぞれ異なっているとされている（注★14）。そのため、それぞれの系統の本の代表的なテキストのみの分析では、『西行物語』の歌について全貌を明らかにすることは、難しいと考える。これを明らかにするためには、膨大なテキストを分析する必要がある。そのために、『西行物語』のデータベース化、そして、テキストの一覧性を確保する必要があると考える。

注

(1) 小島孝之「『西行物語』小考」和歌文学会編『論集西行』笠間書院一九九〇年

(2) 山口眞琴「享受と再編—西行物語の伝流と形成—」『仏教文学』14　一九九〇年

(3) 伊藤嘉夫「『西行物語』のたねとしくみ」『跡見学園国語科紀要』12　一九六四年

(4) 山口眞琴『西行説話文学論』笠間書院二〇〇九年

(5) 本稿では、「広本系」「略本系」「中間本系（永正本・寛永本系）」の四系統の分類による。同（注2）

（6）山崎淳「〔資料紹介〕慶応大学付属図書館蔵『西行繪詞』」『詞林』16　一九九四年
（7）秋谷治「寛永本『西行物語』考察―『西行物語』原形を探る―」『一橋論叢』86（5）、一九八一年
（8）同注4
（9）蔡佩青・橋本美香「岩国徴古館蔵本『西行絵詞』の解題と翻刻」静岡英和学院大学紀要16　二〇一八年
（10）礪波美和子「『西行物語』諸本について」人間文化研究科年報　11、一九九六年
（11）西澤美仁、宇津木言行、久保田淳『和歌文学大系21山家集・聞書集・残集』明治書院　二〇〇三年
（12）西行法師家集の詞書は「奈良の僧、とがのことによりて、あまた陸奥国へつかはされしに、中尊と申す所にまかりあひて、都の物語すれば、涙ながす、いと哀なり、かかることはかたきことなり、命あらば物がたりにもせんと申して、遠国述懐と申すことをよみ侍りしに」となっている。これに『山家集』一二二七の詞書「世の中に大事出できて、新院あらぬさまにならせおはしまして、御ぐしおろして、仁和寺の北院におはしましけるにまゐりて、けんげんあざりいであひたり、月あかくしてよみける」の前半部分が混在している。
（13）『和歌文学大辞典』編集委員会編『和歌文学大辞典』古典ライブラリー　二〇一四
（14）冨士池優美、鴻野知暁「『西行物語』の語彙―コーパスを用いた予備的分析―」『西行学』九号　二〇一八年

付記　本稿は、「第九回西行学会大会」（二〇一七年九月九日、静岡英和学院大学）でのシンポジウムの内容をもとに、改題、改編したものである。

なお、本研究は、JSPS科研費JP16K02387「コーパスを活用したテキスト校訂・解釈の研究」の成果の一部である。

（はしもと・みか／川崎医科大学）

岩国徴古館蔵本『西行絵詞』歌番号

1	たちかへる春をしれともみせがほにとしをへだつるかすみなりけり
2	鶯のこゑぞかすみにもれきぬる人めともしき春の山ざと
3	岩まとぢしこほりもけさはとけそめてこけのした水道もとむなり
4	ふりつみしたかねのみ雪とけにけりきよたき川の水のしらなみ
5	とめこかし梅さかりなる我やどをうときも人はおりにこそよれ
6	雲にまがふ花のしたにてながむればおぼろに月はみゆるなりけり
7	きかずともここをせにせんほととぎす山田のはらのすぎのむらだち
8	ほととぎすふかきみねよりおちにけりとやまのすそにこゑのきこゆる
9	みちのべにしみづながるるやなぎかげしばしとてこそたちどまりけれ
10	あはれいかに草ばの露のこぼるらん秋風たちぬみやぎ野のはら
11	を山田のいほちかくなくしかのねにおどろかされておどろかすかな
12	秋しのやとやまのさとやしぐるらんいこまのたけに雲のかかれる
13	こえぬれば又もこの世にかへりこぬしでの山こそかなしかりけれ
14	年月をいかで我身にをくりけんきのふみし人けふはなき世に
15	そらになる心ははるのかすみにて世にあらじともおもひたつかな
16	世のうさに一かたならずうかれゆくこころさだめよ秋のよの月
17	をしなべてものを思はす人にさへ心をつくるあきのはつかぜ
18	物おもはでながむるころの月の色にいかばかりなるあはれそふらん
19	露のたまきゆれば又もをくものをたのみもなきは我身也けり
20	おしむともおしみはつべき此世かは身をすててこそ身をばたすけめ
21	いつなげきいつおもふべきことなればのちの世しらで人のすぐらん
22	さびしさにたえたる人の又もあれないほりならべん冬のやまざと
23	としくれしそのいとなみはわすられてあらぬさまなるいそぎをぞする
23”	むかしおもふ庭にたき木をつみおきて見し世にもにぬ年の暮れかな
24	をのづからいはぬをしたふ人やあるとやすらふほどにとしのくれぬる
25	こころせんしづがかきねのむめのはなよしなくすぐる人とめつつ
26	かをとめん人をこふまで山ざとのかきねの梅のちらぬかぎりは
27	ぬしいかに風わたるとていとふらんよそにうれしき梅のにほひを
28	しらぬまに花をや人のおりつらんえだをかぞへてうぐひすぞなく
29	たれか又花をたづねてよし野山こけふみわくるいはつたふらん
30	よし野山ふもとにふらぬ雪ならば花かとみてやたづねいらまし
31	よしのやま桜がえだに雪ちりてはなをそげなるとしにもあるかな
32	よし野やまこぞのしほりのみちかへてまだみぬかたの花をたづねん
33	をしなべて花のさかりになりにけり山のはごとにかかるしら雲
34	ながめとてはなにもいたくなれぬればちるわかれこそかなしかりけれ
35	花にそむ心のいかでのこるらんすてはててきとおもふわが身を
36	よしの山やがていでじとおもふ身をはなちりなばと人やまつらん
37	おろかなる心のひくにまかせつつさてさはいかに露のいのちは
38	なにごとにとまるこころもありければ更にしも又世のいとはしき
39	すゑの世もこのなさけのみかはらずとみし夢なくばいかがしらまし
40	このもとにすみけるあとをみつるかななちのたかねのはなをたづねて
41	分てみんおひきははなもあはれなりいまいくたびかはるにあふべき
42	ふかき山にすみける月をみざりせばおもひでもなきわが身ならなん
43	露もらぬいはやも袖はぬれけれどきかずはいかがあやしからまし
44	あはれとて花みしみねになをとめてもみぢもけふは雲となりけり
45	わけてゆく色のみならずこずゑより千ぐさのたけはこころそみけり
46	ささの舟のりこす舟をあさたちてなびきわづらふありのとわたり
47	びやうぶにや心をたてて思ひけんぎやうじやはかへりちごはとまりぬ
48	身につもることばのつみもあらはれてこころすみける三かさねのたき
49	ふるはたのそばのたつきになくはとのともよぶこゑのすごきゆふぐれ
50	かづらきやまさきの色は秋ににてよそのこずゑはみどりなりけり
51	いにしへの松のしづえをあらひけんなみをこころにかけてこそみれ
52	むかしみしにはのこまつにとしふりてあらしのをとをこずゑにぞきく
53	いづくにもすまれずはただすまであらんしばのいほりのしばしなる世に
54	みる人もはなもむかしをおもひいでてこひしかるらん雨にしほるる
55	いにしへをしのぶる雨とたれかみん花もむかしのともしなければ
56	山ふかくさこそ心はかよふともすまであはれをしらんものかは
57	おもかげのわすらるまじきわかれかなごりを人の月にとどめて
58	こん世にもこころのうちにあらはさんあかで入ぬる月のひかりを
59	月みばとたのみをきてしふるさとの人もやこよひ袖ぬらすらん
60	たちいでて雲まをわけし月かげをまたぬけしきやそらにみえけん
61	山陰にすまぬこころはいかなれやおしまれて入月もありけり
61	よもすがら月こそ袖にやどりけれむかしの秋をおもひいづれば
63	(すつ)とならばうき世をいとふしるしあらんわが身はくもりの秋のよの月
64	月のいる山にこころをおくりきてはれけるあとの身をいかにせん

65	霜さゆるよはのこのはをふみわきて月はみるやととふ人もなし
66	くまもなきおりしも人をおもひいでてこころと月をやつしけるかな
67	こしかたのみしよのゆめにかはらぬはいふもうつつのこころやはする
68	うけがたき人のすがたにむまれきてこりずやたれも又しづむべき
69	世をいとふ名をだにもさはとめをきてかずならぬ身のおもひでにせん
70	うき世こそいとひながらもあはれなれ月をながめてとしのくれぬる
71	更にけるわが身のかげをおもふまにはるかに月のかたぶきにけり
72	すずか山うき世をよそにふりすてていかになりゆくわが身なるらん
73	ふかく入て神ぢのおくをたづぬれば又うへもなきみねのしら雲
74	かみぢやま月さやかなるちかひありてあめのしたをばてらすなりけり
75	宮ばしらしたついはねにしきたてて露もくもらぬ日のみかげかな
75”	榊葉に心をかけんゆふしでをおもへば神もほとけなりけり
76	さやかなるわしのたかねの雲まより影やはらぐる月をみるかな
77	わしのやま月を入ぬとみる人はくらきにまよふこころなりけり
78	君もとへ我もしのばんさきだたば月をかた見におもひいでつつ
79	としたけて又こゆべしとおもひきやいのちなりけりさやのなかやま
80	しらざりし雲井のよその月かげをたもとにこよひやどすべしとぞ
81	かさはありその身はいかになりぬらんあはれはかなきあめがしたかな
82	風になびくふじのけぶりと雲にきえてゆくゑもしらぬ我おもひかな
83	ゆくすゑなきおもひはふじのけぶりにてうちふすとこやうきしまがはら
84	玉にぬく露はこぼれてむさし野の草のはむすぶ秋のよの月
85	しげき野をいく一むらにわけなしてさらにむかしをしのびかへさん
86	しら川のせきやを月のもるかげは人のこころをとむるなりけり
87	月のいろに心をふかくそめましてみやこをいでぬ我身なりせば
88	雲かかるとを山ざとの秋さればおもひやるだにかなしきものを
89	なみだをばころも川にぞながしけるふるきみやこをおもひいでつつ
90	しほりせでなを山ふかくたづねいらんうきことときかぬところありやと
91	たがすみてあはれしるらん山ざとの雨ふりすさぶゆふぐれのそら
92	あづまぢやしのぶのさとにやすらはでなこそのせきをこえぞわづらふ
93	くちもせぬそのなばかりをとどめをきてかれののすすきかたみとぞみる
94	はかなしやあだにいのちの露ときえて野べにやたれもおくりをかれん
95	身をしれば人のとがともおもはねどうらみがほにもぬるるそでかな
96	あはれとて人の心のなさけあらばかずならぬにはよらぬならひぞ
97	ほととぎす宮こへゆかばことづてんこえおくれたるたびのあはれを
98	かずならぬ身をも心のもちがほにうかれては又かへりきにけり
99	すみにけるもとのしづくを思ふにもたれかはすゑの露の身ならぬ
100	のがれなくつゐにゆくべきみちをさはしらではいかがすぐべかるらん
101	月をみて心うかれしいにしへの秋にもさらにめぐりあふかな
102	かれたてるえだなき木にもをとりけりのちの世しらぬ人のこころは
103	わめなしやこほるかけひの水ゆへにおもひすててし春ぞまたるる
104	山路こそ雪のした水とけざらめみやこのそらは春めきにけり
105	大はらやひらのたかねのちかければ雪ふるほどもおもひこそやれ
106	この世にてかたらひをかんほととぎすしでのやまぢのしるべともなれ
107	山おろすあらしのをとのはげしきにいつならひけん君がすみかぞ
108	世のなかをいとふまでこそかたからめかりのやどりをおしむきみかな
109	世をいとふ人としきかばかりのやどに心とむなとおもふばかりぞ
110	つのくにのなにはの春はゆめなれやあしのかれはに風わたるなり
111	なにとなくさすがにおしきいのちかなありへば人やおもひしるとて
112	かずならぬ心のとがになしはてじしらせてこそは身をもうらみめ
113	あふまでのいのちもがなとおもひしはくやしかりけるわかこころかな
114	あはれとて人の心のなさけあれなかずならぬにはよらぬならひぞ
115	おもひしる人ありあけのよるかぜはつきせず身をばうらみざらまし
116	いまぞしるおもひいでよとちぎりしはわすれんとてのなさけ也けり
117	たのめぬに君くやとまつよひのまのふけゆかでただあけなましかば
118	うとくなる人をなにとてうらむらんしられずしられぬおりもありしに
119	あはれとてとふ人などかなかるべき物おもふやどの荻のうはかぜ
120	月のみやうはのそらなるかたみとておもひもいでばこころかよはん
121	ありあけはおもひでありやよこ雲のただよはれつるしののめのそら
122	みだれせぬおはりきくこそうれしけれさてもわかれはなぐさまねども
123	此世にて又あふまじき君ならばすすめし我ぞこころみだれし
124	もろともにながめながめて秋の月ひとりにならんことぞかなしき
125	あはれとも心におもふほどばかりいはれぬべくはとひこそはせめ
126	なきあとのおもかげのみを身になしてさこそは人のこひしかるらめ
127	さりともとなをあふことをたのむかなしでの山ぢをこえぬわかれは
128	たのめをく君もや心なぐさむをかへらんことはいつとなけれど
129	あかつきのあらしにたぐふかねのねを心のそこにこたへてぞきく

130	かしこまるしでに泪のかかるかな又いつかはとおもふあまりに
131	松山のなみにながれてこし舟のやがてむなしくなりにけるかな
132	よしや君むかしのたまのとことてもかからんのちはなににかはせん
133	久にへて我のちの世をとへよ松あとしのぶべき人もなき身ぞ
134	わたのはらはるかに波をへだてきてみやこにいでし月をみるかな
135	ここを又我すみうしとうかれなば松やひとりになるらんとすらん
136	しきみつむあかのをしきのふちなくばなににあられのたまとならまし
137	ねがはくは花のもとにて春しなんそのきさらぎのもち月のころ
138	ほとけにはさくらの花をたてまつれわがのちの世をとふ人あらば
139	もち月のころはたがはぬ雲なれどきえけん人のゆくゑかなしな
140	むらさきの色ときくにぞなぐさむるきえけん人はかなしけれども

本文は、蔡佩青・橋本美香「岩国徴古館蔵本『西行絵詞』の解題と翻刻」（静岡英和学院大学紀要16　二〇一八年）により、濁点、歌番号を付した。番号に「＂」を付している歌は、慶応大学付属図書館蔵本『西行繪詞』に掲載されているが、岩国本には掲載がない歌である。

入会案内

学会設立趣意書（本誌１・２号掲載）・会則に賛同いただける方で、入会御希望の方は、

ゆうちょ銀行
口座記号番号　００１６０―９―３５８１３７
加入者名　西行学会
入会金　１、０００円　年会費４、０００円
（学生・院生は年会費２、０００円）

を住所・氏名および入会申込と明記の上お振込下さい。
なお、学生・院生は年会費を２、０００円といたしますので、所属大学名を明記してください。
入会方法については詳細をＰＤＦ文書にもしてありますので、ご参照ください。

http://kasamashoin.jp/saigyo/saigyo_nyukai.pdf

事務局住所
〒六七三―一四九四　兵庫県加東市下久米942―1
兵庫教育大学　山口眞琴研究室内
西行学会事務局
事務局メールアドレス　saigyoujimukyoku@gmail.com

西行伝承の世界
──文献説話から見た西行像変容──

木下資一

キーワード
西行物語　古今著聞集　撰集抄　泣く西行　変容する西行像

自由律俳人種田山頭火が、昭和六年（一九三一）一二月に詠んだ句（注★1）、

うしろ姿のしぐれてゆくか

この句は「自嘲」と前書きがあるように、山頭火自身の自画像を詠んだと見られる。山頭火は時雨の中を立ち去って行く出家姿の己の後ろ姿を、自嘲を籠めて思い描き、詠んでいる。

時雨と行脚僧の取り合わせといえば、『山家集（注★2）』などに見える西行と江口の遊女との贈答歌が想起される。

天王寺へまいりけるに、あめのふりければ、江口と申所にやどをかりけるに、かさゞりければ、

よのなかをいとふまでこそかたからめかりのやどりをおしむ君哉

　返し

いゑをいづる人としきけばかりのやど心とむるとおもふばかりぞ

右の歌のやりとりから紡ぎ出された『撰集抄』巻九第八話「江口遊女事」の伝承の西行像は、能『江口』、長唄『時雨西行』などにも展開している。

山頭火が西行を意識していたことは、その昭和一一年の『旅日記』などに確認できる、同年四月一七日に伊豆の伊東温泉を

尋ねて熱海から歩いたときには、富士を讃えつつ、自身を「富士見西行」の姿と重ね合わせている。

同『旅日記』年頭所感に、自分は自分、芭蕉や良寛になることはできないとは述べているが、家庭を捨て、各地を僧衣姿で漂泊して歩く山頭火に、西行的生き方への思慕を見ることは、あながち間違ってはいないだろう。ただし、この西行像はまさに「富士見西行」がそうであるように、伝承世界を通過した西行像である可能性が捨てきれない。

既によく知られているように、芭蕉一門などが『撰集抄』や『西行物語』を通じて、西行の生き方やその和歌を受け止めていた(注★3)。その西行像は近世を通じて広がり、山頭火などにも受け継がれているのではなかろうか。

中世の西行伝承を語る文献は、説話集、軍記物語、歌論書、随筆、能、御伽草子など数多いが、まとまった量と後代への影響という点に注目すれば、まず『撰集抄』と『西行物語』に指を屈することになろう。これまでも研究が積み重ねられているが、この両書の西行像の形成過程とその影響について、再考してみたい。

一　『古今著聞集』と『西行物語』の関係

西行説話として最も早い『発心集』の二説話、巻六「郁芳門院ノ侍良、住武蔵野事」、同「西行ガ女子、出家ノ事」が、『西行物語』と『撰集抄』の形成に重要な役割を果したことは、拙稿「『撰集抄』再考—『発心集』『西行物語』との関係など—」(西行学会『西行学』第七号・二〇一六年八月)で、既に確認したところである。この『発心集』に続き、西行没後の早い時期に、七話もの西行に関わる説話を収めているのが『古今著聞集』である。

『古今著聞集』は、『西行物語』と共通する複数の説話をもち、その関係が注目される説話集である。両書共通する西行往生説話の問題については、坂口博規「『西行物語』考」(『駒沢国文』一三号・一九七六年二月)、同「『西行物語』の成立時期をめぐって—絵巻と物語の関係を中心に—」(『駒沢大学文学部研究紀要』三四号・一九七六年三月)などの先行研究が言及しているが(注★4)、管見の限りでは、『古今著聞集』と『西行物語』との出典関係は、いまだ再検討の余地があるように思われる。

『古今著聞集』の成立はその序文から建長六年(一二五四)であることが知られているが、『西行物語』の成立もほぼ同時期の一三世紀中頃と推測される。『とはずがたり』の作者後深草院二条が九歳(一二六六年)の時、「西行が修行の記といふ絵」を見たという記事、『十六夜日記』に天竜のわたりを通ったとき(一二七九年)に、「西行がむかし」に触れていること、『沙石集』(一二七九~一二八三年成立)に伊勢国のかんなぎ平五命婦が「西行が絵」を見て歌を詠んだという説話があることなどが根拠である。かつて谷山茂氏が大阪市立大学図書館蔵『藤門雑抄』に『西行物語』の一本の奥書が引かれていることを紹介した(注★5)。そこに建長三年という書写年代があることから、『古今著聞集』以前の成立である可能性もある。しかし、孫引きの記事であり、偽奥書かもしれない。この記事が全面的に信頼できるか疑問は残る。『古今著聞集』と『西行物語』は、直接の引用関係があるのか、あるとすればどちらが先行して成立しているのか、解明が必要である。

『古今著聞集』の西行説話には、次の七話がある。

①巻二〈釈教〉西行法師大峰に入り難行苦行の事（大系説話番号57）

②巻五〈和歌〉西行法師崇徳上皇を悲しみ奉る事（大系説話番号156）

③巻五〈和歌〉西行法師和歌を兵衛局に贈る事（大系説話番号157）

④巻五〈和歌〉西行法師が御裳濯歌合并びに宮河歌合の事（大系説話番号212）

⑤巻一三〈哀傷〉鳥羽院御葬送の夜西行法師詠歌の事（大系説話番号460）

⑥巻一三〈哀傷〉西行法師釈迦入滅の日往生せんと願ふ事（大系説話番号465）

⑦巻一五〈宿執〉西行法師後徳大寺左大臣実定中将公衡等の所在を尋ぬる事

（本文は日本古典文学大系（岩波書店）による）

『古今著聞集』と『西行物語』の間で最も注目されるのは、前掲坂口論文も問題にしている⑥の西行往生説話である。往生者は、紫雲・音楽・異香の存在、複数の人間の夢見の一致などの奇瑞が報告されて、始めて往生と認定される。自分の死期を知るのも、往生の奇瑞の一つである。西行は「ねがはくは花の下にて…」の歌を生前に詠み、その歌の通りに亡くなったことが往生の奇瑞と受け取られた。そのことは、藤原俊成『長秋詠藻』、慈円『拾玉集』、藤原定家『拾遺愚草』などの記事から確認できる。ただしこれらの記事は、いずれも西行の臨終は、『長秋詠藻（注★6）』「去年文治五年河内ひろかはといふ山寺にてわづらふことあり…年のはて比京にのぼりたりと申ししほどに、二月十六日になんかくれ侍りける」、『拾玉集（注★7）』「文治六年二月十六日未時、円位上人入滅臨終」、『拾遺愚草（注★8）』「建久元年二月十六日、西行上人身まかりにける」とあり、西行臨終は、文治六年すなわち建久元年（一一九〇）二月一六日で一致している。

それに対し、『古今著聞集』と『西行物語』は、いずれも「建久九年二月一五日」のこととしている。次の対照表Ⅰでは、『西行物語』諸系統の本文として、文明本、永正本、正保本の三本と『古今著聞集』本文を示しているが、そのことが確認できよう。「建久九年」は「建久元年」の誤写の可能性も考えられるが、「二月十六日」を「二月十五日」としているのは、「釈迦如來御入滅の日」や「もち月」に影響を受け、史実を変えて西行の臨終をより理想的、劇的なものにしようとした心理が反映していると考えられる。

西行が中世の人々の心を捉えたのは、狂言綺語と見られる和歌の道と仏道が矛盾なく結びつくことの体現者としての一面があったからではなかろうか。西行の歌を引きつつ、その臨終・往生を大きく取り上げる『西行物語』や、「和歌の道にたづさはる輩は、心の優にて、歎もうらみも、共に忘るゝに、実の法に思入て詠とられけむ」（巻五第四話「永縁僧正事」）、「狂言綺語の戯れ、讃仏乗の因とは是かとよ。…こしをれを、我よまざらましかば、…などてかゝるいみじき人にもあひ侍べき」（巻九第八話「江口遊女事」）などとある『撰集抄（注★9）』成立の背後には、このような西行観が存在したと考えられる。『三国伝記』巻六「西行法師値人丸事」は、『西行物語』を重要素材として成立した説話である（注★10）が、まさにこれも西行を歌道と仏道の合一を示した人物として描いている。

対照表Ⅰ

『古今著聞集』	文明本『西行物語』	永正本『西行物語』	正保本『西行物語』
西行法師、当時より、釈迦如來御入滅の日、終をとらん事をねがひて、よみ侍ける、 ねがはくは花のもとにて春しなんその二月のもち月の比 かくよみて、つゐに建久九年二月十五日往生をとげてけり。	さうりん寺東山の辺にいほりをむすびて、観念の窓の前には、三明のひかりをともしてねぶることなし。堂舎の碩の桜の花ざかりを待へては、釈迦如来の入滅の朝、二月十五夜の夜半にわうじやうをとげんとねんじて、かくぞよみける。 ねがはくははなのもとにて春しなむそのきさらぎのもち月のころ つねにこのうたをながめて、つゐに建久九年の二月の中の五日、ねがひのごとくしやうねんにぢうして、桜の花の本にて、	（双林寺ナシ） 東山のすまひなりけるが、過にし方□ありさまを、かへり見るに、生年、廿五の年、仙洞の□面を遁て、妻子とも、ふりすてゝ、花の袂をぬぎかへ、あさの衣をかけて、深山のほらに籠て、観念の心を、法地にすまし、常に、安養浄土に、心をかけ後には、諸国流浪の、あゆみをはこびて、山林に、ぎやうをたて、法花念仏、おこたらずつとめ、法界往生、平等一仏の思をなして、慈悲のたもとをしぼり、忍辱の衣をそめて、悪行の心を、しのびつゝかやうにぞながむ	東山のほとり。双林寺の。かたはらに。いほりを、むすびて。くはんねんの、まどのまへには。三明の。月のひかりを。友とし。称名の。ゆかのほとりには。せつしゆの。御むかひを待て。あかしくらしけり。御だうの。みぎりに。さくらを。うへられたりけるに。おなじく。此花ざかり。釈迦入ねはんの日。二月十五日のあさ。往生を。思ひて。かくなん ねがはくは花のもとにて春しなんそのきさらぎのもち月のころ

西方にむかひて観喜のゑみをふ
くみていはく、
　若人散乱心　乃至以一花　供
養於画像　漸見無数仏　於此命
終　即往安楽世界　阿弥陀仏
大菩薩衆　囲遶住処
と誦して一首、
　仏にはさくらの花をたてまつ
れ　我後の世を人とぶらはゞ
　さいごに百反の念仏申て、に
しにむかひていたれば、にしの
山のはかゝやきて、かうばしく
風吹て、身すゞしく観喜の心ゆ
たかに、いよ〳〵化度しゆ生の
心ふかくもよおし、天にはぎが
くの声みゝにつきてかすかなら
ず、紫雲しづかにおるれば、廿
五の菩薩まのあたりに見え給
ふ。観音はれんだいをさゝげて
おはしませば、すなはち乗てつ
ゐにわうじやうをとげつ。
　むかし、しやくそん鶴林の夕
辺にことならずして、二月の十
五日におはりぬ。

　願はくは花のもとにて春しな
むそのきさらぎのもち月の比
　かやうに詠つゝ、五十余年を、
すぎぬる事、程なし。年々歳々
花相似　歳々年々人不同と、常
に此心をながめて、
　建久九年、二月中の五日に、
願のごとく、正念にぢうして、
かの花の本にして、西に向てか
やうにぞ
　若人散乱心　乃至以一花　供
養於画像　漸見無数仏　於至命
終　即往安楽世界　阿弥陀仏
と、となへて
　仏には、桜のはなを、たてま
つれ、我後の世を、人のとひこ
ば
　かやうに詠、最後に、千反の
念仏申せば、空に音楽のこゑし
て、紫雲たなびきて、異香薫じ
て、廿五の菩薩は、聖衆共に影
向し、観音、勢至は、蓮台を、
かたぶけて来、往生を、とげぬ
る事の、目出さこそ、まことに、
ありがたくは覚えけれ。

　すでに。此歌のごとく。建久
九年。二月十五日。正念たゞし
くして。西方に。むかひて
　若人散乱心　乃至以一花　供
養於画像　漸見無数仏　於此命
終
即往安楽世界　阿弥陀仏大菩薩
衆囲饒住処
と。ゝなへて
　ほとけには、さくらの花を、
たてまつれ、我後の世を、人と
ぶらはゞ
となめて。千返念仏。やむ事
なく。空に伎楽のをとほのかに。
異香。とをくくんじ。しうん、
はるかに、たなびきて。三尊来
迎の。よそほひ。じやうじゆ。
くはんぎの。ぎしき。万民。耳
目を。おどろかし。往生の。そ
くはいを。とげにけり。

此事をきゝて、左近中将定家朝臣、菩提院三位中将のもとへ申つかはし侍ける、 もち月の比はたがはぬ空なれどきえけむ雲のゆくゑかなしな 返し 紫の色ときくにぞなぐさむるきえけん雲はかなしけれども	…（西行の妻、娘の往生。人々の結縁）… 其中に右近中将定家の朝臣、ぼだい院の三位のもとへ、西行が往生の事を申されけるに、 もち月のころはかはらぬものなれどきえけむ空のゆふべかなしな むらさきの色ときくにもなぐさむるきえけむ雲はかなしけれども	…（西行の妻、娘の往生。人々の結縁）… 都に歌を読人々は、袖をしぼり、あはれむ事、かぎりなし、中にも、藤の中将のもとへ、此由をつげゝれば、出仕をとゞめてぞ、かなしみ給ふ もち月の比はたがはぬ空なれどきえけん人をいつかわすれん	…（西行の妻、娘の往生）… みやこの内の、歌よみたち。あとを、したひ。袖をしぼらぬは、なかりけり。 中にも、左近の中将、定家。菩提院の。三位中将の。もとへ。西行往生の事を。申されける。おくに もち月のころはかはらぬそらなれどきえけむ雲の行衛かなしも 三位の中将。公衡の。返事 むらさきの色ときくにぞなぐさむるきえけん雲はかなしけれども

（実線は重要な一致部。破線は本文の一致度は低いが、類似する箇所。波線は大きく異なる箇所を示す。本文は『古今著聞集』—日本古典文学大系（岩波書店）。文明本『西行物語』—久保田淳編『西行全集』。永正本、正保本—室町時代物語大成（角川書店）による。本文の濁点は私意により補った。）

『古今著聞集』と『西行物語』が深い関係にあることは確認できたが、その関係については、次のA、B、C三通りの想定が可能である。それぞれの可能性について、検討を加えてみたい。

A　『古今著聞集』が『西行物語』から直接引用
B　『西行物語』が『古今著聞集』から直接引用
C　『西行物語』と『古今著聞集』がそれぞれ共通の典拠から引用

Aの可能性は極めて低い。現存する『西行物語』本文を見る限り、「東山」という場所、臨終時の「若人散乱心…」の『法華経』読誦、妻・娘の往生譚などの要素をそぎ落とし、『古今著聞集』のような形にするのは、常識的にはあり得ない。

可能性が高いのは、BかCの関係である。このいずれかを考えるには、『古今著聞集』⑥話以外にも、『西行物語』と『古今著聞集』が同文性の高い説話を共有していることに注目したい。

『古今著聞集』①、⑤、②、③話は『西行物語』と同文的記事を共有する。ただし『西行物語』諸本によって、これらの記事の出入りが大きい。①については、正保本が欠き、⑤については、永正本が欠く。②についても、やはり永正本が欠く。③については、永正本、正保本が欠いている。また②は、『古今著聞集』よりも『山家集』の詞書・和歌とより高い同文性が認められる。⑤についても、『山家集』などにも同文性が高い詞書・和歌があり、注（4）の山口氏の指摘にもある通り、『古今著聞集』との典拠関係は考えにくい。③も『山家集』、『西行上人集』、『山家心中集』などに同文性の高い和歌・詞書があることに注意が必要である。

結局のところ、『古今著聞集』と『西行物語』の関係を考える上で最も手がかりになりそうなのは、①「西行法師大峰に入り難行苦行の事」である。この説話は正保本『西行物語』では欠けているが、永正本、文明本では重要な構成要素となっている。対照表Ⅱを参照されたい。

対照表Ⅱ

『古今著聞集』	文明本	永正本	正保本
西行法師、大峰をとをらんと思ふ志深かりけれども、入道の身にてはつねならぬ事なれば、思煩て過侍けるに、宗南坊僧都行宗、其事を聞て、「何かくるしからん。結縁のためにははさのみこそあれ」といひければ、悦て思立けり。「かやうに候非人の、山臥の礼法たゞしうして、とをり候はん事は、すべて叶べからず。たゞ	大峯へいらんと思ふところに、こゝに僧南坊の僧都、その時廿八度せんだちにて中様、いらんとおぼしめさばいらせ給へ。おほ峯のひしよどもおがませまいらすべきよし申されければ、よろこびていりける程に、あはれささこそとおぼえけめ。俄すみ染をぬぎかへて、山ぶしのしやうぞくになりて、大峯へいりぬ。	大峯へいらんと、おもふ処に、そうなんばう、其時廿八どの先達にてありけるが、申候ける、大峯へ入給へと申候ければ、うれしくて、入候けり 俄に、すみ染の袖を、ぬぎかへて、かきの衣に、なりけるこそ、面白くは、おぼえけれ さて又、神前と申候ところに、月お	

何事をもめんじ給ふべきならば、御ともつかまつらん」といひければ、宗南房、「其事はみな存知し侍り。人によるべき事也。疑あるべからず」といひければ、悦て、すでにぐして入けり。宗南坊、さしもよく約束しつる旨を、みなそむきて、礼法をきびしくして、せめさいなみて、人よりもことにいためければ、西行涙を流して、「我は本より名聞をこのまず、利養を思はず。只結縁の為にとこそ思つる事を、かゝる憍慢の職にて侍けるをしらで、身をくるしめ心をくだく事こそ悔しけれ」とて、さめ〴〵となきけるを、宗南坊きゝて、西行をよびていひけるは、「上人道心堅固にして、難行苦行し給事は、世以しれり。人以帰せり。其やんごとなきにこそ此峰をばゆるしたてまつれ。先達の命に随て身をくるしめて、木をこり水をくみ、或は勘發の詞をきゝ或は杖木を蒙る、これ則地獄の苦をつぐのふ也。日食すこしきにして、うへ忍びがたきは、餓鬼のかなしみをむくふ也。又おもき荷を

深山と申宿にて、…（歌）…あづま屋と申宿にて、…（歌）…ちくさのたけとて、…（歌）…ありのわたりとて、（歌）…この峯の第一の大事のところには、このぎやうじやかへるなり。むかしちごとおりえずして命たえけるところにて、ぎやうじやはかへりける、…（歌）…参重のたきをおがみけるにこそ、…（歌）…つぼたけがはらせ仙のほらをすぎて、しやうのいは屋にまいりておがめば、…（歌）…

　このいはやにてわうじやうをとげばやとのぞみ申けれども、せんだちゆるさざりければ、心ならず出つゝ行程に、やまとのくにまぢかくなりて、人ざとゞもわづかに見えて、はたのそばにはとのこゑ、おりふしから心ぼそくなくほどに、またかづらき山を見れば…　さても里にいでければ、つれたりける同行、みな我も〳〵と、おの〳〵ちりわかるゝこそ、なまじゐに涙もとゞまらざりけれ。その中に心ある同行、ことになごりをおしみて、いづくにてか又めぐり

もしろかりければ、いとゞ、こゝろすみてぞ、かやうにながむ

　ふかき山に住ける月を見ざりせば
おもひでもなき我身ならまし

音に聞、笙の岩屋を見程に、昔平等院の僧正、千日こもらせ給て、もらぬ岩屋も、袖はぬれけりと、おほせられけるも、たゞいまの心ちして、おもしろく、か様にぞ詠たる

　露もらぬ岩屋も袖はぬれけりとき
かずはいかにあやしからまし

又、平等院の名をかゝれたる、率都婆に、紅葉のかゝりたるを見るに、花より外はと、詠し給ひし人ぞかしと、思ひ出られて、やさしく、か様にぞ

　やさしくも花見しみねに、名をと
めてもみぢぞ今は友となりけり

又昔、行者は帰り、児はとまりけるも、理かなと思出

　びやうぶには心をたてゝ思へども
行者はかへり児はとまりぬ

大峯を出ぬれば、もとの墨染の衣に成て、つれたる同行もわかれ〳〵になて、たゞひとり、ゆく程に、大和

ナシ

かけて、さかしき嶺をこえ深き谷をわくるは、畜生の報をはたす也。かくひねもすに夜もすがら身をしぼりて、曉懺法をよみて、罪障を消除するは、已に三悪道の苦患をはたして、早無垢無悩の宝土にうつる心也。上人出離生死の思ありといへども、此心をわきまへずして、みだりがはしく名聞利養の職也といへる事、甚愚也」と恥しめければ、西行掌を合て随喜の涙をながしけり。「誠に愚癡にして、此心をしらざりけり」とて、とがを悔てしりぞきぬ。其後はことにをきて、すくよかにかひ〲しくぞ振舞ける。もとより身はしたゝかなれば、人よりもことにぞつかへける。此詞を帰伏して、又後にもとをりたりけるとぞ。大峰二度の行者也。

あふべきと袖をしぼりければ、…その時、そうなん坊を本尊にて、百日同心合力の同行教主とおがみて、ざいしやうせうめつのけうけにあづかりて、ふかき谷の水をたゝきて水をくみ、高峯のた木ゝをとりてひさげをあたゝめて、しゆくにつきてはたどる〲せんだちの御あしをあらひて、金剛秘密坐禅入定の秘所をゝしへ給ひて、恭敬礼拝のゆへには、極楽浄土ののぞみ、すでにとげ侍りぬとおぼえき。おの〱かきの衣かへるばかりに袖をしぼりて、ちり〲になるあか月、ぬへと云鳥のこゑ心ぼそくきこえければ、…（歌）…

　ぎしきをさだめし同行もおの〱別ぬれば、たゞ我ひとりもとのすみ染になりて、すみ吉にまいりて見れば、…

国ちかく成て、ふるはたといふ所に、とゞまりけるに、山鳩、声もおしまず、なきければ

　ふるはたのそばのたつきにゐる
鳩の友よぶこゑのすごき夕暮

　か様に、心をすましつゝ、住吉の方へまいりて見程に、…

永正本『西行物語』については、山口眞琴氏が時衆の影響下で改編されたテキストであることを指摘している（注（4）著書第二部第三章参照）。一方で古態性を残している部分があることは、前掲「『撰集抄』再考──『発心集』『西行物語』との関係など──」で説いたところである。正保本における宗南坊説話の欠落は、後からの削除と考える（注★11）。

　宗南坊説話をめぐっては、『古今著聞集』では西行が涙を流して宗南坊に恨みごとを言う場面がある。それに対して『西行

物語』では、そのような場面は無く、単に案内者としてその名が見える（永正本）か、足を洗うなど、宗南坊の教化への敬意を示す場面のみが見られるだけ（文明本）である。この説話について、『西行物語』から『古今著聞集』へ引用されたとは考えにくい。

蓋然性の問題であるが、『西行物語』成立時に西行往生説話と宗南坊説話が『古今著聞集』から同時に素材として引用された可能性が高いのではなかろうか。その上で西行往生説話では法華経読誦や和歌の追加など、西行往生をより劇的に描く要素が加えられ、一方で宗南坊説話では泣き言を述べるなど、西行にとって否定的とも見られる要素は削除されたと考えたい。『古今著聞集』⑤、②、③の話と『西行物語』の関係については、『山家集』などから追加された可能性、もしくは『古今著聞集』が出典であったとしても、諸本展開における後からの追補とみたい。

私見を図式化すれば、次のようになる。『西行物語』の成立は、建長六年（一二五四）の『古今著聞集』成立以後と考えられる。

『古今著聞集』→〈原西行物語〉…→永正本『西行物語』
→文明本『西行物語』…→正保本『西行物語』

二　泣く西行

『古今著聞集』宗南坊説話の西行は、くやし涙を流しつつ、宗南坊に抗議する。そこには、「世をのがれ身をすてたれども、心はなをむかしにかはらず、たてだてしかりけるなり」（『古今著聞集』第四九四話「西行法師後徳大寺左大臣實定中將公衡等の所在を尋ぬる事」）とある、伊東玉美「「怒る西行」説話の背景」（『西行学』八号・二〇一七年八月）が指摘するような「怒る」西行の姿が見て取れる。『西行物語』の宗南坊説話には、そのような「たてだてしい」西行の面影は払拭されている。

『古今著聞集』同説話末尾には「其後はことにをきて、すくよかにかひ〴〵しくぞ振舞ける。もとより身はしたゝかなれば、人よりもことにぞつかへける」とある。この「身はしたゝかなれば」とある記述は、西行の実像を伝えている可能性がある。西行は、俵藤太の血筋を受け継ぎ、弓馬の故実に通じ、北面の武士をつとめた人物である。文献として時代は十四世紀中頃までくだるが、『井蛙抄』巻六に載る心源上人が語ったという談話、文覚は西行について「数寄をたてゝこゝかしこにうそぶきありく条、にくき法師也。いづくにてもみあひたらば、かしらをうちわるべきよし」と言っていたが、実際に会ってみると、丁寧に饗応して帰した。疑問を呈する弟子達に「あれは文学にうたれんずるものゝつらやうか。文学をぞうたんずる」という言葉は、西行の実像に近いのかもしれない。

『西行物語』の西行は、出家に際し、娘を縁側から蹴落とす（永正本、文明本、正保本ほか）。ここには武骨な西行の片鱗が見て取れるが、感情にまかせての行動ではなく、「これこそ、煩悩のきづなをきる始めなれ」（永正本）と、自分を納得させて、敢えて行う行為であることをことわっている。幼い愛娘を蹴落とすという極端な行動の背後に、冷静な判断をしている理性的な西行の姿がある。『十六夜日記』にも言及されている『西行物語』の天竜川の渡りでの一場面、無理に舟から降ろされた上、敢えて黙って暴漢の鞭に打たれながら、遁世した身には大したことではないと語る西行にも、感情に流されず理知的で、内面に秘めた仏道修行への強い意思が読み取れる。

そのような内面的な強さを見せる『西行物語』の西行にも、泣く場面がある。諸本により一様ではないが、永正本では次の箇所である。

イ　出家を決意し、鳥羽院のもとを離れることを思う場面
ロ　出家を決意し、愛娘との別れを思う場面
ハ　聖地（如意輪の滝）を拝する場面
ニ　武蔵野で郁法門院の侍に会い、そのありさまに感動する場面
ホ　四国へ旅立つ前、賀茂に詣で、再び都に戻れぬかもしれないことを思う場面（歌）
ヘ　愛娘が説得に応じ、出家するため別れる場面

すなわち主君や肉親との別れの時、聖地を訪れた時、また尊敬すべき遁世者を知った時に、西行は涙している。

文明本『西行物語』では、これに障子歌十首によって褒美を賜ったときのうれし涙、聖地三重の滝、笙の岩屋での涙、大峯修行の山伏達との別れを惜しむ涙、伊勢神路山の景にふれての感涙、鴫立沢での感涙、待賢門院の女房の遁世庵居の様子に流した涙、父に会いたがる愛娘の近況を聞いた時の涙、愛娘に出家を勧める時の涙が加わる。一方でホの場面（歌）を欠く。全体に文明本は永正本より泣く場面が多く、涙もろい西行像が印象づけられるが、「うれし涙」を別にすれば、西行が泣く状況は、永正本より多い。すなわち愛娘や親しい人々との別れの際の涙、聖地を見たときの感動の涙、遁世者の様を見て流した涙の場面などである。

正保本『西行物語』は、宗南坊説話を欠くのでハの場面は無い。しかしイ、ロ、ニの場面で涙を流すのは、永正本と同じである。ただしヘの場面では泣いていない。代わりに、親友憲康の死の前日に二人で無常の世と遁世について語り合った時の涙、岡部の宿で同行の形見の笠を見てその死を知った時の涙、崇徳院の死を知った時の涙、四国から戻り、昔の知人と再会した時の涙が加わる。また文明本と同じく待賢門院の女房の庵居の様を見て流す涙の場面もある。正保本は、永正本、文明本と比べて、親しんだ人との死に際して流した涙が目立つ。このように『西行物語』の西行像は、諸本により微妙に揺れ動くが、全体として武骨な「怒る」姿は抑えられ、繊細で静かな、涙もろい西行像が描かれている。

『西行物語』同様、後代の西行像形成に大きな役割を果たした『撰集抄』の西行も、泣く場面が目立つ。讃岐の崇徳院の墓に詣でてその運命に流した涙（巻一第七話）、友人西住の臨終に流した涙など、親しく交流のあった人々との関係で流す涙もあるが、特徴的なのは「感涙」が多いということである。特に理想的な遁世者に出会い、その修行ぶりを知った時の「感涙」が目立つ。次のごとくである。

例1　巻一第二話「祇園示現・御歌」
…（所領を取られた人の神の託宣による遁世、取った人の遁世と二人の往生を紹介して）其形をうつして留て、今に侍とかや。此事を聞に、そゞろに涙所せきまで侍り。
例2　巻九第八話「江口遊女事」
…（江口の遊女の出家への思いを聞いて）此こと聞に、あはれに難有おぼへて、墨染の袖しぼりかねて侍りき。

このような「感涙」の場面が多いことは、（仮託された）西行を介して、理想的な遁世者とその修行ぶりを紹介するという、『撰集抄』の主題・構想と深い関係がある。『撰集抄』には『西行物語』二と同じ武蔵野郁法門院侍説話が収められているが、『撰集抄』の遁世者の多くはこの聖と共通するところが少なくない。『撰集抄』の西行は、地方に散在している、このような遁世者を発見・紹介（注★12）し、「感涙」を流すのである。いわば『西行物語』の二で流した「涙」が『撰集抄』全体に拡散しているのである。『撰集抄』巻九第一〇話では、西行が長谷寺で妻と再会するが、妻も出家し、かつ自分を捨てた西行に恨みを残さなかったことを喜び、涙を流している。これもあるべき女性像を紹介し、それに出会った「感涙」と言える。このほか『撰集抄』巻五第一三話「宇佐宮・覚知一心文」では神の霊験に対し、涙を流しているが、これも「感涙」である。

『撰集抄』の描く西行には、『西行物語』に残っていた娘を縁側から蹴落としたり、暴漢にむち打たれる西行を見て嘆く同行を叱責するようなたてだてしさは無く、繰り返される落涙の場面からは、感じやすく繊細な西行像である。

三　俳人と伝承の西行

俳人芭蕉が西行を慕い、その和歌ばかりでなく、『西行物語』や『撰集抄』に描かれる西行像の影響を受けたことの例を示せば、次のごとくである。

●元禄三年（一六九〇）正月二日附・荷兮宛書簡（注★13）
…　菰を着て誰人ゐます花の春
撰集抄の昔をおもひ出候まゝ如此申候。
●『笈の小文（注★14）』
…西行の和歌における、宗祇の連歌における、雪舟の繪における、利休が茶における、其貫道する物は一なり。しかも風雅におけるもの、造化にしたがひて四時を友とす。
…西行の枝折にまよひ…
　きみ井寺
跪はやぶれて西行にひとしく、天龍の渡しをおもひ、馬をかる時はいきまきし聖の事心にうかぶ。…

芭蕉の弟子各務支考には、『撰集抄』巻末話の影響を受けた『葛の松原』という著作もある。彼らが受け止めた西行は、風雅と清貧、孤影を帯びた西行像である。

冒頭で言及した山頭火が受け止めたような西行像の広まりの問題に加え、日本各地に残されている「西行のはね糞」や「西行の猿児問答」の昔話など、民俗学的な西行伝承と中世の説話集や物語などの文献に描かれる西行説話とがどのように関わっているのか、未解明な大きな問題が横たわっている。

かつて拙稿「島根県大田市西行堂をめぐって―西行伝説と近世俳人、地域コミュニティ―」（神戸大学国際文化学部『日本文化論年報』第六号・二〇〇三年三月）で、島根県大田市の西行堂と美濃派俳人魚坊の活動についてふれたことがある。今後の研究を俟たなければならないが、近世の地方における俳人、あるいは少し前の時代の連歌師が西行伝承の成立や普及に果たした役割に注目したい。

注

(1)『行乞記』二（『山頭火全集』巻三・春陽堂書店・一九八六年）による。

(2)久保田淳編『西行全集』（貴重本刊行会・一九八二年）所収陽明文庫本『山家集』による。

(3)伊藤博之『隠遁の文学』（笠間書院・一九七五年）など。

(4)山口眞琴『西行説話文学論』（笠間書院・二〇〇九年）は、後述の宗南坊説話について、『古今著聞集』説話のごとき伝承との何らかの交渉があったことに言及する（第二部第三章「『西行物語』の構造的再編と時衆」）。また鳥羽院葬送説話については、『古今著聞集』を典拠とする可能性を否定する（第二部第二章「西行の〈願文〉と鳥羽院」）。

(5)谷山茂「西行の人と歌」（日本絵巻物全集第一一巻『西行物語・当麻曼荼羅縁起』解説・角川書店・一九五八年）。

(6)『新編国歌大観』（角川書店）による。

(7)注(6)に同じ。

(8)注(6)に同じ。

(9)『撰集抄』本文は、久保田淳編『西行全集』（貴重本刊行会・一九八二年）所収松平文庫本『撰集抄』による。

(10)拙稿「謡曲と伝承の西行」（檜書店『観世』第五一巻第一二号・一九八四年一二月）など。

(11)前掲注(4)山口氏著書第二部第一章「享受と再編―『西行物語』の伝流と形成」において、文明本など広本系『西行物語』が「構成の大枠において」古態性を留めていると述べる。

(12)木下資一・内田保弘「西行伝承西行像総覧」（學燈社『国文学』第三〇巻第一〇号・一九八五年四月）、小島孝之「『撰集抄』の回国性」（『国語と国文学』第六四巻第五号・一九八七年五月）参照。

(13)日本古典文学大系『芭蕉俳文集』（岩波書店）による。

(14)注(13)に同じ。

（きのした・もといち／神戸大学名誉教授）

「西行発心のおこり」の内と外

花部英雄

キーワード
術婆迦説話　薄雪物語　大智度論　インド説話　千夜一夜物語

はじめに

西行の出家についての同時代的なリアクションとしては、たとえば、西行が出家してから二年後に逢った藤原頼長の日記（『台記』）に、次のような記事がある。

抑《そもそも》西行は、本兵衛尉義清なり。左衛門大夫康清の子、重代の勇士なるを以て法皇に仕へたり。俗時より心を仏道に入れ、家富み年若く、心憂ひ無きも、遂に以て遁世せり。人これを歎美せるなり。

武人の家柄の西行は、出家以前から仏道修行に関心が深く、家は裕福で悩むべきこともないのに出家し、それを人々は歎美していると述べる。これを書く頼長には、少なくともその出家の理由は想像できないと懐疑的である。これから翻って考えるに、『源平盛衰記』のいう「さても西行発心のおこりを尋《たづ》れば、源《みなもと》は恋故《こひゆゑ》とぞ承る。申《まうす》も恐《おそれ》ある上臈《じやうらふ》女房を思懸進《おもひかけしんぜ》たりける」とする身分の高い女性への「悲恋遁世説」は、あくまでも噂、伝説の域を越えるものではないといえるであろう。

ところで、恋故の出家の真偽そのものの追究については、本稿の関心からははずれるが、ただ出家の理由とされる「悲恋遁世説」が、どのようにして形成されていったのかについては深く関心を持っている。西行の出家を話題にする人々の間で、何をもとに、どのように悲恋遁世説が形象されていったのか。それがどのように民間に浸透し、内容の変貌を遂げているかの過程には興味を持っている。

そこで、ここではまず『源平盛衰記』後の民間における伝承の状況を跡づけ、続いて同類と思われる悲恋遁世譚の類話を、国の外へ向けて追跡していく。西行の発心譚の直接の影響関係を追うのではなく、高貴な女性への恋の行く末の内外の資料を比較することで、国や民族、時代を越えた普遍性を追究しようとするものである。

といって、脈略もなく世界との比較をしようとするものではない。実は西行の恋故の出家譚が、インドの「術婆迦《じゅつばか》説話」（羅什漢訳『大智度論』巻第十四）をもとに構想されている可能性が高いからである。そのことを早くに寺本直彦が指摘し（注★1）、その後、島内景二は術婆迦説話の注釈および物語展開を詳細に追跡した（注★2）。これらの先行研究をもとに、「術婆迦説話」の民間への伝承を探りながら、西行伝承に結実された姿をとらえていきたい。

さらには、「術婆迦説話」の類話をインド周辺の古典に探り、その特徴を取り上げていく。高貴な身分の女性への恋の顛末を語るこの種の説話の特徴を、内外の比較を通しながらこのモチーフの文化的意義を明らかにしていきたい。

一　注釈と口承の「術婆迦説話」

島内は、中世における「術婆迦説話」（注★3）の注釈および解釈的な引用を、「中世的な文学の享受と創造」の問題として注目する。源氏物語の本文の「胸こがるる」と、異なる文脈の表現すなわち「術婆迦説話」の胸の炎に焼け死ぬの表現を対比することによって、そこから新たな物語が創造されていく過程を、実例をもって示す。注釈と引用が物語創造の契機となる関係を示す例として、『古今和歌集灌頂口伝』に載る「しぢのはしがき」を取り上げる。

恋の病の術婆迦が、天竺の后に榻《しぢ》の上での百夜《ももよ》の殿居《とのい》（不寝番）を求められ、その最後の夜に不覚にも熟睡してしまい、覚めて後に胸の炎に焦がれ死にすることになる。深草少将の小町への百夜通《ももよがよ》いを下敷きにした、術婆迦をわが国の王朝貴族の舞台に乗せた物語展開で、注釈が新たな創作へと変貌を遂げていく姿を示している。これを西行に仮託したのが『浄瑠璃十二段草子』である。后の宮の「百日まうで」の折、阿弥陀堂で待つべしとの謎言葉を受けた西行が、堂内で微睡《まどろむ》ところに后が訪れ、残念なことだと歌を詠むと、当意即妙の歌を返して、遂に恋を遂げたということになる。文明七年（1475）以前とされるこの『浄瑠璃十二段草子』が、引き続き御伽草子の「西行」へと展開していくことになる。

さて、術婆迦説話の注釈から創作物語への展開と、その受容の背景にある問題点等については、ぜひとも島内の論文を見ていただきたい。「注釈」が物語の創作に深く結びついていく契機を、文芸の営みとして確認するものである。ところで、文字を介しての「文芸」が、一方では声による口承世界で、さらなる展開を見せていく。文字と声との言葉におけるトータルな「文学」への道が開けていくことになる。島内の触れる事のなかった西行の物語が、「口承の西行」において、どのように展開しているかを次に見ていきたい。

　術婆迦説話を翻案したような民間伝承は、二つの系統に分けられる。一つは、術婆迦に相当する人物が主人公で、もう一つは西行の悲恋譚である。前者の「逢わぬ恋」を、まず取り上げよう。


　昔、漁師の息子がおった。ある時のこと、殿様のお姫様が菊見にでた美しい姿を見て、恋をした。毎日仕事もできず、寝てばかりいた。薬を飲ませてもきき目がないので、どうしたわけかと医者に聞きに行ったら、

「これは恋の病気で、治らん」といわれた。

　親は、息子の恋をかなえてやりたい一心で、四十日もの間、毎日毎日珍しい魚をお姫様に献上した。お姫様も、これは何か願いごとがあるに違いないと思って、母親を御殿へ呼び出した。

　お姫様は、漁師の息子が病気になったわけを聞くと、涙をこぼして心配し、

「それでは一度遭ってやろう。わたしは十月の十日には、出雲の神様にお参りするから、その日でなければ、逢うことはできない。そこの御殿の鍵は、これだ」といって、鍵を渡した。

　その日を待ちに待って、いい着物に匂いまでつけて、息子に着せて出してやった。そしてお宮の中にはいって寝ていると、お姫様は五百人も付き人をつれて来た。そうして、人払いをしてそばに来るが、男はごーごー眠っていて、どうしても起きない。

　それで、仕方がなく、手紙を書いて、

「お前が起きないので、もうこの娑婆では逢えないから、あの世で逢うまいか」と書いて、振袖に巻いて、男の懐に押し込んで、帰って行った。

　男は、それからずっと後になって目がさめた。身分不相応な恋なので、天の大福天の神が、男を眠らしてしまったのだそうだ。（注★4）

　文中の「大福天」は「帝釈天」が正しいのであろう。姫に一目惚れした漁師の息子が、魚を献上して密会にこぎつけるが、「大福天の神」の横槍が入り「逢わぬ恋」に終るという。ストーリー展開を確認すると、源氏物語の注釈では欠かせない「焦がれ死に」がない一方、注釈では話題に出なかった息子の母が登場して、窮境《きゅうきょう》を打開しようとするなど、大きく異なっている。この話の情報源が「注釈」からの流れではなく、その大もとの『大智度論』からのものであることを予想させる。

　なお、先取りして言うことになるが、『大智度論』は結末で「女人の心は貴賤を択ばず、唯欲に是れ従ふ」と王女を批判するが、空海の『三教指帰《さんごうしいき》』は術婆迦の好色の戒めを説く。その点、「逢わぬ恋」は『大智度論』そのものからというより、空海や日本仏教に近い立場からの翻案の可能性が高い。

　もう一つ事例がある。先述の事例の伝承地は、岐阜県高山市

であるが、こちらは栃木県芳賀郡茂木町の例である。棒手振《ぼてふ》り（行商人）が姫に焦がれて直接打ち明けると、神社を指定され、そこで待っているうちに眠ってしまう。姫は着ていた錦《にしき》の打掛を掛けて帰ってしまい、目が覚めた棒手振りは悔しさの末に、錦まだらの蝮《まむし》になる。だから山に行った際には、「この山に錦まだらの蛇いだら、やなたつ姫にとって告げる」と三遍唱えれば、蝮に食われないという（注★5）。棒手振りが突然に蝮になるという不自然さは残るが、これが、呪《まじな》い歌の伝承であるとすれば無理のない説話構成といえる。そのことは、昔話「蕨《わらび》の恩《おん》」では、茅《ちがや》の原で昼寝していた蛇が、茅よりも早く伸びてきた蕨に持ち上げられて救われた、ということから、類似の歌を唱えると蛇の難を逃れられるという話になる。書承といった視点からは思いもつかないような術婆迦説話の新展開といえるが、話が新たな機能を獲得し通用していることを示す例ともいえる。

ところで、新たな記録資料の追加となるが、「後崇光院宸筆《ごすこういんしんぴつ》説話断簡」（石川一雄『書陵部紀要』17、一九六五）に天竺の術婆迦童子の話としてある。母に言われ鯉を釣り、后に献上すること三歳《みとせ》、密会を告げられ宝殿で待つが睡魔に襲われる。目が覚めて後、玉の簪《かんざし》が残されているのを知り、胸の炎に燃え失せ煙りとなる。「かの鯉をつりしによりて、こひといふ事はいひはしめたるなり」と、恋の由来説話の結びとなる。帝王学にも利用されていたことになる。

二　口承における「西行発心譚」

術婆迦系説話のうち、西行が主人公のものとして、長野県みなかみ町藤原の「西行ばなし㈠」は、簡素な語りである。

　西行さんて人は、むかし朝廷に仕えていた坊さんだよ。でまぁ、今日は天気がいいから花見に行こうちゅうて、お妃《ひめ》様が女中を連れてたり、坊さんを連れてたりして花見に行って、そしたらちょうが三匹舞ったっちゅうて、そしたら一人のお女中さんが、
「あれ、ちょうがちった、ちょうじゃねぇはんだ。ちょう（丁）なら二つだけれども、三ついるはん（半）だ」
　そしたらお妃様が、
〽一羽でも千鳥といえる鳥あれど
　たとえ三つでもちょうはちょう
という、歌をよんだそうだよ。
　そしたらその西行さんがお妃さんにほれて、文をやったけど、幾重《いくえ》もやってもなかなか返事がこねぇ。それでもやったらやっとお妃さんから文がきて、
〽会いたくば今宵天に花咲き地に実のなる頃
　さいほう西の浄土にて待つべし
という、手紙が来たっちゅうて。
　それでも西行さん、手紙の意味がわからなくなって、それで物知りのところへ行って、その文を見せて、

「これはどういう意味だ」

って。そうしたら、その人、

「天に花咲き」

ちゅうのは、天にお星さまがきらめいていること。

「地に実のなること」

っていうのは、地に草木に露のたまったことをいうだいね。

それでまぁ、その頃行ったらお妃様がいた。それで喜んで、

「今度会ぅときはいつ会ってくれる」

って聞いたら、あこぎな奴だっちゅうて……

それで今度はあこぎって意味がわからなくて、聞いたら馬方に出くわした。そしたら馬がぬかるみにはまって足をついたそうだい。すねを、馬が。そうしたら、

「このあこぎな奴め」

っちゅうて、しかったと。

そいで西行さん、

「あこぎっていうのはどういうことだ」

って聞いたら、

「こりゃ馬鹿だ」

ちゅうことだって。そういって聞かしてもらったって。それからずうっと歌をよんで歩いたって、そんなことを聞きました。(注★6)

賭博における丁(偶数)と半(奇数)をもじった無理問答や密会の場所を解く謎、また、歌語の意味の解釈など、言葉遊びが基調となっている西行話である。話の最後に「そんなことを聞きました」とあるので、口承によるものと推測されるが、大もとになっているのは、仮名草子の「薄雪物語」であろう。人妻の薄雪と衛門とが、艶書のやり取りの末に結ばれる物語展開の一つに、佐藤憲清と后との右のエピソードが挿入されているからである。

同じく御伽草子「西行」の流れを引く西行伝承に、福島県伊達市梁川町の「西行の「あこぎ」行脚」(注★7)がある。宮中の歌会で西行に一目ぼれした官女が、短冊に謎言葉を書いてよこす。その意味を解釈し阿弥陀堂で待っていて寝てしまうが、顔に掛かった振り袖で覚めて契りを結ぶという展開である。さらに、次の約束を迫ると「あこぎ」と言われるが、意味がわからずに梁川まで旅を続けて来る。牛方が牛にあこぎだぞと言っているのを聞き、初めてその意味を悟るという、ローカルな設定である。

以上は、シンプルな西行話であるが、次に紹介する、昭和十二年の『昔話研究』二―八に載った「難題聟」(注★8)は昔話の「難題聟」という話型であるが、多少内容が込み入っている。これを語った高橋梅吉(島根県邑智郡邑南町日貫)は、鉱石関係の仕事先で昔話を聞いたとされるが、当時この辺りでは「ダイコク」と呼ばれる乞食の巡遊芸人が、語り物などを語って歩いたという。そうした影響が、この昔話にはあるのかもしれない。

ある色粉屋(餅などを染める粉を売る店)の手代のもとを訪れた娘が、自分の居場所を謎言葉で告げる。手代は和尚の元へ将棋を指しに行き、娘が「草津の町のあめがた屋のお竹」であ

ると聞き出す。手代は主人から暇をもらい、その地を訪ねて茶店の婆に、あめがた屋の娘への手紙の仲介を頼む。すると、お竹は逢引の場所を謎言葉で返してくる。その意味を婆から聞き、手代はお竹と逢って結婚の承諾を得る。ただ、お竹は人を介して父親の了解を取って欲しいという。

　そこで、その手順に従い父親に逢うが、「一には西行法師、二には闇の夜のドージマ（履物のぼっくりの事）、三には花娘じよう」を買ってこいと言われる。手代は将棋指しの所に行き、それぞれの言葉を言って駒を打ち、西行は法螺貝、ドージマはローソク、花娘じようは麦饅頭のことと聞き出す。手代はその品を買い揃え、あめがた屋に向かう途中で座頭に遭って、それぞれの品物の口上を聞き、その通り述べて婿に収まったという。

　三パターンの謎言葉による応酬は、単純な昔話とは言えないセミプロ的な語りを感じさせる。一回目は居場所追求の謎で、昔話「播磨糸長」とも共通する。二回目は、いわゆる后から西行に掛けられる謎、すなわち「天に花咲き」「地に実のなる」の謎。三回目はいわゆる「判じ物」や「考え物」に近い謎で、願人坊主や謎解き坊主などがこれを得意にしたもので、この地域のダイコクの影響等が考えられるかもしれない。ただ、この話は西行が主人公ではないので、純然たる「西行話」とは言えない。后の逢引場所指定の謎言葉が、同一であることから取り上げたものであるが、こうした「謎解聟」の昔話は、御伽草子「西行」の民間への浸透を抜きには考えられないので、その参考のためにも紹介した。

　ところで、この話の中で、西行を法螺貝と解いている理由を「西行法師の持ち物」とする説明がある一方で、座頭が法螺貝の中身を食べてから殻だけを手代に渡す際に、「西行法師さんの處へ行った處が、あれは今日歌詠みに出て留守でした。何ぼ待っても戻れんで、あれの家を持って戻りました」と言えと、その口上を教える。これは法螺貝の中身の螺《にし》を西行と呼んでいる証拠といえるが、管見にして他の例を知らないが、これも謎言葉として通用したものであろうか。わが民間の西行は、さまざまな相貌を持って話題に登場するが、これもその一つといえる。

三　『大智度論』「術婆迦説話」の周辺

　ここから外国の事例に移る。『大智度論』は経典の注釈書のスタイルをとりながらも、「大小乗にわたる仏教思想の一大宝庫であり、そこに示された定義や解釈は、後世の漢字文化圏に展開する仏教の性格に大きな影響を与えた」（注★9）という。龍《りゅう》樹《じゅ》の著を後秦の鳩摩羅什《くまらじゅう》が漢訳したものしか現存しないとされる。その巻第十四に「術婆迦」の話が載る。

　魚捕りの術婆迦が、道を歩いていて高楼にいる王女の姿を見てから、心奪われて食事も取らず衰弱してくる。母が理由を問うと、王女が忘れられないのでと答える。母は「汝は是れ小人なり、王女は尊貴なり、得べからざるなり」と諭すが聞き入れず、死んでも構わないという。母は息子のため宮中に魚を差し上げ、代価は受け取らない。王女が怪しんで尋ねると、母は王女に息子の実情を述べ憐憫《れんびん》を乞う。王女は「月の十五日に某甲の天祠の中に於て、天像の後に任せん」と告げる。
術婆迦は沐浴し新衣に替えて、天像の後ろで待つ。王女は父王に天祠に祈願するための許しを得て、「車五百乗を厳《かざり》、出で て天祠に至」り、従者に門の前で待たせて独り内に入る。この時に、天神は「此の小人に王女を毀辱《きじょく》（はずかしめる）せしむべからず」として、術婆迦を眠らせる。王女は眠っているのを見て起こすが目を覚まさない。そこで瓔珞《ようらく》を残して去る。術婆迦は覚めてから瓔珞があるのを知って懊悩し、「淫火《いんか》内《うちょ》り発し、自ら焼けて死せり」(注★10)といった結末になる。『大智度論』の解釈は、空海の『三教指帰』(注★11)と違い、術婆迦の身分違いの懸想や淫欲《いんよく》を責めるのではなく、逆に「女人の心は貴賤を択ばず、唯欲に是れ従ふ」ものであると、婦徳の問題とする。

総じて『大智度論』の話では、主人公とおぼしき術婆迦よりも、脇役であるはずの女性の存在が大きい。それは身分の低い男に身を任せる王女も、また、息子のために通常の倫理を越えた形で画策する母も同様である。こうした女の過剰なパワーを制御するのが、社会的制度の維持を心がける天神の役割のようで、それが仏教の論理ともどこか通底しているように見受けられる。

これと対照するなら、日本の西行話は、女人の手助けにも関わらず、西行自身の不徳ゆえに高貴な女性との交情は叶わない。問題は、大智度論の術婆迦説話から西行話への変容の過程を、日本社会の文化的土壌の問題として取り上げるのが順当のようではあるが、ここではもう少し術婆迦説話の周辺を探ることから、その背景にあるものを追究してみたい。この術婆迦説話と同様に、王妃を見初めて衰弱する息子に、王妃と逢瀬の場を作るという話が、古代インドの説話集の『鸚鵡《おうむ》七十話』(注★12)にある。

枠物語の構成をとるこの話は、その「序話」によるとハラダッタの子のマダナセーメが、妻との愛欲にふけるばかりで仕事をしないのを見兼ねて、天からヴィディヤーダナと鸚鵡が遣わされる。ヴィディヤーダナは不甲斐《ふがい》ない子を悲観する、父のハラダッタを慰める。一方、マダナセーメの家の籠《かご》におさまる鸚鵡は、主人に一つの物語を聞かせ、マダナセーメが金儲けの旅に出るようにうながす。改心したマダナセーメは父に報告して旅立つ。

一方、残された妻プラバーヴァティーに王子が誘いを掛ける。妻が逢引きに出ようとする際に、鸚鵡が物語を語り、その解決策が答えられたら許可すると言うが、妻は答えられず、いつも外出できない。このようにして七十話の枠物語が始まる。

その「第二話」に、術婆迦説話の類話が出てくる。妻が外出を鸚鵡に伺うと、ヤショーダーのように策略ができるならと言って、マンダナプラの町の王妃の話をする。その王妃にある商人が恋煩いし衰弱する。心配した母ヤショーダーが伜《せがれ》に尋ねるとすべてを打ち明ける。すると母は、「前額《ひたい》に三本線の標識をつけ、頸には数珠《じゅず》をかけ」た苦行者の恰好をして、壺と花籠と一疋の牝犬を連れて、王妃シャシプラバーの門へ行く。門番に、聖地の巡礼から戻ったばかりで疲れているから、今日ここに泊らせて欲しいと頼む。そして、その場で神像に燈明や供物を供え、牝犬に礼拝を捧げるので、傍の人々は驚く。

その噂がシャシプラバーの耳に入り見に来て、その振舞や牝犬のことを尋ねる。母はこっそりと王妃に、わたしとあなたとこの牝犬は、同じ腹の姉妹だったのだという。ただ私は恋に悩む男に愛の悦びを与え、あなたは特定の男にだけ愛の悦びを与えた。そして、妹は夫への貞節だけで終わった。そのため、「悩める者には布施を与うべし」の金言を守った私は、前世の記憶を維持する力を得る知識に達し、あなたは幸運に恵まれ妃にはなったが、前世を記憶するという知識に達しなかった。そして、妹は貞節の罪過によって牝犬となったのだという。

そしてヤショーダーは、王妃シャシプラバーが流転の世を乗り切る望みを持つならば、悩める男に喜悦《よろこび》をお与えになれば、自らの知識を得ることができると伝える。王妃はその言葉を信じ、愛の神の矢に触れ冷静さを失った男を連れてきてくれと言う。翌日、母は弱っていた息子を妃のもとに連れて行き、彼女はその来客に、敬意の情と慇懃《いんぎん》の態度をもって振舞ったという。

王女(王妃)との逢引のシナリオが、「魚の代価の拒否」と「前世の因縁」といった違いはあるが、恋煩いの我が子を救うために奮起し、逢引きを実現させる展開は共通する。類話として比較することに問題はないと思うが、ただヤショーダーの話は、一夫一婦制を基本とする社会通念からは大きく逸脱する内容である。この話の背景にどのような秘密が隠されているのであろうか。

息子が王妃と思いを遂げるのは、展開上の付けたしにすぎないが、問題はそれを引き出すために母が、自分は姉妹の前世における所業の「記憶を維持する力を得る知識」を持っているが、現世における王妃の身分にはない。その「知識」こそがここでは決定的なこととされる。

インドの哲学や宗教の源流をなす古代インドの文献『ヴェーダ』(知識と訳される)では、宇宙の最高原理とされる存在の「根源的一者(=ブラフマン)」と、現象界の「自己(=アートマン)」や諸事物との一体化が大きな問題とされる。これをめぐっては、ブッダも含めたさまざまな思想家による言説が残されているというが、赤松明彦によると、八世紀に登場するシャンカラの説が注目されるという。

「最高位のブラフマン、すなわち、真のブラフマンは、唯一で、永遠で、不変の実在でなければならない。一方、われわれが日常的に経験する世界は多様である」(注★13)という。その日常的な世界は「永遠不変のブラフマンを原因として生まれてくる」が、「日常的にこの世界に生きているわれわれは、無明によって本来の姿が覆われたものである」という。したがって、「ブラフマンだけが唯一の実在なのであり、多様な姿をとって現れている現象界はすべて虚妄なのである」とされる。

そして、この現象界に生きている個我(=アートマン)とブラフマンとは切り離されたものではないことを、シャンカラは「多様な現象界のあり方と、それらとブラフマンとの本来的な同一性を説明する喩え」として、壺の中の空間を例に上げる。壺の中は外の空間とは別のもののように存在して見えるが、壺を壊せば区別がつかなくなるゆえに、本質的には同じものである。すなわち「無明」によって本来の姿を覆われている「経験的個我が本来的にブラフマンであること、最高位のブラフマンを本質とすることを教示する」ものであるという。したがって、無明を取り払い、アートマンの本性を直視することでブラフマンと合一することができるとし、この主張を「不二一元論《ふにいちげんろん》」と呼んだ。シャンカラは「真実の解脱は絶対知、即ち上知によって無明をほろぼし、絶対そのものを直覚することによって達せられる。そのためには道徳的・宗教的行為の実践が必要であると説いた」（注★14）と金倉圓照も述べる。これがブラフマンとの合一すなわち解脱のポイントとなる。

　さて、難解で複雑な内容になったが、以上はインド哲学の問題であるが、これが現実の宗教世界にどのように同調し展開していくかが次の関心事である。シャンカラの哲学を宗教的に展開させたのが、ヒンドゥー教の一大宗派であるヴィシュヌ教の信者で、十一世紀に登場するラーマーヌジャといわれる。彼はブラフマンを創造神のヴィシュヌ神と同一のものとし、神への「バクティ（親愛）」による救済（解脱）を説いた。「ただし、ラーマーヌジャが考えていた「バクティ」は、神へ帰依と言っても、個人の側の義務的行為の実践を伴うもの」で、ひたすら一方的、形式的に恩寵を求めるものではなかったという。

　ところで、我が子を王妃シャシプラバーに目合わせたヤショーダーこそが、このヴィシュヌ教の教えを実践してみせたことになろう。「多様な姿をとって現れている現象界はすべて虚妄」であるという教えに基づきながら、神へのバクティを施すことと同様に、悩める者に悦びを与えることこそが、ヴィシュヌ神（ブラフマン）の救済すなわち解脱の道に達する「知識」を得るということの意義を説いたもので、一方的かつ拡大解釈である。まさしく苦行者の恰好をして祭儀を執行する母は、宗教者のエージェントの役割を実行していたことになる。

　とはいえ、信仰の教えを真に受けて、それをそのまま説話化したものでなく、ヤショーダーの説話は信仰を曲解し世知に長けた説話に変容させたものであることは容易に予想せられる。次に、この説話がさらにどのように展開していくのかを見ていきたい。

四　「枠物語」と説話の機能

『鸚鵡七十話』の第二話の類話が、体裁を変えて、一一世紀頃のインドのソーマ＝デーヴァの『カター・サリット・サーガラ』に登場する。『ウダヤナ王行状記』五の「ヴァツァ王の逃亡」の中で、賢臣ヴァサンタカが語る「貞女デーヴァスミターの物語」（注★15）がそれである。梗概を示すと次のようになる。

　商人グハセーナは商用の旅を嫌がる新妻デーヴァスミターのため戒行すると、夢にシヴァ神が出て二人に赤い蓮華を授け、どちらかが操を捨てると、その一本が萎むと告げる。グハセーナの商用先の四人の商人は、グハセーナから蓮華の話を聞き出し、妻の貞操を試す悪だくみを練る。そして妻のいる町に来て、老いた尼僧を訪ね、新妻デーヴァスミターとの接近を頼む。尼僧は二度目に妻を訪ねた際、繋がれている犬に用意した胡椒を入れた肉片を与えると、犬の目から涙がこぼれる。それから妻のもとに行って泣き始める。訳を聞かれると、外で涙を流している犬は、前世において私の仲間で、同じく婆羅門の妻だった。

私は「五大（肉体を形成する地、水、火、風、空の要素）と五感（眼、耳、鼻、下、身の五器官）」を享楽したので前世の思い出を持って生まれたが、しかし、彼女は無智のため貞操を守ったために牝犬に生まれた。今、私を見て前世を思い出して泣いているのだと説明した。

しかし、妻は尼僧の嘘を見抜き、騙されたふりをして四人の商人と次々に会い、強い酒を飲ませて酔わせ額に犬の足跡の印を押し、また尼僧とその弟子も鼻と耳を削いで外に放り出した。それから商用先の町の王の元に赴き、私の四人の奴隷がこの町に逃げ込んでいるので引き渡して欲しいと訴える。王は町衆を集めさせ、妻は頭に頭布《ターバン》を捲いた四人を特定する。四人にはそれぞれ額に犬の足跡印があり、妻はいきさつの一部始終を話したので、聴衆は笑い、王は奴隷と認めた。四人の商人は奴隷の境遇を免れるため、高額の財貨を払い赦してもらったという。

「五大五感」とはヒンドゥー教の信仰の構成要素であり、また尼僧が「前世の思い出」を知識として持つというのは、前掲のシャンカラの「不二一元論」の解釈とも共通する。ただ、ここでは祭儀を通じてバクティを捧げるという儀礼もなく、単に犬に細工をして信じ込ませようとする点から考えても、明らかに信仰を逸脱しており、説話的興味からの発想といえる。

ところで、このヴァツァ王の賢臣ヴァサンタカが語る「貞女デーヴァスミターの物語」は、ヴァツァ王の結婚の経緯を語る内容にエピソードとして挿入された説話といえる。これはたとえば、日本の『平家物語』の作品で、直接物語の進行に関連しない話を「付《つけたり》」として付け加えた余談のようなものである。『カター・サリット・サーガラ』は、このように説話をモザイクのように嵌《は》め込み、作品全体を盛り上げる効果を演出している。

当時の長編物語には、人口に膾炙し洗練した説話を作品に「枠物語」の形で多く散りばめ、物語構成を諮っており、説話はそのエピソード機能の役割を担っている。それがこの時代の説話の機能といえる。『千夜一夜物語』はその最たるものである。『千夜一夜物語』は八世紀末ごろの原形に話が追加され、一六世紀に集大成されたとされるが、そこには膨大な説話や伝説、実話風の話が収められている。先に上げた、無智ゆえに貞操を守り犬と化した話は、「亭主をだました女房の策略」（注★16）という題で出てくる。この話が載る「女の手管《てくだ》と恨み」には「王と王子と側女《そばめ》と七人の大臣の物語」のサブタイトルがあり、王子への処遇をめぐって王の正しい審判を求めるために、側女と大臣たちが互いに男女の性癖や言動を陳述する内容である。この一連の話は人気があった物語らしく、単独でヨーロッパ（『七賢人』）やペルシャ（『シンディバッド物語』）などでも出版されている。

『千夜一夜物語』（ちくま文庫、第七巻）の「亭主をだました女房の策略」を取り上げてみよう。

器量のいい人妻を見初めた色好みの男がいた。夫の留守に何度も手紙を送ったが、人妻は不倫に耳を貸さず返事も書かなかった。男は近所の老婆に洗いざらい話をして、仲介の役を頼む。老婆は人妻と交際を深め、一方で街中《まちなか》の犬に餌をやり手なづける。

ある日、胡椒をたっぷり入れたパンを犬に与え、涙を流している犬を人妻のもとに連れて行く。なぜ犬が泣いているのかと問われ、この犬は私の親しい若奥さまだったが、ある恋い焦がれた男を受け入れず、手紙の返事も書かない。病に伏した男が友だちに訳を話すと、その友だちは女に魔法をかけて犬に変えてしまった。この犬は私以外に頼りがないので、こうして世話をしているのだと話す。話を聞いて恐れた人妻は、実は若い男に言い寄られていることを告白し、助けてくれと頼む。老婆は男に身を任せるよう諭し、人妻が金を払うというので、男との逢引を設定する。

ところが、約束の日に男は現われない。金目当ての老婆は、別の若者に女を紹介することにして、女の家に連れて行く。ところがその若者は、実は女の夫であった。咄嗟に人妻は策略を思いつき、夫に向かって誓いを破る裏切り者となじる。そして、旅から帰ってきたことを知ったので、あなたの心を試すためにわざと老婆と仕組んだことなのに、ぬけぬけと女郎買いをする浮気者と大声でわめきちらす。謝る夫を殴るのを、老婆が止めてやっとのことで二人は仲直りをすることになる。

以上、術婆迦説話の類話を紹介してきたが、その異同を再確認するために、次の「「術婆迦説話」比較表」を参考にしてみたい。一番古いと思われる龍樹の1の『大智度論』では、術婆迦の母が無償の魚献上により息子との逢引を設定するが、天神の計らいで焦がれ死にする。2の『鸚鵡七十話』以下ではヒンドゥー教の影響を受け、前世の記憶を理由にするが、逢引きが成就する『鸚鵡七十話』に対し、他の二つは策略が失敗し、3の『カター・サリット・サーガラ』の商人四人は処罰され、4の『千夜一夜物語』の夫婦は大喧嘩するなど、可笑味を濃くした結末となっている。

「術婆迦説話」比較表

	出典	男	相手	仲介者	動機	内因	結末
1	大智度論	術婆迦	王女	母	価不要の魚献上	―	逢引き後に焦死
2	鸚鵡七十話	商人の子	王妃	母	祭祀と犬礼拝	前世は三姉妹	妃と逢引き
3	カター・サリット・サーガラ	四人の商人	貞女	老尼僧	犬の涙	犬の前世	商人、尼僧を処罰
4	千夜一夜物語	色好みの男	人妻	老婆	犬の涙	犬の前世	夫婦喧嘩

この結末の違いは「相手」となる女性の人物形象との相関性はあるが、しかし、その大もとにある理由は、その説話を必要として載せた母体となる物語集の側にあるとみるべきであろう。説話の骨子は変わらないとしても、意味や価値づけの主導権は引用する側にある。裏返せば、説話は可塑性に富んだ素材であるところに大きな意義があるといえる。

おわりに

歴史上の西行は一二世紀中ごろに出家するが、民間伝承の西行はそうした史実に頓着せず、出家の理由もおおよそ現実味に乏しく、身分違いの上臈との悲恋遁世説をもてはやす。本稿はその悲恋遁世説を取り上げ、それも海外までその淵源をたどり考察を加えた。伝承には歴史的事実へと収束していく場合と、より普遍的な概念を志向していく場合とがあり、本稿は後者の国や民族を越えた一般性を目ざして西行の出家の意味を考えることにした。

西行の「悲恋遁世」は『源平盛衰記』に示されるが、その方向は『大智度論』の「術婆迦説話」と軌を一にする。島内景二は中世および近世の注釈書や物語草子の文献をもとに、術婆迦説話の流れを詳述した。その中に「どこにも術婆迦という名前を出さないものの、明らかに術婆迦を意識したフィクション」の西行の出家譚があると指摘する。その術婆迦説話および西行出家譚の民間での口承の展開を素描した。それによると、民間伝承には民間の宗教者や口承の叙述に長けたセミプロ的な語り手の関与の動向と、その足跡が残されている。そこには西行や「あこぎ」などの文化的な関心以外にも、呪術や無理問答、謎言葉などといった言語遊戯への興味が加えられ、新たな彩りを提供している。

続いて、術婆迦説話の淵源を外国にたどるなら、王妃が魚売りに凌辱されることは許されないとする『大智度論』の王権体制派の仏教者の見方がある。また、ヒンドゥー教の「知識（ヴェーダ）」にもとづく「不二一元論」に立脚する『鸚鵡七十話』は、無明の現象界の身体はそもそも虚妄であるとして、アナーキーにも王妃との関係を成就させる。とはいえ、これは信仰世界の解釈であり、それを説話に援用したものに過ぎず、現実のヒエラルキーを否定するものではない。その証拠に、『カタ－・サリット・サーガラ』や『千夜一夜物語』では、可笑味を加えた「枠物語」の中に収められている。説話を信仰レベルではなく、生活における歪み淀みの補正を説話に反映させ、清濁併せ呑む説話享受のあり方を示すものとして評価すべきであろう。

ところで、本稿では西行の出家説の説話モチーフを、国際比較の視点からより普遍的な解釈を目ざして出発したが、十分に意を尽くさず予定の枚数を越えてしまった。筆者の見通しのようなものをいえば、まずは政治・社会制度から疎外されている大衆の意識の根底にある「西行／術婆迦」モチーフを炙《あぶ》りだすことであった。そして、国家や民族といった論理を越えたところの説話の同質性を明らかにすることとを意図したが、しかし、十分に深められたかどうか多少心もとない。

注

(1) 寺本直彦「古典注釈と説話文学」（『日本の説話　中世II』東京書籍、一九七四）
(2)(3) 島内景二「術婆伽説話にみる受容と創造」（『汲古』第一二号、一九八七）
(4) 鈴木棠三編『しゃみしゃっきり』（未来社、一九七五）
(5) 小堀修一編著『那珂川流域の昔話』三弥井書店、一九七五）
(6) 渋谷勲『きつねのあくび　藤原の民話と民俗』（日本民話の会、一九八二）
(7) 『梁川町史』（第一二巻、一九八四）
(8) 鈴木棠三『邑智郡昔話』（「昔話研究」二－一八）
(9) 『仏教入門事典』（大蔵経学術用語研究会、二〇〇一）
(10) 『大智度論』巻第十四（龍樹造、後秦鳩摩羅什《くまらじゅう》訳。大正新

脩大蔵経　第二十五巻釈経論部上）

（11）『三教指帰』（『日本の思想1　最澄・空海集』筑摩書房、一九六九）

（12）『鸚鵡七十話』「第二話」（田中於菟弥訳、平凡社、一九六三）

（13）赤松明彦『インド哲学10講』（岩波新書、二〇一八）。このあとの引用部分も同書による

（14）金倉圓照『インド哲学史』（平楽寺書店、一九六二）

（15）ソーマ＝デーヴァ『カター・サリット・サーガラ』（岩本裕訳、岩波文庫、一九五四）

（16）バートン版『千夜一夜物語』（大場正史訳、ちくま文庫、一九六七）

（はなべ・ひでお／國學院大學）

投稿規定

○資格―投稿の資格は、会員に限ります。

○内容―西行およびその周辺に関する研究成果に限り、次の二種類とします。

　A　研究論文　B　研究ノート

○分量―Aについては、一六、〇〇〇字（400字詰原稿用紙換算40枚相当）、Bについては、六、〇〇〇字（400字詰原稿用紙換算15枚相当）を基準とします。分量には図版等も含みます。

○投稿方法―原則として、データをメールで送信するか、CD―ROMやUSBメモリ等でお送りください。いずれの場合もプリントアウトを郵送してください。原稿にはA・Bの種別を明記し、現在の所属を書き添えてください。原稿は原則としてお返しいたしません。図版を使用する場合は、原則として執筆者本人が使用許可を取り、使用料・印刷費用を負担することとします。

○審査―編集委員会にご一任ください。なお内容に応じて査読を編集委員以外の会員に委嘱する場合があります。掲載の場合は本誌5部を贈呈します。

○締切―毎年　2月16日（西行忌）

○投稿先―西行学会事務局

事務局住所

　〒六七三―一四九四　兵庫県加東市下久米942―1

　兵庫教育大学　山口眞琴研究室内

　西行学会事務局

事務局メールアドレス　saigyoujimukyoku@gmail.com

静岡の西行伝承地

大会実地踏査記録

蔡　佩　青

はじめに

第九回西行学会大会の三日目（平成二十九（二〇一七）年九月十一日）は、静岡に伝わる西行伝承ゆかりの地のフィールドワークを行った。会員の他、県内在住の方も応援に駆け付け、中型バスがほぼ満席状態の総勢二十五名で午前九時三十分に静岡駅を出発した。

静岡は東海道のメインストリートであるだけに西行の足跡が多く残されている。限られた時間ですべてを回ることはできないので、とくに静岡という場所と関わりが深い伝承地をピックアップして実地踏査を行った。訪れた踏査地は次の通りである。

・専称寺〈藤枝市岡部町〉
享保十一（一七二六）年に西行山最林寺に奉納された西行座像が安置されている。

・西行笠懸けの松、西住墓〈藤枝市岡部町〉
『西行物語』に描かれている、西行が岡部宿で同行の死に遭遇する挿話の舞台。

・十石坂観音堂〈藤枝市岡部町〉
廃寺後の西行山最林寺に残された堂。西行座像が最初に奉納された場所。

・西行歌碑〈静岡市清水区〉
徳川家康公顕彰四百年記念事業の一環として建立された、西行が久能の山寺で詠じた歌の歌碑。

・鉄舟寺〈静岡市清水区〉
久能山に創建された寺（久能寺）で、永禄（一五五八〜七〇）年間現在地に移転し寺号が改められた。

・天王山遺跡〈静岡市清水区〉
西行がここから眺望する絶景に感服のあまり、筆を池に捨てたと伝えられている。

静岡市清水区と藤枝市岡部町は、それぞれ静岡市の中心地の東西に位置しているため、昼食をはさんで午前は岡部町、午後は清水区というコースでまず西へ進み、そして東に戻るように移動した。右記は移動順に踏査地を並べているが、伝承の発端を基準にその内容を次節より述べていく。

一　岡部町に伝わる西住伝承

『西行物語』には、西行が東下りの途次、天竜川の渡りで乗船をめぐるトラブルから武士に鞭で頭を叩かれた、という西行受難の場面が描かれている。諸本によって細部の描写は異なっているが、いずれも西行は、打たれたことを恨まずに舟を降りたものの、その様子を見て泣き悲しむ同行の態度に賛同できず別れを告げたという内容となっている。文明本と采女本以外の伝本には、その後一人で東国へ赴き小夜中山を越えた西行が、岡部宿でしばし休息した際に、かつて都でともに修行していた同行の死に遭遇した、というエピソードが挿入されている。

物語におけるこの二つの挿話は、近世に入って、二人の同行がともに西住に書き換えられて、天竜川から岡部宿までの一連の話として伝えられている。西行は、弟子の西住と東国への修行の旅に出て、天竜川の渡りでの事件によって西住と別れた。師に破門された西住は池田の長者の忠告を得て西行を追いかけるものの、岡部宿で旅の疲労と病が重なって死去してしまった。東国から帰京した西行は、村人からその経緯を知らされた。静岡県史・岡部町史をはじめとする公的記録に収録され、『岡部のむかし話』(注★1)として語られているこの伝承は、文政三（一八二〇）年に刊行した地誌『駿河記』(注★2)の記録を継承したものであるが、その内容は、『西行物語』の挿話に、西住の事跡を語る「桑門西住事状記」(注★3)を加え、さらに『駿河記』編者の潤色をも交えている。

「桑門西住事状記」については、その奥書に、江戸人柑本南浦昌基が元文元（一七三六）年に撰し、信濃守源光章が清書したという成立事情および、岡部町内谷に在住している杉山氏が所蔵していたとの伝承経緯が記されている。内容はタイトルの通り、西住が主人公となり天竜川と岡部宿での出来事が描かれている。話末には、亡くなった西住が岡部の村人によって埋葬され、墳墓と碑も建てられたが今や崩れ落ちているので、西住の名と事跡を遺すためにこの事状記を書きとめた、という撰者の執筆意図も示されている。これがおそらく最初の西住物語であろう。ただ、残念なことに、その内容は地誌など

写真１　西住墓（岩鼻山山頂）

写真２　西住法師案内看板（岩鼻山山頂）

に転写されているものの、事状記じたいは散逸してしまっている。

西住墓は、岡部宿内野本陣跡（現大旅籠柏屋歴史資料館）から徒歩五分ほどの小さな丘・岩鼻山の頂にあり、墓の近くには伝承にちなんだ笠懸けの松が植えられている。墓は宝篋印塔のような形となっているが、事状記に書かれているように崩壊しかかって針金で組み直した痛痛しきさまである（写真1）。墓のやや後ろに左右二本見える松は、昭和五十年（一九七五年）に改植された三代目の松である。麓にある西行山三星寺に伝わる古文書によれば、初代の松三本は文政九（一八二六）年の落雷によって二本枯死したという(注★4)。また、昭和五十年二月の『静岡新聞』によると、落雷で枯死した松の代わりに二代目の松が二本植えられたが、幹の空洞化が進んでいたため、前年に伐採されたとのことである(注★5)。

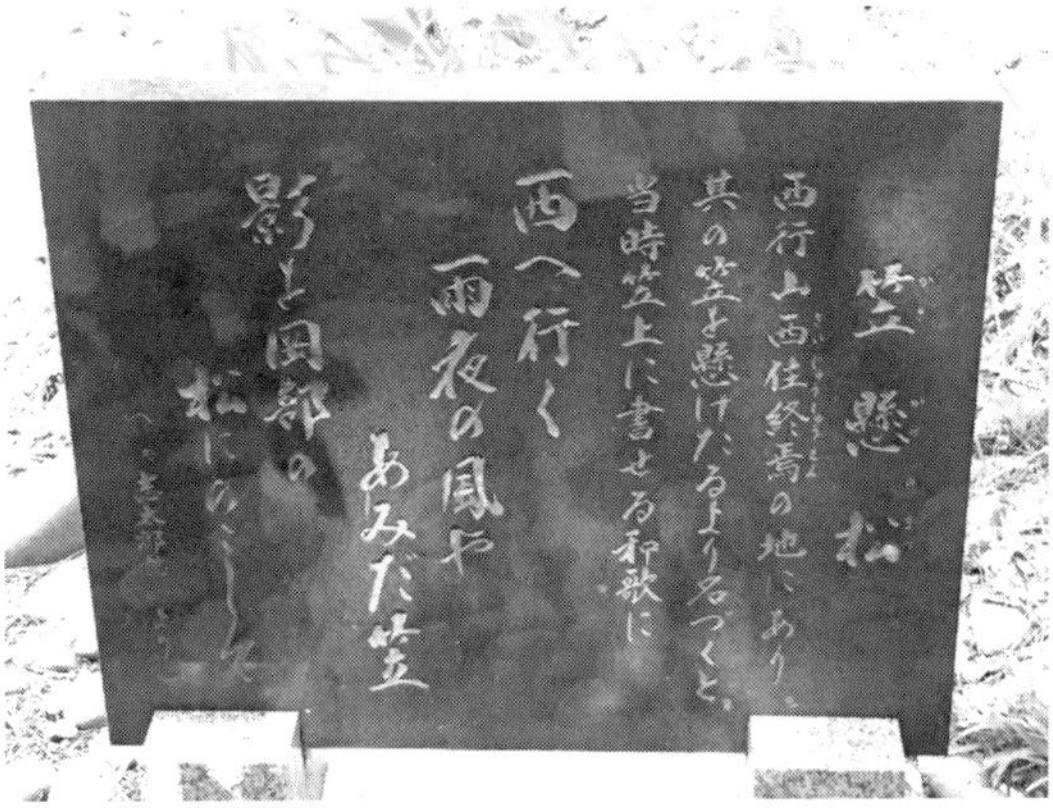

写真３　西住歌碑（岩鼻山山頂）

西住墓の近くに、西行歌と西住に関する事跡が書かれている木製の看板（写真２）、そして西住の歌碑（写真３）が建てられている。これらの説明を読む限り、西住が、西行から贈られた笠に「西へ行く雨夜の月やあみだ笠影を岡部の松にのこして」という辞世の歌を書いて松に掛けて死去したことを、西行は東国からの帰途に立ち寄った時に知らされ、「笠はありその身はいかになりぬらむあはれはかなき天の下かな」の歌を詠じた、という筋書きが理解される。『西行物語』からいくぶん離れている内容となっているが、西住墓に供えられている花や、松に掛けられている注連縄からは、西行と西住の伝承は今でも地元の方から関心を寄せられ、これからも語り継がれていくだろうことを物語っている。

二　西行座像と西行安置仏

　西住墓のある岩鼻山から西へ徒歩三分ほどのところに、浄土宗寺院の功徳山専称寺がある。薬師如来や菩薩像が並べられている薬師堂の仏壇の一角には、西行の座像が安置されている(写真4)。杉の寄木造りで高さ約五十センチの旅姿の西行座像は、毎日新聞社が刊行した『古典を歩く5　西行物語』(注★6)の表紙に飾られたこともあり、端正な輪郭で光の加減によっては微笑んでいるようにも見える優しい表情を浮かべている。専称寺の池谷和浩住職によると、木像の所々に傷跡が見られるのは、明治年間、町の雨乞い儀式として西行座像を何度も岡部川に投げ入れてできた跡だという。また、座像の底に刻まれている「柑本南浦寄附　旹丙午仲烋　最林寺　東都湯臺社西住主　山口長保藤原光長　彫刻之」との銘文から、享保十一(一七二六)年に柑本南浦によって最林寺に奉納されたことが知られる。柑本南浦は、前節で述べた「桑門西住事状記」の撰者でもあり、岡部町における西行西住伝承の定着に大いに寄与した人物である。出自の詳細は不明であるが、『杉山雑記』には「御普請御役」として事状記を所有していた杉山家と交流があったことが記されている。

写真４　西行坐像（専称寺所蔵）

　西行座像のすぐ横には、千手観音像の上半身のみ撮影されている写真が置かれている。西行座像と千手観音像は、本来ともに西行山最林寺(現十石坂観音堂)に安置され、岡部町の有形文化財に指定されていた(注★7)が、昭和五十三(一九七八)年に千手観音像が盗難に遭ったため、西行座像が専称寺に保管されるようになった。『東街便覧図略』において、「杉森　西行観音堂」の条には「西行山最林寺と号す。本尊千手観音は、西行法師の持念仏にして、弟子さいりん建立の地たりといふ」(注★8)とあるが、座台を含め高さ百九センチある千手観音像は、持仏としてはやや大きいと思われるためか、後の文献ではほとんど西行安置仏とされている。しかし、千手観音像は室町時代末期の作と思われ、西行の安置としては時代の齟齬が生じている。おそらく西行座像が最林寺に奉納されたことで、本尊の千手観音が西行の安置仏である伝承が生まれたのであろう。

　十石坂観音堂は、旧東海道(現静岡県道二〇八号線・旧国道一号線)に面した十石坂に位置していた西行山最林寺が廃寺となって残された跡である(写真5)。観音堂は江戸時代末期の

写真５　十石坂観音堂

作とされているが、『杉山雑記』には「文化五辰年十一月十八日、川原町久左衛門類焼、最林寺迄、隣家勘右衛門馬、家より出、川原町不残」(注★9)とあることから、観音堂がその時の火難を逃れていたとしたら、建築年代はさらに遡ることになる。入母屋造りで四方の小さな観音堂は、向拝の正面に竜の彫刻が施され、向拝柱に獅子と象の木鼻が付けられている本格的な寺院建築である。格子扉が閉まっていて中には立ち入ることができないが、格子を通して覗くと、内陣中央に色鮮やかに施されている大きな厨子が見える。西行座像と千手観音像はそこに置かれていたという（写真６）。また、外陣の格天井には極彩色の花鳥図が描かれていることも、カメラを上向きにして撮影することで綺麗に確かめられる。『東街便覧図略』「西行笠掛松」の条には、「辺り近き西行観音堂より出板の絵図には法師の歌として　西へゆく雨夜の月やあみだ笠　かげを岡辺の松にのこして　とあり」(注★10)とあるが、絵図とは何を指しているかは確認することができなかった。また、当該条項の前後の文脈からして、法師とは西行を指していると思われるが、現在「西へゆく」歌は西住の歌として伝えられている。

写真６　西行安置仏石碑（十石坂観音堂境内）

三　西行歌碑

静岡県の地名が詠まれている西行歌は次の六首挙げられる(注★11)。

清見潟月澄む夜半の浮雲は富士の高根の煙なりけり

（山家集・三一九）

清見潟沖の岩越す白波に光を交す秋の夜の月
（山家集・三二四）

煙立富士に思ひの争ひてよだけき恋を駿河へぞ行く
（山家集・六九一）

いつとなき思ひは富士の煙にて起き臥し床や浮島が原
（山家集・一三〇七）

風になびく富士の煙の空に消て行方も知らぬ我思ひ哉
（西行法師家集・三四七）

年たけて又越ゆべしと思きや命なりけり佐夜の中山
（西行法師家集・四七六）

有名なのは、西行が二度目の奥州の旅において詠じた「年たけて」歌と、彼が自ら第一の自讃歌としている「風になびく」歌であろう。二首とも碑に刻まれ、小夜の中山公園（静岡県掛川市佐夜鹿）に建てられている。清見潟の月を詠む二首のうち、「清見潟沖の岩越す白波に」歌は巨鼇山清見寺（静岡市清水区）のリーフレットに記されているが、歌碑は建立されていない。

また、結句に「浮島が原」が詠まれている歌については、歌碑建立の記録はないが、現在浮島ヶ原自然公園（富士市中里）となっている辺りからは、雄大な富士山を眺めることができる。最後に、「駿河」が掛詞として用いられている「煙立富士に思ひの争ひて」歌に関しては、和歌関連以外の文献や伝承などに見ることはできない。

ところで、平成二十七（二〇一五）年三月末に、日本平の山頂にある日本平ホテル（静岡市清水区）の庭園で、新たな西行歌碑の除幕式が行われた（写真7）。『山家集』に収められている次の歌が刻まれている。

駿河の国久能の山寺にて月を見てよみける
涙のみかき暗さるる旅なれやさやかに見よと月は澄めども
（山家集・一〇八七）

写真7　西行歌碑（日本平ホテル庭園内）

詞書に書き記されている久能の山寺とは、現在の久能山東照宮の場所にあった久能寺のことだと考えられている。『久能寺縁起』によると、推古天皇の頃、久能忠仁が杉の巨木の中から金の千手観音を見つけて堂に祀ったことから寺が草創され、後に行基が入山して久能寺と号したという（注★12）。西行の歌は初度陸奥の旅の折に詠じた歌とされており、旅の困憊による涙なのか修行の功徳による歓喜の涙なのか、久能山の山頂から眺めた澄み渡る月が、西行に格別な思いを起させたのである。
歌碑は、大会初日に公開講演をなさった良知文苑氏が揮毫し、徳川家康公顕彰四百年記念事業の一環である後援事業「西行法師　歌碑建立プロジェクト」として製作されたものである。久能山東照宮が国宝に認定されているため、境内には歌碑を建立する許可がおりず、同じ有度山山脈にある日本平ホテルの前庭に設置したという。久能山であれば、眼下には延々と続く有度浜と、その先に広がる漫漫たる駿河湾の空に浮かぶ月が眺められようが、日本平からは、反対方向に聳えている富士山に面することとなる。実地踏査を実施した九月の初めはまだ積雲が多い夏空であったため、当日の朝は富士山を見ることができなかったが、一行が日本平ホテルに入るや、空中に浮かんでいるような富士山が目の前に現れたのであった。歌碑は高さ百二十センチ、横幅二百八十センチあり、一万坪ものガーデンに置かれてもその重厚な存在感が際立っている。歌碑の横に立って見ると、手前から清水港、三保半島、そして駿河湾に続き、さらに向こうには富士山とその裾から広がっていく伊豆半島が一望できる。そこで思い出すのは、もう一首駿河国関連の西行歌である（注★13）。

海の上の月と申ことを三首よみけるに
おなじ月の来寄する浪にゆられ来てみほが崎にも宿るなりけり
（山家集・松屋本書入六家集本）

「みほが崎」は出雲国の美保関か、あるいは駿河国の三保を指しているかは定かではないが、日本夜景遺産に選ばれたこの景色は、西行の想像の中にも現れたのではなかろうか。

四　西行筆捨池

戦国時代の動乱期に入り、久能寺は、武田信玄による久能山での築城のために有度山の麓に移転されたが次第に衰退し、明治時代初期には荒廃してしまった。その後、山岡鉄舟によって中興されたことから、鉄舟寺と改称された。その鉄舟寺のある通りを東南へ信号三つ分進むと、天王山公園という小さな公園がある。縄文時代末期の住居跡や生活用品などが多く発見されたことから、天王山遺跡と呼ばれており、天王山神社の小堂といくつかの遊具があるだけで、周囲を見渡しても住宅や町工場ばかりの殺風景な場所である。ところが、大通りに面したところに掲げられている「筆捨の池」との標題の案内板には、「ここからの駿河湾、富士山、伊豆連山の眺めはすばらしく、諸国を行脚し、多くの名勝地を鑑賞した西行も、あまりの絶景に『筆舌に尽くし難し』と感服し、筆をかたわらの池に捨てたといわれ」ると書かれている（写真8）。池は明治時代に埋め立てられたそうで、環境も変わったためか、富士山を眺めることはできなかった。
西行筆捨池の話に似た伝承は日本全国に伝えられている。金沢八景が一望できる能見堂（横浜市金沢区）には、平安時代初期の宮廷絵師巨勢金岡がここから金沢の景勝を描こうとしたが、内海の干満で時々刻々と変化する絶景に筆が進まず、絵筆を松の根元に投げ捨てたという筆捨松の伝説が言い伝えられている(注★14)。また、同じ巨勢金岡にまつわる筆捨松の伝承は、紀州においては、熊野権現の化身である童子と絵描き比べに負けて筆を松の根元に捨てたというように伝えられている（熊野古道藤白坂・和歌山県海南市）(注★15)。さらに、伊勢には、室町時代の絵師狩野元信が奇岩怪石の山を描けず筆を捨てたという筆捨山（三重県亀山市関町）の由来を語る伝承が残されている(注★16)。上記の金沢・熊野・伊勢に伝わる筆捨伝承は、ともに狩野元信にまつわるものとされていることもある。曲亭馬琴は、『羈旅漫録』において、「九日の朝鈴鹿山を過て坂の下に出る。山中に狩野古法眼が筆捨山といふあり。山は高からず石山にて小松生しげけり。武州金澤にも狩野の筆捨松といふあり。又紀州にも同名の松あり」と記録している(注★17)。このように、筆捨伝承はおおかた絵師を主人公とするパターンが最初であって、西行筆捨池の伝承は、絵師と歌人が共通している要素――絶景と筆が利用されて作り上げられたものだと考えられよう。

写真８　西行筆捨池案内看板（天王山公園内）

おわりに

今回の実地踏査で歩いた西行伝承地は、その由来により大きく三種類に分類することができる。

ア．物語説話を具現化した伝承…西住墓・笠懸けの松
イ．西行愛好者による文芸創作…西行座像・西住記
ウ．話型を利用した民間伝説…西行筆捨池

ただ、いずれの伝承もまだ流動的であり、文献によってはテクストの相違が見られる。例えば、西行筆捨池については、西行が眺めていた絶景は富士山としているものが多いが、静岡市公式ホームページによる説明では清見潟としている。あるいは笠懸けの松の名称は、西行笠懸けの松と西住笠懸けの松と表記しているものがあり、市政担当の方が案内する際にも時に混乱が生じているとのことである。

静岡の西行伝承地を地図に描くと、東から西にかけて平均的に分布しているように見えるが、東の伊東市における手毬唄はいわゆる西行木遺歌の類であり、西の三河国との境にある引佐町に伝えられている野の歌は「西行のはね糞」のパターンであ

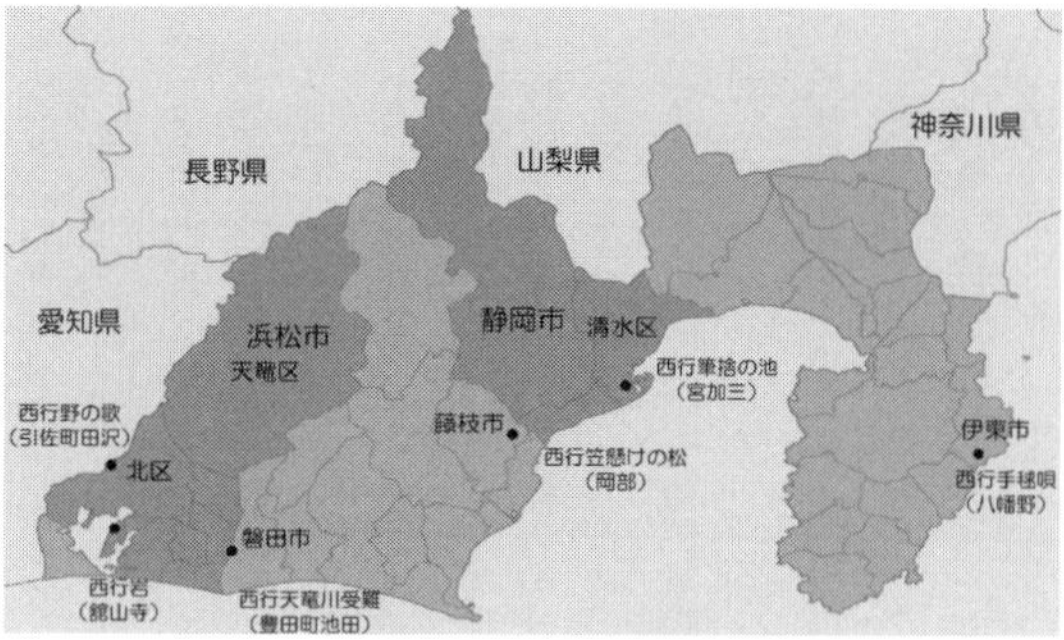

図　静岡県における西行伝承地図

る（図）。日本全国に伝わっている西行伝承が、静岡の周辺地域にまで伝播していることが理解される。一方、中世の文献にしばしば見られる「打たれる西行」や「往生者を発見する西行」といった西行説話の類型は、『西行物語』によって、天竜川と岡部町に密接に関わっている地域性の強いものとして語り継がれている。

以上、静岡における西行伝承の形成について触れながら、実地踏査の内容と伝承地の概要を述べたが、西行歌碑から西行筆捨池に向かう途中、鉄舟寺に立ち寄ったことを記しておかなければならない。鉄舟寺こそ今回の実地踏査の最大の目玉とも言え、そこで『久能寺縁起』と田中親美氏による『久能寺経』の複写を閲覧した（写真9）。これらの詳細については、本誌に掲載されている良知文苑氏の大会講演記録「西行勧進『国宝久能寺経』」に譲ることとする。

最後に、この場を借りて、専称寺の池谷和浩住職をはじめ、此度の実地踏査にご協力をいただきました方々に謝意を表します。とくに鉄舟寺の香村俊明住職には、静養中にも関わらず我々の訪問に格別なご高配を賜りましたことに深く感謝申し上げます。

写真９　久能寺縁起（鉄舟寺所蔵）

注

(1) 静岡県日本史教育研究会編『岡部のむかし話』（静岡県志太郡岡部町教育委員会、一九九五年三月（初版一九七八年））二六～三五頁。

(2) 桑原藤泰『駿河記』静岡図書館蔵、文政三年、巻之十九・志太郡巻之六（西住法師墓）の条。

(3) 「桑門西住事状記」の所在は不明だが、その全容が明らかになる最初の資料は、注（2）に掲げた『駿河記』である。『駿河記』

によると、事状記の奥書に「元文元年八月十五日　東都南浦柑本昌基撰　甲州信濃守従五位下源光章書」とあることが知られる。

(4)古文書の奥書には「文政十年亥正月二十四日　当住　問瑞代」とある。『ふるさと百話第12巻』（長倉知恵雄・芦沢茂治・内藤亀文、静岡新聞社、一九七五年二月）〔西行松〕の条によると、この文書は最林寺が所蔵していたが、廃寺になった際に三星寺に預けられたという。

(5)一九七五年二月一二日付『静岡新聞』（静岡新聞社）、標題は「二代目ダウン　地元民が改植　岡部　西行法師笠掛の松」である。

(6)毎日新聞社編『古典を歩く5　西行物語』（毎日グラフ別冊、一九八九年九月）。

(7)「藤枝・岡部のあゆみ」編集委員会編『藤枝・岡部のあゆみ』中学校社会科郷土資料集改訂版、一九九六年三月、九六頁。一九七二年七月に西行坐像とともに有形文化財に指定されたが、一九七八年盗難に遭って以後所在不明のため、一九九九年三月三一日付で指定が解除された。近年、岡部町の有志により千手観音像の捜索が始まっているという（二〇一四年七月二一日付『静岡新聞』、標題は「ご本尊「千手観音像」どこに」である）。

(8)高力猿猴庵『東街便覧図略』名古屋市博物館蔵本、寛政七年三月、第三冊、11ウ～12オ〔杉森西行観音堂〕の条。

(9)藤枝市史編さん専門委員会編『岡部宿『杉山雑記』（翻刻）』（藤枝市史叢書16、藤枝市市民文化部文化財課、二〇一二年三月）七八頁〔桑門西住一軸之事〕条。

(10)同注（8）、10ウ～11オ〔西行笠掛松〕の条。

(11)以下和歌の引用は『西行全集』（久保田淳編、日本古典文学会、一九八二年五月）に拠った。但し、私意により一部表記を改めた。

(12)静岡市美術館編『国宝　久能山東照宮展　家康と静岡ゆかりの明宝』静岡市美術館、二〇一四年一〇月。

(13)同注（11）。三三〇と三三一との間に貼紙で記されている。

(14)「海南観光ナビ」http://www.kainankanko.com/（二〇一八年三月一二日閲覧）。

(15)「横浜金沢観光協会」http://yokohama-kanazawakanko.com/（二〇一八年三月一二日閲覧）。

(16)「三重県観光連盟公式サイト」https://www.kankomie.or.jp（二〇一八年三月一二日閲覧）。

(17)曲亭馬琴『羇旅漫録』享和二年一一月成立、畏三堂、一八八五年三月（国立国会図書館デジタルコレクションによる）。

（さい・はいせい／淡江大学）

研究論文

『西行物語』の語彙
——コーパスを用いた予備的分析——

富士池優美　鴻野知暁

キーワード
西行物語　翻刻　本文電子化　コーパス　語彙

はじめに

筆者らは現在、『西行物語』の諸本をもとにしたコーパス（以下、『西行物語』コーパスとする）を構築している。まず、コーパスとは何か、どういったものなのか、そのコーパスを活用した研究としてどのようなものが想定されるのかについて述べる。

コーパスとは言語データを大量に収集して電子化し、ことばの研究に役立つように検索用の情報を加えたものを指す。今回構築している『西行物語』コーパスでは、語の見出しや品詞、語種といった形態論情報や、地の文・和歌といった本文種別の情報を付与している。

『西行物語』のコーパス化の対象本文として現在、次の三本を試作している(注★1)。

肥前島原松平文庫蔵『西行聖人物語』（略本系）
今治市河野美術館蔵『西行四季物語』宝永五年刊本（采女本系）
岩国徴古館蔵『西行繪詞』（中間本系）

コーパス作成は、①翻刻、②本文整形（濁点、句読点の付与等）、③形態素解析(注★2)、④形態論情報（単語区切り、品詞等）の人手修正、⑤本文種別情報の付与の手順で行う。ここで本文整形について説明したい。コーパス化にあたっては形態素解析が前提となる。この解析を高精度で行うために必要な手順が本文整形である。『西行物語』諸本の本文を翻刻した後、濁点や句読点を付与し、踊り字は開いた。これは形態素解析にあたって最低限必要な修正である。これ以外はできるだけ原文の表記どおりとするという方針を立てた。つまり、仮名遣いを整えることはしない、仮名を漢字に直すことはしない、送り仮名を補わないということである。この方針によって形態素解析の精度は低下するが、表記の研究にも使えるよう配慮した。既存の『日本語歴史コーパス鎌倉時代編』のような校訂本文を利用したコーパスと比較すると、テキストの改変を最低限に抑えたものとなっている。

コーパスを使った研究としてどのようなものが想定できるだろうか。コーパスを構築することはすなわち、単語区切りのデータを活用できるようになることを意味する。そのため、これを利用して、語と語の連接関係、共起関係を調べることができる。例えば、ある語の前後に位置する語、ある語から何語以内に位置する語などである。また、「語」という小さい単位を越えて、大きなまとまりで言葉を捉えることもできる。そうした特色を生かして、引歌や後世の作品への影響の調査などのきっかけとして使うことが想定できる。そのほか、その語が何回出現したかといったことを容易に算出できるため、高頻度語を求めたり、名詞や漢語の一覧を作成したり、品詞比率・語種比率を求めたりすることが可能となる。さらに異表記をまとめて検索することが可能になるため、ある語がどのような表記のバリエーションを取るか、漢字か、仮名書きかといった調査も容易になるなど、検索用の情報をさまざまな用途に活用することが期待される。こうした語のつながり、高頻度語、品詞比率・語種比率などは『西行物語』諸本間にとどまらず、コーパス間で比較できる。例えば、国立国語研究所の『日本語歴史コーパス』のうち、同時代・同ジャンルの作品[注★3]と比べることができる。今回の『西行物語』コーパス構築においては、まず『西行物語』の諸本を比較し、類似性や文体差を客観的に求めることを狙いとしている。

一　データの概要

『西行物語』コーパスでは、単位（単語の区切り方）は『日本語歴史コーパス』の「短単位」を採用し、同じ基準で語彙素・語彙素読み・品詞等の形態論情報を付与している。「短単位」は用例収集を目的とした言語単位で、古語辞典の見出し語に相当する[注★4]。

本稿では、整備中の『西行物語』コーパスから、共通の場面を取り出し、諸本の語彙の違いについて計量的な観点から見る。天竜川の渡から岡部までの場面を、「肥前島原松平文庫蔵『西行聖人物語』（以下、島原本）」「今治市河野美術館蔵『西行四季物語』（以下、宝永本）」「岩国徴古館蔵『西行繪詞』（以下、岩国本）の三種の本について比較した。

表1に短単位の例を示す。書字形出現形が本文、語彙素は見出し語（現代語形）の代表表記、語彙素読みは見出し語の読みを示す。『日本語歴史コーパス』の「短単位」と同様に、品詞・活用型・活用形のほか、語種が付与される。

表1　短単位例

書字形出現形	語彙素	語義	語彙素読み	品詞	活用型	活用形	語種
既	既に		スデニ	副詞			和
、	、			補助記号 - 読点			記号
東	東		アズマ	名詞 - 普通名詞 - 一般			和
の	の		ノ	助詞 - 格助詞			和
方	方		カタ	名詞 - 普通名詞 - 助数詞可能			和
へ	へ		へ	助詞 - 格助詞			和
下	下る		クダル	動詞 - 一般	文語四段 - ラ行	連体形 - 一般	和
に	に		ニ	助詞 - 格助詞			和
、	、			補助記号 - 読点			記号
日数	日数		ヒカズ	名詞 - 普通名詞 - 一般			和
積れ	積もる		ツモル	動詞 - 一般	文語四段 - ラ行	已然形 - 一般	和
ば	ば		バ	助詞 - 接続助詞			和
、	、			補助記号 - 読点			記号
遠江	トオトウミ		トオトウミ	名詞 - 固有名詞 - 地名 - 一般			固
国	国		クニ	名詞 - 普通名詞 - 一般			和
天龍	テンリュウ		テンリュウ	名詞 - 固有名詞 - 地名 - 一般			固
の	の		ノ	助詞 - 格助詞			和
渡	ワタリ		ワタリ	名詞 - 固有名詞 - 地名 - 一般			固
と	と		ト	助詞 - 格助詞			和
いふ	言う		イウ	動詞 - 一般	文語四段 - ハ行	連体形 - 一般	和
所	所		トコロ	名詞 - 普通名詞 - 副詞可能			和
にて	にて		ニテ	助詞 - 格助詞			和
、	、			補助記号 - 読点			記号
武士	武士		ブシ	名詞 - 普通名詞 - 一般			漢
の	の		ノ	助詞 - 格助詞			和
乗	乗る		ノル	動詞 - 一般	文語四段 - ラ行	連用形 - 一般	和
たる	たり	完了	タリ	助動詞	文語助動詞 - タリ - 完了	連体形 - 一般	和
船	船		フネ	名詞 - 普通名詞 - 一般			和
に	に		ニ	助詞 - 格助詞			和
、	、			補助記号 - 読点			記号
便船	便船		ビンセン	名詞 - 普通名詞 - 一般			漢
を	を		ヲ	助詞 - 格助詞			和
し	為る		スル	動詞 - 非自立可能	文語サ行変格	連用形 - 一般	和
たり	たり	完了	タリ	助動詞	文語助動詞 - タリ - 完了	連用形 - 一般	和
ける	けり		ケリ	助動詞	文語助動詞 - ケリ	連体形 - 一般	和
ほど	程		ホド	名詞 - 普通名詞 - 副詞可能			和
に	に		ニ	助詞 - 格助詞			和
、	、			補助記号 - 読点			記号
人	人		ヒト	名詞 - 普通名詞 - 一般			和
おほく	多い		オオイ	形容詞 - 一般	文語形容詞 - ク	連用形 - 一般	和
乗	乗る		ノル	動詞 - 一般	文語四段 - ラ行	連用形 - 一般	和
て	て		テ	助詞 - 接続助詞			和
、	、			補助記号 - 読点			記号
舟	船		フネ	名詞 - 普通名詞 - 一般			和
あやうかり	危うい		アヤウイ	形容詞 - 一般	文語形容詞 - ク	連用形 - 補助	和
けん	けむ		ケム	助動詞	文語助動詞 - ケム	連体形 - 撥音便	和
。	。			補助記号 - 句点			記号

コーパスのデータを集計することによって語彙表が得られる。表2に短単位例を集計した語彙表イメージを示す。本稿では語彙表を用いた予備的分析の結果を示す。

二　調査結果

（1）語数

天竜川の渡から岡部までの場面は諸本によってどのように違うのだろうか。資料規模の指標として、表3に諸本の語数（短単位数）を示す。コーパスを構築するにあたり、本文に空白や句読点を適宜補ったが、語数の集計からは除外した。

島原本と岩国本は場面の構成は同一であるのに対して、宝永本は「さやの中山」の後、岡部の場面がないため、語数に大きな差が出ている。そこで、共通している天竜川の渡の場面を取り出して、語数を見てみる。共通場面の各本の語数は表4のとおりであり、語数の差が生じる要因は場面構成だけではないと考えられる。

三種の本について、天竜川の渡の冒頭の一文を確認する。語

表2　語彙表

語彙素読み	語彙素	品詞	用例数
アズマ	東	名詞 - 普通名詞 - 一般	1
アヤウイ	危うい	形容詞 - 一般	1
イウ	言う	動詞 - 一般	1
オオイ	多い	形容詞 - 一般	1
カタ	方	名詞 - 普通名詞 - 助数詞可能	1
クダル	下る	動詞 - 一般	1
クニ	国	名詞 - 普通名詞 - 一般	1
ケム	けむ	助動詞	1
ケリ	けり	助動詞	1
スデニ	既に	副詞	1
スル	為る	動詞 - 非自立可能	1
タリ	たり	助動詞	2
ツモル	積もる	動詞 - 一般	1
テ	て	助詞 - 接続助詞	1
テンリュウ	テンリュウ	名詞 - 固有名詞 - 地名 - 一般	1
ト	と	助詞 - 格助詞	1
トオトウミ	トオトウミ	名詞 - 固有名詞 - 地名 - 一般	1
トコロ	所	名詞 - 普通名詞 - 副詞可能	1
ニ	に	助詞 - 格助詞	3
ニテ	にて	助詞 - 格助詞	1
ノ	の	助詞 - 格助詞	3
ノル	乗る	動詞 - 一般	2
バ	ば	助詞 - 接続助詞	1
ヒカズ	日数	名詞 - 普通名詞 - 一般	1
ヒト	人	名詞 - 普通名詞 - 一般	1
ビンセン	便船	名詞 - 普通名詞 - 一般	1
ブシ	武士	名詞 - 普通名詞 - 一般	1
フネ	船	名詞 - 普通名詞 - 一般	2
ヘ	へ	助詞 - 格助詞	1
ホド	程	名詞 - 普通名詞 - 副詞可能	1
ワタリ	ワタリ	名詞 - 固有名詞 - 地名 - 一般	1
ヲ	を	助詞 - 格助詞	1
(空白)	、	補助記号 - 読点	7
(空白)	。	補助記号 - 句点	1
総計			47

表３　諸本の語数（短単位数）

	総計
島原本	627
宝永本	290
岩国本	900

表４　共通場面の語数（短単位数）

	総計
島原本	406
宝永本	290
岩国本	679

数は記号を除外したものを示した。「｜」は短単位境界を示す。

島原本　39語

既｜、｜東｜の｜方｜へ｜下｜に｜、｜日数｜積れ｜ば｜、｜遠江｜国｜天龍｜の｜渡｜と｜いふ｜所｜にて｜、｜武士｜の｜乗｜たる｜船｜に｜、｜便船｜を｜し｜たり｜ける｜ほど｜に｜、｜人｜おほく｜乗｜て｜、｜舟｜あやうかり｜けん｜。｜

宝永本　23語

東｜の｜かた｜さま｜へ｜行｜ほど｜に｜、｜遠江｜国｜、｜天龍｜の｜わたり｜に｜まかり｜つき｜て｜、｜舟｜に｜乗｜たれ｜ば｜、｜所なし｜。｜

岩国本　99語

としごろ｜つかひ｜ける｜らうどう｜の｜とも｜に｜、｜しゆけ｜し｜て｜、｜いのち｜と｜とも｜に｜つき｜たてまつら｜ん｜、｜と｜ねんごろ｜に｜申｜けれ｜ば｜、｜かなふ｜まじき｜よし｜をば｜いひ｜ながら｜、｜なまじひ｜に｜あひ｜ともなひ｜たり｜ける｜ほど｜に｜、｜とうたううみ｜の｜くに｜てんりう｜川｜の｜わたり｜にて｜、｜舟｜に｜のり｜ける｜を｜、｜人｜あまた｜のり｜たり｜とて｜、｜あ｜の｜ほうし｜、｜おりよ｜、｜と｜いふ｜て｜、｜むち｜にて｜あたま｜を｜うち｜やぶり｜けれ｜ども｜、｜さらに｜はら｜たつ｜きしよく｜なく｜て｜、｜うち｜わらひ｜て｜、｜おり｜たり｜ける｜を｜み｜て｜、｜此｜とも｜の｜はうし｜、｜あながち｜に｜なき｜ける｜を｜、｜さいぎやう｜いふ｜やう｜、｜くちおしく｜はべり｜。｜

冒頭の一文を比較すると、宝永本の描写が簡潔であることがわかる。島原本と宝永本は、東に下り天竜川の渡に到着したものの舟に乗る人が多く、乗ることができないという内容で、文の内容としては同一である。それに対し、岩国本は一つの文が長く、天竜川に来るまでの状況に加えて、天竜川で西行が鞭で打たれる様子が克明に記述されており、内容が異なる。「おりよ」と言われる場面は島原本と宝永本では次の文以降になっている。また、島原本と宝永本では、東に下るとあるのに対して、岩国本にはその記述がなく、代わりに同行の僧に関する記述がある。

天竜川の渡の場面の末尾も、本によって異なる様子が見てとれる。

島原本

｜西行｜、｜心づよく｜も｜同行｜の｜入道｜をば｜追｜捨て｜たり｜けれ｜共｜、｜年来｜相｜馴｜し｜者｜なれ｜ば｜、｜さすが｜名残｜は｜おしかり｜けれ｜共｜、｜只｜一人｜、｜小夜｜中山｜ことの｜の｜明神｜の｜御｜前｜に｜侍り｜て｜、｜若以色見我｜、｜以音聲求我｜、｜是人行邪道｜、｜不能見如来｜、｜と｜礼拝｜し｜て｜、｜さや｜の｜中山｜を｜越｜て｜かく｜なん｜、｜

―年―たけ―て―又―こゆ―へし―と―思ひ―き―や―命
―なり―けり―さや―の―中山―

宝永本

―みち―の―くに―の―かた―へ―修行―し―て―まかり
―ける―時―、―さや―の―中山―を―すぐ―とて―、―又
―越―ん―こと―も―、―いのち―ふ定―に―おぼえ―て―、
―たのみ―がたかり―し―に―、―とし―へ―て―後―、―
思ひ―の―ほか―に―誠―に―かへり―侍―し―事―、―命
―あり―けれ―ば―、―と―、―又―さや―の―中山―にて
―おもひ―出―られ―て―、―あはれ―に―覚え―けれ―ば
―、―
―とし―たけ―て―又―こゆ―べし―と―思ひ―き―や―
いのち―なり―けり―さや―の―中山―

岩国本

―さや―の―なか山―を―こえ―ける―に―、―
―とし―たけ―て―又―こゆ―べし―と―おもひ―き―や
―いのち―なり―けり―さや―の―なかやま―
―しら―ざり―し―雲井―の―よそ―の―月かげ―を―た
もと―に―こよひ―やどす―べし―と―は―

岩国本では、「さやの中山」の歌の後、「しらざりし」の歌が配置されている。この歌は島原本や宝永本にはないものである。また、島原本は、経文が示され、礼拝の様子を示し、宝永本は、歌の説明を具体的に行っているのに対し、岩国本は、歌だけでさやの中山を説明しようとしている。

　このように、語数の差に注目して諸本を比較することによって、場面構成のほか、内容の異同、描写（情報量）の程度の違いをうかがい知ることができる。

（２）自立語の品詞比率

自立語の品詞比率は文体を示す指標として用いられる。ここでは、名詞率に注目する。樺島忠夫（一九五〇）は名詞の比率は文章の特質を表し、名詞の比率に応じて他の品詞もある傾向を持って変化する、つまり文章のジャンルによって品詞の割合が決定されることを指摘している。名詞率が高い文章は「要約的な文章」とされる。逆に、名詞率が低い文章は「冗長な文章」となる。

　天竜川の渡の場面の品詞比率を表5、図1に示す。記号類のほか、助詞、助動詞、接頭辞、接尾辞といった付属語類は除外した。名詞には普通名詞・固有名詞・数詞が、その他には接続詞のほか、経文・解釈不明の語が含まれる。

　三種の本を比較すると、岩国本の名詞率が低く、動詞率が高くなっている。品詞比率からも上で見た冒頭一文にも見られるように、岩国本は他の本と比較して描写が冗長であることがわかる。「いのちとともにつきたてまつらん」「あのほうし、おりよ」といった発話を「とねんごろに申ければ」「といふて」とうけて文を長く続けている。岩国本は絵巻であり、発話を取り込んだ長い文で絵の説明をする特徴がある。品詞比率から、そ

表5　自立語の品詞比率

	名詞	代名詞	動詞	形容詞	形容動詞	副詞	連体詞	その他
島原本	50.0%	4.4%	31.0%	4.9%	0.0%	4.9%	0.9%	4.0%
宝永本	51.0%	1.3%	36.6%	3.9%	0.7%	2.6%	1.3%	2.6%
岩国本	46.3%	1.8%	41.5%	4.7%	1.2%	4.2%	0.3%	0.0%

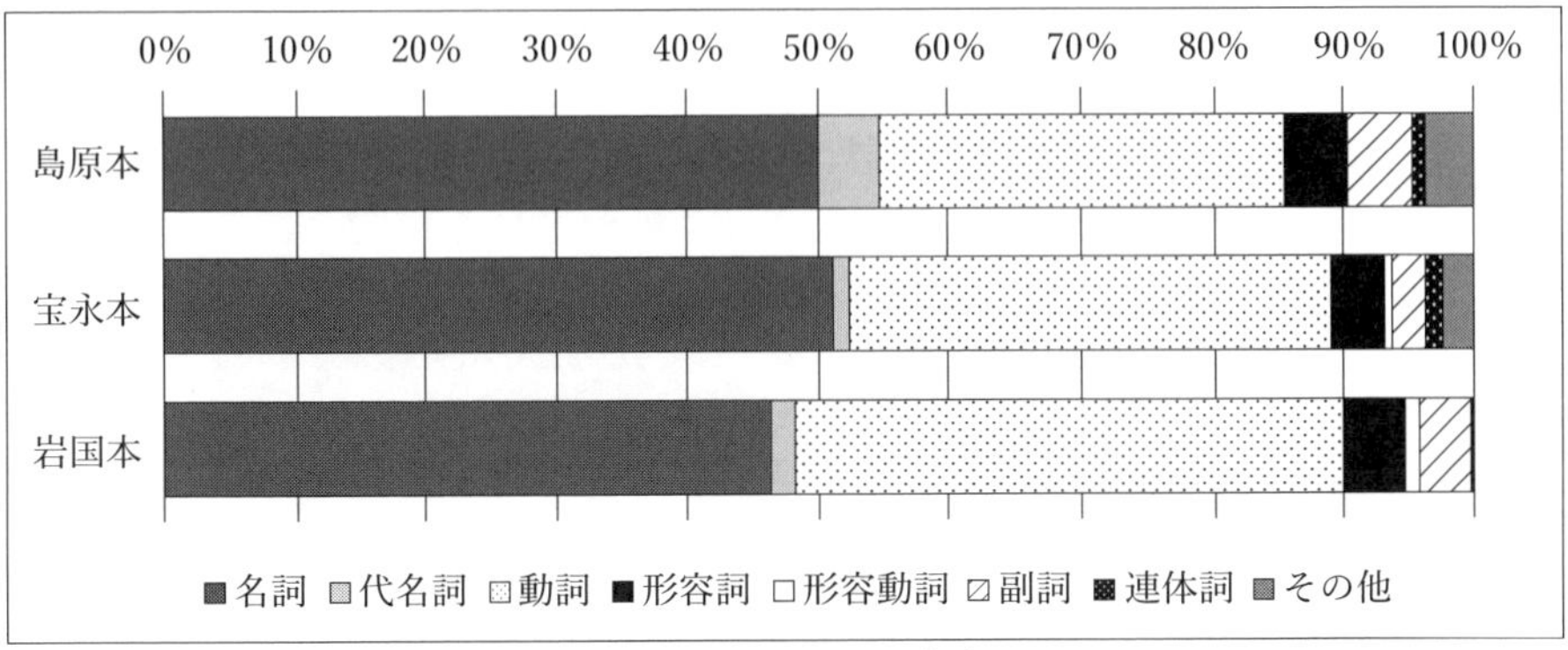

図1　自立語の品詞比率

の特徴をうかがい知ることができるのである。

（3）語種

三種の本の天竜川の渡の場面について、語種比率を比較する。語種は『日本語歴史コーパス』に倣い、和語・漢語・外来語・混種語・固有名に分類した。外来語には「摩訶」のようなサンスクリット語由来の語が含まれる。混種語は「報ず」「具す」のような一字漢語サ変動詞である。表6、図2に語種比率を示す。

漢語の異なり語数を見ると、島原本（経文を除く）29語、宝永本15語、岩国本46語となっており、三種の本に共通の漢語は「修行」「法師」の2語のみである。

三種の本とも、漢語の大半が仏教用語である。島原本で漢語の比率が高いが、この要因の一つに経文の引用があることが挙げられる。宝永本では、他の二本よりも漢語が少ない中で「衣装」「弓箭」「金銀」「多騎」「綾羅」のような仏教用語ではない漢語が用いられていることが特徴として挙げられる。岩国本では「出家」が6度用いられているのが目立つ。この「出家」は「さやの中山」の歌の直前で西行を打つことの罪深さを語る中で「出家の功徳」のような形で使われたものである。

（4）高頻度語

三種の本の天竜川の渡の場面について、使用頻度の高い自立語10語を見る。表7に高頻度語を示す。見出し語は古語形で示した。見出し語の横にある数字は用例数である。

表６　語種比率

	和語	漢語	外来語	混種語	固有名
島原本	86.0%	10.1%	0.2%	0.7%	3.0%
宝永本	92.1%	5.5%	0.0%	0.0%	2.4%
岩国本	89.2%	8.8%	0.3%	0.3%	1.5%

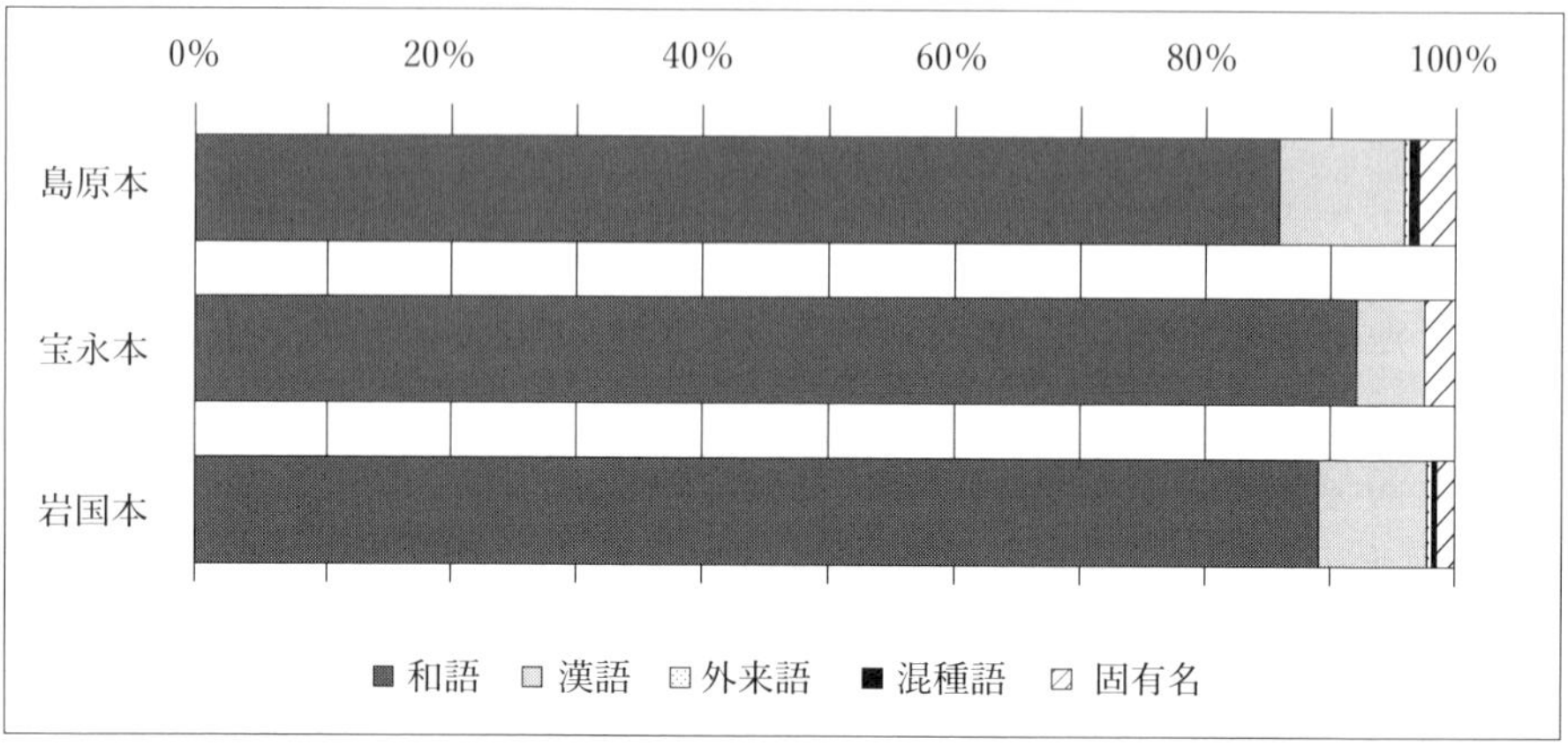

図２　語種比率

表７　高頻度語

島原本		宝永本		岩国本	
す	7	事	5	打つ	9
言ふ	5	思ふ	4	思ふ	8
西行	5	持つ	4	言ふ	8
有り	4	又	4	人	8
徒	4	有り	3	見る	7
出づ	3	命	3	す	7
思ふ	3	言ふ	3	然（さ）り	6
下る	3	覚ゆ	3	出家	6
事	3	心	3	有り	5
此れ	3	小夜	3	心	4
小夜	3	す	3	西行	4
中山	3	時	3	侍り	4
入道	3	中山	3	一人	4
持つ	3			程	4
船	3			破る	4
皆	3				

三本ともに「す」「有り」「思ふ」といった動詞が上位にある。

ここでは島原本と岩国本では上位10位以内に「西行」が入っているのに対して宝永本では上位10位以内にないことに注目したい。宝永本の「西行」を確認すると、以下の一箇所のみであった。

｜西行｜、｜うち｜わらひ｜て｜、｜うれふる｜色｜も｜みえ｜で｜おり｜ける｜を｜み｜て｜、｜とも｜なる｜法師｜、

—あながち—に—なき—けれ—ば—、—され—ば—こそ—いひ—し—が—、—修行—する—ならひ—は—、—これ—に—まさる—事—のみ—こそ—あら—んずれ—、—とて—、—そこ—より—はなれ—に—けり—。—

島原本と岩国本では、西行と同行の僧とのやりとりを「西行少も恨たる色もなくして」(島原本)、「さるほどに、さいぎやう、ただ一人ぞゆきける。」(岩国本）のように記述しているが、宝永本では、やりとりという形で描かれないため、主語が西行であることが示されることもない。このように、高頻度語から、記述スタイルに差があることをうかがい知ることができる。

おわりに

本稿では、『西行物語』コーパスについて紹介した。そして、コーパスから得られる語彙表や同じ場面の諸本比較を通してどのようなことが考えられるのか、コーパスを利用した予備的分析を行った。その結果、『西行物語』の語彙の量的特徴を明らかにするとともに、コーパス化することによって、場面構成の異同、内容の異同、描写（情報量）の程度の違い、記述スタイルの違い等を知る手がかりが得られることを示した。

諸本コーパス作成の次の段階として、『西行物語』の諸本を比較すべく、諸本コーパスをパラレルコーパスの形式に整備する。これにより、表現の細部を比較検討できる。ある本の表現が、別の本ではどのような表現となるか、語の並びがどのように変わっているかなどを調べることが今後の課題となる。

参考文献・URL

小木曽智信（二〇一六）「『日本語歴史コーパス』の現状と展望」『国語と国文学』93—5

樺島忠夫（一九五〇）「類別した品詞の比率に見られる規則性」『国語国文』24—6

田中牧郎・山元啓史（二〇一四）「『今昔物語集』と『宇治拾遺物語』の同文説話における語の対応—語の文体的価値の記述—」『日本語の研究』10—1

堤智昭・小木曽智信（二〇一五）「歴史的資料を対象とした複数のUniDic辞書による形態素解析支援ツール『Web茶まめ』」『じんもんこん2015論文集』

山口眞琴（一九九〇）「享受と再編—西行物語の伝流と形成—」『佛教文学』14

国立国語研究所：『Web 茶まめ』 http://chamame.ninjal.ac.jp/（二〇一八年二月二一日確認）

国立国語研究所：『日本語歴史コーパス』 http://pj.ninjal.ac.jp/corpus_center/chj/（二〇一八年二月二一日確認）

国立国語研究所：『日本語歴史コーパス　鎌倉時代編』短単位規程集 Ver.1.0 http://pj.ninjal.ac.jp/corpus_center/chj/doc/morph_kamakura_v1_0.pdf（二〇一八年二月二一日確認）

注

(1)『西行物語』の諸本分類について、これまで多くの先行研究による分類がなされてきたが、本稿では、山口眞琴氏が統合した「広本系」、「略本系」、「采女本系」、「中間本系（永正本・寛永本系）」の四系統分類の名称を用いている。（山口眞琴（一九九〇））

(2) 機械による品詞分解。「Web茶まめ」を使用し、「中世文語（説話・随筆）」の辞書を選択した。

(3) 鎌倉時代の説話・随筆、日記・紀行は作成済。八代集コーパスを作成中。

(4)「短単位」は古語辞典の見出し語に近いものではあるが、必ずしも一致するとは限らない。「短単位」の認定規程の詳細については、『日本語歴史コーパス　鎌倉時代編』短単位規程集Ver.1.0を参照。

付記　本研究はJSPS科研費JP16K02387「コーパスを活用したテキスト校訂・解釈の研究」の成果の一部である。

（ふじいけ・ゆみ／玉川大学　こうの・ともあき／東京大学）

西行讃詩
――頼山陽の詠史詩を中心に――

研究ノート

中西満義

キーワード
西行　頼山陽　『山陽詩鈔』詠史詩　『詠史詩纂』

はじめに

本稿は、江戸時代後期の歴史家、思想家、詩人であった頼山陽（安永九〈一七八〇〉年―天保三〈一八三二〉年）の西行を題材とした詠史詩を取り上げて、その表現内容についていささか考察を試みるものである。江戸後期における詠史詩の第一人者と言われる山陽の詠史詩の中では顧みられることの少ない作品ではあるが、西行享受史、ひろく文化史上の西行を把捉するためには見逃すことができないものと考える。

あわせて、明治期に刊行された『皇朝古今詠史詩纂』所載の西行詠史詩を紹介することによって、江戸時代後期から明治期初頭にかけて活躍した儒者、詩人、文人における西行享受の様態の一端を提示することにつとめたい。

一　頼山陽の西行讃詩

江戸時代後期の儒者であり、当時一流の漢詩人であった頼山陽の詩集に、天保四年刊の『山陽詩鈔』と天保一二年刊の『山陽遺稿詩』、文政一三年刊の『日本楽府』がある。『山陽詩鈔』は、寛政五年から文化八年まで、すなわち山陽一四歳から四六歳までの詩作、六六〇首を収載する。『山陽遺稿詩』に同じく山陽没後の出版となったが、こちらは山陽自身の手によって編集された。そして、『山陽遺稿詩』には、山陽四七歳から没するまでの作品、五二九首が収められていて、両詩集を合わせると、山陽の詩はおよそ一二〇〇首を数える。山陽の詩は、頼多万氏（注★1）の分類に従うと、詠史詩、風景詩、詠物詩、家庭詩に大別されるが、その中でも、詠史詩は山陽詩の中核部を占める分野で、とりわけ、「鞭静粛粛夜渡河」で始まる「題不識庵撃機山図」は詩吟によって愛唱されて著名である。

詠史詩の第一人者とされた山陽であるが、『山陽詩鈔』には二首の西行を題材とした詠史詩が見出せる。まずは、以下に二首を掲出して、具体的に表現内容を考察することから始めたい。

題西行法師抛銀猫図（注★2）

銀毛出レ袖衆児呼　　銀毛袖より出して衆児を呼ぶ
肎使三渠儂凝二念珠一　　肯て渠儂をして念珠を礙げ使めん
当日早収擒虎手　　当日早く収めし擒虎の手
愧撃拳大小貍奴　　撃ぐるを愧ず拳大の小貍奴

右の一首は、周知の『吾妻鏡』に載る故事を題材とした画によったものである。『吾妻鏡』文治二年八月一五日、ならびに翌一六日の条には、鎌倉将軍の営中に招かれて夜通し兵法や和歌について談話したこと、その翌日、頼朝から拝領した銀製の猫を門外に遊ぶ子どもに与えて立ち去ったという記事が載る。それに由来する絵画は、「西行銀猫図」、あるいは「西行無欲之図」などといった題が付されて多くの作例が認められる。右の山陽詩は、まず、第一句でその画に描かれた場面を捉える。第二句では、小さい猫では「念珠（仏心）」を妨げることはできないと、西行の道心堅固のさまを高らかに謳い上げる。（銀製の）猫に絡めて虎を持ち出して、在俗時の勇猛さを語っているところに表現の特長がみとめられる。伊藤靄谿『頼山陽詩集〈山陽詩鈔新釋〉』（以下、『新釋』、注★3）では、「西行は毛なみ美しい銀猫を袖から出して子供達を呼び、惜し気もなく与えて立ち去った。銀製の猫、そんな物が西行の堅固な道心を妨げ得ようぞ。彼は武芸に秀でた腕をとっくの昔におさめている。その虎をも生け捕りにし得る手に拳大の小猫を撃げるのは、いかにも恥ずかしかったのだ」と釈する。

右の詩の制作年次は、『山陽詩鈔』巻七の巻頭に「癸未」とあり、文政六年であることが知られる。文政六年、山陽は四四歳で、前年一一月には東三本木丸太橋（現在の上京区三本木）に転居している。「水西荘」と名付けられた新居には多くの文人たちが集ったという。その中には、父春水と交友のあった木村蒹葭堂に関係する篠崎小竹、小石元瑞、岡田半江、浦上春琴らのほか、菅井梅関、中林竹洞、青木木米、貫名菘翁、田能村竹田といった、画や書に優れた当時一流の文人たちもいた。『新釋』には右掲の一首に「二月十九日、春水先生の八周忌席上の作」という付記がみられる。「山陽全伝」には、雲華・稀鈍が参会し、「席上、主客とも題西行法師抛銀猫図に題する詩を賦して春水の霊前に奠す」（注★4）とあり、より詳しい事情が明らかになる。父春水（文化一三年死去）の八回忌法要に参会した人びとが同じ題で詩を賦してそれを霊前に奠した、というのであるから、この一首は、山陽にとって重要な意味を有するものであったと言えよう。

題僧西行野望図
秋泖禽飛残照沈
蕭條人事暗侵尋
独将㆓冷眼㆒憐㆓衰色㆒
誰識無心是有心

秋泖禽飛んで残照沈む
蕭條たる人事暗に侵尋す
独り冷眼を将て衰色を憐れむ
誰か識らん無心是有心

先の一首に同じく『山陽詩鈔』巻七に載る。これは「三夕の歌」として著名な「心なき身にもあはれは知られけり鴫立つ沢の秋の夕暮れ」にもとづく一首で、先の一首に同じく画幅をもとに制作されたものである。「泖」はボウで「よどみ」、「秋泖」で秋の沢辺を言う。秋の沢辺の夕暮れに鴫が羽音を残して飛び立つ様を描いた画を題材としている。この図様については、三夕の歌にもとづく三幅対の作例もあれば、単独の、いわゆる「鴫立沢図」としても数多く描かれている。第一句では西行歌が描き出す風景を捉え、第二句では杜甫の「野望詩」にある「不堪人事日蕭条」を踏まえて人事の退廃するさまを詠んでいる。「当時の政情、人情共に日を追うて退廃し、あたたかい人間味は失われて秋風落莫の感ありしを、暗に詠じた句である」と、『新釋』が注するように、秋のあわれと政情、人情の退廃とを重ね合わせているところが本作の表現上の特長と言える。『山陽詩鈔』に付されている「熟套を踏まず」という茶山の評文は、このことや題材の斬新さを指示しているのだろうか。この一首にたいして『新釋』は「秋の沢に鴫飛んで夕日沈む。淋しい晩秋。人事また暗々裡に蕭条索莫たらんとす。彼は悟道に徹した眼を以てさびれゆく大自然に深い思いを寄せている。ああ、誰か知らん浮世を捨てた無心の行脚僧が自然に人事に、最も深い愛着を持っていたことを」と釈する。なお、『新釋』の注は前引箇所に続いて「西行出家の真因もここにあること、日本政記に論じてある通りである」とあるが、この評語については節を改めて触れることにする。

西行を題材とした山陽の詠史二首をみてきたが、いずれも文政六年、山陽四四歳の詠作であることは留意される。それは、文化八年に広島神辺を後にして十年、京の町儒者として生計を立てていた山陽が地歩を固めた頃に当たる。先にも述べたように、その前年に山陽は鴨川の西、三本木に居を移している。その「水西荘」は文政一一年に書斎兼茶室「山紫水明処」が造営され、いまも山陽の史跡として著名だが、東山の眺望や鴨川の風情を楽しむ閑雅な場所には、文学や書画芸術に秀でた多くの人たちが集ったようだ。山陽は、かれら文人たちと交遊する中で、画詩の合作に興じたりしたのであろう。西行を題材とした山陽の詠史詩は、そのような環境で詠じられたものと推察される。

二　頼山陽の詠史詩

詠史詩とは、歴史故事に題材をもとめた詩のことで、中国後漢の班固の詠史詩がそのもっとも古いものと言われている。『文選』には詩の一体として「詠史」の部が設けられ、日本漢詩においても詠史詩は、内外の史実や人物を題材として詠まれている。江戸時代後期には、自国の歴史にたいする関心の高まりもあって盛んに制作されたが、その中でも山陽の詠史詩は多くの読者を得るものとなった。それには『日本外記』や『日本政記』などの歴史書の述作者山陽という側面も与って、とくに、幕末から明治にかけての変革期にあっては、思想的な煽動力を発揮して多大な影響を与えた。

さて、山陽の詠史詩は、先掲(注★1)頼多万氏論では、選び出した一五三首の山陽詠史詩を山陽自身による分類に従いつつ、

Ⅰ　源氏　(前記・平氏、正記・源氏、後記・北條氏)
Ⅱ　新田氏　(前記・楠氏、正記・新田氏)
Ⅲ　足利氏　(後記・後北條氏、後記・武田・上杉氏、後記・毛利氏)
Ⅳ　徳川氏　(前記・織田氏、前記・豊臣氏、正記・徳川氏)

の四つに区分し、Ⅰの源氏前記・正記・後記の時代に属する三九首を取り上げて考察を加えている。本稿が取り扱う西行を題材とした詠史詩についての言及はないが、『山陽遺稿詩』巻之二「十二媛絶句」の分析を踏まえて

絶句を見てみると、始めの一・二句では、その女性の一生で特筆すべき事、いちばん印象的な事柄をまるで絵でも見るかのように見事に、しかも簡潔に詠い上げている。そして三・四句では、山陽独自の論を展開している。誰も気付かなかった事にも言及している。

と、指摘している点は、西行を題材とした二首の詠史詩についても当て嵌まる。西行詠史詩の場合は、それぞれ第一句で画に描かれた場面を表現し、第二句以下で山陽独自の西行像を提示するという構成をなしている。すなわち、「抛銀猫図」では「銀毛袖より出して衆児を呼ぶ」と、また、「西行野望図」のほうでは「秋泖禽飛んで残照沈む」と、それぞれ簡潔ながらも的確に画題を表現したところで、西行の本質を浮かび上がらせている。「十二媛絶句」(注★5)は、紫式部、清少納言、妓王、仏、常盤、靹絵、千手、静、尼将軍、柁原婦、勾当内侍、楠母という、歴代女性一二名を取り上げた異色の作だが、多くはその生き様を称賛している一方で、尼将軍政子と梶原景時妻は批判的に詠まれている。これについては題詠であるという点を考慮しなければならないが、山陽詠史詩の中には、ほかに、足利将軍や聖徳太子をはじめとして、後醍醐天皇、新田義貞、織田信長など、批判的に取り扱われる人物もみとめられる。治政の得失を論ずることに主眼を置く詠史詩の特質からすると、そのことは肯けるが、画を見て詠作したものであったにしろ、二首の西行詠史詩からは、山陽にあっては称賛の対象として西行という存在が捉えられていたことが知られる。

水沢利忠氏「頼山陽の詠史詩にみえる詠嘆」(注★6)では、山陽の詠史詩作詩の契機を画賛・題詠、寄物陳思、臨場懐古の三種に大別している。前節で掲げた西行詠史詩は「――図」とあるように、いずれも画賛・題詠に分類される。画賛について水沢氏は、「必ずしも山陽の懐抱する思想がそのまま表出されているとばかりは言い難い嫌いがある」として、前節に掲出した「題西行法師抛銀猫図」、「題僧西行野望図」などを挙例しつつ、

「これらの主題の選択には、山陽の見識よりは当時の一般教養人士の好みが反映している」と推断している。「画賛詩・題詠詩に関しては、必ずしも山陽の真骨頂を見るに足らないと言うべきであろう」というのが水沢氏の評価であるが、山陽自身、西行という人物に少なからぬ関心を抱いていたことは、先に述べた「題西行法師抛銀猫図」の詠作事情をみても明らかである。さらに、かれの歴史著述のひとつ『日本政記』の論賛によって、そのことはいっそう明白になる。つぎに、前掲「西行出家の真因もここにあること、日本政記に論じてある通りである」という『新釋』の言に従って『日本政記』の叙述を確認しておこう。

　山陽の歴史書のうち、『日本外記』が平氏から徳川氏までの武家の歴史を主軸に歴史を論じているのにたいして、『日本政記』は神武から後陽成までの天皇在位を追って、その間の事柄を簡潔に記述したものであるが、それに加えて、九二の論賛が添えられていて、その箇所には山陽独自の史観が色濃く反映されている。まず、「崇徳天皇」の記事には、つぎのような佐藤憲清《ママ》の出自と僧西行の行状を紹介する文言がみられる。

> 左兵衛尉佐藤憲清、官を辞して去る。憲清、博く兵書に通じ、射に精しく、和歌を好む。上皇宮の北面の士となり、寵あり。而るに、遁世の志あり、一日、志を決して情を陳べ、官を辞して家に還る。稚女あり、迎へて父の衣を牽く。憲清、これを蹴りて牀に墜し、直ちに出でて髪を剃り、名を西行と改む。年二十三なり。遂に海内を周遊し、歌を詠みて自ら娯しむ。その妻、亦た尼となる。時に伊賀守藤原為業と弟頼業・為経と、皆僧となり、大原山に隠れ、西行と相唱和す。為業、大鏡を著はし、文徳以後十四朝の事を紀す。(注★7)

これは、『西行物語』等が語るところを越えるものではなく、むしろ、陳腐に思われる。だが、山陽の西行理解はこれに終わることなく、つづく論賛の箇所にも表明されている。

> 頼襄曰く、士に貴ぶ所は、その時を知るを以てなり。時に勢あり、機あり。勢の推移する所、機の起伏する所は、必ずしも知り難きに非ざるなり。而るに、これを知ること莫きは、蔽はるる所あるのみ。唯有識の士のみ、能く先にこれを見、危きを去りて安きに就き、濁れるを去りて潔きに就く。挙世知らずして、已れ独りこれを知り、これを知ること、明らかなり。故にこれを決すること、果なり。彼れの驚く所、我れは以て当に然るべしとなす。藤原憲清の如きは、それ然らずや。

山陽は、時勢を知ることのできた類稀なる存在として「佐藤憲清」を大いに称えるのである。時勢を知ることの大切さは、山陽の歴史書において繰り返し強調されるもので、重要な意義を有している。その意味で、右の藤原憲清、すなわち、西行にたいして加えられた評言は、最大の賛辞と受け取って良いだろう。以下、長大な論賛の行文は、乱世の到来をいち早く予見し、俗塵を離れ、山水を友として和歌を詠じたことに触れ、超然と我が道を歩んだ西行を「嗚呼、士と謂ふ可きのみ」と称える。

源頼朝に見え、これに寶玩を贈らるるも、門を出でて児童に抛げ与ふるを観れば、以てその志を見る可し。世、その無欲を称するのみ。吾れは則ち、その恥あり識あるを欽《うらや》むなり。古に曰く、利は智をして昏からしむと。憲清、唯恥あるなり。ここを以て、能く一世の見る能はざる所を識るなり。

右のような言説に山陽の西行にたいする思いは集約されるのではないだろうか。思想大系は右掲箇所に「恥を知るという道徳的態度が、時勢を知るという識見の根柢であると強調されている点、および、廉恥の心さえあれば、時勢は容易に捉えられうるとされている点に注目しておきたい」と注するが、銀猫の逸事は山陽の思い描く西行像を表すための恰好の題材であったと言えよう。

三　『詠史詩纂』の西行讃詩

前節までは、西行を詠じた山陽の詠史詩二首を掲出し、山陽の詠史詩の特質を明らかにした上でその特長を指摘した。また、山陽の著述『日本政記』の西行（藤原憲清）に言及した記述を示しながら、山陽の西行理解の様相を概観した。本節では、先掲の山陽詩二首を含む西行讃詩を収載する『皇朝古今詠史詩纂』（以下、『詠史詩纂』）を紹介し、江戸後期から明治初期における儒者、詩人、文人の漢詩による西行享受の様態を確認してみたい。

『詠史詩纂』（注★8）は、初版は明治二五年五月刊で、発行者は大阪市東区備後町の吉岡平助、発売所は同地番の吉岡書店とある。校閲者に梅崖・山本憲、編者に晩紅園・和久光徳の名が並ぶ。巻頭に山本梅崖の「詠史詩纂叙」と、晩紅園主人識「皇朝古今詠史詩纂自序」、「凡例」がある。

閲者・山本梅崖は、嘉永五年の生まれ、昭和三年没、七七歳。諱は憲、字は永弼、通称繁太郎、雅号に梅崖、梅清処主人がある。謚は文節夫子。土佐藩主山内家の家老であった深尾家家臣で、甲斐武田の軍師、山本勘介を祖にもつ。父の竹渓は漢詩人で、安積艮斎の門人で、山陽の三男、三樹三郎などとも交流があった。梅崖は幼時から家学を学び、やがて漢学で身を立てることを志し、明治一五年には、大阪天神橋に「梅清処塾」を開いた。明治一八年の「大阪事件」では首謀者の一人として投獄されたが、大赦後は教育に専念し、多くの塾生を育てた。著作に『梅清処文鈔』、『燕山楚水遊記』などがある。編者である和久光徳については、詳細はわからないが、本書に同じく吉岡書店から『和漢美人千態詩』（注★9）を刊行している。この書も梅崖閲、晩紅園主人和久光徳編である。

さて、本書の構成は、五言絶句、七言絶句、五言律詩、七言律詩、五言古詩、七言古詩と、形態別に分類され、作者の時代順に配列されている。その分類に従えば、西行を詠じた詩は、五言絶句に一首、七言絶句一一首、七言律詩に一首、併せて一三首が収載されている。凡例に「七言殊多、而五言更少」と言うとおりの状況であるが、以下に、順に従って作品を掲げ、作者の略歴を含めた寸評を付すことにする。

①　西行望岳図　福井鹿川

杖簦雲水客　猶帯往時豪
望レ岳唾然笑　吾心與レ此高

「簦」は「かさ」で、「笠」に同じ。西行自讃歌として名高い「風になびく富士の煙の空に消えて行方もしらぬ我が思ひかな」を踏まえ、出家して修行の旅の途次、富嶽と対峙するさまを捉え、その高さと同じくらいの心の高さを讃えている。題に「西行望岳図」とあるように、画幅を見て制作された一首で、以下もこの類は多い。作者福井鹿川については、詳しくは分からないが、同書には掲載の詩の前に「詠史」と題された詩が載る。詩集に福井邁編の『鹿川詩鈔』（友文堂、明治一五年）がある。『三重県名勝詩』（伊勢新聞社、二〇一四）に詩が載る（注★10）。

②　僧西行　大沼枕山

詠向芙蓉東又東　偶談二韜略一幕営中
出レ門喜看児曹戯　入レ手銀猫轉レ手空

これも旅する西行の一齣を捉えたもので、『吾妻鏡』の記事で著名な頼朝との対談の後、拝領の銀猫を門外の子どもに与えて立ち去ったという逸事を詠じている。「韜略」は「六韜三略」の略で兵法の書を言う。大沼枕山は、講談社『日本人名大辞典』（注★11）によると、文化一五年三月一九日生まれ。幕臣大沼竹渓の子。一〇歳で父と死別、尾張の叔父鷲津松隠に養われ、後、江戸で梁川星巌の玉池吟社に参加、嘉永二年に下谷吟社を開いた。幕末から明治にかけての漢詩壇の中心として活躍した詩人で、明治二四年没、七四歳。編著作に『房山集』、『江戸名勝詩』、『歴代詠史百律』などがある。

③　僧西行　小野湖山

方袍円頂汝何人　漫向二将家一来説レ兵
応レ似崋山陳處士　龍観睡起策二東征一

この一首も②に同じく鎌倉将軍とまみえて兵法を説くことを詠む。「崋山陳處士」は、官に就くことを嫌って崋山などに隠棲した北宋時代の道士陳摶に出家者西行を擬している。作者の小野湖山は、幕末から明治の儒者、漢詩人で、文化一一年、近江の生まれ。本姓は横山、名は巻、長愿。湖山は号、別号に玉池仙史、晏斎など。梁川星巌などに師事し、詩集に『湖山楼詩鈔』などがある。明治四三年没、九七歳。

④　西行法師抛二銀猫一図　頼山陽

銀毛出レ袖衆児呼　肯使三渠儂礙二念珠一
当日早収擒虎手　愧撃拳大小狸奴

他作との比較の便を考慮して、山陽詩二首を再び掲げる。『山陽詩鈔』では、題の文字が付されている。これも②、③と同様に『吾妻鏡』の記述により、拝領の銀製の猫を門外の子どもに与えて立ち去った故事を捉える。在俗時に弓馬の道を究めた者には拳大の猫に執着することは愧に思われたのだ、とする。虎をも搦め取る勇士であった在俗時の姿を持ち出して、出家後の道心堅固の境地を強調する。「小貍奴は虎に対すれば猫は小なる者なり、故に小貍奴と云ふなり」、「貍は正字通に野貓也と、説文には貓は貍の属と云へり」と、『山陽詩鈔註釋』(注★12)は注する。

⑤　西行野望図　　同（頼山陽）

秋泖禽飛残照沈　蕭條人事暗侵尋
独将㆓冷眼㆒憐㆓衰色㆒　誰識無心是有心

④に同じく『山陽詩鈔』では、題詞に「題」の文字が付されていて、「僧」の文字が入る。『詠史詩纂』所収の詩の中では、唯一、鴫立沢に因んだ故事を詠んでいる点が注目される。元禄期には数量和歌を編集した『鴫の羽掻』(元禄四年刊)などによって「三夕の歌」が定着をみ、それを画題にした絵画が多く制作された。この山陽詩も鴫立沢図に賦したものと推察され、沢辺の秋景と「蕭條人事」、すなわち、政情、人事の退廃とを重ね合わせて捉えているところに山陽独自の視点が認められる。

⑥　西行　　篠崎小竹

脱㆓離武弁㆒混㆓緇流㆒　百練寧為㆓繞㆑指柔㆒
休㆑問銀貍附児去　将軍亦我海辺鷗

これも銀猫の故事を捉えている。④の山陽詩に同じく「貓」の文字を用いずに「貍」を宛てる。篠崎小竹は、天明元年、医師加藤周貞の次男として大坂に生まれた。九歳で篠崎三島の私塾梅花社に入門、その後、三島の養子となり、梅花社を継いで、多くの門弟を育てた。山陽とは深い親交があり、田能村竹田ら多くの文人たちと交渉があった。儒者であるとともに、詩人、書家としても優れた才能を示した。著作に『小竹斎文稿』などがある。嘉永四年没、七一歳。

⑦　僧西行望岳図　　橋本静菴

緇衣仰立倚㆓吟笻㆒　不㆔復形庭執㆑戟容㆒
覇政新張天地變　巍然依㆑舊只三峰

題の示すとおり、富士山を仰ぎ見る西行を捉える。「笻」は「つえ」。「巍然」は高くそびえたっているさまを言う。作者の橋本香坡（静菴）は、文化六年二月生まれ。上野国沼田藩士。大坂で⑥の作者、篠崎小竹に学ぶ。伊丹の郷校明倫堂の初代教頭となり、後に大坂に塾を開く。萩藩の勤王派を助けたために新撰組に捕らえられ、慶応元年に獄死。五七歳。名は通、字は大路。通称は半助。別号に静菴、毛山人など。著作に『皇朝名家詩鈔』、『西遊詩稿』などがある。

⑧　西行望岳図　　植村蘆洲

昨日山河横槊臣　今朝雲水打包身
好開㆓高眼㆒収㆓名嶽㆒　也是当年不二人

これも富士を眺める旅人西行を捉える。「槊」は「ほこ」、「横槊賦詩」で「槊を横たえて詩を賦すこと」。「赤壁賦」では魏の曹操を「槊を横たえて詩を賦す、固《まこと》に一世の雄なり」と評する。武器を持ちながらも詩を作ることを忘れない英雄の様を言う。作者の植村蘆洲は、江戸後期から明治にかけての漢詩人。天保元年生まれ。幕府の与力。大沼枕山に学ぶ。妻は書家高斎単山の娘。明治一八年没、五六歳。名は正義、字は子順、俊利。著作に『蒼斎詩題』、『蘆洲詩鈔』などがある。同書には、他に「桶峡間野戦図」、「利休像二首」、「題雪山像二首」と題する三首の七言絶句と、「祇王祇女嵯峨野秋居図」、「常盤立雪図」と題する二首の七言古詩が採られている。

⑨　西行法師図　佐藤牧山

弓刀本是圧二時豪一　一片閒雲跡忽高
末路如何作二馮婦一　秋宵入レ幕説二龍韜一

第三句「馮婦」は中国晋の時代の人。素手で虎を捕らえたという勇猛の士。第四句の「龍韜」は、中国の代表的な兵法書『六韜』の一編名で、将軍頼朝に対面して弓馬の道を説くことを言う。作者の佐藤牧山は、江戸後期から明治時代にかけての儒者で、享和元年の生まれ。尾張の人。昌平黌に学び、江戸で塾を開く。後に名古屋藩に招かれ、藩校明倫堂督学。晩年は東京の斯文学会講師となる。明治二四年没、九一歳。名は楚材、字は晋用、通称は三右衛門、別号に雪斎。著作に『老子講義』、『牧山楼文鈔』などがある。

⑩　題二西行像一二首　塩田随斎

一抛二弓矢一道心深　任レ口閒吟卓二古今一
畢竟逃レ名逃不レ得　行雲流水有二清音一

⑪　（同）　（同）

一夜談レ兵亦上乗　纖塵不レ汚玉壺氷
将軍何異児童見　漫把二吟猫一瞞二老僧一

「西行像二首」と題されたうち、まず⑩では北面の士という官人の身を捨てて出家遁世して、諸処を回って和歌を吟ずる漂泊の詩人西行の姿を捉える。そして、⑪では『吾妻鏡』の記述を踏まえて頼朝との対談の後、拝領の銀猫に執着することなく、門外の子どもに与えて立ち去ったことを詠む。作者の塩田随斎は江戸時代後期の儒者。寛政一〇年生まれ。伊勢の津藩士。古賀精里に学び、藩校有造館の講官、後に江戸藩邸の講官となる。詩を好み、猪飼敬所、頼山陽らと交友があった。江戸谷中に止至善塾を開く。弘化二年没、四八歳。名は華、字は士蕚、通称は又之丞、別号に巨瓢子。没後に『随斎詩鈔』が刊行された。『三重県名勝詩』（伊勢新聞社、二〇一四）に詩が載る。

⑫　僧西行望二富士山一図　橋本海関

早脱二朝班一意気豪　雪泥鴻爪似二浮毛一
請看富岳三千丈　孰二與山僧清節高一

富士山を眺める西行を捉える。いわゆる、富士見西行の画幅によって制作された詩である。霊峰富士に匹敵する西行の「清節」を讃える。作者の橋本海関は、幕末から明治にかけての儒者、詩人。嘉永五年、播磨に生まれる。父は播磨明石藩の儒者を務めていた橋本文水。藩校景徳館に学び、詩も能くした。昭和一〇年没、八四歳。書は市村機霧に学び、画にも秀でていた。帝室技芸院、芸術院会員の日本画家、橋本関雪は、海関の子。

⑬　西行　　中島米華

中原兵禍日相望　明哲保㆑身謀亦長
五斗何堪称㆓北面㆒　三衣好更号㆓西行㆒
虎頭空老封侯相　象外長帰礼仏場
卅一吟成偏有㆑感　愁看松月照㆓池塘㆒

これまで掲出してきた詩は近体詩であったが、この一作のみが古詩に分類されるものである。「兵禍」に見舞われる乱世に生まれ、北面の士であった者が墨染めの衣を身に纏い西行と号し、諸処を回って吟成したことを讃える。「三衣」は、「さんえ」、また、「さんね」とも。僧が着する三種の袈裟のことで、一般に法衣を言う。「象外」は現実の世界を超えたところを言う。作者の中島米華は江戸時代後期の儒者で、享和元年の生まれ。豊後の佐伯藩士。広瀬淡窓に師事し、後に昌平黌で古賀侗庵に学ぶ。文政一一年に帰藩して藩校四教堂で教えた。天保五年没、三四歳。名は大賚、字は子玉、如玉。通称は増太、別号に海棠窠主人など。著作に『日本詠史新楽府』、『愛琴堂詩鈔』などがある。

四　西行讃詩の特徴

山陽の二首を含む『詠史詩纂』所載の西行を題材とした詠史詩を通観すると、掲出一三首中七首の題に「――図」とあるように、画幅を見て詠じた作の多いことがわかる。題詞に「図」が付された①④⑤⑦⑧⑨⑫の七首のうち、①⑦⑧⑫の四首はいわゆる「富士見西行図」、④は「西行銀猫図」、そして⑤は野望（秋禽）図、いわゆる、「鴫立沢図」によって制作されたものである。残る⑨は『吾妻鏡』に取材した一首で、これも「西行銀猫図」を想定してよいだろう。先掲一三首について、対象として取り扱っている題材を整理すると、⑩⑬の二首は題材の特定はできないが、ほかは

富士見西行……①⑦⑧⑫
銀猫（『吾妻鏡』）……②③④⑥⑨⑪
鴫立沢……⑤

となる。

修行の旅にある西行を象徴する富士見西行が題材として取り上げられることは、歌人西行の事跡を強調する上でも首肯されるが、それをも凌ぐ頻度で「銀猫」の逸事を含めた『吾妻鏡』の記事を題材としていることは、影響関係ということも考慮しなければならないだろうが、西行詠史詩の特徴として改めて注意される。それは、鎌倉将軍頼朝と対峙して怯むことのない豪

気を言い表すこと、そして、拝領の銀製の猫に心をとどめない無欲恬淡の境地を称えるための恰好の題材であったと言えよう。さらに、前者を導くために、在俗時における北面の士としての勇を称える表現が目立つことも西行詠史詩における表現の一つとして指摘できる。故事に由来する題材を詠む詠史詩の性格からすると、これらは言うまでもないことかも知れないが、西行享受史においては異なった視点を提示するものとして看過できない。

歌人、連歌師、俳諧師たちの敬慕のかたちとは異質な「英雄西行」とも言うべき像が、江戸後期から明治初頭にかけての詩人によって造型されたことを確認しておきたい。その中でも『日本外記』、『日本政記』、『日本楽府』の述作者として、後世、多大な影響を及ぼした山陽の存在、そして、その詠史詩の果たした役割は小さいものではなかったと思われる。

おわりに

山陽の二首を端緒として、西行を題材とした詠史詩を紹介してきた。『詠史詩纂』所載の詩については、語義や措辞など、表現の考察はじゅうぶんには行き届いていないが、漢詩による西行讃嘆の具体相を示すことによって、その課題のけっして小さくはないことを伝えることができたかと思う。ただ、ここに取り上げることができた西行詠史詩は江戸後期から明治初頭の詠作に限られ、全貌を把捉するには至っていない(注★13)。

詠史詩における西行像という課題は、文学史的事跡として留意されるが、さらに、その多くが画にもとづいて詠まれたものであるという点からすると、文化史的な拡がりを包含するもので、詩や和歌が賦された絵画にも注目しつつ、さらなる情報の蓄積につとめることがもとめられる。大方の教示を期待するとともに、今後、当該分野における研究が進展することを願って稿を閉じる。

注

(1) 頼多万「頼山陽の詠史詩(一)」(安田女子大学「中國學論集」・通号24号、一九九九・一二)

(2) 引用は、天保四年刊の版本による。なお、『弘川寺西行記念館図録』(弘川寺、平成八年)には本詩の紙本墨筆(掛幅)が掲載されている。第三句は「当日已収擒虎手」。四八頁。

(3) 伊藤靄谿『頼山陽詩集〈山陽詩鈔新釋〉』(書藝界、一九八五)

(4) 『頼山陽全書』第二巻(頼山陽先生遺蹟顕彰会、一九三二)所収。同全書第四巻所収の「頼山陽詩集」には、当該一首に「春水忌、雲華・希鈍等ヲ招キ、席上、同ジクコノ題ヲ吟ズ」と注する。

(5) 類似の題詠に「詠春秋戦国人物十二首」、「詠三国人物。十二絶句。」がある。いずれも『山陽詩鈔』所収。

(6) 『季刊　日本思想史』第21号(ぺりかん社、一九八三・九)

(7) 引用は、日本思想大系49『頼山陽』(岩波書店、一九七七)による。以下の引用も同じ。

(8) 明治二九年七月刊の第四版を用いた。上田市立図書館・花月文庫(詩・79)の第二版(明治二五年一一月)と比較すると、印刷者に変更はみとめられるが、体裁、組版は変わっていない。

(9)『詠史詩纂』に同じく明治二五年十二月刊。

(10)国立国会図書館のオンライン検索による。

(11)講談社、二〇〇一。以下、とくにことわらないかぎり、作者については同書の記述をもとに紹介する。

(12)奥山正幹『山陽詩鈔註釋』(山陽詩鈔出版会、一九一四)

(13)本稿で取り上げた作品のほかにも西行を題材とした詠史詩が見出せる。以下に、明治、大正期教育者、思想家の杉浦重剛の二首を掲げる。

佐藤憲清(明治一五年、重剛二八歳)

高踏抛名利　漫遊四海中
猶余先制術　到処弄英雄

佐藤憲清(明治三六年、重剛四九歳)

右大将軍連進膝　上人文覚亦輪籌
奇材已備文兼武　元是当時第一流

引用は、それぞれ、『杉浦重剛全集』(杉浦重剛全集刊行会、昭和五七)・第五巻による。

(なかにし・みつよし/上田女子短期大学)

西行ノート

『山家集』の原風景を求めて

——平泉の桜と雪——

名古屋茂郎

キーワード
平泉　束稲山　桜　雪　衣川

東北地方

11　平泉

ア　束稲山

岩手県西磐井郡平泉町・奥州市・一関市に跨る標高596m（597mともある）の山

JR東北線平泉駅より東岳行バスで中島下車徒歩約40分（約3㎞）

JR東北線平泉駅より頂上付近まで車で約30分

平泉駅前のレンタカーやレンタルバイクを利用するのが良い。但し要予約。土日祭日に限り平泉駅～柳之御所間巡回バス便が15分毎に出ている。

みちのくに平泉にむかひて、たはしねと申す山の侍るに、こと木はすくなきやうに、さくらの限り見えて、花のさきたりけるを見てよめる

1533（1442）

聞きもせず束稲山の桜花吉野のほかにかかるべしとは

（歌番号は、渡部保著『西行山家集全注解』（風間書房）による。カッコ内は『山家集・金槐和歌集』（岩波古典大系）の番号と、それには掲載されていない場合（「なし」）とした。その

他の番号は『新編国歌大観』（角川書店）による。以下これに準ずる）

春四月下旬のある日、復元された西行桜（予定の三分の一程）が満開であることを期待しながら平泉駅へ。駅に久し振りに降り立つと、かつての古びて汚らしく見えた駅舎の影はどこにもない。駅舎が改築されて以来初めての平泉。駅舎が綺麗になり、暗いイメージが払拭され明るい。国鉄から民間のＪＲになり、親方日の丸が消えて、民間の努力で明るさを取り戻している。かつての国鉄職員の一人として、駅の汚さと暗さを体験。全国の駅舎の明るさは、外国人の観光客の影が絶えないことにも因るところがある。大げさに言えば、平泉の観光客の過半数が外国人だと言う。そう言われてみると下車した客の大半が外国人であった。よく見れば駅前もロータリー化されている。道路が拡幅され、新しく明るい店舗や改築された店舗が駅舎を背にして左右に展開され、バスの発着も出来るという驚きの連続。これも平泉が世界遺産に平成23（２０１１）年に登録されたことによるものであろう。駅前には「世界遺産」の文字が目立つ。ここは目に入るもの全てが世界遺産であるかのようにも見える。

平安時代の平泉の人口は十万人以上だったという。現在は約八千人だから、当時はいかに栄えていたかが伺われる。その中を藤原清衡が通り、基衡・秀衡が行き来し、泰衡が通った。即ち奥州藤原時代を築き上げた人々が、ここに居を構え奥州を取り仕切っていた。そして源義経や弁慶も滞在した。それ以前には「前九年の役」・「後三年の役」の戦の現場となった。兄頼朝の冷酷な仕打ちのために、弟義経が命を散らした「衣川の合戦」もこの地であった。西行も二度訪れていた。逃避中の義経ともここ平泉で出会っていると言われ、数カ月のここでの生活が重なっていると見られている。時代が下って芭蕉が涙を流したのもこの地であった。平泉の平安から鎌倉時代への歴史は藤原一族の栄枯盛衰であるのは周知の通りである。

写真１　伽羅御所跡の桜

写真２　柳之御所跡の池

それでは西行にとって平泉はどんな所であったのか。その拠点とも言うべき所は藤原秀衡邸である。その跡を訪ねる。

平泉駅。現在の玄関口も、平安時代は人口十万人を誇っていた大都会の車宿であったと古地図は示す。その駅前のロータリーから直ぐに北に右折。中尊寺への道である。そこを東北線の踏切を越えた最初の交差点を東に右折して人家の中を進むと、間もなく左手の生垣を背にして伽羅御所跡の説明板が建っている。人家が続いているため遅々として発掘が進まない。そのために全貌が把握されていないと言う。まだまだ不明な状態であるが、この人家の後ろ側は急速に発掘が進み、この辺り一帯が秀衡から泰衡に亘って居所となった伽羅御所の跡であることが判明した。しかし、ここからは人家や立木で背後の束稲山は見えない。そこで道をuターンして交差点まで戻り、右折して次の交差点をまた右折。角に「伽羅御所跡」の標柱。その先左右が柳之御所跡であると同時に、政庁「平泉館」であったとされる所への道である。少し進むと人家が切れる辺りに満開の桜が歓迎してくれる。その桜の花の先に視界が開け、束稲山が現れる。その山の中腹にピンク色に山肌を彩る。まさに西行が驚嘆した桜である。西行の見た桜は現在ある桜の量ではない。吉野の桜に匹敵する花であったからだ。

それでは吉野の桜はどんなものであっただろう。現在の吉野の桜で考えるとして、吉野の桜は現在では三月末から下千本が咲き始め、中千本、上千本、奥千本へと四月の中頃にかけて開花し、見ごろとなる。ついこの間までは五月の連休頃が中千本から上千本が見ごろと言われ、私もその頃に吉野を訪ねたことがあったが、それは30年以上も前のことである。中千本の桜を上から見下ろすとピンクの絨毯を敷いたように見える。豊臣秀吉が花見の宴を開いたと言われるほど見事な桜が山肌を飾る。花の下を通るのも良し、遠くから見上げるのも、見下ろすのも良く、正に日本一の桜の園である。西行の見た吉野の桜はそれか、それに近い光景であったと想像される。吉野のそれに近い桜が束稲山の山肌を包んでいたのだろう。

昭和36年（1961）、今から57年前に初めて訪れた時は、「伽羅御所」跡は看板一枚、「柳之御所」跡は、発掘の最中で、その作業が一時中断されている状態で、立ち入り禁止となってい

写真３　柳之御所跡

写真４　柳之御所跡より束稲山を望む

写真５　吉野山の桜

写真６　勝手神社の桜

た。しかしそこには何の説明もなく、ただ土が掘り起こされたままの状態で、放置されたような状態が長く続いたように記憶している。柳之御所跡は未発掘の状態であった。

その放置されていた跡は、現在では立派な史跡公園となって公開され立ち入ることが出来るようになっている。要所要所には説明板が設置されて、概略が分かるようにはなっているが、まだ不明点が多々ある。清衡の館跡は不明。基衡・秀衡の館跡はおおよそここであるとの見当がついてはいるようであるが、証拠品の出土が少ないので、不明点が多いが一応ここであろうとの事で説明板が設置されている。

柳之御所跡の前方の北上川の堤防の上に束稲山の桜が見える。古地図によると現在の北上川は、当時は侍町である。その侍町の先（北側）の束稲山の麓に近い所を北上川が流れていた。

この現在の北上川の手前で西行と秀衡とが出会い、会談し、寝食を共にした所であると思って見ると感慨深いものがある。

西行は若い時と晩年の二度陸奥平泉を訪れている。最初は康治2年（1143）西行26歳の若かりし時、能因法師に憧れて平泉を訪れた。その時満開の桜を目にした西行には驚きと感動があった。その感動が「聞きもせず」の歌となって残された。

西行が秀衡邸から眺めた束稲山。その山を埋め尽くした桜の歓迎を受けたのである。邸の東を流れる雄大な北上川。その川の流れは、現在の流れとどれほどの違いがあろうか。古地図をもとに推測すると約500mほど東を流れており、川幅はほぼ同じであったと思われる。

初めて平泉の藤原秀衡を訪ねた時のことを『西行物語』には次のように記されている。

写真７　北上川

写真８　北上川の高館橋と束稲山の桜

悪路や津軽、夷が島、信夫の郡、衣川、いづれをわきて眺むべしともおぼえずして行くほどに、出羽・陸奥両国を従へ、平泉といふ所に住み侍りける秀衡とて、威勢の者は侍りけり。かねてより、和歌の道なほざりならず好き侍る由聞きしほどに、かしこへ尋ね行きたりければ、秀衡喜び対面して、わが先祖より今に至るまで、西行に疎からぬ事など語りて、世の常ならずもてなしけり。

ある時、秀衡語りけるは、「たまたま幸ひにこの国へ下り給へり。恋の百首を勧め申す事侍り。詠みて賜はりなむや」といひけれども、とかく否みて詠まざりけるが、千里の浜、草の枕にて見たりし夢の事など思ひ出でて、少々連ね侍りけり。

立てそめて帰る心は錦木の千束《ちづか》待つべき心地こそせね
身を知れば人の咎とも思はぬに恨み貌にも濡るる袖かな
隈もなき折しも人を思ひ出でて心と月をやつしつるかな
あはれとて人の心の情けあれな数ならぬには拠らぬ嘆きを
頼めぬに君来やと待つ宵の間にふけ行かでただ明けなましかば
逢ふまでの命もがなと思ひしは悔しかりけるわが心かな

かくて、四、五年もとどまり給ふべき由、秀衡申しけれども、「無益なり」と思ひて、秋の末つ方になりて出でにけり。

とある。これによれば長居をしないで平泉を去っている。

東稲山の桜が１６００年代の中頃の山火事によって絶えたと言われて、その後復活はしなかったと言うが、河合曽良の『奥の細道随行日記』に「(五月) 十三日天気明。…高館・衣川…中尊寺・光堂・泉城・さくら川・さくら山・秀平やしき等を見ル。云々」とあり、「さくら山(東稲山)」と、当時は桜が在ったから「さくら山」と呼んでいたのであろう。芭蕉や曽良が訪ねた元禄時代(１６８８〜１７０４)には桜は在ったのではないか。

ここで芭蕉の脳裏には西行の歌が浮かばなかったのであろうか。そう考えたくはないが、西行については触れていない。それでは何時桜は無くなったのか。とにかく桜は消えた。つい三十余年前までは桜はない。そこで地元の人達が「西行桜」を復活させようと立上がり、「西行桜の森」のスタートとなる。

イ　西行桜の森

平泉町長島字海山９５の７４１
ＪＲ東北線平泉駅よりタクシーで約15分

平泉駅の裏側(北側)に当たる北上川の土手に出る。東稲山が末広がりに稜線を描く。眼下には悠然と流れる北上川。目を山に転じると中腹にピンク色の塊や斑点が幾つも見える桜である。西行桜の森を中心とした大半が人工の桜の花である。遠くから眺めてようやく桜であることが確認できる程になったと言うが、ここまでにするのにも地元の人達の努力とボランティアの協力が不可欠であったという。

東稲山は標高５９６ｍ。奥州藤原氏の初代藤原清衡の祖父安倍頼時が、１００００本の桜を植えたと伝承されている。それを復元しようと言うのである。

私が平泉の桜を求めて初めて東稲山を訪れた半世紀以上前には全く桜の影はなかった。その後何度か訪ねると、三十余年前、桜の幼木の植林の最中で「もう少しお待ちください。数年で桜の園にします。」と作業されている傍らで桜の苗木が植えられていたが、シャッターを切ってもほとんど映らない状態。当時はまだ植林が始まったばかりであった。

西行桜の復元計画に基づいて１９８５年から１９９２年にか

けて4500本を植林したと言うが、現在は100種類3000本ほどが根付いていると言う。（一説には2000本余りとも）。今後も10年で4000本を目標に植林して、ゆくゆくは西行の目を驚かせた10000本を目指すという。駒形峰から三分の一を桜花で埋めようと言う壮大な計画である。その桜はカスミザクラやエドヒガンなどである。

私は貸バイクで訪ねることとした。

駅裏の高館橋を渡り、真直ぐ道なりに進む。東稲山がまぶしく輝く。長島の信号のある交差点先、左に佐藤商店。その先左折する道路の入口に「西行桜の森入口」の大きな案内看板がある。木工館「遊鵬」まで1・9㎞・大文字キャンプ場へ2・5㎞とある。その道を木工館を目指して上る。途中人家が何軒か在るのどかな道である。道の要所要所には案内表示があるのでそれに従って上ると、突然満開の桜並木が道の両側で歓迎してくれる。その花の中に佇みながら西行がここまで足を運んだろうか。運んでいないであろうかなどと想像しながらも、ひとき当時を想像しながら回想に耽る。

写真９　西行桜の森の桜

写真10　同のトンネル

桜の幹もかなり太くなり、かつて、「もう少し待って下さい。」との植林中の地元の人達の言葉を思い出しながら、花の雲海のトンネルをゆっくりと歩く。あれから三十余年経ったのだなあと感慨無量であった。上には木造の木工館の屋根が見えて来た。地元の人達の努力が一部実った思いであった。

木工館の前には広場が在り、数台の車を止めることが出来る。木工館の下方を望むと眼下に桜の園が広がっている。上を見れば三分咲きの桜の園が伸びている。西行が眺めた桜の一部分を味わうことが出来たひとときであった。

木工館は開館されているとは限らない。平日は閉館の可能性が高い。館の傍らに、

写真11　木工館横の神作光一氏の歌碑

写真12　山麓の桜

これが彼の西行詠みたる束稲の山ぞ桜ぞただ佇ち尽くす

神作光一詠

（2007・4・29）

の歌碑が建立されている。神作光一氏は我が師であり御健在である。

西行はここまでは来たか。西行の見た眺めは館からで正反対ではあろうと。中尊寺方面の桜は僅かに見える。

ウ　束稲山の西行の和歌再建碑

平泉町長島深山

JR東北線前沢駅よりタクシーで約15分。

同平泉駅よりタクシーで約25分。

平泉駅前貸バイクで約30分。

駅としては平泉駅の一つ北の前沢駅が都合が良い。前沢駅より北上川の赤生津橋を渡り県道237号線を北上。月山神社を右手に見ながら山道を上る。この辺りから桜の開花はまだである。蕾が固く閉ざしているように見える。神社の先から人家がほとんど見られなく寂しくなる。神社から10分程上ると左手に一段引っ込んだ所があり、国民宿舎平泉荘の在ったことを示す説明板である。かつてこの平泉荘の近くの鉄塔のそばに、囲いをされた西行の歌碑が簡単な説明板とともに建立されていた。しかし、その鉄塔は今もあるが、歌碑は見当たらない。150m程上った左手に平坦地が在り、その路傍に囲いもされず、何の説明もなく無造作に西行の歌碑が建っている。この碑は草書で記されているので読めない人は勿論知らない人はそのまま見過ごしてしまう。実に残念である。説明板と案内板を付けて欲しいものである。

独り寂しく路傍に裸で建っている歌碑は再建されたものである。碑の表には、

明治丁未春日　御歌所寄人良岑鯛二写

みちのくの束稲山の桜花よしのゝ外にかゝるしらくも

史伝　安倍頼時植桜樹於束稲山　後世有桜山之称西行法師之詠足以証文治中罹野火焼失矣千兹余与長島田河津両村有胥謀復旧観植桜樹以表彰其遺蹟併為明治三十七八年日露戦争役之記念云

写真13　束稲山への道

写真14　西行の再建歌碑と蕾の桜木

大野清太郎立石

碑の裏面には「昭和五十年十二月再建」とある。裏面の碑文によれば桜山と呼ばれた束稲山の桜が、自然発火の野火によって桜が焼失して無くなったという。また、明治40年に大野清太郎と言う人が建立した元の歌碑は、いつの間にか消えて無くなったと言う。それで前の拓本を基に碑文字を復元して再建したと言う。碑の建立に当たっては平泉町長・東山町長・前沢町長の三氏の名前が刻まれていることから共同で建立したのである。

戦災から立ち直り生活に少しゆとりが出来、旅をしてみませんかと当時の国鉄が休養を兼ねて旅を奨励した「ディスカバー・ジャパン」のキャンペーンと共に全国的に国民宿舎が建てられた。安い宿代で旅をどうぞと。一時はどこも満員になるほどで、平泉荘もその類であったが、国民が裕福になり高級志向化につれて多くの国民宿舎は姿を消した。その中に平泉荘も入っている。

エ　東の物見台の歌碑

平泉町平泉字衣関（中尊寺月見坂の東物見台）
中尊寺の月見坂入口より約３００ｍ徒歩約６分

平泉駅を出て中尊寺への入口とも言うべき月見坂をゆっくりと上る。コンクリートで舗装された白い道を上る時、真ん中が窪んだ土の坂を上ったのが蘇る。その後何度も訪れているが、全て土の月見坂であった。その土の坂を西行もどんな思いで上ったことか。坂の両側には杉並木が続く。名前のごとく「月見に絶好の坂」なのである。そこを上ると中程に右に折れる平坦な小さな広場がある。東の物見台である。広場の前方に束稲山がどっしりと構えている。山の前には太い水路。北上川である。ここから眺めると束稲山の桜が良く分かるが、山肌全体のごく僅かで寂しい。西行も眺めた桜や北上川がキャンパスの一カットとなって展開される。その広場の背後には大きな歌碑。西行の歌が刻まれている。

きゝもせず　束稲やまのさくら花　よし野のほかに
かゝるべしとは

この歌碑に西行の歌以外には何も彫られていない。大変珍しい碑である。そのために側柱が建てられている。「昭和三十五年土岐善麿書　中尊寺建碑」と側柱にある。

この碑が建立された翌年に私は初めてここを訪れており、金色堂以上に妙に強烈な印象が残っている。

オ　地蔵堂の歌碑

平泉町平泉字衣関（中尊寺月見坂地蔵堂）
中尊寺の月見坂入口より約４００ｍ徒歩約８分

東の物見台の直ぐ上の右手に小さなお堂が見える。これが地蔵堂である。その御堂の右手はす向かいに二基の碑が建立されている。右手は臼田亜浪の句碑である。

夢の世の　春ハ寒かり啼け閑古

亜浪

この碑文字は臼田亜浪の自筆で昭和五年の建立とある。

みちのくにゝ平泉にむかひて束稲と申す山のはべるには
な咲きたるを見てよめる　西行上人
きゝもせずたはしねやまのさくらばなよし野の外に
斯るべしとは
篤二郎　しるす

この歌碑の建立は不明であるが、東の物見台の西行の歌碑より少し早いという。尾山篤二郎氏の碑文字である。

写真 15　東の物見台の歌碑

写真 16　地蔵堂の歌碑

同じ西行の歌の碑が僅かな距離の中に建立されているのが不思議だと感じたのは、昭和36年初めて訪れた時に、引率案内役の土屋教授の説明を聞いた時である。教授からも何故近隣に同類の歌碑が建立されたのかということについての説明はなかった。だからその疑問は現在も解消されてはいない。その時に二つの碑を比べると地蔵堂の碑は見落とされがちになるだろうとも思った。いずれにしても、この二基の碑の案内板も説明板もないのが残念である。

カ　中尊寺

平泉町字衣関
月見坂入口より約６００ｍ、徒歩約15分

奈良の僧科《とが》の事によりて、あまた陸奥に遣はされたりしに、中尊と申す所にてまかり逢ひて、都の物語すれば涙を流す、いとあはれなり。かかる事はありがたき事なり。「命あらば物語にもせむ」と申して、遠国述懐と申す事よみ侍りしに、

２１３９（なし）
涙をば衣川にぞ流しける古き都を思ひ出でつつ

追放と言えば「島流し」が連想されるのであるが、この奥州平泉に流された僧は如何なる罪を犯したのであろうか。内部抗争とも言われているようではあるが。その罪を背負った僧たちに西行は中尊寺で会ったのである。そこで僧たちの会話の中で

写真 17　中尊寺本坊

写真 18　金色堂

故郷奈良の話が出て、懐かしさと望郷の念で僧たちが涙を流したのである。そのあふれる涙をここ平泉の衣川に流したと言うのである。

　その中尊寺の前に佇むと、中から西行や僧たちが出てくるのではないかと言うような雰囲気だと思ったのだが、とにかく観光客の騒々しさは雰囲気を打ち壊すのみで哀しい。もはや静寂の中でしみじみと古き良き時代の平泉の雰囲気を味わうのは無理なようである。

　中尊寺は嘉祥3年（850）比叡山の高僧慈覚大師によって開山された。後に藤原清衡が長治2年（1105）に関山に中尊寺を造営した。金色堂は天治元年（1124）に造営された。中尊寺の最盛期には塔頭40余り、禅坊300余り在ったというから、その権力・勢力は計り知れないものとなっていた。だから源頼朝が全土平定悲願の最後の攻撃目標としたのが平泉であったことからしても、その力が伺われる。

キ　衣川と衣川橋

奥州市を水源として平泉町で北上川に流れ込む全長約27kmの川

ＪＲ東北線平泉駅より約2km、徒歩約30分で衣川橋に

同平泉駅よりイオン前沢行バス約6分で衣川橋下車

十月十二日平泉にまかり着きたりけるに、雪降り、嵐はげしく、殊の外に荒れたりけり。いつしか衣河見まほしくてまかりむかひて見けり。河の岸に着きて、衣河の城しまはしたる事柄やう変りて物を見る心地しけり。汀凍りてとりわきさえければ

1218（1131）

　取り分きて心もしみて冴えぞわたる衣河見に来たる今日しも

　西行の見た衣川の川面は凍りついていたのであろう。東北方言で「しばれる」という言葉があるが、北の寒さはいてつく。西行にとって「様変りて物を見る心地」とあるから、多分西行は初めての経験ではなかったか。吉野の寒さは比較にならなかったのではないか。温暖化の現在とは違い零下10度から零下15度くらいか。私の経験から、寒いと言うよりは「痛い」である。

　衣川橋への一番分かりやすい道順は、平泉駅前の道を真っ直

ぐ、旧国道4号線の交差点を右折して、中尊寺前を通過する。左手の高台（高館跡）が終わる辺りから、前方に綺麗な橋が見えてくる。徐々に上りとなり、衣川橋に。その川が衣川で東西に流れている。かつて川の手前の田圃の中に「前九年の役合戦地」や「衣川の合戦地」と言う大きな看板が設置されていたが、いつの間にか無くなり、ごく普通の田圃となっている。改修前、衣川橋は道路と同じ高さでごく平凡な橋であったが、改修後はかなり高くなっており、川を跨ぐと言った感じがする。

もう一つの行き方として、中尊寺の参道の、金色堂の手前、本堂を過ぎた所の道を左折して下ると、徒歩約10分で左手に高い土手が見える。これが衣川の堤防である。近年改修されてかなり高く頑丈になっている。その堤防の階段を上ると川の右手に綺麗な橋が。その橋の後方に束稲山が川を見下ろしている。改修前の土手は低く草が生い茂っており、車は通ることは不可能であったが、改修後は両岸の堤防がかなり上流まで高くなり続いて見え、舗装されて車道となっている。堤防は改修以前は低い土手で、ごく普通の川であった。しかし、昭和22年のカスリン台風、同23年のアイオン台風の連続被害と、平成14年7月の台風6号による水害で、家屋の浸水、田畑の冠水などの決定的なダメージを受け、もはや現状復旧では駄目であるということから、衣川橋と同時に衣川の堤防を高くする改修工事が開始され、平成19年10月21日に衣河橋が開通した。それに伴い堤防も橋も高くなり綺麗になった。旧衣川の土手は簡単なもので、雑草が生い茂り川幅が狭く、両岸の雑木とで川面が見えなくなるくらいであった。これでは一寸大雨なれば、水が溢れるのは必定であろうと思った。川幅が20mほどであったから、橋はそれより僅かに長い。しかし改修後の橋の長さが１６０ｍ、橋梁の高さが30mの記録があるが、川幅についてはない。しかし見

写真 19　改修以前の衣川

写真 20　改修後の雪の衣川

写真 21　改築前の雪の衣川橋

写真 22　現在の衣川橋

た目では流水域は40ｍから50ｍくらいには拡がっている。

ところで、西行が見た衣川の様子は改修前の私が見た昭和中期の状態に近いのではなかったか。

冬のある日、平泉駅に降り立つ。屋根には雪が20㎝くらい積もってはいるが、道路は除雪され、車が走っている。朝早いせいか店はまだ開いていない。そんな中、駅前の信号を右折、東北線の踏切を越し、中尊寺の月見坂の上り口を左に見ながら歩を進める。右手に束稲山が白衣に包まれているが、白衣の間に黒く樹木が浮き上がり見事な稜線を描いている。右手の田圃は一面、白いベールに覆われており、その上に浮いて見える束稲山は格別だ。この雪景色を西行も見ている。雪は限りなく白く切れ目がない。その切れ目を造っているのが北上川と衣川である。

しかし私の見た衣川は両岸が積雪20㎝余。でも川面は凍ってはいない。橋の中央に佇むと、川上は左に緩やかにカーブしており、その先に在った和泉が城を思い、左手に上方を眺めると高館の森が。振りかえれば束稲山の雄姿。そして北上川。

雙林寺にて松汀に近しといふことを人々のよみけるに
1894（なし）
衣川みぎはによりて立つ波の岸の松が根洗ふなりけり

この歌は現在の京都の東山公園の東に在る雙林寺で詠んだものである。現在は小さな寺であるが、当時は大きな寺であったことは確認されている。この寺の南側の入口には西行庵がある。

この歌の基となっているのは、当然平泉滞在中に見た衣川の光景であった。その、強烈な印象が残っていたから生まれた歌である。

ク　郷土資料館「懐徳館」前庭の「ころも川」歌碑と「とりわきて」歌碑

奥州市衣川区日向60の2　サンホテル衣川荘隣接
東北線平泉駅よりタクシーで約８分
東北線平泉駅よりバスで約10分

国道４号線のバイパス工事が未完成ではあるが、ほぼ終了したので地図が少し修正された。

サンホテル衣川荘に宿泊する人には、送迎のバスが平泉駅より出ているから最も分かりやすい。しかし､そうでない人には、かなりややこしいから、タクシー利用が適当である。

サンホテル衣川荘の前に立つと、左がホテルで右に城の天守閣のような建物が見える。これが郷土資料館「懐徳館」である。この館は現在閉鎖されている。

さてこの右側の資料館への道がはっきりしないが、どこからでも上ることが出来る。一応門があるが、門にはロープが張られていた。門を入って坂を上ると左手に倒れそうな古い碑がある。その先に新しい碑も見える。

二つの歌碑は昭和初期と平成初期の建立である。古い方は丸みを帯びて少々傾いている。この碑は元々衣川の土手に建立されていたが、戦後の災害で川に埋もれていたのを掘り当てて、懐徳館が出来たのを契機に移築したと言う。

西行法師のよめる
ころも川みぎはによりてたつ波はきしの松がねあらふなり
けり

節堂書

衣川村字波洗　昭和七年七月建之
平泉之堺石工　小野寺時治刻

かなり読みづらい歌碑であり、碑その物が倒れそうに傾いている。この歌は『聞書集』の251番歌（渡部保著『西行山家集全注解』の通し番号1894番歌）で、詞書に、「雙林寺にて松汀に近しといふことを人々のよみけるに」とあるが、その詞書が刻まれてはいない。この詞書を頭に入れて見ないと、平泉の衣川で詠んだ臨場歌のように錯覚してしまうから注意しなければならない。

写真23　「衣川」歌碑

写真24　「とりわきて」歌碑

もう一基は、一基目の碑の左前方に見える。これは平成の建立で文字も読みやすく刻まれている。

とりわきて心も凍みて冴えぞわたる衣河見に来たる今日しも

西行法師

碑の裏には詞書が刻まれているが、『山家集』の詞書にはない、「久安三年」という年号が付されている。

久安三年十月十二日、平泉にまかり着きたりけるに、雪降り嵐はげしく、ことのほかに荒れたりけり、いつしか衣河見まほしくて、まかり向ひて見けり。河の岸に着きて、衣河の城しまはしたることがら、やう変わりて、物を見る心地しけり。汀凍りて、とりわき冴えければ。

執筆者　佐々木秀康

とある。

いずれにしても衣川を詠んだ歌であるので、衣川の土手の改築工事も終了したのだから、この碑は土手に移設した方が、碑も西行の歌も生きると言うものであろう。

写真 25　高館より束稲山と北上川

写真 26　高館の義経堂像

写真 27　光堂脇に芭蕉句碑

写真 28　芭蕉像と「奥の細道」碑

ケ　芭蕉と曽良の見た平泉から

平泉で忘れてはならないのが、『奥の細道』である。西行や義経の足跡を辿りながら平泉に訪れた芭蕉の心境はいかばかりか。芭蕉の驚嘆と感無量の心境を示すのが「奥の細道」の一節であろう。

三代の栄耀一睡の中にして、大門の跡は一里こなたにあり、秀衡が跡は田野になりて、金鶏山のみ形を残す。まづ高館に登れば、北上川、南部より流るる大河なり。衣川は和泉が城を巡りて、高館の下にて大河に落ち入る。泰衡らが旧跡は、衣が関を隔てて南部口をさし固め、夷を防ぐと見えたり。さても、義臣すぐってこの城にこもり、功名一時の叢となる。「国破れて山河あり、城春にして草青みたり」と、笠うち敷きて、時の移るまで涙を落としはべりぬ。

夏草や兵どもが夢の跡

卯の花に兼房見ゆる白毛かな　曽良

かねて耳驚かしたる二堂開帳す。経堂は三将の像を残し、光堂は三代の棺を納め、三尊の仏を安置す。七宝散り失せて、珠の扉風に敗れ、金の柱霜雪に朽ちて、すでに頽廃空虚の叢となるべきを、四面新たに囲みて、甍を覆ひて風雨を凌ぎ、しばらく千歳の記念とはなれり。

五月雨を降り残してや光堂

西行は冬と春の歌を詠んでいるのに対して、芭蕉が訪れたのは夏、それも梅雨の季節である。そして北上川や東稲山・衣川を見下ろす事の出来る高館に上って見下ろし見まわしたのである。すると北上川の手前に藤原秀衡の館のあった跡は田畑となって広がっていた。芭蕉にとって感慨無量であった。眼下に広がる北上川・衣川流域はかつての合戦の地である。江戸時代には既に田や畑となっていた。

高館は、昔も現在のように絶壁であったことは間違いない。だから削れることはあっても増えることはない。でもかつては現在のように狭い所ではなく、義経が一時生活をしていた館が在ったと言われるかなり広い場所であった事は間違いなさそうである。長い時間をかけて、風雪で削られて狭くなったと考えられている。芭蕉と曽良が佇んだ時は、どれほどの幅でどれ程の広さであったであろうか。ここには芭蕉の奥の細道碑があり、義経像を祀る義経堂がある。かつて、十円で老女がお堂を開帳して解説していた。

高　館

写真 29　曽良句碑

写真 30　月見坂口の桜

悲劇の名将と世にうたわれた源九郎判官義経は、兄の頼朝に追われ、文治五年（一一八九）四月、平泉の高館において三十一歳を一期として自刃したが、短くも華麗だったその生涯を想い「義経は、その一年前にひそかに平泉を脱し、北をめざして旅に出た」という伝説を作りあげたのである。世にいう、「判官びいき」であろう。その伝説では、「文治五年に、この館で自刃したのは、義経の影武者である杉目太郎行信であって義経はその一年前に弁慶らをともない館を出て、束稲山を越え長い北への旅に出たのである」と伝えられている。（佐々木勝三著「義経は生きていた」より）

岩手県観光連盟

の案内板が設置されていたのも嬉しい事である。

高館から中尊寺への途中の踏切手前に曽良の句碑も建立されている。その先には弁慶の墓。そして月見坂へと。ここも桜が満開。当時はこの参道に桜があったか。

平泉と言えば光堂。その位置も二転三転したが、現在ある位置に在ったことが実証された。

（なごや・しげお／中央技術学園高等部）

金沢・雨宝院の「西行冢」をめぐって

西行ノート

松本孝三

キーワード
犀川　雨宝院　西行冢　金子鶴村　半日坊

はじめに

最初にお断りしておくが、本稿は論考ではなく単なる報告である。灯台下暗しと言えばそれまでだが、金沢市の実家から左程遠くない寺院の門前（現在は境内）に西行の文字の彫り込まれた石碑があった。そこは作家室生犀星が生後すぐに貰い子として預けられたことで知られ、私も高校・大学時代に何度か友人と訪れたことのある場所であった。それなのに誠に恥ずかしいことだが、当時、山門の左脇にあったと思われる石碑の存在には全く気付かなかったのである。しかもその石碑にまつわる伝承が今のところ何ひとつ確認できない。それでも報告するのはひとえに後日を期してのことである。

一　明治三十一年一月十四日の『北國新聞』記事

事の発端は今夏（平成二十九年八月）、福井市で北陸三県民俗の会の年会があり、そのシンポジウムの発表準備をする中で、思いがけず犀川大橋のたもとにある雨宝院《うほういん》という真言宗寺院にまつわる『北國新聞』の記事を目にしたことにある。明治三十一年一月十四日付けである。ちなみにその頃、九歳になる照道少年（後の犀星）はこの寺院に居たはずである。

当の新聞記事は石川県立歴史博物館におられる大門哲氏の書かれたもの（注★1）の中に引かれていたのだが、掲載誌は加能民俗の会々誌『加能民俗』12の4（平成十五年三月）であり、同会の会員でもある私は当時それに目を通していたはずだから、見落としてしまっていたということになる。重ね重ね迂闊なことであった。そこで年会の後久々に雨宝院を訪ねることにし、後日あらためて、市内の公立図書館を訪れたり雨宝院周辺の探訪を重ねたのである。また大門氏からは当該新聞記事のコピーまで頂戴した。

事の顛末はそれくらいにして、早速その記事の全文を掲げることにしよう。漢字は新字体に改め適宜句読点を付し、全文に付されたルビもそのほとんどを省略している。

雨宝院《うほうゐん》　犀川大橋を南に渡り右に折れて千日町へ入らんとする処に雨宝院といふあり。西廓《せいかく》の阿姐達《にやあにやだち》の日夜参詣して無理な首尾を祈るを以て有名なり。a院の門際に西行翁《さいげうをう》と書したる、見るからに西行然たる花崗石《みかげいし》の石碑あり。何時の頃誰が建てしものにや皆無知《かいむし》るに由なし。現住職昶尊代《えいそんだい》師《し》曰く、私《わし》の当院に住職となりし時は明治二年二月なりしが、其頃右西行石の傍に其由来を細々《こまごま》と書したる巨石打棄てありしも、雨に打たれ雪に晒され、剰へ小供の悪戯に逢ひて殆んど磨滅せられてあり。其後明治七年七月七日、犀川の大洪水にて今は夫れかと思ふ影だにもなしと語れり。察するに西へ〳〵と行きしものならん。b門内にある迷子《まよひご》塚《づか》の起源是れも亦た尋ね難けれど、元神明社《もとしんめいしゃ》（今の泉野神社）の境内に在りしものなるを時の神官不埒にも社地、樹木などを売りて酒色の代にせんとしたるとき此石も売払はれんとせしを、千日町の米永政次郎（故人）が譲り受けて之を当院に寄進せしものなりと聞く。而して此石の有難さは、若し迷子《まよひご》あらば「かくれしを出されとたのむみめぐみに神楽を奏し給ふ神々」と唱えつゝ石の周囲を廻りて尋ぬれば、迷いし小供自から出るとなり。然れど今は左様な足数《あしすう》イヤ手数《てすう》をせずとも警察と云ふ重宝なものあれば、あはれ迷子塚も緑苔深うして文字さへ確とは読み難し。（「ものず記（一）不觚生」）（傍線は松本による。）

右の記事において西行に直接関わるのは傍線aの記述である。それを見ると、「西行翁」と記された石碑は明治二年頃にはすでに院の門際に建っていたといい、その傍らに由来を細々と書き記した巨石がほとんど磨滅した状態ながら存在していたという。ところが、明治七年七月七日の犀川大洪水でそれも流されてしまったとある。七夕の日の出水であったことが何とも因縁めいており、二度と相見えることがないのは残念としか言いようがない。今日までこの石碑について書かれたものはほとんどなく、この新聞記事が最も古いようで、またこれ以上に詳しいものも見当たらない。

なお、傍線bの「迷子塚《まよひごづか》」（注★2）については最後に触れるつもりであるが、大門氏によれば、明治四年頃に雨宝院から目と鼻の先の神明宮から当院に置かれたものであろうという。雨宝院がかつて小神明《こしんめい》と呼ばれていたこともあり、その繋がりは深かったようである。

二　「西行冢」についての記述

まず、傍線aの「西行翁」なる碑について述べる前に、その読みについて問題にしなくてはなるまい。右の記事では石碑に刻まれた文字を「西行翁」と読んでいるけれども、本稿末尾掲載の写真を見る限り「翁」ではなく「冢」（塚）と読める。記事を書いた不觚生子の単なる読み誤りだったのか、それとも当時はそのように読み慣わしていたものであろうか。碑の両側面には文字が書かれているようだが、御住職の高山光延師にうかがっても判読できないとのこと。また、その形状がまるで背中に大きな袋か何かを背負っているようで、何となく旅装の西行の立ち姿を思わせるものがある。そもそも、「迷子塚」に関する記述のついでにこの石碑に触れたものがわずかに存するのみなのであるが、それらでは「西行塚」と読んでいるのである。参考までに次に掲げておく。

①昔の寺内は今よりずつと大きく前の道路が川で橋がかゝり境内には石燈籠が沢山並んで居て可成繁昌したものである。又寺の後には大木が繁り天狗様が住んでゐると云はれたものである。（中略）寺前に西行塚があるから桜も西行桜であつたかも知れぬなど〻想像して見る。（近 彌二郎氏「見附かつた迷ひ子石」『金澤民俗談話会報』第十三号。昭和十四年八月五日）

②この雨宝院の門前に古くから「西行塚」と刻まれた石碑が立つていて、その右の角に西行桜に因めると覚しき桜の朽木のいまも残つていることは、前記一枚摺の迷子石の絵の上に桜の木の描かれているのと一致する。（八田健一著『百万石遠鏡』石川県図書館協会。昭和三十六年。平成五年復刻版による）

③雨宝院の西行塚に、迷子を置くと、親は必ず尋ねあてる。（杉靖子著『金沢の迷信』北國新聞社。昭和五十三年）

管見ではこれぐらいであるが、①②は西行塚に事寄せて、どうも当時門前にあったという桜の老木を謡曲「西行桜」に擬えようとする姿勢がうかがえ、それは近彌二郎氏に始まったもののようである。近氏は金沢市安江町の古書肆・近八《ちかはち》の主人で郷土史家でもあった。③はたぶん「迷子塚」の誤りであろう。それにしても西行に関連付けた記述があるにも関わらず、不思議なことにこの塚について書かれたものがその後全く見当たらないのである。念のため何十年ぶりかで室生犀星の作品のいくつかに目を通してみたが、やはり見つけられなかった。長野県上田市や岐阜県恵那市にある西行塚には及ばぬまでも、せめて何か手掛かりが欲しいところである。

三　半日坊の西行塚――江戸末期の『鶴村日記』より――

ところで、江戸後期から末期の金沢に、加賀藩の重臣今枝家に儒学者として仕えた金子鶴村《かくそん》（有斐）（宝暦八年〈一七五八〉～天保十一年〈一八四〇〉）という人物がいた。彼には八十二歳で亡くなる二年前まで三十年余りにわたり日々の出来事を記録した『鶴村日記』なるものが存在する(注★3)。文化・文政・天保の頃である。数年前、別の論文のために目を通していて偶々西行に関わる箇所を見つけ、メモしておいたのだが、今回、雨宝院の西行塚の存在に気付き、改めて考えるきっかけになったのであった。早速、当該部分を抜き出してみよう。

A【文政六年(一八二三)三月八日】
快晴一天無雲○朝日読後与出口純伯本興寺前之桃花見に行、二歩之盛ニ而早し、夫ゟ地黄煎町之花戸へ行見物スル、半日坊之西行塚ヲ見て八幡之鳥居ゟ東郊ニ出る、遠山之残雪桜花菜花甚よろし、大主馬屋与右衛門方之茶園之桃花を見て畑中を往、所々の桜桃を望ミさゝか町へ出帰る甚興有り(下略)

B【同年八月廿三日】
晴天(中略)
題半日坊法之語首
半日叟今茲年九十余容貌不憔悴歩趨猶健、性好諧歌于月于花所詠万余首、比来選得意作許多而為巻題曰法之語、法者蓋仏之法也、余熟思叟素有仙骨耶能得此寿然不願仙而願仏者其故乎、夫仏説無量寿又説恒沙世界、叟一旦捨形骸而領無量寿而遊恒沙界弄其花鳥観其勝絶彭祖之寿大椿之年猶一瞬矣、叟之志誠大哉、一日叟来請余題其首因書贈之　八月廿二日

C【文政八年(一八二五)四月八日】
晴天(中略)○半日坊西行上人之小伝之後ニ詩ヲ乞ふ
源公覇業就東隅天下英雄尽屈軀豈計桑門衣鉢宿上頭高座説孫呉
(傍線・傍点は松本による。)

このようにわずか三か所のみであるが、日記中には「半日坊の西行塚」「半日坊法之語」「半日叟」「半日坊西行上人之小伝」といった記述が見られる。西行塚のことは勿論だが、ここでは半日坊なる人物のことも大いに気になるところである。しかしどのような人物なのか、西行とどう関わるのか、今のところ何一つわからないままでいる。

まずAから見ていこう。これは北陸の遅い春の訪れと久々の好天に誘われ、親しい出口順伯と桃や桜の花見につい浮かれ出たといった体であろう。彼は毎年のようにこの季節、交流のある仲間と連れだって郊外へ花見に出掛けているのである。その頃の鶴村の住まいは池田仁子《とよこ》氏によれば、立町《たてまち》(竪町)・寺町・石坂《いっさか》・蛤坂《はまぐりざか》・野町・河原町といった所を次々と移り住んでいたようである(注★4)。いずれも現在の犀川大橋にほど近く、竪町・河原町のほかは犀川左岸にあった。その橋のたもとに雨宝院があるのである。

さて、この年は地黄煎《じおうぜん》町方面まで足を伸ばしているが、そこは泉野と呼ばれ、犀川大橋の左岸から南西部に開けた広大な丘陵の扇状地になっており、小松方面や鶴村の故郷である白山麓の鶴来《つるぎ》町に通じる交通の要衝であった。中世には彼の謡曲「安宅」や加賀の一向一揆で知られる富樫一族が一帯を支配していた。地黄煎町は犀川大橋からは大凡一キロメートル内外の距離

にあって、当時この辺りには果樹・菜園・茶畑などが広がっていたという(注★5)。「八幡之鳥居ゟ東郊ニ出る、遠山之残雪桜花菜花甚よろし」とある八幡とは地黄八幡社《じおうはちまんしゃ》もしくは少し手前にある桜木八幡神社のことであろうか。すぐ近くを雀谷《すずめたに》川(通称どんど川)が流れており、おそらく鶴村たちはその疏水に沿って、遥か東方の医王山《いおうぜん》の山並みを眺めながら散策したのではないかと推測してみる。そして、その道筋に「半日坊の西行塚」があったというのである。まるで半日坊が西行塚を建立したとしか思えぬような書き方である。

次にBを見てみよう。傍線部を見ると、半日坊(叟)は当時存命で、しかも九十歳を超えた長老であったようだ。容貌も衰えず元気で、俳諧歌を好み、月や花に寄せて詠んだ万余の作の中から選んで一巻にまとめ、「法之語」と題して鶴村にその序文を請うたということのようである。その書も未だ確認できない。鶴村は仏者としての老翁を「叟之志誠大哉」と称賛する。このような風狂の隠士と言える人物とも鶴村は交遊があったのである(注★6)。

Cにおいても、半日坊は鶴村に「西行上人之小伝」の最後に詩文を請うている。これが半日坊の自著なのか、あるいは『西行物語』といったような、西行の伝を記した書物だったのかも不明である。ただ、そこに寄せた鶴村の七絶は、恰も鎌倉幕府を開いた源頼朝の偉業を称え、振り返って西行自らの身の上を述懐する様が語られているようでもあり、そこにはまさしく西行上人を彷彿させるものがあるであろう。半日坊なる老翁の西行への相当の思い入れが感じられることも然ることながら、鶴村自身にも同様の思いがあったのではないかとさえ思われる(注★7)。そこには当然、当時の文人たちのあいだに語られていた西行伝承の可能性も考えられ、甚だ興味をそそられるのであるが、今のところは残念ながら何も見出し得ていない。ご教示を乞うこと切なるものがあるのである。

四　雨宝院開基・雄勢上人の千日塚

ところで、「西行冢」のある真言宗の雨宝院は、寺伝や地誌等によると白山を開いた泰澄大師の創建といい、近世初頭に雄勢《ゆうせい》上人が再興したと伝えられている。ここでは江戸末期の地誌である『亀の尾の記』(注★8)巻末の日置謙《へきけん》氏の解説がわかりやすいので以下に引用することにしたい。

> 寺記の方では、雄勢諸国修行の際、清水の観世音に一七日参籠して霊夢を感じたによつて、直に伊勢に赴き、皇大神宮に一千日参籠の祈願を果した後、文禄四年八月本国加賀に帰り、金沢に一寺を創立して千日山雨宝院と称したが、慶安二年三月廿一日雄勢九十六歳で遷化し、墳墓を泉野に築くに及んで、世人はそれを千日塚と呼んだのであるとしてゐる。

右の記述によれば、雄勢上人が加賀に戻ったという文禄四年は西暦一五九五年で、前田利家の金沢入城から十二年、豊臣秀吉も存命の頃である。また遷化したのは慶安二年(一六四九年)

で、何と九十六歳という長寿であったという。先程の半日坊といいこの雄勢上人といい、時代は大きく隔たるが、二人ともかなりの長寿であったことに驚かされる。これはあくまでも私一人の臆測であるが、後世の半日坊が、「雄勢上人が千日なら、俺は半日でけっこう」とでも言いたげな雰囲気が漂う。

ところで、寺記には千日山という山号も遷化後に築いたとされる千日塚も、雄勢の一千日参籠に由来するとしているのであるが、日置氏は千日塚の礎石に記された文字を解読し、それらを以下のように正しているのであった。

寛永十九年五月吉日
為國土安全諸人快楽
㊵ 奉供養伊勢両大神宮五千日大願成就処
為二親得脱平等利益
願主加州金沢雨宝院開基雄勢

之によつて考へさせられることは、第一奉供養といふことは参籠したり参詣したりしたことでないことである。第二雄勢の両大神宮に大願をこめたのは一千日ではなくて五千日であつたことである。（中略）第四にこの塚形は奉供養の場所であつて、寺記にいふ如き雄勢の墳墓ではないことである。若し吾人をして推測を逞しくすることを許さしめられるならば、雄勢は国土安全諸人快楽の為伊勢両大神宮に供養し奉らんとの大願を起し、自坊雨宝院から一粁を隔てたこの郊外に塚形の祭壇を設け、そこへ寛永五年から十九年に至る五千日の間日々歩を運んで、盛んに護摩を焚いたものとしたい。

雄勢上人の千日塚について記したものとしては今日、この日置氏のものが最も妥当な見解であろう。ちなみに寛永十九年は一六四二年で、雄勢上人はその七年後に遷化したことになる。いずれにしても、七十歳半ばという相当高齢になってからの、文字通り死を覚悟の五千日護摩供養であったことが思われるのである。

ところで私は、泉野にあったというこの千日塚が実は西行塚ではないのかと初めのうちは考えていたのであった。地黄煎町周辺にあって地理的に非常に近く、そのすぐ側には雀谷川の疏水が流れ、両塚とも雨宝院と深く繋がるものだったからである。しかし、千日塚は地元の公民館が刊行した『なかむら校下今昔誌』（平成元年、中村町公民館）などによると、昭和三十六年まで泉野の地にあったが、都市開発のために破壊され消え去ってしまったという。また、塚に建っていた碑も一旦は破壊をまぬがれ、近くに住む人の敷地内にあったが、それもいつの間にか失われてしまったとのことであった。地元の方からも同様の話をうかがった。そんなわけで、明治の初めにはすでに雨宝院の門前にあったという西行塚とは全く関わらないことがわかったのである。千日塚の跡地は現在の井口造園の倉庫裏手にあたるが、今、往時を偲ばせるものは何もない。

また、雄勢上人と前述の半日坊が驚異的な長寿であったことや、単純に「千日」に対する「半日」の語呂から、これも調査の初めの段階では同一人物であればと密かに期待したのだが、時代が全くかけ離れており、これもとんでもない思い違いであることがわかった次第である。

五　雨宝院の位置―犀川大橋周辺の境界性―

当初私は、犀川という大河の川べりにある雨宝院の「西行冢」と「迷子塚」の存在から、まずはその境界性ということを考えてみたのである。そこは金沢城下への南の入口であり、戦略上の防御の地でもあった。さらに、雨宝院に限らず、周辺の犀川の寺院群には実に多くの地蔵尊が祀られていた(注★9)。また「産女の話」や「子育て幽霊」などの話も伝えられており(注★10)、亡きいとし子への供養や迷子との再会を願うとともに、様々な伝承があったことを示している。そこで、この西行塚は「西行戻り」などの伝承を纏った境界石なのではないかと予想してみたのであった。昔話において西行と問答し退散させるのは子どもであることが多く、しかもその「戻り」の連想からは容易に「迷子塚」に託された「子が戻る」という解釈も成り立つのではと考えたのである。しかしながら、四十数年前の私たち自身の金沢市での昔話調査や地元自治体による調査報告書(注★11)を見ても、西行に関する話は見当たらなかった。私の目論見はあるいは無い物ねだりであったのかも知れない。

　そんな時に目に入ったのが戸潤《とま》幹夫氏の「雨宝院所蔵の「金沢城下犀川口図」絵馬について」という論文であった(注★6)。初出は平成十二年とあるので、氏は十七年前すでに雨宝院所蔵の絵馬を中心軸に、私などよりもはるかにグローバルな視点で犀川大橋周辺における境界論を展開され、今後検討されねばならぬ多くの指摘をされていたのである。ただ、戸潤氏の論文にも「迷子塚」のことはあったが「西行冢」への言及はなかったようである。

　雨宝院境内の、旅立ちの荷を背負うたような西行塚自体、鶴村の記す「半日坊の西行塚」そのものであったのかといったことも今後よく検討すべき課題であろう。またその形状にしても、千日塚同様、土盛りをした上に据えられていた碑だった可能性が考えられる。例えば、泉新町の国造神社にあったという比丘尼塚もやはり千日塚に似たかたちの墳墓であったという(『金沢古蹟志』巻十八)。さらには、直接関わらないかも知れぬが、最新刊の『西行学』第八号(平成二十九年)に、小林照子氏によって東京大学構内遺跡から出土した大量の西行の土人形のご報告があった。そこは旧加賀藩江戸屋敷跡である。今後、思わぬところからヒントが得られるかもしれないのである。

おわりに

この度は、石川県立歴史博物館の大門哲氏や雨宝院御住職の二十六世高山光延師に大変お世話になった。また、石川県立図書館・金沢市立泉野図書館の館員の方々には参考資料など献身的な御助力をいただいた。心より御礼申し上げるとともに、このような報告しかできないことを申し訳なく思う。これらを手掛かりにして今後の展開を期したいと思う。

注

(1) 大門哲氏「ジャーナリズムと民俗（一）―迷子石／能登はやさしや／海の奇獣―」（『加能民俗』12の4〈No.146〉加能民俗の会、平成十五年三月）。大門氏の論の主たるものは「迷子石」についてである。なお、氏の引用では新聞記事は明治三十一年十一月十四日になっているが、その後、氏に問い合わせたところ、正しくは同年一月十四日であることがわかった。

(2) 斎藤純氏「迷子しるべ石について―類例と資料―」（『塵界』第四号。平成三年、兵庫県立博物館紀要）には全国のしるべ石の詳細な紹介と考察がなされている。

(3) 新纂郷土図書叢書第二回『鶴村日記』（全六巻。昭和五十一～五十三年、石川県図書館協会）。下編（二）に川良雄氏による簡単な解説が附されている。なお、池田仁子《とよこ》著『金沢と加賀藩町場の生活文化』（平成二十四年、岩田書院）では鶴村を文化人の視点から総合的に分析しておられ、参考になる。

(4) 池田仁子著『金沢と加賀藩町場の生活文化』第一編第四章。

(5) 加賀藩士柴野美啓著（弘化四年〈一八四七〉没）『亀の尾の記』巻七「泉野新村・六斗林・地黄煎町・鶴来」の項、および森田柿園著『金澤古蹟志』（明治二十四年〈一八九一〉）巻第十九「地黄煎町茶園」の項など参照。なお、木越祐馨氏「寺院の仏事・催事」（『城下町金沢論集　城下町金沢の文化遺産群と文化的景観』第二分冊。平成二十七年）には『鶴村日記』に見られる鶴村の遊山・花見・月見・眺望といったことについて記述がある。

(6) 雨宝院蔵の絵馬「金沢城下犀川口図」について解読をされた戸潤《とま》幹夫氏「雨宝院所蔵の「金沢城下犀川口図」絵馬について」（『城下町金沢論集　城下町金沢の文化遺産群と文化的景観』第二分冊。平成二十七年）に、「寺町の寺院群は、参詣ばかりでなく書画会・句会などが頻繁に催され、文芸者のサロン的な場にもなっていたことが『鶴村日記』によって知られ、その界隈の料亭と共にひとびとの社交場であったといえよう」との指摘があるように、江戸後期から幕末に至る当地域において、文化的・文芸的な各層の人々の行き来が頻りにあったことが窺えるのである。また、半日坊に類する風狂の人物として享保の頃、寺町に山中一夢《いちむ》という風雅な隠遁者がいた。野町には鶴村と同時代に西南屋鶏馬《せなみやけいま》という狂歌師がおり、雨宝院の「迷子塚」の向かって左側面には鶏馬の狂歌も刻まれている。同じ「迷子塚」の右側面には「八十六翁梢波」の名で俳句が刻まれている。これも高齢の俳人のようであるが詳細は不明である。

(7) 北陸における江戸期文化人の西行思慕の情については拙著『北陸の民俗伝承　豊饒と笑いの時空』（平成二十八年、三弥井書店）で、江戸後期以降の加賀藩における俳人の活動や俳諧集などから、芭蕉敬慕の内奥に西行が垣間見えることを述べた。また戸潤幹夫氏は前掲論文（注6）で、文化人たちの活動において、犀川大橋河畔が芭蕉来遊の忘却できない歴史の場であるとして、芭蕉敬慕の気運と雨宝院所蔵の絵図との関わりについて考察しておられる。注目すべき指摘である。

(8) 注5に同じ。昭和七年、石川県図書館協会刊による。

(9) 『金沢市の地蔵尊　金沢市地蔵尊民俗調査報告書』（金沢市文化財紀要一三五。平成九年）など参照。雨宝院の境内には子安延命地蔵尊や、他にも合祀された地蔵が多い。門前には六地蔵尊が並んでいる。
(10) 森田盛昌著『咄随筆』（江戸中期成立。昭和八年、石川県図書館協会）に、蛤坂の妙慶寺の弟子幽運が犀川河畔で産女の求めに応じて犀川の水を飲ませるが、幽運は三日後に死んだという話がある。また、寺町台の立像寺（日蓮宗）と西方寺（天台宗）には「飴買い幽霊」の話が伝わっている。
(11) 加能昔話研究会編『加賀の昔話』（昭和五十四年、日本放送出版協会）、金沢口承文芸研究会編『金沢の昔話と伝説』（昭和五十六年）・『金沢の口頭伝承　補遺編』（昭和五十九年）。

（まつもと・こうぞう）

①現在の西行冢。山門を入ってすぐ右手にある。背中に何かを背負ったような姿がおもしろい。

②現在の雨宝院。山門左手に六地蔵が立っている。かつてはこの位置に西行冢があり、六地蔵はその背後にあった。④を参照。

③石川県立歴史博物館の大門哲氏より頂戴した雨宝院の写真。明治期のものか。この写真は現在、同館の所蔵である。左手に西行冢が見える。門前を泉用水が流れ、小橋が架けられている。（『加能民俗』12の4所収の大門哲氏論文にもこの写真が掲載されている。）

⑤泉野台の千日塚の跡地近くを流れる雀谷川。川底が深く、今も懐かしい風情を漂わせている。

④平成前の雨宝院。門前左脇の西行冢、その後ろに六地蔵が並んでいる様子がよくわかる。（『なかむら校下今昔誌』〈平成元年、中村町公民館刊〉P.277 掲載の写真より転載。）

⑥雨宝院境内の地蔵堂。子安延命地蔵尊ほかの地蔵が多く納められている。

西行年譜考証稿

宇津木言行編

西行の年譜については、窪田章一郎『西行の研究—西行の和歌についての研究—』（東京堂出版、一九六一年）収録の「西行年譜」が長く規範的位置を占めてきた。その後、渡部保「西行年譜（その一）」（佐賀龍谷短期大学紀要二三号、一九七七年二月）、同「同（その二）付西行出家当時の歌」（同二四号、一九七八年二月）、同「同（その三、完）」（同二五号、一九七九年二月）が窪田年譜を中心として参考にし、詳細な内容を提示した。しかし、いずれも以後の格段に進展した西行研究の成果に基づいて、大幅に書き換えられなくてはならない必要がある。窪田、渡部の詳細にわたる年譜作成以降は、西行を主題とする諸書に付録として幾多の年譜を見るが、どれも簡略な内容にとどまっている。かくいう稿者も「西行関連略年譜」（『西行の仮名』出光美術館、二〇〇八年）、「西行年表」（『西行—捨てて生きる—（別冊太陽日本の心168）』（平凡社、二〇一〇年）と再度、年譜作成を試み、相当に新見を導入してはみたが、紙幅の都合で略年譜の域を出ていない。西行研究史の上でも、最新の研究成果を踏まえて窪田著の「西行年譜」を刷新する内容十分な年譜が求められる時期を迎えているどころか、稿をなすのが遅きに過ぎている感すらある。

西行年譜の作成は多大な困難を伴う。西行歌の大多数が編年不能だからである。人名等が明示されながら詠歌時点を特定できない歌も多い。編年できない歌は割愛して、種々の考証によりある程度まで時期を限定できる歌にかぎって年譜化せざるをえない。窪田年譜にも顕著なように、「この年頃」「それ以前」「それ以後」という文言が頻用されることは変わらず、いまだ今後に課題を残しているが、致し方ない。「考証稿」と題するゆえんである。とはいえ基礎稿の土台を作り、それを基に今後、より精度を高めた西行伝が記述されるべく用意をしておかなくてはなるまい。本稿はそういう意図のもとに編集されている。

西行年譜

凡例

一、項目は「西暦」「年号」「年齢（数え）」「西行関係事項」とする。「西行事項」と「関係事項」に分けることはせず、「西行関係事項」に一括して、一般事項は西行に関係を持つ最小限の記述を行うこととした。

一、「西行関係事項」の記述では、根拠となる資料をカッコ内に明示することとした。山家集は陽明文庫本の歌番号を示し、他系統の異なる本文による場合は、「異文」としてカッコ内に松屋本、茨城大本の別を示す。他集は原則として『新編国歌大観』によるが、山家心中集、西行上人集は久保田淳編『西行全集』によった。

一、「西行関係事項」の記述で、とくに近年の学説を採用している場合は、参照した文献を注で示す。説明を要する事柄や未発表の私見も注で解説する。

西暦	年号	年齢	西行関係事項
一一一八	元永元	一	西行（俗名佐藤義清）生誕。父は左衛門尉康清、母は監物源清経女。父方は藤原秀郷（俵藤太）の子孫、奥州藤原氏の同族（台記、尊卑分脈）。
一一三二	長承元	一五	一月、義清、内舎人になることを申請する（除目申文抄）。この頃、徳大寺藤原実能の家人となるか（古今著聞集）。
一一三五	保延元	一八	七月二八日、義清、成功により兵衛尉となる（長秋記）。
一一三七	保延三	二〇	この頃、義清、鳥羽院下北面として（参軍要略抄）、安楽寿院御幸に供奉する（山家集七八二）。この頃、藤原公重（実能の猶子）の勧めにより鳥羽離宮の南殿で藤原宗輔が献じた坪庭の菊を詠む（山家集四六六）。保延元～三年の間に土御門内裏で崇徳天皇が出御する賀茂臨時祭還立御神楽を見て詠歌する（山家集五三六）（注★1）。
一一三九	保延五	二二	この年頃、西住と法輪寺の空仁を訪れ、連歌、詠歌する（残集二二～二六）。
一一四〇	保延六	二三	東山の歌会で「寄霞述懐」題を詠む（山家集七二三）のはこの年の春か。出家前に、鳥羽上皇に出家のいとま申しの歌を詠む（万代集三七二三→玉葉集二四六七）。一〇月一五日、義清、出家する（台記、百練抄。月日は百練抄による）。西行と号し、

法名は円位。西行房（粟田口別当入道集一二七、寿永本隆信集七七、別尊要記巻四、鶴林鈔）のほか、大宝（本）房（宝簡集二三→平安遺文三七九七号、尊卑分脈）の別号があったか。妻一女（発心集）、一男・隆聖（尊卑分脈）ありと伝える。出家以前の在俗時に賀茂別雷社の力合（神事相撲）に出場し（山家集一五二六）、崇徳天皇の行幸の鈴の奏を聞き（同一四四六）などして詠歌する。

一一四一　永治元　二四
この頃、東山寺（何寺か不明）に寄住し（山家集一〇四異文（松屋本）、山家心中集宮本本二八一）、鞍馬に籠り（山家集五七一）、まもなく嵯峨に草庵を結ぶか（山家集三八、四七一ほか）。

一一四二　康治元　二五
三月一五日、藤原実能邸に女婿として同居していた藤原頼長を訪れ、自筆一品経書写を勧進し、頼長は不軽品を承諾する（台記）。

一一四三　康治二　二六
この年の春に初度奥州の旅に出発したか（三〇歳頃とする説もある）（注★2）。往路に秋頃まで駿河国の久能寺に参籠するか（山家集一〇八七）。一〇月一二日、平泉に到着（山家集一一三一）。

一一四四　天養元　二七
三月、出羽国に越え、「滝の山と申す山寺」（二説ある）で紅山桜を見て詠歌する（山家集一一三二）。出羽国に数か月滞在し、帰路の晩秋から冬にかけて下野で柴の煙を見て小野・大原を想起して詠歌するか（山家集一一三三。陽明文庫本、松屋本の配列による）。

一一四五　久安元　二八
前年冬から春頃にかけて初度奥州の旅の帰路に信濃を経由するか（山家集八三、一四一五、一四三二、聞書集二三）。晩春頃に帰京し、吉野に草庵を結ぶか（山家集一〇七〇）（注★3）。それ以後、いつ頃か不明ながら、秋に吉野より大峯修行を行う（山家集一一〇四〜一一一九、古今著聞集）。八月二二日、待賢門院璋子没。

一一四六　久安二　二九
落花の頃(西行上人集四二三では「春花の盛りに」)、前年に没した待賢門院を偲び、待賢門院堀河と贈答歌を交す（山家集七七九・七八〇）。八月一七日、権少僧都覚雅寂。それ以前に覚雅の房(山家集五〇五異文(松屋本・茨城大本))、六条の房（聞書集二五六、西行上人集五一三。聞書集歌が詠まれた折には源忠季、登蓮と同席）にて詠歌する。待賢門院の一周忌後に出家して小倉山麓に隠棲した待賢門院中納言のすみかに歌を書き付け、それに待賢門院兵衛が歌を書き添える（山家集七四六、七四七）。その後（西行の高野入山後）、高野山麓の天野に住んだ待賢門院中納言と待賢門院帥を案内して粉河、吹上を遊覧し、暴風雨にあい、能因の古歌にならい止雨の歌を詠んだ効験が表れて晴れ、思うままに和歌の浦を見る（山家集七四八・七四九）。

一一四七　久安三　三〇　この年頃、春に初度奥州の旅に出発したという説がある。

一一四八　久安四　三一　一月一三日、故藤原為忠の常盤堂焼亡、その再建供養の折にか、高野より為忠息の為業と贈答歌を交す（山家集七三四・七三五）。

一一四九　久安五　三二　五月一二日、高野山大塔・金堂、落雷により炎上。この年の前後、高野山に入山するか(注★4)。以後三〇年ほど拠点とする。

一一五〇　久安六　三三　この年頃、藤原公能（実能の息男）に『久安百首』歌稿の下見を依頼される（山家集九三三・九三四）。

一一五一　仁平元　三四　一〇月一〇日、藤原定信、多武峰で出家。定信の没年は不明だが、保元元年正月一八日卒(世尊寺家現過録)とする一説によれば、この間に定信入道は観音寺（後の今熊野か）に堂を造営し、結縁を勧められて贈答歌を交す（山家集八五八・八五九）。この年、『詞花集』奏覧。西行歌一首「読人しらず」として入集する（詞花集三七二）。

一一五三　仁平三　三六　一月一五日、平忠盛没。それ以前に忠盛の西八条邸を訪れる（残集三一）。

一一五四　久寿元　三七　五月二八日、源雅定出家。それ以前（前年秋か）に出家を勧める（山家集七三二・七三三）。五月二九日、藤原家成没。それ以前に家成が再興し、程なく壊した渚の院を西住・浄蓮と共に天王寺より下向する途次に見て詠歌する（西行上人集五一九）。

一一五五　久寿二　三八　七月二三日、近衛天皇崩じ、人々と

共に墓参（知足院付近の蓮台野に存した火葬塚か）し詠歌する（山家集七八一）。同じ頃、大原の寂然のすみかを訪れ、贈答歌を交す（寂然自筆唯心房集切）（注★5）。翌年にかけて『詞花集』改撰が企画された折にか、寂超、想空とそれぞれ贈答歌を交す（山家集九二九・九三〇、九三一・九三二）（下命時の天養元年とする説もある）。この頃、寂超撰『後葉集』に西行歌一首入集する（後葉集二六七・山家集一一二六）。

一一五六　保元元　三九

五月二五日、藤原実能の徳大寺の堂、放火により焼失。その後に訪れて、堂の跡が改められたのと、三昧堂を見て詠歌する（西行上人集四二八・四二九）。七月二日、鳥羽法皇崩じ、高野を下山した西行は遺骸を移した安楽寿院に参じ、葬送にしたがう（山家集七八二〜七八四）。一一日暁、保元の乱起こる。一二日、仁和寺北院にひそかに潜幸して出家した崇徳院の許へ同日の夜に馳せ参じ、兼賢に詠歌を託す（山家集一二二七）（注★6）。一三日、崇徳院の仁和寺潜幸が発覚し、院は身柄を寛遍法務の土橋旧房（平安遺文三五七九号によれば妙心寺の一郭が故地であった最勝院に付属）へ移され、後白河天皇方に拘束、二三日に讃岐に配流（兵範記）。九月二日、藤原実能没。九月一三日、藤原成通、権大納言から大納言に転じる。成通が権大納言に任じた久安五年よりこの時までの間に北陸の旅か（山家集一〇八二・一〇八三、続拾遺六九一）（注★7）。

一一五八　保元三　四一

二月に近い時点で藤原為業、出家したか（注★8）。それ以前の為業在俗時に常盤の家で「故郷述懐」を詠み（山家集七九六）、また常盤の家に西住、寂然、静空（伝未詳）らが集まった際に、太秦に籠っていたのを呼び出され、詠歌し連歌する（残集一三〜一七）。八月一三日、藤原実能室の藤原顕隆女逝去（山槐記）。前年没した父の服喪中に母も亡くした藤原公能を高野より弔問し、出家を勧める（山家集七八五・七八六）。

一一五九　平治元　四二

この年の春、菩提院前斎宮（亮子内親王）へ別れの挨拶をして（山家集一一四二〜一一四四)、秋にかけて厳島参詣の初度西国の旅に出るか(山家集四一四・四一五ほか)(注★9)。西住は美豆野にいた縁者の病気のため西国の旅に同行しなかった(山家集一一〇三)。西国の旅の途次に播磨国書写山円教寺に参るついでに野中の清水を見て(山家集一〇九六)、備前国児島の八幡(どこか未詳)に参籠する(同一一四五)。一〇月一五日、藤原成通、出家。それ以前に出家を勧める(山家集七三〇・七三一)。一二月、平治の乱起こる。

一一六〇 永暦元 四三 一二月四日、美福門院の遺骨を高野山に迎えて詠歌する(西行上人集三九一)。

一一六一 応保元 四四 物集より鳴滝に移建し、六月一日に供養された覚性法親王の紫金台寺の歌会に以後、幾度か参加する(仁和寺諸院家記、西行上人集五一六ほか)。八月一一日、藤原公能没。一二月一六日、鳥羽天皇第三皇女・暲子内親王に八条院の院号宣下。それ以前に白河殿で主催された虫合に歌を代作する(山家集一一八八)。

一一六二 応保二 四五 三月、中宮育子貝合に和歌を代作する(山家集一一八九〜一一九七)。一〇月二〇日、藤原成通薨(楽臣類聚)(注★10)、遺族や藤原範綱と贈答歌を交す(山家集八〇九〜八一四)。

一一六四 長寛二 四七 八月二六日、讃岐にて崇徳院崩じる。それ以前に女房(実は崇徳院)と和歌を贈答する(山家集一一三六〜一一四一、一一三〇〜一一三七)。

一一六五 永万元 四八 七月二八日、二条上皇崩御。九月一三日(後の名月)に追善供養の喪中にあった三河内侍(藤原為業女)に対し人に代わって贈答歌を交す(山家集七九三・七九四)。一八日、上皇の五十日の忌明けに火葬された香隆寺の御墓に墓参して詠歌する(山家集七九二)。

一一六六 仁安元 四九 一月一〇日、信西(藤原通憲)の正室・紀二位朝子没、その子修範らと詠歌する(山家集八一七〜八三二)。一月一二日、藤原顕広(俊成)左京大夫を辞任、それ以前に『山家集』原型を顕広に提出したか。三月二九日、平治の乱後、長門に配流され出家した、藤原惟方(法名寂信)、召喚される。帰京後に西行と贈答歌を交す（粟田口別当入道集一二七・一二八）。

一一六七　仁安二　五〇

一二月一〇日、藤原基房、閑院に第宅を新造、その際に大覚寺の滝殿の石を移されたのを歌に詠むか（山家集一〇四八）（注★11）。一二月二四日、藤原顕広、俊成に改名。それ以前に大宮の顕広邸にて、寂然・西住らと歌会を催す（聞書集二四四・二四五。仁安元年正月以前とすれば、このときに『山家集』原型を顕広に撰集資料として提出した可能性がある）。

一一六八　仁安三　五一

一〇月一〇日、賀茂社に参詣して後、四国の旅に出発する（山家心中集宮本本二九一）（前年の仁安二年とする説もある）。往路に「ひとむかし」前（一〇年前か）に見た野中の清水を再訪し（山家集一〇九六）、同じく昔見た備前国児島の八幡の松を見て詠歌する（同一一四五）。讃岐国三野津に着き（山家集一四〇四）、崇徳院の白峯御陵に詣で、善通寺近辺に草庵を結び越年、弘法大師遺跡を巡礼する（山家集一三五三〜一三七一ほか）。往還の海路で海人の生業を見て詠歌するか（山家集一三七三〜一三七七）。四国の旅に同行した西住は先に帰京する（山家集一〇九七・一〇九八）。

一一六九　嘉応元　五二

三月二一日、平清盛、福原の第において千部経を供養する。記録に残る限りこれが最初で、以後三月と一〇月の中旬過ぎの年二回、三日間の日程で千僧供養などの仏事を行う（注★12）。承安二年三月、同年一〇月の折が著聞するが、西行が参り合わせて詠歌したのはいつのことか不明（山家集八六二）。三月二六日、皇太后平滋子の平野社行啓に際し賀歌を詠むか（山家集一一八一）（注★13）。

一一七一　承安元　五四

六月二日、修行の途次に住吉社に参詣、後白河院の御幸に際会し、詠歌する（山家集一二一八・一二一九）。八月一四日、斎院頌子内親王の退下後、斎院宣旨と斎院本院の荒廃を歎く贈答歌を交す（山家集一二二四・一二二五）。承安年間（一一七一〜一一七四）に神祇の衰退を歎く歌を詠み、『山家集』を改編するに際し、末尾に置いた崇徳院関連歌群（一二二七～一二三七）に前置して配列する（一二二〇～一二二六）（注★14）。

この年頃、高野入山した崇徳院第二皇子・元性の庵室は別所の西小田原にあり（平安遺文題跋編二六四四号、二七三八号）、そこで寂然らと歌会を開き（山家集四七七、一〇四五、一〇四九、一〇五五・一〇五六、一〇七四・一〇七五、雲葉集七二九）、元性は千日の御嶽精進をして大峯修行する（山家集一〇八四）。

一一七二　承安二　五五　二月一〇日、平時忠、女御平徳子の中宮権大夫に任じ、それ以降の雪の頃に西行と贈答歌を交す（山家集一〇五七・一〇五八）。

一一七三　承安三　五六　この年の前後に、西住没するか。その臨終、高野山への納骨に際し、寂然と贈答歌を交す（山家集八〇五～八〇八）。

一一七五　安元元　五八　承安末年かこの年頃までに『山家集』の増補改編を行い（山家集一二三八までに既成の顕広（俊成）との贈答歌一二三九・一二四〇を付載）、「恋百十首」（当初は「恋百首」か）を増補（同一二四一～一三五〇）したものを院少納言に見せ、贈答歌を交すか（同一三五一・一三五二）。これに讃岐の旅の歌（同一三五三～一三六九）を増補し、間もなく自撰秀歌撰『山家心中集』が成立するか（注★15）。

一一七七　治承元　六〇　三月二三日、高野山東別所蓮華乗院を壇上に移し、長日不断の談義所とする（高野春秋編年輯録）。西行はこれを勧進するか。六月二二日、春日局、紀伊国南部庄を西行の沙汰とするか（宝簡集二三→平安遺文三七九七号）。

一一七八　治承二　六一　三月一五日、日前宮の賦課免除にかかわり、平清盛の措置に言及する書状を蓮華乗院の関係者に送る（宝簡集二三→平安遺文三九〇七号）（注★16）。四月以前、高野山の常喜院・心覚の周辺にいて、不空筆『十六尊賛』を拝見し、それに関する言談を残す（別尊要記巻四、鶴林鈔）（注★17）。

一一七九　治承三　六二　この年頃までに、『治承三十六人歌合』成立し、西行は九番右の作者となる。この年三月まで無動寺に千日入堂した慈円と贈答歌を交す（続後撰集一一三二・一一三三）。横川より無動寺の慈円を訪れたのは、あるいはこの年の一〇月一五日か（慈鎮和尚自歌合十三番左詞書）（注★18）。この頃、高野より京都に活動の比重を置き、嵯峨の旧庵を拠点とし、寂蓮と親交して「たはぶれ歌」を詠作するか（聞書集一六五〜一七七）（注★19）。

一一八〇　治承四　六三

この年二月以前、高倉天皇に何事かを伝奏、勅撰集撰集のことか（新勅撰集一一五三）。五月、以仁王・源頼政挙兵し、治承・寿永の乱起こる。宇治川の戦の馬筏のこと（平家物語・巻四・橋合戦）を伝え聞いて詠歌する（聞書集二二六）。六月、福原遷都、西行は伊勢国二見浦にあってこれを聞き、詠歌する（西行上人集四三五、西行上人談抄）。それ以前に熊野を経て伊勢に移住するか（千載集一二七八、新古今集一八四四）（注★20）。この熊野下向時に、寂連勧進百首（実体不詳）に応じ（新古今集一八四四）、寂連と贈答歌を交すか（寂連家之集七〇・七一）。伊勢より俊成に浜木綿を送って贈答歌を交し（聞書集一〇三・一〇四）、殷富門院大輔に小貝を送って贈答歌を交した（西行上人集四三三、殷富門院大輔集二〇〇・二〇一）のは伊勢移住直後か。伊勢移住後は内宮祀官荒木田氏と親密に交流する（聞書集一〇五・一〇六、西行上人談抄）。この年一二月より養和二年（一一八二）三月までの間に『一品経和歌懐紙』成立し、西行は円位の名で作者の一人となるか。

一一八二　寿永元　六五

一一月、賀茂重保撰『月詣集』成立し、西行歌は円位の名で一八首入集する。

一一八三　寿永二　六六

四月一六日、源通親、公卿勅使として伊勢に遣わされ、伊勢にてこれを見て詠歌する（聞書集二五七・二五八）。同じ頃、大祓祝詞に依拠して源平争乱の罪汚れが祓われることを伊勢神宮に祈念する数首を詠み（聞書集二五九〜二六三）、「地獄絵を見て」連作もこの時期に詠作したか（聞書集一九八〜二二四）。この頃都で亡くなった上西門院兵衛の生前に伊勢から連歌を交し、西行を導師と頼んでいた兵衛より仏舎利を相伝する（聞書集二二八〜二三〇）。

一一八四　元暦元　六七　一月二〇日、木曾義仲敗死、伊勢にてこれを聞き、批評的に詠歌する（聞書集二二七）。

一一八五　文治元　六八　三月二四日、平家、壇ノ浦に滅亡する。六月二一日、平宗盛・清宗父子、近江で斬られ、これを聞き追悼歌を詠む（西行上人集四三四）。

一一八六　文治二　六九　七月頃、東大寺再建の沙金勧進のため、再度奥州の旅に出発し、八月一五日、鎌倉にて源頼朝と会談する（吾妻鏡）。往路で再び小夜の中山を超えた感懐（西行上人集四七五）、富士の噴煙を見てわが第一の自嘆歌（同三四六、拾玉集五一六一）を詠む。旅立つ以前に、藤原定家・同家隆・同隆信・同公衡・寂蓮らに『二見浦百首』を勧進し（拾遺愚草ほか）、伊勢にて『聞書集』『残集』成立するか（注★21）。『聞書集』の奥に書き添えた歌稿について北小路民部卿（藤原成範か）に連絡を取る（残集巻頭消息）。年内か翌年春頃までには再度奥州の旅から帰還したか。

一一八七　文治三　七〇　この年の内に、伊勢神宮に奉納するため自歌合『御裳濯河歌合』、続いて『宮河歌合』を結番し、藤原俊成・定家父子に判を求める。『御裳濯河歌合』は年内に成立し、俊成と贈答歌を交すか（長秋詠藻五九四〜五九九）。

一一八八　文治四　七一　四月二二日、俊成『千載集』を奏覧し、西行歌は円位の名で一八首入集する。

一一八九　文治五　七二　この年、藤原定家が『宮河歌合』への加判を遅延していたのに対し、父俊成へ督促状（御物円位仮名消息）を送る。八月、定家は加判を終え、弘川寺で病臥する西行の許へ届け、これに対して西行は「定家卿に贈る文」を書く。この年の秋頃、比叡山無動寺に慈円を訪問する（拾玉集五一〇六・五一〇七）。その頃、西行は和歌起請をして、詠歌を断っていた（拾玉集五一五〇・五一五一）。一〇月、河内国弘川寺より慈円に歌二首を送る（慈円歌集切）（注★22）。

一一九〇　建久元　七三　二月一六日、河内国弘川寺に入滅す

るといわれる（長秋詠藻六五一の異文）。『西行物語』に語られる京都の双林寺に入滅するという説も有力。双林寺には西行の房が当時実在した（荒木田永元集一一）。「願はくは花のしたにて春死なんその如月の望月の頃」（山家集七七）の歌の通りの入滅は人々に感動を与え（拾遺愚草二八〇九・二八一〇ほか）、『新古今集』最多入集歌人となり、歌聖として伝説化されてゆく。

注

(1) 宇津木言行「東遊および和琴の衰退についての一視点—『山家集』を資料として—」（梁塵—研究と資料三二号、二〇一七年一二月）。

(2) 初度奥州の旅については康治二年（一一四三）、二六歳の時に出発とみる説と、三〇歳前後の出発とみる説に分かれ、依然として決着していない。康治二年説は『台記』康治元年八月三日条の興福寺の悪僧を奥州へ配流したという記事と『西行上人集』四五二の歌の関連付けを主な根拠として説得力がある。しかし配流僧の召喚に関する記事を見出せないので西行と配流僧の出会いの下限について推定する術がなく、旅の時期については決定しがたいという意見もある（目崎徳衛『西行の思想史的研究』吉川弘文館、一九七八年）。目崎徳衛『西行（人物叢書）』（吉川弘文館、一九八〇年）の「略年譜」では天養元年（一一四四）、年齢二七の項に「この年の前後、歌枕を探ねて陸奥・出羽に赴く（山家集）」と記すが、年時推定の根拠は不明（新潮日本古典集成『山家集』の頭注に取り入れられ、この説による文献も散見）。旅の目的が歌枕探訪か、修行かでも議論が分かれる。信濃の旅は時期未詳だが、『山家集』一四一五「…めぐりてはなほ木曾の懸橋」により、初度奥州の旅の帰路に位置づけておく。

(3) 坂口博規「西行初度奥州旅行試論—旅行の動機・時期・意義をめぐって—」（駒澤短大国文二四号、一九九四年三月）は『山家集』一〇七〇により、天養二年春に帰洛後の吉野入りを推測する。

(4) 高野入山の時期は未詳。高野山大塔の焼亡に関連付ける説と、関連せず先行する入山を考える説に分かれる。

(5) 久曾神昇「寂然自筆唯心房集切」（汲古四五号、二〇〇四年六月）。

(6) 宇津木言行「保元の乱の夜—西行伝の一場面—」（西行学八号、二〇一七年八月）。

(7) 目崎徳衛『数奇と無常』（吉川弘文館、一九八八年）は西行の信濃の旅は認めつつ、北陸の旅の行われた可能性には否定的である。しかし菩提心論の要文を詠む『聞書集』一四二の「雪の白山」は単なる歌枕の題詠でなく、修行の実践にもとづく体験詠と考えられるから、この歌こそ白山参詣を主とする北陸の旅の実行を証拠立てる。秋出発の修行の旅に際して成通と交された贈答歌（山家集一〇八二・一〇八三）は従来、西国の旅に際してのものと考えられていたが、注（9）後掲拙稿により初度西国の旅は春から秋にかけて行われたと考えられるので、秋から冬にかけて行われたのは北陸の旅と推定される。「ほど経ける所」は越前国に成通が有していた私領を寄進して庄園化した小山庄・泉庄で幸便を得ての贈答と考えれば白山参詣往還の行程に無理なくおさまる。両庄は白山頂参道のひとつである越前禅定道の起点となる越前馬場（白山平泉寺）に対し、九頭龍川をはさんで手前に位置する。西行歌は『続拾遺集』に入集し、その詞書に記される成通の官職は権大納言で、成通が権大納言に任じた久安五年（一一四九）より大納言に転じた保元元年（一一五六）九月までの贈答歌となり、北陸の旅を想定するにふさわしい時期である。

(8) 井上宗雄『平安後期歌人伝の研究増補版』（笠間書院、一九八八年）「常盤三寂年譜考—付範玄・三河内侍・隆信略年譜」参照。

(9) 宇津木言行「西行伝再考—「菩提院の前斎宮」と初度西国の旅—」（和歌文学研究九六号、二〇〇八年六月）。

(10) 井上宗雄「藤原成通の没年など」（和歌史研究会会報九八号、一九九〇年一二月）参照。

(11) 渡邉裕美子「読む　廃墟を見つめる西行—『山家集』一〇四八番を手がかりとして—」（日本文学五七巻一号、二〇〇八年一月）参照。

(12) 髙橋昌明『平清盛福原の夢（講談社選書メチエ）』（講談社、二〇〇七年）第3章日宋貿易と徳子の入内3経の島と千僧供養、参照。

(13) 宇津木言行「『山家心中集』雑下第一首—高倉朝における西行の秀歌撰断面—」（国語国文研究九二号、一九九二年一二月）。

(14) 注（1）前掲宇津木論文。

(15) 『山家集』成立段階と『山家心中集』の成立については松野陽一「山家集　総説」（『新古今和歌集・山家集・金槐和歌集（鑑賞日本古典文学17巻）』（角川書店、一九七七年）を参照。

(16) 髙橋昌明「西行と南部庄・蓮華乗院」（西行学五号、二〇一四年一二月→『東アジア武人政権の比較史的研究』校倉書房、二〇一六年）参照。旧説では承安四年、治承元年、治承四年などに宛てられていた。

(17) 牧野和夫「『阿弥陀経見聞私』・「西行房上（聖）人」—高野山大学図書館蔵本のなかから—」（仏教文学一二号、一九八八年三月）参照。

(18) 谷山茂『新古今集とその歌人（谷山茂著作集五）』（角川書店、一九八三年）所収「慈円の世界における西行の投影」参照。石川一『慈円和歌論考』（笠間書院、一九九八年）Ⅱ・第一章第二節で、谷山茂説を注目すべき指摘と評価する。

(19) 宇津木言行「西行『聞書集』の成立」（和歌文学研究八七号、二〇〇三年一二月）。

(20) 坂口博規「西行と熊野・伊勢移住」（駒澤短大国文三〇号、二〇〇〇年三月）参照。

(21) 注（19）前掲宇津木論文。

(22) 鹿野しのぶ「伝世尊寺経朝筆「慈円歌集切」—西行晩年の新出歌二首を含む断簡紹介—」（語文九三輯、一九九五年一二月）参照。

（うつぎ・げんこう）

西行関係研究文献目録（総合版）二〇〇八年

西行学会編

凡例

○本目録は西澤美仁編『西行関係研究文献目録』（貴重本刊行会、一九九〇年二月）の後を受け、一九八九年（平成元年）以後に刊行された西行に関する研究文献を採録し、順次掲載するものである。今回は二〇〇八年を採録範囲とする。

○採録対象は西行の和歌だけでなく、その実像から虚像にわたり、西行に発する文化事象全体に「関係」するあらゆる分野の研究文献を網羅することを目指した。論文のほか、資料（視聴覚資料で有意義なものは含む）・伝記・評伝・伝承・随想・小説・研究書に対する書評等まで西行に関する研究文献に値するものは含め、西行仮託書『撰集抄』については西行が登場しない説話に関する研究文献をも含めることとした。なお広く流通していない地方出版物は原則として（地方文献版目録）に譲る。

○単行本、雑誌・紀要論文ほかを年度別に発行年月順に配列した。単行本・雑誌特集所収の論文収録・再録を示し、雑誌・紀要論文の単行本等への再録は現時点までに刊行されたものまで採録した。数回連載分の再録は原則として最終回の後にまとめて記した。

○単行本については、編著者名・『書名―副題―（叢書名）』・発行所名・発行月・頁数の順に記した。収録については原則として「↑」の後に、（執筆者名）「論文名―副題―」（掲載頁数）を記した。再録については原則として「↑」の後に、（執筆者名）「論文名―副題―」（改題について）初出掲載誌名（書名）巻号数（発行年月）を記した。

○論文ほかについては、執筆者名・「〈種別〉論文名―副題―」・掲載誌名（掲載書名）・巻号数・発行月・掲載頁数の順に記した。後の再録については原則として「↓」の後に、『書名―副題―』・発行所名・発行年月の順に記した。

○本目録の作成に当っては、各種文献目録類のほか、国立国会図書館、国文学研究資料館等のデータベースを参照し、原則として原資料に当って確認する方針を取った。原資料について確認できなかった点は「●」としておいた。誤記・遺漏も多いと思われるので、お気づきの点は事務局までお知らせいただけると幸いである。

二〇〇八年

浅見和彦『日本古典文学・旅百景（NHKカルチャーアワー文学の世界）』　NHK出版　一月　一九〇頁
↑「第1回　京都・東山」（一六頁）を収録
↑「第10回　須磨・明石・福原」（一四頁）を収録
↑「第13回　平泉・中尊寺・衣川」（一三頁）を収録

久保木哲夫編『古筆と和歌』　笠間書院　一月　六三五頁
↑田中登「古筆学より見たる冷泉家所蔵本の意義」（一七頁）を収録
↑佐藤恒雄「西行の四国への旅再考」（一四頁）を収録
↓『古代中世詩歌論考』　笠間書院　二〇一三年三月

名児耶明『書の見方―日本の美と心を読む―』　角川学芸出版　一月　二六〇頁
↑「第五章一実用書道の芽生え」（一〇頁）を収録

瀬古浩爾『日本人の遺書（新書y186）』　洋泉社　一月　三一七頁
↑「西行」（一頁）を収録

岩波書店辞典編集部編『広辞苑一日一語（広辞苑第六版刊行記念）』　岩波書店　一月　二一八頁
↑「2月16日西行忌」（一頁）を収録

堤治郎『かまくら切通しストーリー』　かまくら春秋社出版事業部　一月　二四七頁
↑「歌聖西行、銀猫残すも歌遺さず」（一四頁）を収録

曲亭馬琴『合巻曲亭馬琴集DVD復刻版第1～3巻（DVD復刻シリーズ）』　フジミ書房　●月　DVD―ROM3枚
↑「今戸土産女西行（森屋治兵衛文政11年刊）」を再録

西澤美仁　西行和歌「鴫立沢」を読み返す　上智大学国文学論集　四一号　一月　二〇頁

渡邉裕美子　〈読む〉廃墟を見つめる西行―『山家集』一〇四八番を手がかりとして―　日本文学　五七巻一号　一月　五

頁
別府節子　伝西行筆の古筆の新出葉を中心に　出光美術館研究紀要　一三号　一月　一二頁
→『和歌と仮名のかたち―中世古筆の内容と書様―』　笠間書院　二〇一四年五月
松本章男　西行歌と生涯十九、鳥辺山哀傷（連載第十八回）　大法輪　七五巻一号　一月　七頁
田畑邦治〈特別講義　日本の伝統的な死生観をふまえて〉悲しみとさびしさの底に見えるもの―西行と芭蕉の芸術から学ぶこと―　NPO法人生と死を考える会編『いのちに寄り添う道』一橋出版　一月　二一九頁
出光美術館編『西行の仮名』出光美術館　二月　一三六頁
←田中登「御子左家の書写工房と西行」（三頁）を収録
←中村文「後白河院時代の歌人群像―西行および「一品経和歌懐紙」を手がかりに―」（七頁）を収録
←「図版」（七九頁）を収録
←別府節子「西行の仮名」（九頁）を収録
←「出品目録・解説・釈文」（二七頁）を収録
←宇津木言行編「西行関係略年譜」（二頁）を収録
←「主要参考文献」（一頁）を収録
島津忠夫『島津忠夫著作集第十四巻国文学の世界』和泉書院　二月　四四三頁
←「〈新刊紹介〉塚本邦雄著『定本夕暮の諧調』」を「鮮烈に現代に呼びかけてくる魅力―塚本邦雄氏著『定本夕暮の諧調』―」と改題して、国文学解釈と鑑賞五五巻九号（一九九〇年九月）より再録
高橋義夫『どくろ化粧　鬼悠市風信帖（文春文庫）』文藝春秋　二月　二一二頁
←「鬼西行」所収の『どくろ化粧　鬼悠市風信帖』（文藝春秋、二〇〇五年三月）を再刊
大山眞一　中世隠遁者の生死観（1）―来世的死生観から現世的生死観へ―　日本大学大学院総合社会情報研究科紀要　八号　二月　一二頁
大山眞一　中世武士の生死観（1）―中世武士の出家と隠遁の諸相―　日本大学大学院総合社会情報研究科紀要　八号　二月　一二頁
蔡佩青　西行歌から西行説話へ―『撰集抄』における歌僧〈西行〉の位相―　名古屋大学人文科学研究　三七号　二月　一六頁
松本章男　西行歌と生涯二十、ほととぎす考（連載第十九回）　大法輪　七五巻二号　二月　八頁
西澤美仁研究代表『西行伝説の説話・伝承学的研究（第三次）（課題番号16320028）（平成16年度〜平成19年度科学研究費補助金基盤研究（B）研究成果報告書）』西澤美仁　三月　三八三頁
←西澤美仁「はじめに」（六頁）を収録
←宇津木言行「西行・遊女・猫―広重「浄瑠璃町繁華の図」から西行伝承を考える―」（五頁）を収録
←菊地仁「福島県信達地方の西行伝説―『撰集抄』最終話との接点を考える―」（八頁）を収録

←小林幸夫「西行谷の比丘尼―伊勢比丘尼と西行伝説―」（一一頁）を収録
↓『西行と伊勢の白太夫（三弥井民俗選書）』 三弥井書店 二〇一七年六月
←錦仁「新潟県その他の西行伝説と『菅江真澄全集』における西行関連記事」（二三頁）を収録
←大垣内暖人「函館湯川寺の西行石像をめぐって」（六頁）を収録
←山本章博「王越・青海の西行伝承と『山家集』瀬戸内詠について」（四頁）を収録
↓『中世釈教歌の研究―寂然・西行・慈円―』 笠間書院 二〇一六年二月
←西澤美仁・尾崎修一・下田祐介「校本『紀路歌枕抄』（付『紀路歌枕抄』歌番号表）」（一〇五頁）を収録
←中西満義「有明山の西行―西行伝承をめぐって―」（一五頁）を収録
←西澤美仁「長野県の西行伝承」（一七一頁）を収録
←岡田隆「西行歌碑を増補する」（二七頁）を収録
銭谷武平『大峯縁起』 東方出版 三月 二二七頁
←「西行の大峯修行」（一〇頁）を収録
宮元健次『日本の美意識（光文社新書342）』 光文社 三月 二三〇頁
←「序章 旅と世界 一、西行」（六頁）を収録
高橋順子『花の巡礼』 小学館 三月 二二二頁
←「やすらえ、花や（高橋順子の花巡礼⑰）」を『週刊四季花めぐり17号桜I（小学館ウィークリーブック）』（小学館、二〇〇三年一月一六日）より再録
←「桜に染まる西行（高橋順子の花巡礼㉕）」を『週刊四季花めぐり25号山桜（小学館ウィークリーブック）』（小学館、二〇〇三年三月一三日）より再録
伊達市月舘町史編纂委員会編『月舘町史1通史編』 伊達市 三月 八〇二頁
←「第五章奥州藤原氏と信夫佐藤氏第五節西行と伊達の歌枕」（五頁）を収録
大磯町編『大磯町史7通史編近現代』 大磯町 三月 八三八頁
←「明治初期の鴫立庵、十一世庵主寿道の頃」（四頁）、「鴫立庵―十三世宇山から十四世松汀の時代―」（六頁）、「大正期の鴫立庵―十四世松汀から十五世原昔人へ―」（六頁）、「西行祭の始まり」（七頁）を収録
小磯純子『俳諧と紀行文学―研究と資料―』 勉誠出版 三月 三七八頁
←「第五章芭蕉と時雨三西行・宗祇・宗因」（六頁）を収録
岡本勝『俳文学こぼれ話』 非売品 三月 五七二頁
←「伊勢俳人たちの西行追慕」（四頁）を収録
田中文雄『若狭路の民話―福井県三方郡編―』 若狭路文化研究会 三月 三〇三頁
←「西行と歌問答」「西行とはね糞」（計一頁）を収録
秋山巳之流『花西行』 ふらんす堂 三月 二二四頁
↓『秋山巳之流全句集』 北溟社 二〇一二年七月

大隅和雄　西行と頼朝の出会い　大隅和雄・神田千里・季武嘉也・森公章・山本博文・義江彰夫『知っておきたい日本史の名場面事典』　吉川弘文館　三月　三頁
西澤美仁　西行和歌から西行伝承へ―「鴫立沢」を中心に―　上智大学国文科紀要　二五号　三月　三四頁
西澤美仁　西行和歌の生死　国文学解釈と鑑賞　七三巻三号　三月　八頁
木下資一　長明における生と死―『方丈記』、『発心集』に見る死の諸相―　国文学解釈と鑑賞　七三巻三号　三月　九頁
田村正彦　子を食らう餓鬼―西行和歌と唱導―　佛教文學　三二号　三月　一三頁
佐々木邦世　〈仏教文学会平泉大会／講演〉「旅を栖とす」道の奥点描　佛教文學　三二号　一〇頁
大林茂　西行法師のみちのく旅を探る　叡智の杜　五号　三月　一二頁
渡辺学　〈公開シンポジウム宗教における行と身体〉宗教における修行と身体―宗教学の視点から―　宗教研究　八一巻四輯　三月　二〇頁
松本章男　西行歌と生涯二十一、伊勢止住（連載第二十回）　大法輪　七四巻三号　三月　一〇頁
〈小特集〉新発見!?西行の書を推理する　芸術新潮　五九巻三号　三月　一〇頁
【桜特集】第1部「さくら」に魅せられた漂泊の歌僧西行を旅する　サライ　二〇巻六号　三月二〇日　二〇頁
↑高橋英夫「巻頭言」（二頁）、「勝持寺」（二頁）、「法金剛院」（二頁）、「中尊寺」（二頁）、「高野山」（二頁）、「吉野山」（二頁）、「善通寺」（二頁）、「弘川寺」（三頁）、「能に見る西行」（一頁）、「西行を読む」（一頁）を収録
高桑いづみ　世阿弥自筆本の節付を考える―「難波梅」から「盛久」・「江口」まで―　無形文化遺産研究報告　二号　三月　二二頁＋図版二頁
↓『能・狂言　謡の変遷―世阿弥から現代まで―』　檜書店　二〇一五年二月
永井一彰　『山家集抄』の入木　総合研究所所報（奈良大学総合研究所）　一六号　三月　二五頁
↓『板木は語る』　笠間書院　二〇一四年二月
久保田淳　『旅の歌、歌の旅―歌枕おぼえ書―』　おうふう　四月　二〇五頁
↑「清滝川の水の白波―京の歌枕をたずねて①―」を『講座歴史の歩き方ＮＡＶＩＬＥＴ31』（ＪＲ東海生涯学習財団、二〇〇五年六月）より再録
↑「大磯―東海道四百年を迎えて―（失われゆく景観13）」を「大磯―鴫立沢から花水橋まで―」と改題して、『新編日本古典文学全集52』月報75（小学館、二〇〇一年七月）より再録
↑「摂津・山城札所めぐり」を、笹一二五号（一九九〇年五月）より再録
↑「「神路山」という歌枕（ことばの休憩室（150））」を、礫一八四号（二〇〇二年二月）より再録
↑「清滝の瀬々の白糸（ことばの休憩室（189））」を、礫二二

三号（二〇〇五年五月）より再録
↑「朝妻筑摩（ことばの休憩室（153））」を、礫一八七号（二〇〇二年五月）より再録
↑「天橋立・高雄・青女の滝（ことばの休憩室（170））」を、礫二〇四号（二〇〇三年一〇月）より再録
↑「桜井から天王寺・住吉へ（ことばの休憩室（206））」を、礫二四〇号（二〇〇六年一〇月）より再録
↑「筑紫の歌枕二、三について」を、日本歴史六六八号（二〇〇四年一月）より再録
久保田淳『ことばの森―歌ことばおぼえ書―』明治書院　四月　二四三頁
↑「葉のぼる露（ことばの森41）」を日本語学二五巻九号（二〇〇六年八月）より再録
↑「すごし（続）（ことばの森45）」を日本語学二五巻一四号（二〇〇六年一二月）より再録
奥多摩館（原邦三・吉田祐介）編集・制作『西行歌枕（SUN_MAGAZINEMOOK）』マガジン・マガジン　四月　一四五頁
↑志立正知「草庵の歌人西行」（五頁）を収録
↑近藤信行「西行の大峰入り」（二頁）を収録
↑高田宏「吉野の桜」（二頁）を収録
↑立松和平「伊勢の西行」（二頁）を収録
↑澁澤龍子「花は鎌倉」（二頁）を収録
村上翠亭著・岡田潤画『日本書道ものがたり―楽しい〝まんが小咄〟つき―』芸術新聞社　四月　一五五頁
↑「第十話　藤末鎌初の数奇者―西行―」（一二頁）を収録
今野達　今野達説話文学論集刊行会編『今野達説話文学論集』勉誠出版　四月　八五二頁
↑「撰集抄の成立について―その年次と性格―」を国語国文二五巻一二号（一九五六年一二月）より再録
辻佐保子『「たえず書く人」辻邦生と暮らして』中央公論新社　四月　一八八頁
↑「「絶えず書く」人と暮らして（14）」を「第十四章『西行花伝』」と改題して、辻邦生全集月報14（新潮社、二〇〇五年七月）より再録
↓『「たえず書く人」辻邦生と暮らして（中公文庫）』中央公論新社　二〇一一年五月
青木生子　いのちなりけり　季刊悠久第二次　一一一号　四月　二頁
↓『青木生子著作集補巻二萬葉余滴』おうふう　二〇一〇年一一月
前田速夫　花（はな）―中世の歌びと『山家集』『明月記』―（異郷遊歴　古典文学の異空間第12回）国文学　五三巻五号　四月　一〇頁
↓『古典遊歴―見失われた異空間を尋ねて―』平凡社　二〇一二年四月
松本章男　西行歌と生涯二十二、陸奥再度行（連載第二十一回）大法輪　七四巻四号　四月　一一頁
編集部　第二特集西行の仮名　目の眼　三七九号　四月　六頁
西野春雄〈公演から〉復曲〈実方〉再演　観世　七五巻四号

四月　三頁
出光佐千子　放庵が描いた〝桜の上着〟〜「西行の仮名」展から〜　ぺるそーな　八巻四号　四月　二頁
川平ひとし『中世和歌テキスト論―定家へのまなざし―』笠間書院　五月　四七三頁
↑「〈心〉のゆくえ―中世和歌における〈主体〉の問題―」を国語と国文学八一巻五号（二〇〇四年五月）より再録
樋口州男『武者の世の生と死』新人物往来社　五月　二五二頁
↑「西行讃岐の旅―崇徳院鎮魂―」を、佐藤和彦・樋口州男編『西行のすべて』（新人物往来社、一九九九年三月）より再録
尾崎佐永子著・原田寛写真『「鎌倉百人一首」を歩く（集英社新書ヴィジュアル版百人一首）』集英社　五月　二二二頁
↑「風になびく富士のけぶりの空に消えてゆくへも知らぬわが思ひかな　西行法師」（二頁）を収録
三善貞司『大阪伝承地誌集成』清文堂　五月　一四四二頁
↑「大阪の西行柳」（一頁）「江口の遊女　妙」（三頁）「眼をむいた西行」（一頁）「くそ坊主西行」（一頁）「西行の墓発見」（二頁）「西行の見初め歌」（一頁）「似雲没地」（一頁）を収録
横山昭男監修『決定版村山ふるさと大百科』郷土出版社　五月　二五四頁
↑片桐繁雄「西行と滝の山」（一頁）を収録
海野弘『伝説の風景を旅して』グラフ社　五月　二〇三頁
↑「球磨川の西行（伝説の風景を旅して㉓）」を小原流挿花五二八号（一九九四年一一月）より再録
竹西寛子「西行の仮名」展（耳目抄272）ユリイカ　四〇巻六号　五月　五頁
松本章男　西行歌と生涯二十三、闇はれて（連載第二十二回・最終回）大法輪　七四巻五号　五月　一〇頁
以上連載二十二回↓『西行―その歌その生涯―』平凡社　二〇〇八年六月
夢枕獏　宿神【巻の二】煩悩菩薩　一冊の本　一三巻五号　五月　六頁
松本章男『西行―その歌その生涯―』平凡社　六月　三三九頁
↑「西行　歌と生涯【連載第一回〜第二十二回】」を大法輪七三巻八号（二〇〇六年八月）〜七四巻五号（二〇〇八年五月）より再録
↑「春の歌」（一六頁）、「夏の歌」（一二頁）、「秋の歌」（一六頁）、「冬の歌」（一一頁）を収録
臨川書店『和洋古書善本特選目録夏期特集号』一六号　臨川書店　六月　一二二頁
↑「西行法師消息文　紙背藤原定家記録」（一頁）を収録
↓『和・洋古書善本特選目録２０１２年夏期特集』二二号　臨川書店　二〇一二年夏
宇津木言行　西行伝再考―「菩提院前斎宮」と初度西国の旅―　和歌文学研究　九六号　六月　一四頁
家入博徳　伝西行筆『山家心中集』書誌一考　汲古　五三号

六月　七頁
平林一成　能の作品初期に関する諸問題—貞和五年における「憲清」の人物造形をめぐって—　能と狂言　六号　六月　一四頁
尾田武雄　板碑偈文「阿字十方」と西住塚　北陸石仏の会研究紀要　九号　六月　九頁
夢枕獏　宿神【巻の一】煩悩菩薩　一冊の本　一三巻六号　六月　六頁
山折哲雄『日本の息吹—しなやかに凛として—（NHKこころをよむ）』日本放送出版協会　七月　一七三頁
↑「第一回　子育て歌と出会う—憶良・西行・良寛—」（一四頁）を収録
嵐山光三郎『ごはんの力（ランダムハウス講談社文庫・素人庖丁記4）』講談社　七月　三一四頁
↑「西行の猿料理」（初出：一九九一年三月）所収の『素人庖丁記—ごはんの力—（講談社文庫）』（講談社、一九九八年一一月）を増補再刊
三田誠広『西行　月に恋する』河出書房新社　七月　二八七頁
平田英夫〈筌の岩屋〉の形象—西行の宗教をめぐる和歌のつくり方—　日本文学　五七巻七号　七月　九頁
↓『和歌的想像力と表現の射程—西行の作歌活動—』新典社　二〇一三年八月
大西廣　雪舟史料を読む（39）西行の和歌における、宗祇の連歌における、雪舟の繪における、利休が茶における、其貫道する物は一なり（番外・止）松尾芭蕉『笈の小文』月刊百科　五四九号　七月　五頁
田中貴子　西行・実朝・世阿弥はまるで「三題噺」（近代知識人の見た〈中世〉7）一冊の本　一三巻七号　七月　五頁
岡本勝人　白洲正子と西行　大法輪　七五巻七号　七月　七頁
夢枕獏　宿神第三回【巻の二】西行狂乱　一冊の本　一三巻七号　七月　七頁
松平乗昌編『【図説】伊勢神宮（ふくろうの本）』河出書房新社　八月　一一一頁
↑「法楽和歌—神に捧げる和歌—」（五頁）を収録
葉室麟『いのちなりけり』文藝春秋　八月　二五五頁
↓『いのちなりけり（文春文庫）』文藝春秋　二〇一一年二月
田中貴子「漂泊の歌人」と呼ばれた西行（近代知識人の見た〈中世〉8）一冊の本　一三巻八号　八月　五頁
森朝男　小川国男の赴報（古歌を慕う88）心の花　一三一八号　八月　一頁
↓『古歌に尋ねよ』ながらみ書房　二〇一一年八月
夢枕獏　宿神第四回【巻の二】西行狂乱　一冊の本　一三巻八号　八月　七頁
学術文献刊行会編『国文学年次別論文集国文学一般平成18（2006）年』朋文出版　九月　七三九頁
↑川村晃生「和歌から〈焼畑〉を考える」を芸文研究九一号第一分冊（二〇〇六年一二月）より再録
↓『見え始めた終末—「文明妄信」のゆくえ—』三弥井書

店　二〇一七年四月
五来重『修験道霊山の歴史と信仰（五来重著作集第六巻）』法蔵館　九月　四二二頁
↑「総説　修験道伝承論」を、『修験道の伝承文化（山岳宗教史研究叢書16）』（名著出版、一九八一年一二月）より再録
相川宏『奇行と聖狂―その秘められたる〈知の奥処《おくか》〉―』おうふう　九月　二一二頁
↑「カルナヴァレスクな生へ―増賀奇行譚のパトロギア―」を「カルナヴァレスクな生へ―増賀奇行譚の〈ものぐるひ〉―」と改題して、日本大学芸術学部紀要二三号（一九九四年三月）より再録
↑「無形の自己へ―玄賓遁世譚の韜晦―」を「無形の自己へ―玄賓遁世譚の〈ミスティフィケーション〉―」と改題して、日本大学芸術学部紀要二四号（一九九五年三月）より再録
↑「ふたりの寂心―内記上人奇行譚の思想史的位相―」を「二面相対から不二絶対へ―内記上人説話の〈号泣〉―」と改題して、日本大学芸術学部紀要二五号（一九九六年三月）より再録
冴『僂しや―西行上人の歌に寄せて―』　文芸社　九月　絵はがき1組（20枚）
村重寧『もっと知りたい俵屋宗達―生涯と作品―（アート・ビギナーズ・コレクション）』　東京美術　九月　七九頁
↑「西行物語絵巻―中世の絵巻を情感豊かに再現―」（二頁）を収録
田中貴子　西行は何度富士を見たのだろう（近代知識人の見た〈中世〉9）　一冊の本　一三巻九号　九月　五頁
夢枕獏　宿神第五回【巻の二】西行狂乱　一冊の本　一三巻九号　九月　七頁
以上連載五回分→『宿神第二巻』　朝日新聞出版　二〇一二年九月
↓『宿神第二巻（朝日文庫）』　朝日新聞出版　二〇一五年三月
荻崎正広　西行飛花（一幕四場）　薔薇窗　一八号　九月　八頁
学術文献刊行会編『国文学年次別論文集中世1平成18（2006）年』　朋文出版　一〇月　六六二頁
↑坂口博規「西行の宗教者意識」を駒沢短大国文三六号（二〇〇六年三月）より再録
↑山田昭全「縁忍と西行」を国文学踏査一八号（二〇〇六年三月）より再録
↑大場朗「『山家集』巻末百首と仏教―「野辺の色も」の一首と『観普賢菩薩行法経』―」を大正大学大学院研究論集三〇号（二〇〇六年三月）より再録
良知文苑『国宝　久能寺経の歳月―駿州秘抄―』　和泉書院　一〇月　二六五頁
『仏道の創造者たち―祖師七人に学ぶ経営の真髄―』　日経BP社　一〇月　CD8枚
↑「DISC5すべてを捨てて漂泊の旅に出た遍歴の歌人・

西行の生涯（山折哲雄）」（六二分）を収録
正木晃『空海をめぐる人物日本密教史』春秋社　一〇月　三〇七頁
←「西行―歌人にして密教僧―」（四頁）を収録
服部祥子『あこがれの老い―精神科医の視点をこめて―』医学書院　一〇月　二七九頁
←「わが憧れの老い①瑞々しい心をもち続けた老い「西行」」を「第2章西行―途上のものであり続けた老い」と改題して、訪問看護と介護一一巻一〇号（二〇〇六年一〇月）より再録
長野県図書館協会編『信濃伝説集（信州の名著復刊シリーズ2信州の伝説と子どもたち）』一草舎　一〇月　二八六頁
←「西行の戻橋」（二頁）所収の『信濃伝説集』（山村書院、一九四三年六月）を復刊
西澤美仁　西行伝承歌「熊野の人はかしこくて」　日本精神文化　一八号　一〇月　七頁
蔡佩青　西行説話の伝承方法―『新古今和歌集』における西行の「夢物語」―　古代文学研究第二次　一七号　一〇月　一五頁
田中貴子　僧としての西行をめぐる論争（近代知識人の見た〈中世〉10）一冊の本　一三巻一〇号　一〇月　五頁
夢枕獏　宿神第六回【巻の三】殺生石　一冊の本　一三巻一〇号　一〇月　七頁
学術文献刊行会編『国文学年次別論文集近世2平成18（2006）年』朋文出版　一一月　六一〇頁
←礪波美和子『『西行物語』の受容と還流―小林文庫本『西行物語』頭注と『本朝遯史』を中心に―』を叙説三三号（二〇〇六年三月）より再録
中村昌生『茶室集成』淡交社　一一月　六〇五頁
←「西行庵・皆如庵」（六頁）を収録
藤澤衛彦『小唄伝説集』東洋書院　一一月　二三五頁
←「西行木遺唄（伊勢・伊賀）（五頁）「伊賀の祝ひ唄（伊賀）」（二頁）所収の『小唄伝説集』（実業之日本社、一九二〇年一二月）を再刊
吉田悦志『上司小剣論』翰林書房　一一月　三一九頁
←「上司小剣「西行法師」における主題と方法」を「上司小剣「西行法師」論―主題と方法―」と改題して、日本近代文学二六集（一九七九年一〇月）より再録
←「上司小剣―大正期歴史小説―」を「上司小剣の歴史小説―大正期を中心にして―」と改題して、明治大学教養論集二二三号（一九八九年三月）より再録
内田澪子　国立歴史民俗博物館蔵田中稔氏旧蔵『西行物語』国立歴史民俗博物館研究報告　一四五集　一一月　一八頁
蔡佩青『撰集抄』における創作説話の虚と実―西行崇徳院展墓譚をめぐって―　名古屋大学国語国文学　一〇一号　一一月　一六頁
田中貴子　想い人さがし（その一）（近代知識人の見た〈中世〉11）一冊の本　一三巻一一号　一一月　五頁
夢枕獏　宿神第七回【巻の三】殺生石　一冊の本　一三巻一一号　一一月　七頁

小谷野敦　美貌の女院（美人好きは罪悪か？23）　一冊の本　一三巻一一号　一一月　五頁
→『美人好きは罪悪か？（ちくま新書788）』　筑摩書房　二〇〇九年六月
田仲洋己　『中世前期の歌書と歌人』　和泉書院　一二月　七六三頁
←「子どもの詠歌追考―子どもが詠んだ歌と子どもを詠んだ歌―」を「子どもの詠歌補説―子どもが詠んだ歌と子どもを詠んだ歌―」と改題して、日本文学五一巻七号（二〇〇二年七月）より再録
三浦三夫　『百人一首を継承する中世の歌人たち』　右文書院　一二月　三〇二頁
←「西行」（五頁）、「西行の歌」（六頁）を収録
宮下隆二訳　『【新訳】西行物語―がんばらないで自由に生きる―』　ＰＨＰ研究所　一二月　一九七頁
小嵐九八郎　西行―鎌倉の一夜―（脈々たる仏道連載五回目）　大法輪　七五巻一二号　一二月　九頁
田中貴子　想い人さがし（その二）（近代知識人の見た〈中世〉12）　一冊の本　一三巻一二号　一二月　五頁
以上連載六回分→『中世幻妖』　幻戯書房　二〇一〇年六月
夢枕獏　宿神第八回【巻の三】殺生石　一冊の本　一二月　七頁
以上連載三回分→『宿神第三巻』　朝日新聞出版　二〇一二年一一月
→『宿神第三巻（朝日文庫）』　朝日新聞出版　二〇一五年四月

西行関係文献目録（地方文献版）茨城県

西行文献目録

山本章博編

凡例

○本目録は茨城県に伝わる西行伝承・史跡に関する資料・文献を網羅集成するものである。なお、福島との県境の「勿来の関」および福島県勿来町「九面」「関田」を含めた。
○地域別（市町村別）・内容別に編集した。配列はおよそ県南部から県北部へとした。
○「地域―項目―」のように見出しを付け、さらに内容が異なる場合には、A・B…と記号を付し分類した。また、見出しの後にその項目の［概要］を記した。
○各項目において文献・資料は初出の成立年代順に配列し、通し番号を付した。また、翻刻・復刻・再録等は↓で示した。
○複数の地域・項目にわたる内容を収録する文献については、項目ごとに重複掲載した。
○項目内容はおおむね次の順に記した。

編著者名／書名・資料名／所蔵・発行所／成立・発行年月／掲載巻・章・見出し・頁数等

○主要な記事については、「＊」を付して引用し補説を加えた。
○県内の地名を詠んだ西行実作歌（引用は新編国歌大観）及び『撰集抄』（引用は岩波文庫）に関係する資料・文献は、原則地方出版のものに限定し、注釈書等は省略した。
○『新編常陸国誌』の翻刻は、

中山信名（編）・栗田寛（補）／『新編常陸国誌』／積善堂／上巻 明治三二（一八九九）・四、下巻 明治三四（一九

〇一）・五
のみ掲載した。他に、
（再版）加納与右衛門／明治四四（一九一一）・三／上・下巻→（復刻）崙書房／昭和四九（一九七四）・八
（復刊）宮崎報恩会／昭和四四（一九六九）・一一／一冊本→（復刻）崙書房／昭和五四（一九七九）・一二
がある。

取手市小文間―西行法師袈裟掛の松―

［概要］小文間《おもんま》の面足神社鳥居前に「西行法師袈裟掛の松」と呼ばれる巨木があった。現存せず。

1　野口如月／『北相馬郡志』／北相馬郡志刊行会／大正七（一九一八）・一二／「小文間村」二九七頁→（復刻）崙書房／昭和四六（一九七一）・八

＊「袈裟掛の松　字西方に在り、第六天鳥居の前一畝歩許の処に二丈も廻る松あり、風影絶佳なり（中略）文治元年此地を通り、旅の労れを慰せんと、此松に袈裟打掛けて和歌をせしと云ふ、今に至るも西行法師袈裟掛の松云伝ふ。」とある。第六天鳥居とは、面足神社の鳥居のこと。

2　取手町教育委員会・取手町郷土文化財調査研究委員会／『取手町郷土史資料集（第1集）』／第一法規出版／昭和四四（一九六九）・三／一一八―一一九頁

＊「袈裟掛の松　西方大六天（面足神社）前にあって西行法師が行脚の際当地にきて道に休みこの所の松に袈裟をかけたと伝えられる松の巨木があったが明治三十五年の大風に倒れ自然に枯れて昭和初年頃その根のあとがみられた。この根方に衣をかけて四方の勝景を眺めたという。これについて後世次の歌を残す者がある。／富士筑波利根の川辺をながめやる名も西行の袈裟掛けの松／袈裟掛けて松の木影に西行の心も清き富士の白雪」とある。

3　取手市教育委員会・取手市郷土文化財調査研究委員会／『取手市郷土史資料（写真集）』／第一法規出版／昭和四七（一九七二）・三／「面足神社」三八頁

4　『取手―観光と物産　ふるさと散歩』／取手市役所商工観光課／昭和五六（一九八一）・七／一七頁

5　日本歴史地名大系第八巻『茨城県の地名』／平凡社／昭和五七（一九八二）・一一／「取手市・面足神社」八四五頁

6　取手市史編さん委員会／『取手市史』民俗編Ⅱ／取手市役所庶務課／昭和六〇（一九八五）・三／「小文間の神社」九三頁

7　大坪利絹／「去来付句「歌の奥義を知らず候」考―西行説話との関連―」／『親和国文』二〇／昭和六〇（一九八五）・一二／六七頁

8　取手市史編さん委員会／『取手市史』寺社編／取手市教育委員会／昭和六三（一九八八）・三／「面足神社」七二―七三頁

9　『日本大百科全書』九／小学館／昭和六一（一九八六）・五、二版平成六（一九九四）・一／「西行伝説」八〇六―八〇七頁（二版）

10　岡田隆／『西行伝説を探る　西日本を中心に』／私家版／平成一四（二〇〇二）・六／一二三頁

11　山﨑睦男／「茨城県自然紀行・83　市町村の旅〈20〉取手市」／茨城新聞朝刊／平成一五（二〇〇三）・三・一
→山﨑睦男／『茨城県自然紀行』／東洽書房／平成一七（二〇〇五）・七／「県南取手市―取手地域―市街地に緑のオアシス」一三八頁

12　浅井治海／『樹木にまつわる物語―日本の民話・伝説などを集めて―』／フロンティア出版／平成一九（二〇〇七）・七／二三五頁

13　饗場芳隆／『小文間物語』／子どもの造形美術と学びを考える会／平成二二（二〇一〇）・一一／「面足神社」六八―六九頁

＊「以前社の前に松の巨木があり、筆者が子供の時分木は枯れてその根が大きくはびこり、その下で近所の老婆がドラ焼きを商っていた。よってその幹の巨きさは計り知れない程で、この松は古来「西行衣掛けの松」と言われ、近隣に鳴り響いた名木であった。江戸時代から昭和の初めまでは利根川を上り下りする高瀬船の白帆が続き、これを大六天境内から眺めれば、将に一幅の絵を見るようであった。」とある。

14　我孫子市史研究センター／『新四国相馬霊場八十八ヶ所を訪ねる』／つくばね舎／平成二五（二〇一三）・一／「掛所大六天（面足神社）」四四頁

鹿嶋市―A鹿島の杉実作歌・B『撰集抄』鹿島神宮―

A［概要］『夫木和歌抄』に「西行上人／あさ日さすかしまのすぎにゆふかけてくもらずてらせよをうみの宮」（雑一六・一六一三一）とある。

1　石井脩融／『廿八社略縁誌』巻之三／彰考館蔵／寛政九（一七九七）
→（翻刻）『神道大系』神社編十八　安房・上総・下総・常陸／神道大系編纂会／平成二（一九九〇）・三／七一頁

＊「夫木　朝日サスカシマノ杉ニユウカケテクモラス照セ世ヲウミノ宮　西行」とある。

2　中山信名／『新編常陸国誌』／静嘉堂文庫他蔵／天保年間（一八三〇～一八四三）未完
→（増補出版）中山信名（編）・栗田寛（補）／『新編常陸国誌』下巻／積善堂／明治三四（一九〇一）・五／巻十一「文苑」九〇八頁

3 『常陸国名所歌集』／茨城県立歴史館蔵／「鹿嶋」

4 舘藤次／『常陸名所歌集』／光文堂 橋本庄衛門／明治四三（一九一〇）・三／「鹿島宮」五四頁

5 今瀬文也／『文学の中の茨城（1）上代～中世』／秀英書房／昭和五〇（一九七五）・一〇／一二七―一二八頁

6 川崎吉男／「西行の足跡」／『美浦村史研究』七号／平成四（一九九二）・三／七八頁

B

［概要］『撰集抄』巻七・一三「鹿島大明神之御事」に「治承のころ、常陸国かしまの明神に参り侍れば…」とある。

1 栗田維良／『事蹟雑纂』／彰考館・茨城県立歴史館蔵／文化七（一八一〇）以前／第七・第十九「鹿島宮居」

＊「西行法師撰集抄ニ云…」（第七）、「西行法師撰集抄第七巻ニ載スル所…」（第十九）とある。

2 小宮山楓軒／『水府志料』／国立国会図書館他蔵／文化四（一八〇七）／附録巻之三十七「鹿島郡・社海ニ接」

＊『事蹟雑纂』七からの引用。

3 清水浜臣／『総常日記』／国立国会図書館他蔵／文化一二（一八一五）

→（翻刻）鹿嶋市史編さん委員会／『鹿嶋市史地誌編』／鹿嶋市長内田俊郎／平成一七（二〇〇五）・二／四九三―四九四頁

＊「西行法師の撰集抄に、此の御社のことをまうして、潮だにさせばおまへの打ち板まで海になり、潮だにひけばまなこにて二三里におよべりといひ…」とある。

4 北条時鄰／『鹿島志』／文政六（一八二三）／「宮所沿革」

→（翻刻）『日本名所風俗図会2 関東の巻』／角川書店／昭和五五（一九八〇）・四／二二〇頁

→（翻刻）『神道大系』神社編二十二 香取・鹿嶋／神道大系編纂会／昭和五九（一九八四）・三／四六二―四六三頁

→（影印）北条時鄰・小林重規／版本地誌大系14『鹿島志・香取志』／臨川書店／平成九（一九九七）・四／三五―三六頁

＊「撰集抄に（中略）云々、と記せれど今のさまを思ひあはすればいといぶかしきことなり、西行法師は国々を行めぐりて実景をみたる人なれば偽りごとにはあらじを、後に書れしをりのおぼえ違ひにやあらん」とある。

5 『風俗画報増刊』（鹿島名所図会）第三四七号／東陽堂／明治三九（一九〇六）・八／一一―一二頁

→（復刻）『明治年間成田・香取・鹿島名所図会』／国書刊行会／昭和六三（一九八八）・四

＊『鹿島志』と同文。

6 宮本正一／『鹿島まうで』／宮本書店／明治四四（一九一一）・九／三二―三三頁

＊『鹿島志』と同文。

稲敷市柏木―西行戻し―

［概要］柏木に「西行戻し」の伝承がある。筑波山を望む。

1 川崎吉男／「西行の足跡」／『美浦村史研究』七号／平成四（一九九二）・三／五頁・七頁

＊「香澄亭東吹句集」に「西行法師雅修行の折、柏木というところに至りぬれば、向うより二八ばかりの童子、縄と鎌とをたずさえて来たりぬ。「何ぞや」と問へば「冬青の夏枯草刈りに」と答へて去りぬ。法師不思議に覚えて帰りぬ。依ってこの処を西行戻しと申し伝ふるにや／茶筅草刈り広げたる暑さかな」とある。「香澄亭東吹句集」の図版あり。

美浦村茂呂―西行柳―

［概要］茂呂《もろ》と宮地の境界付近に「西行柳」があった。筑波山を望む。現存せず。

1 川崎吉男／「西行の足跡」／『美浦村史研究』七号／平成四（一九九二）・三／五頁・七頁

＊「茂呂家蔵村絵図」に「西行柳」とある。「茂呂家蔵村絵図」の図版あり。

2 美浦村史編さん委員会／『美浦村誌』／美浦村／平成七（一九九五）・一一／第四章「近世の美浦村」四「近世における教育と文化」(二)「美浦村域の教育と文化」一九三頁

＊「東吹の残した句集には、いわゆる「西行返し」の伝承を詞書として作った「茶筅草刈り広げたる暑さかな」があり、天和年間に作られた神内郷村絵図には、茂呂村と宮地村の地堺辺りに「西行柳」が書き込まれている。これ等も西行を景仰した俳人や里人たちのつくった心の風景であろう。」とある。「茂呂家村絵図」の図版あり。

つくば市―A筑波山西行戻し・B玉矛石伝承歌・C筑波嶺伝承歌・D桜川伝承歌―

A［概要］筑波山に「西行戻し」の伝承がある。少女と化した女体権現との問答歌「磯遠く海辺も遠き山中にわかめあるこそふしぎなりけり（西行）／つくばとは波つく山といふなればわかめありともくるしかるまじ（権現）」をともなう。

1 栗田維良／『事蹟雑纂』／彰考館・茨城県立歴史館蔵／文化七（一八一〇）以前／第二十四

＊「土人ノ説ニ又云、昔アル修行者夜中コノ山ニ登リシニ、山頂ニシテ美少女ニ逢フ。修行者カヽル神山ニテ、ワカキ女ニ遇フ、アヤシムヘシ、ト云ケレハ、少女トリアヘス／ツクハトハ波ツク山トカクモノヲアラメワカメ（少女）モナカルヘシヤハ／コノ歌口碑ニ伝フ」とある。西行の名なし。

2 了貞／『二十四輩順拝図会』／内閣文庫他蔵／文化六（一八〇九）／後編巻之二・下総常陸

→（翻刻・影印）『日本名所風俗図会18 諸国の巻Ⅲ』／角川書店／昭和五五（一九八〇）・一／四六二―四六三頁

→（翻刻）釈了貞・鈴木常光解説／ふるさと文庫『親鸞伝説と旧跡―二十四輩順拝図会 常陸・下総編―』／筑波書林／昭和五八（一九八三）・三／六五―六六頁

→（影印）釈了貞／ふるさと文庫『二十四輩巡拝図会 一―後編巻之二 下総常陸―』／筑波書林／昭和五八（一九八三）・四／七二―七三頁（図版）・七八―七九頁

＊「当山に西行戻しと云ふ所あり。土人の説に、往昔西行

【図版】『二十四輩順拝図会』（ふるさと文庫『二十四輩巡拝図会 一』筑波書林）

上人登山の折から、女体権現少女と化現し、岩上に立ちたまひしを、上人あやしみて、／磯遠く海辺も遠き山中にわかめあるこそふしぎなりけり／と吟じければ、少女とりあへず、／つくばとは波つく山といふなればわかめありともくるしかるまじ／といらへたまふに、上人大いにはぢらひて、その所より下山ありしかば、よつて名づくとぞ。」とある。

＊【図版】の上部に、「西行上人与女体権現以鄙曲答話／西上人の山中にてわか女を咎めしは拾遺集に忠見が歌とて／水もなく船もかよはぬ此嶋にいかでかあまのなまめかるらん／とよめるに同じ意とや云べし」とある。

3 舘藤次／『常陸名所歌集』／光文堂 橋本庄衛門／明治四三（一九一〇）・三／三一頁

＊「水瀬川　逢初川とも云ふ西行法師此所にて少女に逢ひし時の歌あり又親鸞と老女と逢ひし時の問答あり」とある。

4 川崎吉男／「西行の足跡」／『美浦村史研究』七号／平成四（一九九二）・三／七八頁

5 岡田隆／『西行伝説を探る 西日本を中心に』／私家版／平成一四（二〇〇二）・六／一四九頁

6 星野岳義／「菅江真澄の採集した西行伝承—付載 鎌田正苗『秋田郡寺内村古跡記』—」／『社学研論集』二五／平成二七（二〇一五）・三／七九頁

B

［概要］筑波山の玉矛石を詠んだ伝承歌「女男川末はてしな

き例には二神山の玉矛の石」がある。

1　宮本英渠・飯塚淑慎／『筑波私記』／茨城県立歴史館・国立国会図書館他蔵／文化五（一八〇八）・三／「女男川桜川」

＊「玉矛石ノ証歌／女男川末ハテシナキ例ニハ二神山ノ玉矛ノ石　西行」（茨城県立歴史館蔵本）とある。

2　杉山三右衛門／『常陸名所和歌集』／須藤市左衛門／明治二一（一八八八）・八／「筑波歌」

＊「筑波歌／筑波山玉ほこ石　女男の川末はこしなき例には二神の玉ほこの石　西行法師」とある。

C

［概要］筑波嶺を詠んだ秘伝の古歌に「筑波根の山鳥の尾のます鏡かけても出る有明の月」がある。

1　宮本英渠・飯塚淑慎／『筑波私記』／茨城県立歴史館・国立国会図書館他蔵／文化五（一八〇八）・三／「男体女体并二神山二荒山匹耦」

＊「然ル二又当山に金科玉條トシテ秘伝セル古歌多くあり其中に／西行　筑波根ノ山鳥ノ尾ノマス鏡カケテモ出ル有明ノ月／古ノ国ノナレタル人里ニ問フヘキモノハ有明ノ月」（茨城県立歴史館蔵本）とある。二首目を西行歌とするかは要検討。

2　小宮山楓軒／『筑波大宝記』／国立国会図書館蔵／天保三（一八三二）

＊『筑波私記』を引用する。

D

［概要］桜川を詠んだ伝承歌「桜川たはしぬ山に立つ波は岸の松がね洗ふなりけり」がある。

1　舘藤次／『常陸名所歌集』／光文堂　橋本庄衛門／明治四三（一九一〇）・三／三六頁

2　川崎吉男／「西行の足跡」／『美浦村史研究』七号／平成四（一九九二）・三／七八頁

筑西市（旧下館市）蒔田—西行塚・西行柳—

［概要］蒔田《まくだ》集落の西北の畑の中に「西行の五輪の塔」があり「西行塚」と呼ばれ、その西側は「西行山」「西行野宿の里」と呼ばれていた。また、野村集落の北側に「西行柳」があった。筑波山を望む。いずれも現存せず。

1　下館市史編纂委員会／『下館市史』／下館市史刊行会／昭和四三（一九六八）・九／第二編第二章「伝説」第四節「人物に関する伝説」（10）「西行塚と西行柳」一三八四—一三八五頁

↓（復刊）大和学芸図書／昭和五七（一九八二）・七／下巻六三四—六三五頁

＊「蒔田部落（河間地区）の西北の畑に、幕末の頃まで「西行の五輪の塔」があり、ここを西行塚と呼んでいた。また西行塚から三十間ばかり西のところは西行山と呼ばれ、むかし西行法師が諸国を行脚してここまで来たところ、日は暮れたが人家がないので野宿したところであるという。そのとき詠んだのが、／西行もいかなる旅もしたけれど芝をまくらに芦根初かな／という歌であるとされている。それまで此処は芦根と呼ばれていたが、この

歌に因んで「西行山」または「西行野宿の里」と呼ばれるようになったという。また野村部落の二丁ばかり北の道ばたに清水が湧くところがあり、ここに柳の大木があった。新古今集に載せられた西行の、／道の辺に清水流るる柳かげしばしとてこそ立とまりけれ／という歌は、ここで詠まれたものであると伝承されている。」とある。

2　舘野義久／『下館のむかし話』／私家版／昭和五三（一九七八）・三／5「西行野宿の里」三一―三五頁

古河市―古河の渡り実作歌―

［概要］古河《こが》の渡りを詠んだ歌に、『万代和歌集』「むさしのくにとしもつふさのくにとのなかにあるこがのわたりすとて、きりのふかかりければ／西行法師／きりふかきこがのわたりのわたしもり岸のふなつきおもひさだめよ」（雑四・三四二九）→『夫木和歌抄』雑八・一二三二一／『歌枕名寄』下総国・五五六〇）がある。なお、『西行法師家集（西行上人集）』（四七七）では、第二句を「けふのわたりの」とする。

1　小出重固／『古河志』／小出家他蔵／天保一二（一八四一）
→（翻刻）古河郷土史研究会／『写本古河志』／古河市公民館／昭和三七（一九六二）・三／一〇頁
→（翻刻）古河市史編さん委員会／『古河市史　資料　別巻』／古河市役所／昭和四八（一九七三）・三／二一九頁

2　清宮秀堅／『下総国旧事考』／清宮利右衛門／明治三八（一九六三）・一二／四四〇頁
→（影印）『影印　下総国旧事考』／崙書房／昭和四六（一九七一）・一二

3　山本秋広／『茨城めぐり』／私家版／昭和二六（一九五一）・四（初版）～昭和三四（一九五九）・一（第八版）／三七七―三七八頁（第八版）
→（改訂復刊）山本秋広／『現代版　茨城名所図絵　県南編』／歴史図書社／昭和五六（一九八一）・二／二一三―二一四頁

4　日本歴史地名大系第八巻『茨城県の地名』／平凡社／昭和五七（一九八二）・一一／「古河市・渡良瀬川」七八四―七八五頁

5　須藤春雄／「〝古河の渡り〟を詠んだ西行の歌」／古河郷土史研究会『会報』第二四号／昭和六一（一九八六）・三／一―一一頁

6　古河市史編さん委員会／『古河市史』通史編／古河市／昭和六三（一九八八）・二／一三三―一三四頁

7　山口美男／『古河市史読本』／私家版／平成元（一九八九）・一〇／「西行と古河」二〇―二四頁

8　川崎吉男／「西行の足跡」／『美浦村史研究』七号／平成四（一九九二）・三／七八頁

9　牧口正史／『みちのべの西行』／随想舎／平成五（一九九三）・一〇／「下野関係周辺歌」一六頁・「古河の渡し」二二―三三頁

10　田口守／五浦文学叢書1『鑑賞　茨城の文学―古典編―』／筑波書林／平成一二（二〇〇〇）・七／一一七頁

11 川野辺晋／「西行の人間性に触れる」／『耕人』第一〇号／耕人社／平成一六（二〇〇四）・五／一二一―一三七頁

12 市制施行55周年記念誌『わがまち古河―KOGA―』／古河市／平成一七（二〇〇五）・七／一〇七頁

13 古河歴史博物館・古河文学館／『古河の歴史と文学 古河文学散歩』／古河歴史博物館・古河文学館／平成二〇（二〇〇八）・一〇／二六頁

14 名古屋茂郎／「『山家集』の原風景を求めて―隅田川・古河の渡り―」／『西行学』四／平成二五（二〇一三）・八／一七八―一八一頁

15 「古河の文学」編集委員会／『古河の文学』／古河市文化協会／平成二七（二〇一五）・七／一六二頁

水戸市千波公園西の谷―山桜植樹記念歌碑―

［概要］「千波公園西の谷」の山桜植樹記念碑に西行歌「春風のはなをちらすと見るゆめはさめてもむねのさわぐなりけり」（『山家集』一三九）が刻まれている。平成一八年（二〇〇六）三月建立。

（碑文／表）春かぜの／花をちらすと／みる夢は／さめても胸の／さわぐ／なりけり／西行

（裏）弐千六年三月／吉田石油百周年記念／山ざくら植樹／歌西行法師／書 川又南岳

1 茨城新聞／「西の谷公園に山桜50本 水戸に新名所」／平成一八（二〇〇六）・四・二七／本紙朝刊・地域・二一頁

那珂市額田南郷―艶笑話―

［概要］西行と女の歌問答「西行はながの修業はするけっと豆にこしきはこれが初めて（西行）／尻に蒸籠は豆蒸《ふか》しきねがあるならつけや西行（女）」の伝承がある。

1 大録義行／ふるさと文庫『常陸のでっかく噺 那珂町額田の艶笑民話』／筑波書林／昭和五六（一九八一）・一一／9「西行と女《むすめ》」二〇―二一頁

＊「坂下にいたでっかくから、こんな笑い話を聞いたことがあったっけ。むかし、西行法師ちう歌よみの坊さんが、夏の暑い時に旅をしてたら、川があった。見るっちうと十七か八くらいの娘が、川の中で、裸で蒸籠《せいろ》を洗ってた。蒸籠は餅や豆などを蒸す時に使う道具だが……。西行法師が通りかかったんで、娘はあわてて蒸籠を腰にかぶせ、尻をかくしたそうだ。西行はそこで歌をつくった。／西行はながの修業はするけっと豆にこしきはこれが初めて／と詠んだところ、娘もまけねえですぐに、／尻に蒸籠は豆蒸《ふか》しきねがあるならつけや西行／と詠んだんで、西行もかぶとを脱いだと。（話者、額田南郷、小林留次郎、明治十七年生。採取、昭和四十八年十一月十五日）」とある。

常陸太田市―西行戻し―

［概要］「西行戻し」の伝承がある。伝承地不明。

1 常陸太田市史編さん委員会／『常陸太田市史』民俗編／常陸太田市役所／昭和五四（一九七九）・三／第五章第二節「昔

ばなし」七三三頁
＊「西行法師を都に帰らせた話／土地の者と西行法師が謎解きをした。「秋まいて夏かれる草刈り」西行法師さえわからないことがある。この先にどんなおそろしいものがいるかわかんねえって、奥州へ行くのをやめてしまった。」とある。「話者の語ったままに記し」たものとして掲載する。話者不明。

2　中村雅利／「日立市内の西行歌碑と西行伝説の謎」／『郷土ひたち』第六八号／日立市郷土博物館内郷土ひたち文化研究会／平成三〇（二〇一八）・三／五五―六四頁
＊『常陸太田市史 民俗編』を引用する。

日立市―A石名坂伝承歌歌碑・B大久保伝承歌歌碑・C東滑川町伝承歌歌碑・D田尻町伝承歌歌碑・E川尻友部伝承歌・F川尻蚕養神社伝承歌―

A［概要］石名坂町一丁目に伝承歌「世の人のねさめせよとて千鳥なく名坂のさとのちかきはまべに」の歌碑がある。昭和一五年（一九四〇）五月建立。
（碑文／表）西行法師のよめるものと伝ふ／世の人のねさめせよとて千鳥なく名坂のさとのちかきはまべに／従二位勲三等子爵冷泉為勇書
（裏）皇紀二千六百年記念　昭和十五年五月　石名坂区　及特志者建立

1　「日立の文化財」編集委員会／『日立の文化財』／日立市教育委員会／昭和五三（一九七八）・三／「文学碑」八〇頁
2　ひたち拓本研究会代表 大貫幸男／『浜街道の拓本 第一集』／筑波書林／昭和五九（一九八四）・六／六一―六二頁
3　永沼義信／『日立の文学碑 解読と論説』／文芸ひたち事務局／平成元（一九八九）・四（初版）、平成五（一九九三）・一一（増補再版）／二五―二七頁（再版）
4　川崎吉男／「西行の足跡」／『美浦村史研究』七号／平成四（一九九二）・三／七七頁
5　増訂版「日立市の文化財」編集委員会／『増訂版 日立市の文化財』／日立市教育委員会／平成一一（一九九九）・一／「主な記念碑・文学碑一覧」一〇七頁
6　岡田隆／『歌碑が語る西行』／三弥井書店／平成一二（二〇〇〇）・一二／四六―四七頁
7　岡田隆／『西行伝説を探る 西日本を中心に』／私家版／平成一四（二〇〇二）・六／一四八頁
8　日立みなみ歴史民俗研究会／『日立みなみ風土記』／日立市坂下公民館／平成一四（二〇〇二）・七／「建立の思いも宿る法師歌碑」七二―七三頁
＊建立記念写真を掲載する。
9　川野辺晋／「西行の人間性に触れる」／『耕人』第一〇号／耕人社／平成一六（二〇〇四）・五／一二一―一三七頁
10　ひたち碑の会／『日立の碑』／日立市郷土博物館／平成一八（二〇〇六）・八／一九―二〇頁
11　日立市郷土博物館叢書3『日立市民文化遺産ガイドブック』／日立市郷土博物館／平成二六（二〇一四）・一二／七八・九一頁

12 中村雅利／「日立市内の西行歌碑と西行伝説の謎」／『郷土ひたち』第六八号／日立市郷土博物館内郷土ひたち文化研究会／平成三〇（二〇一八）・二／五五―六四頁

B ［概要］多賀市民プラザ前に伝承歌「おほ国分のたのもの蛙名のみしてね覚せよとてなく声そうき」の歌碑がある。建立年不明。寛政年間（一七八九～一八〇〇）以前。

（碑文／表）おほ国分のたのもの蛙名のみして／ね覚せよとてなく声そうき／水あなみち

（碑文の説明）

一、おふ國《くぼ》分の田《た》のもの蛙名《かはずな》のみして／ね覺《ざめ》せよとて鳴《な》く声《こえ》ぞうき

西行法師が行脚の際この地に来て現在の千石町にあった絵馬堂に一泊した時に詠まれたと傳へられている。この碑は二基とも創建地は現在の千石町一―四―二六で昔は旧国道より古賀内、諏訪方面への入口であったので碑の左下に「水阿なみち」の刻字がある。（中略）碑は先に都市計画により日立市大久保小学校に移設されたが昭和五十三年戊午仲春に常陸多賀駅前に日立南ロータリークラブの奉仕で移設した。

この度　日立南ロータリークラブ創立四十五周年記念事業の一環として　多賀市民プラザの完成を期にこの地に移設された。　平成十八年四月

1 岡部玄徳／『石神後鑑記』／茨城県立歴史館他蔵／寛延二（一七四九）

→（翻刻）原著岡部玄徳・校訂佐川常北／『石神後鑑記 付・石神後鑑記の検討』／東海村図書館・筑波書林／平成七（一九九五）・八復刻／五一頁

＊「…斯る憂目に大久保や、昔西行足止めて、夏は来にけり、去りながら花の名残りの弥生山…」とある。

2 『岩城浜街道中記』／国立国会図書館蔵／寛政年間（一七八九～一八〇〇）

→（翻刻）古文書学習会／『道中記にみる江戸時代の日立地方 岩城、棚倉街道を旅する』／日立市郷土博物館／平成二〇（二〇〇八）・三／五八頁

＊「其分れ道に石を建て和歌一首を刻めり、其歌／おほくほの（国分と書り）田面の蛙名のみしてねさめせよとて鳴声そうき／土俗いふ、昔西行法師此所にとまりて蛙の声を聞きてよめると言伝へたり」とある。

3 茨城県多賀郡／『常陸多賀郡史』／帝国地方行政学会／大正一二（一九二三）・三／第十二章「名勝古跡天然記念物」第一節「名勝古跡」七〇一頁

→（復刻）名著出版／昭和四七（一九七二）・九、弘文堂書店／昭和五八（一九八三）・七、千秋社／平成四（一九九二）・五

＊「西行法師詠歌碑　国分村大字大久保と下孫との堺なる閻魔堂の地に、国道に沿ひて五世白兎園宗瑞吟詠の碑と並び建てり。／大国分の田のもの蛙名のみしてね覚めせよとて鳴く声ぞうき」とある。

4 鈴木彰／『多賀町の史蹟』／日立製作所多賀工場／昭和一五（一九四〇）・一／「歌碑と句碑」四―五頁

5 「日立の文化財」編集委員会／『日立の文化財』／日立市教育委員会／昭和五三（一九七八）・三／「文学碑」八二頁

6 塙泉嶺／『多賀郡郷土史』／賢美閣／昭和五五（一九八〇）・一二／「国分村之部」七二頁

7 ひたち拓本研究会代表 大貫幸男／『浜街道の拓本 第一集』／筑波書林／昭和五九（一九八四）・六／五五―五六頁

8 永沼義信／『日立の文学碑 解読と論説』／文芸ひたち事務局／平成元（一九八九）・四（初版）、平成五（一九九三）・一一（増補再版）／四九―五一頁（再版）

9 川崎吉男／「西行の足跡」／『美浦村史研究』七号／平成四（一九九二）・三／七七頁

10 堀込喜八郎／『茨城の文学碑百選Ⅳ』／筑波書林／平成五（一九九三）・一二／三四―三五頁

11 増訂版「日立市の文化財」編集委員会／『増訂版 日立市の文化財』／日立市教育委員会／平成一一（一九九九）・一／「主な記念碑・文学碑一覧」一〇七頁

12 堀辺武／「道中記にみる日立地方の道標」／『茨城の民俗』三八号／茨城民俗学会／平成一一（一九九九）・一一／一―一一頁

13 岡田隆／『歌碑が語る西行』／三弥井書店／平成一二（二〇〇〇）・一二／四四―四五頁

14 岡田隆／『西行伝説を探る 西日本を中心に』／私家版／平成一四（二〇〇二）・六／一四九頁

15 川野辺晋／「西行の人間性に触れる」／『耕人』第一〇号／耕人社／平成一六（二〇〇四）・五／一二二―一三七頁

16 ひたち碑の会／『日立の碑』／日立市郷土博物館／平成一八（二〇〇六）・八／一二―一三頁

17 中村雅利／「日立市内の西行歌碑と西行伝説の謎」／『郷土ひたち』第六八号／日立市郷土博物館内郷土ひたち文化研究会／平成三〇（二〇一八）・二／五五―六四頁

C

［概要］裸島の栄蔵法師を西行が尋ねた伝承があり、東滑川《なめかわ》町「うのしまヴィラ」に伝承歌「大田尻衣はなきかはだかじま沖ふくかぜにみにはしまぬか」の歌碑がある。昭和四六年（一九七一）四月建立。

（碑文／表）

西行法師／大田尻衣はなきか／はたかしま／沖ふくかせに／みにはしまぬか／秀峰書

（裏）鵜の島温泉館主　初代島崎三三男建之　昭和四十六年四月吉日

1 安藤朴翁／『常陸帯』／国立国会図書館他蔵／元録一〇（一六九七）

→（翻刻）岸山質軒編／『続々紀行文集』／博文館／明治三四（一九〇一）・一〇

→（復刻）『日本紀行文集成』第4巻／日本図書センター／昭和五四（一九七九）・一〇、平成一三（二〇〇一）・一〇（新装版）／三八六―三八七頁

→（現代語訳・影印）猿渡玉枝訳／ふるさと文庫別冊4『ひたち帯―元録常陸紀行―』／筑波書林／平成六（一九九四）・一〇／四一頁

→（翻刻）古文書学習会／『道中記にみる江戸時代の日立地方 岩城、棚倉街道を旅する』／日立市郷土博物館／平成二〇（二〇〇八）・三／四頁
＊「此所の口碑に／太田尻ころもはなきかはたか島沖吹風は身にはしまぬか／と云ならはし侍るとかたるを聞て、島にかはりて返歌し侍らんとて／あさな夕ななみのぬれ衣きるものをはたか島とはなに名付らん」とある。西行の名なし。

2 川上櫟斎／『岩城便宜』／東京国立博物館・茨城県立歴史館蔵／享保一五（一七三〇）
→（翻刻）小野一雄／「川上櫟斎「岩城便宜」」／『潮流』第二一報／いわき地域学会／平成四（一九九二）／二二頁
→（翻刻）古文書学習会／『道中記にみる江戸時代の日立地方 岩城、棚倉街道を旅する』／日立市郷土博物館／平成二〇（二〇〇八）・三／一一頁
＊「はたか島を見て　西行法師／あふ田尻衣はなきかはたかしま海のしほかせ身にはしまぬか」とある。

3 岡部玄徳／『石神後鑑記』／茨城県立歴史館他蔵／寛延二（一七四九）
→（翻刻）原著岡部玄徳・校訂佐川常北／『石神後鑑記 付・石神後鑑記の検討』／東海村立図書館／平成七（一九九五）・八復刻／五三頁
＊「西行法師の詠まれたる歌さへ今は埋もれて、尋ねかねたる大田尻、是かと足を休めつゝ、又逢ふ人に尋ぬれば、此の嶋なりと、指さして、教ふる歌はかくばかり／大田尻衣はなきか裸嶋磯吹く風の身にもしまずや」とある。

4 浜岡たみ／『松島旅行日記』／内閣文庫・茨城県立歴史館蔵／宝暦九（一七五九）
→（翻刻）古文書学習会／『道中記にみる江戸時代の日立地方 岩城、棚倉街道を旅する』／日立市郷土博物館／平成二〇（二〇〇八）・三／三四頁
＊「はたか島とてまろき小島見ゆる、西行上人旧跡のよし…」とある。

5 栗田維良／『事蹟雑纂』／彰考館・茨城県立歴史館蔵／文化七（一八一〇）以前／第一二
＊『常陸帯』『石神後鑑記』を参照している。

6 小宮山楓軒／『水府志料』／国立国会図書館他蔵／文化四（一八〇七）／附録巻之二十三「多珂郡・永増小屋」
＊『事蹟雑纂』一二からの引用。

7 中山信名／『新編常陸国誌』／静嘉堂文庫他蔵／天保年間（一八三〇～一八四三）未完
→（増補出版）中山信名（編）・栗田寛（補）／『新編常陸国誌』上巻／積善堂／明治三二（一八九九）・四／巻六「山川・栄蔵小屋」一一四九―一一五〇頁
＊『事蹟雑纂』『常陸帯』を引用する。

8 舘藤次／『常陸名所歌集』／光文堂 橋本庄衛門／明治四三（一九一〇）・三／一〇頁

9 茨城県多賀郡／『常陸多賀郡史』／帝国地方行政学会／大正一二（一九二三）・三／第十二章「名勝古跡天然記念物」第一節「名勝古跡」「栄蔵小屋」七〇七―七〇八頁

→（復刻）名著出版／昭和四七（一九七二）・九、弘文堂書店／昭和五八（一九八三）・七、千秋社／平成四（一九九二）・五

10 志賀倉之助／『日高郷土史』／日高村郷土史刊行会／昭和三〇（一九五五）・二／一四・一一六―一二一頁

→（復刻）『日高郷土史』を復刻する会／平成三（一九九一）・七

11 「西行法師 碑ノシヲリ」（歌碑解説板）／うのしまヴィラ／昭和四六（一九七一）・四

12 柴田勇一郎／『ひたち地方の伝説』／日立市民文化事業団／昭和五二（一九七七）・七／「栄蔵小屋」一八七―一八九頁

13 「日立の文化財」編集委員会／『日立の文化財』／日立市教育委員会／昭和五三（一九七八）・三／「文学碑」八三頁

14 永沼義信／「郷土シリーズ（30）滑川・田尻町周辺」／『文芸ひたち』第三〇号／昭和五〇（一九七五）・五／四五―四八頁

15 塙泉嶺／『多賀郡郷土史』／賢美閣／昭和五五（一九八〇）・一二／「日高村之部」一二四―一二五頁

16 日本歴史地名大系第八巻『茨城県の地名』／平凡社／昭和五七（一九八二）・一一／「日立市・田尻村」九一頁

17 柴田勇一郎／ふるさと文庫『日立の伝説』／筑波書林／昭和六〇（一九八五）・五／「栄蔵小屋―田尻町」六―八頁

18 中村ときを／『鹿島灘風土記』／筑波書林／昭和六〇（一九八五）・五／五二―五三頁

19 永沼義信／『日立の文学碑 解読と論説』／文芸ひたち事務局／平成元（一九八九）・四（初版）、平成五（一九九三）・一一（増補再版）／五―六頁（再版）

20 ひたか民話の会／『日高の聞き取り調査報告 第一集』／私家版／平成二（一九九〇）・三／四四―四五頁

21 堀込喜八郎／『続茨城の文学碑百選』／筑波書林／平成二（一九九〇）・九／一四―一五頁

22 川崎吉男／「西行の足跡」／『美浦村史研究』七号／平成四（一九九二）・三／七六―七七頁

23 増訂版「日立市の文化財」編集委員会／『増訂版 日立市の文化財』／日立市教育委員会／平成一一（一九九九）・一／「主な記念碑・文学碑一覧」一〇七頁

24 岡田隆／『歌碑が語る西行』／三弥井書店／平成一二（二〇〇〇）・一二／四八―四九頁

25 岡田隆／『西行伝説を探る 西日本を中心に』／私家版／平成一四（二〇〇二）・六／一四九頁

26 川野辺晋／「西行の人間性に触れる」／『耕人』第一〇号／耕人社／平成一六（二〇〇四）・五／一二一―一三七頁

27 ひたち碑の会／『日立の碑』／日立市郷土博物館／平成一八（二〇〇六）・八／一―二頁

28 滑川ウオッチング委員会／『滑川の歴史と景勝』／日立市滑川学区コミュニティ推進会・日立市滑川交流センター／平成一九（二〇〇七）・一／「裸島と西行歌碑」三一頁

29 日立市郷土博物館叢書3『日立市民文化遺産ガイドブック』／日立市郷土博物館／平成二六（二〇一四）・一二／六・三

九頁

30　中村雅利／「日立市内の西行歌碑と西行伝説の謎」／『郷土ひたち』第六八号／日立市郷土博物館内郷土ひたち文化研究会／平成三〇（二〇一八）・二／五五―六四頁

D〔概要〕田尻町七丁目、日高漁港東側の緑地の海に面した崖の中腹に立つ「津乃宮公園記念碑」に、Cの伝承歌が刻まれている。昭和一一年(一九三六)五月建立。碑からさらに登った所に神社があったと思われるが、現在は失われている。眺望よし。

(碑文) 西行法師歌／大田尻や小田尻や衣はなくて裸島／沖吹く風は身にもしまぬか／記念碑　津乃宮公園／栄蔵法師歌／父母のきせぬ衣を裸島／沖吹く風の身にはしむとも

1　日立市田尻町・田尻浜「田尻浜の昔と今」作成委員会／『写真集「田尻浜の昔と今」』／平成一九（二〇〇七）・五／五五・五七頁

＊拓本を掲載する。

2　田尻学区の昔と今写真集作成委員会／『写真集・田尻学区の昔と今』／田尻学区コミュニティ推進会／平成二三（二〇一一）・三／五九・七七頁

E〔概要〕川尻友部を詠んだ伝承歌「川尻のしりの友部で音きけば波のひるひるなみのくさます」がある。

1　川上櫟斎／『岩城便宜』／東京国立博物館・茨城県立歴史館蔵／享保一五（一七三〇）

→（翻刻）小野一雄／「川上櫟斎「岩城便宜」」／『潮流』第二一報／いわき地域学会／平成四（一九九二）／二三頁

→（翻刻）古文書学習会／『道中記にみる江戸時代の日立地方 岩城、棚倉街道を旅する』／日立市郷土博物館／平成二〇（二〇〇八）・三／一一頁

＊「川尻にてよめり／西行法師／川尻のしりの友部で音きけば波のひる〳〵なみのくさます」とある。

2　深作平右衛門／『奥州海道行程記』／茨城県立歴史館蔵／寛政三（一七九一）

→（翻刻）古文書学習会／『道中記にみる江戸時代の日立地方 岩城、棚倉街道を旅する』／日立市郷土博物館／平成二〇（二〇〇八）・三／五三頁

＊『岩城便宜』と同文。

F〔概要〕川尻町の蚕養《こかい》神社に二首の伝承歌がある。

1　金成棗坪／『豊浦誌』／私家版／明治四三（一九一〇）・七／八頁

→（複製）ひたち文庫／昭和五七（一九八二）・一／著者略歴を追加

＊『蚕養浜降臨神縁起略』（明治四三年六月）を引用し、末尾に「藤原憲清朝臣献詠／少女子かこかひの浜による玉日神のみけしのよそひとそおもふ／西行髪長献詠／見るめさへかかやくはかりま玉なすこのたまいしはあやにうるはし」の二首を載せる。原本の所在不明。

2　茨城県多賀郡／『常陸多賀郡史』／帝国地方行政学会／大

正一二（一九二三）・三／第十二章「名勝古跡天然記念物」第一節「名勝古跡・蚕養浜」七〇九―七一〇頁
→（復刻）名著出版／昭和四七（一九七二）・九、弘文堂書店／昭和五八（一九八三）・七、千秋社／平成四（一九九二）・五
＊「拝殿に左の献詠あり。／藤原憲清朝臣／少女子かこかひの浜による玉は神のみけしのよそひとそおもふ／西行髪長／見るめさへかゝやくはかり真玉なすこのたま石はあやにうるはし」とある。

3 塙泉嶺／『多賀郡郷土史』／賢美閣／昭和五五（一九八〇）・一二／「豊浦町之部」一三七―一三八頁
＊『常陸多賀郡史』と同文。

北茨城市・福島県いわき市―A勿来関実作歌・B九面伝承歌・C関田伝承歌―

A［概要］「勿来の関」を詠んだ歌に、『新勅撰和歌集』「題しらず／西行法師／東路やしのぶの里にやすらひて名こその関を越ぞづらふ」（恋一・六七一→『歌枕名寄』里・六九六四、関・七〇四六）がある。いわき市勿来関文学歴史館（昭和六三年七月開館）、第一常設展示室、歌枕「なこそ」に、この歌を記したオブジェがある。

1 葛山為篤／『磐城風土記』／茨城県立歴史館他蔵／寛文九（一六六九）頃
→（訓読）福島県史料集成編纂委員会／『福島県史料集成』第二輯／福島県史料集成刊行会／昭和二七（一九五二）・九／七七六頁
→（翻刻）『続々群書類従』第八／国書刊行会／昭和四五（一九七〇）・四／九一八頁
→（翻刻）岩磐史料叢書刊行会／『岩磐史料叢書』下／歴史図書社／昭和四七（一九七二）・一／一三四頁
→（訓読）いわき市史編さん委員会／『いわき市史』第九巻・近世資料／いわき市／昭和四七（一九七二）・一〇／八九五頁

2 佐久間義和／『奥羽観蹟聞老志』／内閣文庫他蔵／享保四（一七一九）／巻之十一下
→（刊行）佐久間義和／『奥羽観蹟聞老志』一四／松浦図書／明治一六（一八八三）／五九丁ウ
→（翻刻）仙台叢書刊行会／『仙台叢書』第一四巻「奥羽観蹟聞老志 上」／仙台叢書刊行会／昭和三（一九二八）・九／五一〇頁

3 木月堂荷葉（日忍）／『岩城名所記』／菊池康雄蔵／宝暦六（一七五六）頃
→（翻刻）いわき史料集成刊行会／『いわき史料集成』第二冊／いわき史料集成刊行会／昭和六二（一九八七）・一二／九頁

4 長久保赤水著・長中行訂正標注／『東奥紀行』／国立国会図書館他蔵／寛政四（一七九二）／一丁ウ標注

5 石井脩融／『廿八社略縁誌』巻之十／彰考館蔵／寛政九（一七九七）
→（翻刻）『神道大系』神社編十八 安房・上総・下総・常

陸／神道大系編纂会／平成二（一九九〇）・三／一三七頁

6 小宮山楓軒／『水府志料』／国立国会図書館他蔵／文化四（一八〇七）／附録巻之二十三「多珂郡・奈古曽関」

7 石倉重継／「勿来関考」／『名勝雑志』第二号／明治三〇（一八九七）・六／一七―二四頁

8 舘藤次／『常陸名所歌集』／光文堂 橋本庄衛門／明治四三（一九一〇）・三／「奈古曾關」一二頁

9 茨城県多賀郡／『常陸多賀郡史』／大正一二（一九二三）・三／第十二章「名勝古跡天然記念物」第一節「名勝古跡・勿来関址」七二七頁
→（復刻）名著出版／昭和四七（一九七二）・九、弘文堂書店／昭和五八（一九八三）・七、千秋社／平成四（一九九二）・五

10 黒沢常葉／『石城郡郷土大観』／郷土顕彰会／昭和三（一九二八）・六／「名所旧蹟・勿来の関」二九三頁
→（復刻）聚海書林／昭和五七（一九八二）・三

11 佐藤一／『勿来の関と源義家』／勿来関研究会／昭和三一（一九五六）・六／二一五頁

12 雫石太郎／『勿来における長塚節と斉藤茂吉』／長塚節・斉藤茂吉歌碑建設委員会／昭和四六（一九七一）・九／六〇頁

13 草野日出雄・雫石太郎／『写真で綴るいわきの風土と文学』／はましん企画／昭和五一（一九七六）・九／「勿来の関と小野小町」一七二頁

14 根本一男／『勿来関路のしおり』／私家版／昭和五五（一九八〇）・一／「関路の華」

15 塙泉嶺／『多賀郡郷土史』／賢美閣／昭和五五（一九八〇）・一二／「関本之部」二七八頁

16 中村ときを／『鹿島灘風土記』／筑波書林／昭和六〇（一九八五）・五／一〇頁

17 蛭田耕一／『名歌のふるさと勿来の関』／いわき歴史愛好会／昭和六三（一九八八）・七／六三―六四
→（改訂増補）『名歌のふるさと 勿来関一歩二歩散歩』／いわき歴史愛好会／平成五（一九九三）・二／八〇―八一頁・八八頁

18 川崎吉男／「西行の足跡」／『美浦村史研究』七号／平成四（一九九二）・三／七七―七八頁

19 永塚功／『みちのく・ふくしま歴史文学紀行』／歴史春秋出版／平成二〇（二〇〇八）・四／一五九頁

20 いわき市勿来関文学歴史館／「なこその関を詠んだ和歌129首一覧表」／『いわき市勿来関文学歴史館 年報―9』／平成二二（二〇一〇）

21 名古屋茂郎／「『山家集』の原風景を求めて―信夫の里と勿来の関跡・福島羽黒神社―」／『西行学』六／平成二七（二〇一五）・八／二二五頁

B

［概要］勿来町九面《ここづら》を詠んだ伝承歌「九面や塩みちくれば道もなしここを勿来のせきといふらむ」がある。この歌は、飛鳥井雅宣の詠ともいわれ、雅宣歌としての歌碑が、国道6号「勿来の関跡三差路」交差点（明治三五年建立）、及び勿来の

関公園（昭和六二年建立）に立つ。また、いわき市遠野町上遠野小学校に立つ「飛鳥井雅宣卿之邸趾」の碑（昭和一五年建立）にもこの歌が刻まれている。このうち国道6号「勿来の関跡三差路」交差点に立つ碑の碑陰（明治三五年六月／西丸亮）には、「…世或為西行詠…」とある。以下、飛鳥井雅宣詠としてのみ扱った文献も含めるが、勿来の関公園の歌碑のみを紹介したものは省略した。

1 森儼塾（尚謙）／『儼塾集』巻之六／東洋文庫他蔵／元禄一一（一六九八）／「儼塾誌集・紀行一」
＊「鑿巌通駅勿来関。穿洞置村九面山。思得西行無路句。怒潮翻雪失前湾［西行歌ニ古々豆羅也。志保美知久礼波。美知毛那之。古々遠那古曽能。世幾登伊不羅牟］」とある。

2 佐久間義和／『奥羽観蹟聞老志』／内閣文庫他蔵／享保四（一七一九）／巻之十一下
→（刊行）佐久間義和／『奥羽観蹟聞老志』一四／松圃図書／明治一六（一八八三）／六五丁ウ
→（翻刻）仙台叢書刊行会／『仙台叢書』第一四巻「奥羽観蹟聞老志 上」／仙台叢書刊行会／昭和三（一九二八）・九／五一三頁
＊「九面浜（中略）西行法師／九面や浪打よせて道もなしこゝをなこそのせきといふらん」とある。

3 川上櫟斎／『岩城便宜』／東京国立博物館・茨城県立歴史館蔵／享保一五（一七三〇）
→（翻刻）小野一雄／「川上櫟斎「岩城便宜」」／『潮流』第二一報／いわき地域学会／平成四（一九九二）／二八頁
→（翻刻）古文書学習会／『道中記にみる江戸時代の日立地方 岩城、棚倉街道を旅する』／日立市郷土博物館／平成二〇（二〇〇八）・三／一四頁
＊「こゝつら浜にて　西行法師／九面や塩みちくれば道もなしこゝを勿来のせきといふらむ」とある。

4 木月堂荷葉（日忍）／『岩城名所記』／菊池康雄蔵／宝暦六（一七五六）頃
→（翻刻）いわき史料集成刊行会／『いわき史料集成』第二冊／いわき史料集成刊行会／昭和六二（一九八七）・一二／九頁
＊「飛鳥井殿、当国上遠野瀧江左遷の折此所にて、／九面や塩満来れは道もなし爰を名古曽の関といふらん」とある。

5 『水戸岩城道中覚』／小田切安廣蔵／明和九（一七七二）頃
→（翻刻）古文書学習会／『道中記にみる江戸時代の日立地方 岩城、棚倉街道を旅する』／日立市郷土博物館／平成二〇（二〇〇八）・三／三六頁
＊「西行ノ歌ニ／こゝつらや潮満来れはかたをなみ名こその関と此をいふらん」とある。

6 『岩城浜街道中記』／国立国会図書館蔵／寛政年間（一七八九～一八〇〇）
→（翻刻）古文書学習会／『道中記にみる江戸時代の日立地方 岩城、棚倉街道を旅する』／日立市郷土博物館／平成二〇（二〇〇八）・三／六一頁

＊「ここつらや波うちよせて道もなしこゝをなこその関といふらん／かくよめるにてみれは西行も此道を通りしにや」とある。

7　深作平右衛門／『奥州海道行程記』／茨城県立歴史館蔵／寛政三（一七九一）

＊「一　九面浦　切通しと云所有／西行法師／こゝつらや塩みちくれは道もなしこゝをなこその関といふらん」とある。

8　長久保赤水著・長中行訂正標注／『東奥紀行』／国立国会図書館他蔵／寛政四（一七九二）／一丁ウ標注

＊「飛鳥雅宣岩城左遷時」とある。

9　石井脩融／『廿八社略縁誌』巻之十／彰考館蔵／寛政九（一七九七）

→（翻刻）『神道大系』神社編十八　安房・上総・下総・常陸／神道大系編纂会／平成二（一九九〇）・三／一三七頁

＊「堀河　九通ニ浪打チクレハ道ハナシ名古曾ノ關ト爰ヲ云ナリ　西行」とある。

10　長久保赤水／『常北遺聞』／国立国会図書館・静嘉堂文庫・茨城県立歴史館他蔵／寛政一三（一八〇一）以前

＊「飛鳥井雅宣卿、奥州上遠野へ左遷スルニアヒ此関ヲ過テ、九面ヤ潮満クレハノ歌アリ。雅宣卿ハ配所ニテ卒シ玉フ。上遠野ニ墓アリ。」

11　小宮山楓軒／『水府志料』／国立国会図書館他蔵／文化四（一八〇七）／附録巻之二十三「多珂郡・奈古曽関」

＊「飛鳥雅宣／九面や塩みちくれば道もなしこゝを名こその関といふらん」とある。

12　根岸守信／『耳囊』／文化一一（一八一四）／巻九

→（翻刻）鈴木棠三／東洋文庫208『耳袋』2／平凡社／昭和四七（一九七二）・四／「勿来の関の事但し桜石になる事」二五八頁

＊「飛鳥井殿の歌に…」とある。

13　小宮山楓軒／『浴陸奥温泉記』／国立国会図書館他蔵／文政一〇（一八二七）／巻一

→（翻刻）森銑三他／『随筆百花苑』第三巻／中央公論社／昭和五五（一九八〇）・二／三一七頁

＊「赤水紀行ニ見エタル飛鳥井雅宣卿ノ歌、土人訛リテ西行ノ歌ト云フナリ」とある。

14　中山信名／『新編常陸国誌』／静嘉堂文庫他蔵／天保年間（一八三〇〜一八四三）未完

→（増補出版）中山信名（編）・栗田寛（補）／『新編常陸国誌』下巻／積善堂／明治三四（一九〇一）・五／巻十一「文苑」九三〇―九三一頁

＊『常北遺聞』『儼塾集』の「九面」の歌・詩を引用し、「按ニ土人コノ歌ヲ以テ、西行ノ詠スル所トスルハ誤ナリ、巌塾ノ集モ土人ノ説ニテアヤマレリ。」という。

15　森村新蔵／『北国見聞記』／伊勢崎市立図書館蔵／天保一二（一八四一）

→（翻刻）古文書学習会／『道中記にみる江戸時代の日立地方 岩城、棚倉街道を旅する』／日立市郷土博物館／平成二〇（二〇〇八）・三／九一頁

* 「西行法師／九面や汐満くれば道もなし爰を勿来の関といふらん」とある。

16 石倉重継／「勿来関考」／『名勝雑志』第二号／明治三〇（一八九七）・六／一七—二四頁

* 「其地を過ぎて詠ずるものは僅かに源義家と飛鳥井雅宣とのみなり。奥州へ配流の時此地を過ぎて」とある。

17 幸田露伴／「うつしゑ日記（上）」／『太陽』第三巻・第二三号／明治三〇（一八九七）・一一／二三九頁

→（再録）『露伴叢書』下／博文館／明治三五（一九〇二）・六／一四六三頁

→（再録）『露伴全集』第一四巻／岩波書店／昭和二六（一九五一）・六、昭和五三（一九七八）・一一（第2刷）／二九七頁

→（再録）『現代日本紀行文学全集 北日本編』／ほるぷ出版／昭和五一（一九七六）・八／一二七頁

* 「また、西行の歌として伝ふるものに、九面や浪打寄せて道もなしこゝをなこその関といふらん、といふがあり。」とある。

18 勿来散人／『勿来みやげ』／関内米三郎／明治三五（一九〇二）・八／附二—附四頁

* 「勿来の関跡三差路」歌碑の碑面・碑陰の翻刻を載せる。

19 舘藤次／『常陸名所歌集』／光文堂 橋本庄衛門／明治四三（一九一〇）・三／「奈古曾關」一二頁

* 「西行法師／九通に浪打ちくれば道もなし名こその関を夢をいふなり」とある。

20 大須賀次郎（筠軒）／『磐城史料』／小山祐五郎／明治四五（一九一二）・三／上巻八七—八八頁・下巻九六—九七頁

* 「赤水が大日本史地理誌云、古老相伝云…飛鳥井卿九面之歌、新関所詠也。世人以為西行歌者誤矣」（下巻）と、長久保赤水『大日本史地理誌』を引用する。『大日本史地理誌』の原本未確認。

21 吉田東伍／『大日本地名辞書』第四冊之下・第五冊之上／冨山房／明治三七（一九〇四）・一二、明治三九（一九〇六）・六／（四冊下）「常陸・多賀郡・関本」三七四七—三七四八頁、（五冊上）「磐城国・菊多郡・九面」三七五五頁（二版以降の書誌省略）

→（増補版）昭和四五（一九七〇）・六（板東）、昭和四五（一九七〇）・三（奥羽）／（板東）「常陸（茨城）多賀郡・関本」一二六〇—一二六一頁、（奥羽）「磐城（福島）石城郡・九面」九—一〇頁

* 『儼塾集』『奥羽観蹟聞老志』『新編常陸国誌』を参照している。

22 佐藤昌介／『勿来関古事考』／清光堂書店／大正一五（一九二六）・七／二七—二八頁・三五—三六頁

* 『磐城史料』と同じく長久保赤水『大日本史地理誌』を引用する。

23 黒沢常葉／『石城郡郷土大観』／郷土顕彰会／昭和三（一九二八）・六／「名所旧蹟・勿来の関」一九二頁

→（復刻）聚海書林／昭和五七（一九八二）・三

* 幸田露伴『うつしゑ日記』を引用する。

24 佐藤一／『勿来の関と源義家』／勿来関研究会／昭和三一（一九五六）・六／二一七頁

25 雫石太郎／『勿来市の文化財 第三集―勿来市の金石文化―』／勿来市教育委員会／昭和三七（一九六二）・一一／四三―四四頁

＊「勿来の関跡三差路」歌碑の碑面・碑陰の翻字、解説を載せる。

26 佐川義文／『とおのの伝説と史跡』／福島県いわき市遠野町入遠野上遠野公民館・福島県いわき市教育委員会遠野出張所／昭和四三（一九六八）・三／九―一〇頁

＊上遠野小学校の碑面の翻字を載せる。

27 『福島県史』第三巻・通史編三・近世二／福島県／昭和四五（一九七〇）・三／一三頁

28 雫石太郎／『勿来における長塚節と斉藤茂吉』／長塚節・斉藤茂吉歌碑建設委員会／昭和四六（一九七一）・九／五九頁

29 雫石太郎／『いわきの文学散歩』／いわき市勿来公民館内「いわきの文学散歩」刊行会／昭和四七（一九七二）・九（初版）、昭和四七（一九七二）・一二（改訂版）／一七頁（初版）、一七―一八頁（改訂版）

30 青天目武夫／『勿来の関の文学碑』／私家版／昭和五〇（一九七五）・一（初版）、昭和六二（一九八七）・一（改訂版）、平成一〇（一九九八）・四（再改訂版）／一二―一三頁（初版）、一四―一五頁（改訂版）、一六―一八頁（再改訂版）

＊「勿来の関跡三差路」歌碑の碑面・碑陰の翻字、訓読、解説を載せる。

31 岡部俊夫／ふくしま文庫30『ふくしまの文学碑』／FCT企業／昭和五一（一九七六）・一二／一一〇―一一二頁

32 根本一男／『勿来関路のしおり』／私家版／昭和五五（一九八〇）・一一／「飛鳥井卿の詠歌（碑）」「関路の華」

33 塙泉嶺／『多賀郡郷土史』／賢美閣／昭和五五（一九八〇）・一二／「関本之部」二七八頁

34 中村ときを／『鹿島灘風土記』／筑波書林／昭和六〇（一九八五）・五／一一頁

35 蛭田耕一／『名歌のふるさと勿来の関』／いわき歴史愛好会／昭和六三（一九八八）・七／六六・七二―七三頁

↓（改訂増補）『名歌のふるさと 勿来関一歩二歩散歩』／いわき歴史愛好会／平成五（一九九三）・二／八九頁・九二頁・九四―九五頁

36 小牧忠雄／いわき地域学會図書7『浜街道を往く』／いわき地域学會出版部／平成元（一九八九）・五／二四―二五頁

37 川崎吉男／「西行の足跡」／『美浦村史研究』七号／平成四（一九九二）・三／七七―七八頁

38 岡田隆／『西行伝説を探る 西日本を中心に』／私家版／平成一四（二〇〇二）・六／一四八頁

39 佐藤喜勢雄／ポシェットブックス3『いわき文学碑めぐり』／いわき市観光協会／平成一四（二〇〇二）・九／四八・一〇五頁

40 茨城新聞社日立支社／いばらきBOOKS3『うたの道新・陸前浜街道物語』／茨城新聞社／平成二〇（二〇〇八）・

四／七三頁

41　今野金哉／『福島の歌碑』／民報印刷／平成二一（二〇〇九）・一二／三二七―三二九頁

42　いわき市勿来関文学歴史館／「なこその関を詠んだ和歌129首一覧表」／『いわき市勿来関文学歴史館　年報―9』／平成二二（二〇一〇）

43　いわき市勿来地区地域史編さん委員会／『いわき市勿来地区地域史1』／いわき市勿来地区地域史編さん委員会／平成二四（二〇一二）・三／一二四頁

C

［概要］勿来町関田を詠んだ伝承歌「湯に近き里の名なれば関田にて老もかろげに歩みゆくなり」がある。

1　川上櫟斎／『岩城便宜』／東京国立博物館・茨城県立歴史館蔵／享保一五（一七三〇）

→（翻刻）小野一雄／「川上櫟斎「岩城便宜」」／『潮流』第二一報／いわき地域学会／平成四（一九九二）／二八頁

→（翻刻）古文書学習会／『道中記にみる江戸時代の日立地方 岩城、棚倉街道を旅する』／日立市郷土博物館／平成二〇（二〇〇八）・三／一四頁

＊「此所（関田）にて　西行法師／湯に近き里の名なれは関田にて老もかろけに歩みゆくなり」とある。

2　深作平右衛門／『奥州海道行程記』／茨城県立歴史館蔵／寛政三（一七九一）

＊「一　関田（中略）西行法師／湯に近き里の名なれはせきたにて老もかろけにあゆみ行なり」とある。

大子町―袋田の滝伝承歌歌碑―

［概要］袋田の滝を詠んだ伝承歌「花紅葉よこたてにして山姫の錦織り出す袋田の滝」がある。また、西行が四季に一度ずつ来て見なければ、真に滝の風趣を極めることができないといって、その後季節毎に見に来たことから、「四度の滝」というようになった、とする伝承がある。月居峠と袋田の滝観瀑台に二基の歌碑がある。

（月居峠碑文／表）

花紅葉／よこたてにして／山姫の／錦織り出す／袋田の／滝／西行／第五回関東地區／登山大会記念／茨城山岳連盟／大子町／一九六〇年四月

（観瀑台碑文／表）

瀧を詠む／花もみち経緯《ヨコタテ》にして山姫の／錦織出す袋田の瀧／西行法師／（平安時代の歌僧）

1　小宮山楓軒／『水府志料』／国立国会図書館他蔵／文化四（一八〇七）／附録巻之二十一「久慈郡・袋田村・袋田瀧」

＊「空海四度登山ノ由来ニテスベテ此辺ヲ四度ト云、西行ノ哥ニ花紅葉横立にして山姫の錦おり出す袋田のたき」とある。

2　中山信名／『新編常陸国誌』／静嘉堂文庫他蔵／天保年間（一八三〇～一八四三）未完

→（増補出版）中山信名（編）・栗田寛（補）／『新編常陸国誌』上巻／積善堂／明治三二（一八九九）・四／巻六「山川」一一四五頁

＊「久慈郡袋田村月居山中ニ在リ、景色幽美ナリ、特ニ晩

秋紅葉ノ時ハ尤モ美観ヲナス、(中略)瀑布ノ左方山ノ中腹ニ不動堂アリ、堂ハ飛騨工ノ作ニシテ、不動ハ雲慶ノ自刻ニカヽル、西行以下諸家ノ游詠スルモノ少カラズ、然レドモ徳川光圀卿此地ニ遊ビシヨリ、大ニ世ニ著ハル、ニ至ルト云」とある。

3 加藤寛斎/『常陸国北郡里程数之記』/国立国会図書館蔵/安政二(一八五五)/巻二

→(影印・翻刻)大子町史編さん委員会/『大子町史料別冊〔I〕』/大子町史編さん委員会/昭和五四(一九七九)・三/九〇頁

→(影印・翻刻)水城古文書の会/『常陸国北郡里程間数之記 巻之二』/水城古文書の会/平成二八(二〇一六)・九/八三頁

*「西行之詠ナリト/土人ノ伝/花もみち/経緯《ヨコタテ》にして/山姫の錦織/出す袋田の/瀧」とある。

4 大内義行/『常陸袋田勝志』/大内義行/明治二二(一八八九)・一一/序二・七頁

5 舘藤次/『常陸名所歌集』/光文堂 橋本庄衛門/明治四三(一九一〇)・三/九頁

6 塙泉嶺/『久慈郡郷土史』/宗教新聞社/大正一三(一九二四)・五/「袋田村之部」二五二頁

7 山本秋広/『茨城めぐり』/私家版/昭和二六(一九五一)・四(初版)~昭和三四(一九五九)・一(第八版)/「袋田の滝」八六頁(第八版)

→(改訂復刊)山本秋広/『現代版 茨城名所図絵 県北編』/歴史図書社/昭和五六(一九八一)・一/「袋田の滝」一一五頁

*「西行法師が一度この滝を観に来て感嘆し、之では四季一度づつ来て観なければ、真に滝の風趣を極めることが出来ないといって、その後季節の変る毎に観に来た。それで四度の滝というのだと説明しているものもある。真偽はとにかく、西行の歌として伝えているものに/花紅葉よこたてにして/山姫の錦をり出す袋田の滝」とある。

8 いはらき新聞社/『茨城の伝説』/いはらき新聞社/昭和三一(一九五六)・一/「四度の滝と天狗岩 越前まで飛んだ漆掻き」一七一頁

→(改訂版)茨城新聞社/『茨城の史跡と伝説』/暁印書館/昭和五一(一九七六)・一/六七頁

9 『袋田故事物語』/水郡タイムス社/昭和四〇(一九六五)・五/「袋田の滝」二頁

10 日本歴史地名大系第八巻『茨城県の地名』/平凡社/昭和五七(一九八二)・一一/「久慈郡・袋田滝」一一九頁

11 石井良一/『奥久慈膝くりげ』/国書刊行会/昭和五八(一九八三)・一/一四二頁

12 堀込喜八郎/『茨城の文学碑・名碑百選』/筑波書林/平成元(一九八九)・四/二六―二七頁

13 川崎吉男/「西行の足跡」/『美浦村史研究』七号/平成四(一九九二)・三/七七頁

14 笹谷康之/ふるさと文庫『久慈川風土記』中/筑波書林/平成四(一九九二)・一一/「袋田の滝」一三三―一三五頁

15　岡田隆／『歌碑が語る西行』／三弥井書店／平成一二（二〇〇〇）・一二／五〇―五二頁

16　岡田隆／『西行伝説を探る 西日本を中心に』／私家版／平成一四（二〇〇二）・六／一四九頁

17　川野辺晋／「西行の人間性に触れる」／『耕人』第一〇号／耕人社／平成一六（二〇〇四）・五／一二一―一三七頁

18　永塚功／『みちのく・ふくしま歴史文学紀行』／歴史春秋出版／平成二〇（二〇〇八）・四／二〇二―二〇三頁

19　文化庁文化財部／『月刊 文化財』二月号（六一七号）／第一法規／平成二七（二〇一五）・二／「新指定の文化財・名勝の指定・袋田の滝及び生瀬滝」一九―二〇頁
→（再録）茨城県教育委員会／『茨城の文化財』第五四集／茨城県教育委員会／平成二八（二〇一六）・三／七―八頁

20　小林祥司／「加藤寛斎著『常陸国北郡里程間数之記』（その6）―袋田の滝と月居峰御碑―」／『ひたち歴研』第三三号／日立歴史研究会／平成二九（二〇一七）・七／二四頁―二七頁

21　中村雅利／「日立市内の西行歌碑と西行伝説の謎」／『郷土ひたち』第六八号／日立市郷土博物館内郷土ひたち文化研究会／平成三〇（二〇一八）・二／五五―六四頁

【**付記**】文献の探索・閲覧・複写にあたっては、茨城県内および福島県いわき市内の公共図書館に大変お世話になりました。特に茨城県立図書館、茨城県立歴史館、日立市記念図書館、日立市郷土博物館からは貴重な情報をいただきました。厚く御礼申し上げます。

また、誤脱・遺漏も多いことと思いますので、お気づきの点はお知らせいただければ幸いです。

（やまもと・あきひろ／大正大学）

久保田淳
『久保田淳著作選集 第一巻　西行』

小島孝之

一

本書は著者の古希と定年退職を記念して刊行したものである。そのことは著者の「まえがき」に明記されている。そこにも記されているが、私はその発起人の一人であった。まず、そのあたりの事情を記しておきたい。私が本書を取り上げるのは、もちろん手前味噌のためではない。本書は西行の言葉（表現）からその心を探ろうとする文学研究の王道を体現していると考えるからである。

さて、計画はその十年前に遡る。著者の還暦と東京大学定年退職を記念して著者の著作集を刊行したいという教え子たちの声を代弁して、私はその時も著者に計画をお認めいただきたい旨お願いに上がったが、これからも研究をやめるわけではないからという理由など、いくつかの理由を挙げて承諾していただけなかった。その代わりに教え子たちの論文集を編むという提案を逆に著者からいただき結局それで決着した。それ以来、著作集をという思いは、教え子たちの宿願になっていた。

そういうわけで、その十年後、今度こそと計画が進行していた。今回はなんとしても実現したいということから、著者の全論文のリストを作って著者を説得することと、並行して出版を引き受けてくれる出版社を決めることとが議された。出版社は長年にわたる著者との深い関係のある岩波書店に依頼することが決まり、私が教え子の中で最年長であることから、著者にお願いを聞き届けていただくべく著者の許に参上することと、出版社と交渉する役割とを任じられた。

岩波書店との数回の交渉では、書店としては出版の現状から全著作集の出版は無理であること、三巻程度の選集なら可能なのでぜひ協力したい旨の回答を得ることができた。著者の研究はこれからも続けられ、さらに新しい成果を生み出し続けるであろうことが当然予想されることから、それまでの研究から代表的な論文を選んで選集とすることは、むしろ理に適っているかもしれないと思った。発起人たちは三巻にするなら、「藤原定家」「西行」「説話」の三部でどうかと考え、リストアップした全論文（もちろん完全なものではなかったが）から三巻に入れるべき論文を選び、印を付けて著者の許に持参した。幸い今回は選集出版を快諾してくださった。その上で著者は我々の作成したピックアップを白紙に戻し、三巻の内容は自からの考えで選び直すと仰せられた。

実は最初にピックアップした論文の中に、私がぜひ加えてほしいと思っていた論文があった。「西行の「うかれ出る心」について」（『国語と国文学』昭和四十年三月）である。これは私自身の西行学習にとって忘れえない論文だったからである。私が西行の作品を読んだ最初のテキストは、たぶん佐佐木信綱校訂『新訂山家集』（岩波文庫）だったと思うが、それはただなんとなく読んでいただけだった。やや本格的に西行を学ぼうと考えたのは、西行説話とのかかわりからであった。まずは全体像をつかみたいと考えて、窪田章一郎『西行の研究』（昭和三十六年刊）を通読することから始めた。あらましを頭に入れることが目的だったので、歌の細かい解釈については、時に不審に思われることがあっても、自分の読解力不足のせいだろうと思いそれ以上深く追及することもなく読了した。その後で、川田順の著作や個別の雑誌論文などを読んでいったのだが、そんな私がとてつもない衝撃を受けたのが、著者の「西行の「うかれ出る心」について」という論文だったのである。すでに発表されてから四、五年たっていたのに、それまでこの論文を読んでいなかった自分を呪いたくなるほどのショックだった。その時初めて私は西行の魅力に心を奪われたのである。

だからこの論文をぜひ採録してほしいと思っていたのだが、著者は、「これは『新古今歌人の研究』に入れたから」除くと言われた。そのことは「まえがき」にもわざわざ書かれているが、それはたぶん強く採録を希望した私への配慮なのだろうと勝手に忖度した。確かに『新古今歌人の研究』に収められているが、著書の全体像に合うように再構成されていて原型のままではない。私は自分の学びの中での衝撃的出会いを、この論文に初めて接する若い読者にも経験してもらいたいと思い、オリジナルな形での収録を期待したのだが、そんなことは実は私一個のささやかな感傷に過ぎなかったということが、この本を見て分かった。著者は教え子のちっぽけな感傷など通り越して、遥かな先へ歩を進めているのだ。私は自らの不明を恥じ入るばかりである。

本書には、前著『中世和歌史の研究』に収めた論文が重複をいとわず再録されている。それは、本書の構成を見れば必要な処置であることは理解できる。『新古今歌人の研究』に入れたから除く」という言葉はなくもがなの説明であろう。私への配慮と思わざるをえないわけであるが、申し訳ない思いを禁じえない。

本書収録の論文については、谷知子氏と西澤美仁氏に解説を執筆していただいた。教え子の中には他にも適任の人がいるであろうが、この二人が最も適任であると考えたからであった。谷氏も西澤氏も実に適切な「解説」を書いてくださったので、それを読んでいただけば、私が余計な感想を述べる必要などどないのだが、『著作選集』の中の一冊という形では、初学者には手に取ってもらいにくいかも知れないという危惧があり、内容に触れながら私の抱いた感想を述べることにしたい。

二

本書は、「Ⅰ『山家集』を読む」、「Ⅱ『山家集』巻末「百首」読解考」、「Ⅲ　西行和歌の心と詞」の三部から成る。Ⅰの『山家集』を読む」は、岩波書店の『古典を読む』シリーズの一冊として刊行されたもので、ほぼ原文のまま再録されている。発起人たちの最初の構想では単行本の再録は念頭になかった。しかし、このシリーズはおそらく再刊されることはないという出版社の意向もあり、収録するのに障害はなく、むしろ出版社としても再録を歓迎するということであったので、著者の希望通りここに収録することになったのである。『山家集』を読む』は、初学者や一般読書人にも読み易いようにとの配慮から、難解な言葉を使わず、柔らかな語り口で書かれているにもかかわらず、内容の水準はきわめて高度で、著者の西行研究の（その時点での）今の到達点が示されている。その意味で、著者がこれを本書の巻頭に据えたのは適切であったと思う。

Ⅰには、「たはぶれ歌」、「昔」と「今」、「憂き世」、「藐姑射の花、雲居の月」、「空になる心」、「堀河・兵衛、そして寂然・西住」、「保元の乱」、「船岡・鳥辺野・六道の歌」、「紅の色なりながら」、「陸奥へ」、「波に流れてこし舟の」、「神路の奥」、「円寂」の十二章が収められる。「たはぶれ歌」は幼少年期、「昔」と「今」、「憂き世」は佐藤義清としての在俗時代、「藐姑射の花、雲居の月」は出家後まもない時期、「空になる心」は、出家前後の時期、「堀河・兵衛、そして寂然・西住」は出家後の歌人たちとの交友、「保元の乱」はたまたま高野山から下りてきた時に保元の乱に際会したことと崇徳院とのかかわり、「船岡・鳥辺野・六道の歌」は人の死や来世についての思い、「紅の色なりながら」は山里の草庵生活のなかでふれた物事、「陸奥へ」は生涯に二度の陸奥への旅、「波に流れてこし舟の」は仁安二または三年の四国讃岐への旅、「神路の奥」は主に晩年の伊勢移住後の時期、「円寂」は西行の死とその後を主に扱っている。このように見てくると、おおよそ西行の生涯に沿うようにテーマが構成されていることが見て取れるのだが、ことはそれほど単純ではない。著者は西行の伝記を書こうとはしていないからである。「西行その人に対する思い入れ、思い込みを極力排除して、歌の言葉そのものの意味を一つ一つ辿って」西行の心に分け入ろうとしているのである。伝記を前提に西行の歌を読むことは我々が陥りやすい錯覚である。歌が詠まれた時が明確でなければ、伝記を前提として歌を理解しようとする誘惑は時に障害にさえなるのではなかろうか。

巻頭の「たはぶれ歌」十三首は、『山家集』ではなく、『聞書集』に収められる歌群である。『山家集』を読む」という書物の冒頭を「たはぶれ歌」から始めるというのは、「解説」（谷氏担当）が指摘するように、「たはぶれ歌」から西行に入っていくという道筋はおそらく珍しい」であろうし、この歌群に西行の心に分け入る重要な鍵があると、著者が考えているのであろうことが伺える。

伝記的に西行の幼少年時代の事実を知ることはできないが、それはたいした問題ではない。ここで重要なのは、晩年の西行が自分の幼少年時代をどのようなものと意識していたのかということの方であろう。「竹馬を杖にもけふはたのむかなわらはあそびを思ひ出でつゝ」などの歌からは確かに、老境にある西行が幼少年期を回想していることが読み取れる。「「たはぶれ歌」には幼かったときの西行自身の姿が投影されているのであろう。」という判断に疑問の余地はあるまい。

著者は「たはぶれ歌」歌群を一首一首、言葉の意味を確認しながら、じっくりと読み込んでゆく。一首一首を丹念に読み込むと同時に、群としての連続性にも注意を払って、

この作品群全体に子供達の姿への愛に満ちた目が働いていることと、それに伴う安らかさが漂っていることを否定するものではない。けれども同時に、まことに安々と、口軽く歌い出されているこの作品群が、「あはれなりける」とか「あはれなりけり」というように、次第にしみじみとした情感を表に出してきて、幼時の恋の回想へと分け入り、時の過ぎゆく速さを嘆き、さらにこの世に対する幻滅を歌い、そしてわが身への自嘲にも似た、荒廃した風景を歌って終るという点をも、——いわば甘く軽やかな旋律が次第に苦く重くなってゆく、明るい色調が次第に暗くなってゆくということをも、軽視すべきではないと考える。

と収斂してゆくところに、著者の西行の心に寄り添ってゆこうとする姿勢が鮮明であろう。

「「昔」と「今」、「憂き世」」では、『山家集』巻中雑部冒頭の無題の雑歌八首を読む。ここでも一首一首、丹念に読み込んでゆく。冒頭の「つくづくとものを思ふにうちそへてをりあはれなる鐘の音かな」では、「鐘の音」という言葉に注目する。先行する歌集から「鐘の音」を読んだ歌を取り出し、「すると、(西行の)この歌での鐘も入相の鐘かもしれない。」という解読を導き、『源氏物語』浮舟の巻の場面に通ずるものがあることを確かめて、「ここでの西行の姿勢や発想のし方が、王朝女房のそれにきわめて近いということを意味する。」とし、

草庵の文学は敢然と憂世を背いた、いさぎよい遁世者の志を託したものではないのである。それはむしろめめしく、涙もろく、弱々しい心を基調とするのである。

と、ありがちな通説的解釈に異を唱える。さらに、

西行ははたして沙弥円位として「つくづくとものを思」いながら、鐘の音に聞き入っているのであろうか。今の場合思い悩むこと多い下級官人佐藤義清であってはいけないのだろうか。

と言う。こうしてこの雑部冒頭の歌群が出家へと向かいつつある在俗時の思いとして読まれるように導かれてゆく。

ここで、著者は「かもしれない」、「であろうか」、「のだろうか」と、決して断定はしない。あくまでも一つの仮説として提示しているのだが、そこに至るまでの丹念な解読から、読者はきっとそうに違いないと同意することになるだろう。

　そうして八首を読み終えて、

> 　このように読むと、この巻中雑部冒頭の無題の雑歌八首は、まずすべてが良かった「昔」――それが保元の乱以前か、それよりももう少し前かは依然として定かではない――への懐旧と、それと対照的なせちがらい「今」（現代）への反撥、そのような「今」に生きることの憂さなどを述懐して（愚痴って）いるものだとは直ちに知られるが、それが西行の生涯、伝記的事実と微妙にからんでくることにも気付かされるのである。

との結論が導かれる。つまりここでも、歌の心の解読から、伝記的事実へのかかわりが見えてくるのであって、決してその逆ではないという著者の一貫した姿勢が表明されている。「その述懐はあるいは出家以前のもの、すなわち佐藤義清時代の心のつぶやきであるかもしれない。」「その可能性は確かにある。」「しかし、断定はできない。」とあくまで一つの可能性にとどまることを示している。

「藐姑射の花、雲居の月」では、『山家集』下巻巻末百首の中の「述懐十首」を読む。一首目の「いざさらば盛り思ふもほどもあらじはこやが峯の花にむつれて」では、「はこやが峯」という仙洞御所の意として用いられる言葉の用例を博捜し、

> 『奥義抄』などの髄脳（歌学書）に触れたり、人々の作例に接したりすることによって得られる一つの知識であって、しかも西行の出家前後の時点においては、それは和歌の世界ではかなり新しい知識に属するものではなかったかと思われる。

という結論に達する。その過程でこの言葉の西行に先行する例として『久安百首』における藤原季通の歌を見出すが、ここでは季通の歌と西行の歌の関係についてそれ以上の追及をしていない。この関係を追及する必要性に気がついた著者は後日別稿を用意することになる。それがⅡの第一論文「『山家集』巻末「百首」」であるが、そのことは後述する。

「述懐十首」の読解をまとめて、

> 　読んでみて改めてこの十首の中には、出離の決意、憂き世の思い出への執着、執着したことへの反省、将来への不安、世事への関心、それへの反省とそのことの肯定、理想的な山居への感動などなど、じつにさまざまな心の動きが織り込まれていることを知る。このような多様な心の動きは、一気に詠み上げられた百首歌では写し取られにくいのではないだろうか。早く尾山篤二郎や川田順が想像したように、これは西行自身によって編集された百首歌ではないだろうか。そしてその時期は当然出家後であると思う。と

いっても、出家後さほど時が経ってもいないであろう。でなければ出家前後のためらい、心のたゆたいなどをこのように克明に歌えなかったのではないかと考えるからである。

と述べるに至る。『山家集』の成立にもかかわる問題がさりげなく触れられてもいる。「しかし、これはあくまで一つの想像にすぎない。」と付け加えることも忘れていない。

「空になる心」では、「実際に出家の前後に詠まれたことが明らかな作」を取り上げている。ここに取り上げられる歌は、西行の出家に言及するとき誰もが取り上げる定番の歌々である。しかし、ここまでの二つの章で仮説として重ねてきた読解が効果的に響きあって、説得力を増していると思われる。

出家前後の作には、さまざまな意味で西行の心、その人柄がよく現れていると改めて思う。浪曼性、気負い、人なつかしさ、その裏返しの表現としての、拗ねた一種のポーズ、率直な態度、そしてひたむきさ。そのうちのある部分には反撥したくならないでもない。西行なら何から何までいいとは思わない。けれども、反撥したくなる点をも持ち合せているからこそ、西行はさほど遠い存在でもないかもしれないとほっとするのである。

という柔らかな感想は、本書が一般読書人を対象とした読み物として書かれているからであろう。硬質な学術書でないことが、かえってこうした率直な言葉を可能にしていると思われる。

「堀河・兵衛、そして寂然・西住」では、出家後の西行が最も親密に交友関係を保った人々との贈答歌が取り上げられる。その読解は、「解説」（谷氏担当）が言うように「心の襞に分け入るような筆致で」進められる。そして、西行の草庵生活の中での心が細やかに捉えられる。

「保元の乱」では、まさにその保元の乱に際会した西行の、新院（崇徳院）との深い関わりと、院に対する心を炙り出している。

西行はこの乱れを自身親愛していた多くの人々の心の罪のもたらしたものと解し、これを契機として、いよいよ人の心に萌す罪、生身の犯す罪、要するに人間の存在することの罪の深さを思うようになったのではないだろうか。

と述べる。

「船岡・鳥辺野・六道の歌」では、前章を受けて、「内乱を経験して人の心の罪を思うことの多かった西行は、人の死や来世をどのような歌の形で表現しているか」というテーマに取り組む。ただし、例によって「詠まれた時期は大部分不明で」「保元の乱以前の作も混っているかもしれない」という留保付きではあるが。身近な人の死に際して詠んだ歌を読み込んだのに続いて、「六道歌」群を一首ずつ丁寧に解読する。私も、従来の先行注釈書はこうした仏教的な歌の解釈にどちらかと言うと疑問が多いように思う。それというのも経典の解釈が不十分乃至不得手だったからではあるまいか。一般的にこうした仏教的な歌の解釈は経典の意味を前提にして解読される。しかし作者が経典の意味を正確に理解しているとは限らないという点はあまり重視されてこなかったのではなかろうか。同時代の人々がどのように理解していたかという観点は重視されるべきであろうと思う。著者は、西行の時代の経典理解を確かめるために、先行歌や同時代人の歌を参照するのみならず、『往生要集』や『閑居友』、『宝物集』などの説話をも参照しており、先行注釈の誤りを訂正している個所も多い。

畜生道を歌った作、「神楽歌に草取り飼ふはいたけれどなほその駒になることは憂し」では、神楽歌の「其駒」が踏まえられていることはすぐに分かる。普通この歌に注釈を付すとすれば、その点であろう。それに付け加えるとすれば、畜生道は死後牛馬などの畜生に生まれ変わることという点であろう。著者の面目は、「なぜ馬が選ばれたのであろうか」という疑問を提示することにあろう。言われてみれば確かに仏教説話では、牛に転生するという話は多いが、馬に転生するという例は少ない。著者はここで、『宝物集』の安族国の話を引用し、「西行もこの話を知っていたのではないだろうか。」と言う。ここから、西行と『宝物集』には何らかの関わりがありそうだという想定につながってゆくのだが、それはここで直ちに提示されるわけではなく、また別の個所での『宝物集』との類似などとも重なることで導かれることになる。説話集の記事にも細心の注意を払っていく点、ささやかな気付きが重なることで新たな発見が導かれる点など、著者の面目躍如たるところであろう。

中でも出色なのは、「范蠡長男の心を」という題で読まれた一首の解読だろう。著者もこの歌を、「古典を読む難しさと面白さとを十分味わわせてくれる作」だと言うが、本書の読者も著者と一緒にその難しさと面白さを存分に楽しめるであろう。

そして驚くのは、末尾に、「これまで重苦しい歌、心沈む歌を読んできた。」が、「このように歌わざるをえないからこそ、西行は花月に陶酔したのだと考える」として、「花月に陶酔している歌」十首を何の説明も加えずに並べているのである。それまでの一首一首が実に懇切丁寧に説明が加えられているのに、である。西行と言えば、誰もが花月の歌に焦点を当てる。むしろそれが常識のようになってさえいるだろう。著者も本書以前に西行の花月の歌について詳細に論じている。そうした前著との重複を避けるという意味もあるには違いないが、本書では著者は敢えて花月の歌を避けたのではないか。たぶん西行にとって花月の歌は、彼の心の動きの末に生まれてくるものだったと考えているのではないだろうか。右に「このように歌わざるをえないからこそ、西行は花月に陶酔したのだと考える」という言葉を引用した。つまり、著者は、花月の歌を詠むに至るまでの西行の根源的な心のありようを明らかにしようとしているのではなかろうか。私にはそんな風に思える。

「紅の色なりながら」では、巻中雑部の末尾に「題しらず」という詞書の下に一括されている百七首の歌群を対象にする。この「題しらず」歌群は「遁世者西行の心裡に去来したさまざまな感情…（中略）…を集約したもの」と見て、「これこそ『山家集』の中核であり…（中略）…西行の心を探る鍵は隠されているかもしれない」と言い、「時空を超えてさまざまな物を見聞きし、それらの一つ一つに感じ、それらの意味を思ったであろう西行の心の旅を、自らも追っていかなければならない」と位置付ける。

この「題しらず」歌群の中の小歌群を、「鳥」「海」「近江の歌」…などと仮に名を付けた上で、「旅路で見た風景」「海」「珍しい民俗、辺境」「植物・動物」「古郷」の歌群を「じっくり読んでみたい」という。しかしここではほぼ「植物」を詠んだ歌だけに絞って論述されている。

本章こそはまさに著者の面目躍如たるものがある。著者にはこれまでにも、『花のもの言う』（一九八四年、新潮選書）、『柳は緑　花は紅』（一九八八年、小学館）、『野あるき花ものがたり』（二〇〇四年、小学館）などの、古典や近代の文学・芸能を縦横自在に駆け巡る随想がある。雑草として無視されてしまいそうな路傍の野草にも細やかに目を配り、そこから作者の心に分け入ろうとする方法は著者ならではのものであり、他の追随を許さぬところであろう。本書でもⅢに、「西行の柳の歌一首から—資料・伝記・読み」「蝶の歌から」「西行のすみれの歌」の三本の論文が収められており、特に最後の「西行のすみれの歌」は唯一本書のために書き下ろされた論文である。本章と重複して同じ歌が取り上げられているが、その間に著者の考察が深化していることが明瞭に見てとれる。

「陸奥へ」では初度の陸奥下向の際の歌が、「波に流れてこし舟の」では仁安二または三年の讃岐への旅の際の歌が取り上げられる。「陸奥へ」の読解の中で、源仲正と西行との間に「対象の感覚的な捉え方という点で、ある共通なものが認められ」るという指摘があり、Ⅲに収めた「蝶の歌から」がその点を詳述している。

讃岐への旅は白峯に葬られた崇徳院の配所の参拝と、弘法大師の遺跡巡礼の旅であったと考えられているのだが、本章では、崇徳院のことにも軽く触れるだけで、弘法大師関係のことはほぼ何も触れられていない。「しきわたす月のこほりにうたがひてひびのてまはるあぢのむら鳥」などの風景を見つめる西行に注目している。著者はあくまで、旅の非日常の中で目に触れた人や事物から、西行が何を思い何を考えたかを読み取ろうとしているのであろう。

「神路の奥」では、治承元年から四年六月以前のあたりに、住み慣れた高野山を離れて伊勢に移住したと考えられるが、その頃の西行の心を探る。時はあたかも源平の内乱の時代である。この章では、西行の伊勢、皇室への思い、宇治川の合戦や平宗盛・清宗親子の鎌倉護送などの報を受けての思いなどが丁寧に読み解かれる、源氏の蜂起は「攘うべき罪穢れのごとく捉えられていたのではないか」と言う。

「円寂」では、入滅前後について述べる。二度目の陸奥への旅で詠んだと思われる「風になびく富士のけぶりの空に消えてゆくへも知らぬわが思ひかな」について、「「ゆくへも知らぬわが思ひ」、そこに万感は籠められている。それは分析的な解説を拒否する「思ひ」である。」と言う。最晩年に西行は比叡山の無動寺に慈円を訪ね、贈答歌を交わした。西行の「いかにかすべきわが心」という自問を、自らの問いとして受けついだのが慈円であったとして本章を締めくくる。

以上のように本書を辿ってきても、表面を掻い撫でたに過ぎない。一首一首を細やかに読み解いてゆく中で、見過ごしにできない多くの気付きが散りばめられている。右にも触れたように、著者自身、それらの気付きから新たな問題を提起し、深めた論文がⅡ、Ⅲに収められる。後学の者が考えるべき多くのヒントがある。柔らかな言葉で述べられているから組し易いように見えるかもしれないが、著者の生涯をかけた探究の中から生み出された集大成でもある。一筋縄ではいかない困難が横たわっていると思う。

「Ⅱ 『山家集』巻末「百首」読解考」に収録された三本の論文は、Ⅰの「『山家集』を詠む」を直接引き継いだ論文である。『『山家集』巻末「百首」」「『山家集』を読む―西行和歌注釈批判」「仏教と和歌―西行釈教歌注釈贅言」の三本の論文を再録する。

Ⅰで見出した問題点で追及がなお必要と考える点を再考していると言えるであろう。いずれも注釈的な研究である。従来の諸説のすべてを批判的に顧みながら、驚くほどの精緻さで検討してゆき、それ以外の解釈はありえないだろうと思わざるを得ないところまで追い詰めていると言ってもよい。西行をいかに読むか、どう読まれなければならないか。それをとことん突き詰めている、と私には思える。

『『山家集』巻末「百首」」では、Ⅰで追及し残した問題点をさらに深く考察を進めているが、特に力点をおいて取り上げられるのは、『久安百首』中の藤原季通の作と西行詠との間の発想や表現の類似性である。Ⅰの「藐姑射の花、雲居の月」において、両者の間に類似性があることに触れながら、それ以上言及していなかった点をあらためて詳述するのである。『久安百首』詠の中から、藤原季通の作以外の作も含めて、西行作との間に何らかの類似性の見られるすべての作品を取り出し、一首ずつどちらの作が先行するか詳細に検討する。「解説」（西澤氏担当）が「（結論に至るまでの）手続きがほとんど不気味といっていいほどにゆったりしている」と評しているが、確かにこれ以上ないくらいゆったり、丁寧に論述されている。結論は『山家集』巻末百首は『久安百首』の影響下に詠まれた可能性が高いというもので、従来の通説的見解を否定するものになり、『山家集』の成立時期とも微妙に絡むことでもあり、非常に注意深く論を進めているからであろうかと思われる。

『『山家集』を読む―西行和歌注釈批判」では、Ⅰで取り上げた歌と重複する個所も数箇所ありつつ、より以上に詳細に説き及んで、先行の注釈と異なる見解を導いている。「注釈批判」と副題する所以であろう。

「仏教と和歌」においては、釈教歌の解釈はいかになすべきかを実践している。「釈教十首」のうちの冒頭の三首は『山家集』巻末「百首」で考察しているので、その残りの七首について考察を行っている。

「Ⅲ 西行和歌の心と詞」は、「西行の人と作品―その古への憧憬の意味するもの」「西行における月」「『残集』の二首とその詞書について―「小野殿」「きせい」を中心として」「西行の柳の歌一首から―資料・伝記・読み」「蝶の歌から」「西行のすみれの歌」の六本の論文を収める。Ⅲ所収の諸論文はⅠ・Ⅱで述べてきた論点や方法を補うという位置づけにあるものと思われる。ここまでだらだらと紹介してきた感があるので、これ以上いちいちの内容に言及することは避けたいと思う。Ⅲのみならず、Ⅰ・Ⅱも含めた本書の全体については、「解説」（西澤氏担当）に就くに如くはない。「「西行の心に最も近いものは何であるかを探る」ために、さらに西行は読まれなければならない。そのためには、西行和歌を虚心に読み進めてゆくことが、まずは何より重要だという。そのことをあらためて強調する意味で、数多い久保田西行の諸論文の中から、本巻は西行和歌の読解を中心に据えた論考が集められた。一書の形を取ることで久保田西行はその全体像をある種の遠近感を付けて指し示そうとしたのであろう。」という西澤氏のまとめに私もまったく同感である。

付記

現存研究者の著書は取り上げない、という本欄の原則に反して、本書を取り上げたいという私のわがままな希望を許容して下さった編集担当及び編集委員会に深甚の感謝を申し上げます。

（こじま・たかゆき／東京大学名誉教授）

小林幸夫著『西行と伊勢の白大夫』

書評

山口眞琴

二〇一七年六月刊行の『西行と伊勢の白大夫』（以下、本書）は、同年四月十七日に逝去された小林幸夫氏（以下、著者）の遺稿集ではあるが、妻の小林美智恵氏による「あとがき」には、すでに著者自身の手で整理・編集がなされていたとあり、また、その校正等にあたられた松本孝三氏に伺うと、生前に成った『説話と俳諧連歌の室町―歌と雑談の伝承世界―』（三弥井書店、二〇一六年八月）、本書に続いて出た『鮭の神・立烏帽子・歌比丘尼―伝説・縁起・ハナシを尋ねる―』（三弥井書店、二〇一七年八月）と併せて、著者自ら「三部作」と呼んでおられたとのこと。まさしく著者畢生の大業であった。なお、三部作最初の『説話と俳諧連歌の室町』は、伊賀市の第七十一回「芭蕉祭」（二〇一七年十月十二日）において、前年度の優秀な俳文学書に贈られる文部科学大臣賞を受けられた。

本書は大きく「一　西行法師の伊勢」、「二　伊勢・白大夫の素性」、「三　伊勢比丘尼の行方」という三部によって構成される。それらの題目に明らかな通り、伊勢にゆかりの西行、白大夫、伊勢比丘尼に関する説話・伝説等に取り組んだ本書は、従って、伊勢というトポスをめぐる論集と言ってもよいが、西行に関しては、熱田と那須野の伝説も取り上げられており、伊勢比丘尼については、西行説話と白大夫説話の両方に関わった存在として重視される。本書が『西行と伊勢の白大夫』と題された所以でもあろう。以下、各部の論旨をたどりながら、本書の視点や方法の特徴を窺ってみたい。

「一　西行法師の伊勢」には五篇の論考が収められる。巻頭からの三篇、すなわち1「伊勢の西行説話―西行追慕のかたち―」、2「西行谷神照寺の遁世説話」、3「西行草庵の地」（便宜、番号を部毎に附した。以下同）は、伊勢における西行説話を取り上げる点で共通する。最初の1は、三つの西行説話（自彫木像説話、「うるか問答」説話、「都のたつみ」歌説話）を支える「西行追慕の情」に注目し、「西行讃歎の表現」の生成と伝播について考察する。「西行追慕の情」とは、例えば伊勢の「うるか問答」が、通例やり込められて逃げ帰る「西行戻し」とは逆に、西行を問答の勝利者としてその機知を讃えるところに見出される。伊勢という地に独自なその話を『蟄居紀談』に書き留めたのが「外宮の神官川崎延貞」であり、また西行自彫の木像を蔵した奥山家もそれを贈られた岩井田家も御師であることから、西行讃歎説話の生成要因として、神宮神官・御師の存在、とくに彼らの「連歌・俳諧活動」が重視される。抑も、伊勢の西行草庵地としては、周知の二見浦だけでなく、宇治の神路山近くの西行谷もまた喧伝されて、宗長や芭蕉らを誘った。著者は、室町期に遡るそこでの連歌・俳諧興行の座こそ「西行追憶の場」であったと捉える。これとほぼ同趣の展開を見せる3の論考では、さらに神路山が「大日如来の垂迹たる天照大神の鎮座する」聖地であったことが強調される。それは、西行谷に庵住する西行を追って来た妻が神照寺で剃髪して尼になったという遁世説話と、先行する高野の麓天野のそれとのつながりを縦横に論じた2の成果でもある。そこでは、神照寺と天野の西行堂に共通する「神仏習合の土壌」をはじめ、祭神（天照大神の妹）を等しくする勢州飯高郡の丹生大神宮と天野の丹生都比売神社の伊勢神宮との結びつき、「御伊勢殿勧進」として熊野・高野を往還した宇治六坊の山伏の活動など、種々の根拠を示して「伊勢・高野・熊野が、西行谷で交差する」と結論する。それらに対して、熱田の西行伝説を考察するのが4「熱田の西行―熱田社と天照大神―」だが、天照大神を主祭神とする熱田だけに、明神に西行が言い負かされる狂歌問答の話も、伊勢とのつながりにおいて把握される。もとより伊勢を敬慕する西行は明神の相手にふさわしく、話の舞台の一つで「宮の宿」の境界にして祓え処であった「裁断橋」には、伊勢の宇治橋に通じる「西行橋」の性格が見出される。その上で、室町期における熱田宮の本地垂迹相を説き示す『熱田講式』等により「熱田の法楽連歌の伝統」が確認され、件の狂歌問答は「法楽のわざ」に準じて位置づけられる。すなわち「神意を清しめる法楽連歌のあと」の「滑稽な俳諧連歌」にあたると。そうして「西行を貶めるというより、神を讃歎している」と見極められた点が重要だろう。尻からげして逃げ出す西行は、単なる俗聖ではなかった。最後の5「那須野をゆく西行と芭蕉―那須野の伝説―」は、陸奥国との境をなす下野国那須野の西行説話を考察する。西行ゆかりは蘆野の「遊行柳」だが、「那須与一」と「殺生石」の伝説も取り上げ、古来、狩庭であった那須野が「御霊と鎮魂の物語をうむ磁場」であったことを、各伝説の発生を通して検証、そのなかで「死者供養や葬送儀礼にしたがう多くの民間宗教者」の介在を明らかにして、「遊行柳」においては、やはり死者供養と鎮魂行儀に携わった遊行聖らが、「我が先達」と慕う西行を「朽木の柳」に連れてきたと言及する。その淵源を『山家集』

等の「野辺送りを歌う西行」に見出して終わる該論は、芭蕉『奥の細道』の足跡を追うという著者本領の遊び心による展開とは裏腹に、本書中、最も民俗宗教色の濃い伝説の旅となった。

次の「二　伊勢・白大夫の素性」にも論考五篇が収載される。浄瑠璃の『天神記』『菅原伝授手習鑑』などで「菅丞相恩顧の者」として知られる白大夫は、つとに北野天満宮などに摂社「白大夫社」として祀られる神霊で、『北野神記』（一四〇六年奥書）には「伊勢の祠官豊彦と浄妙尼の夫婦神」とされるが、のち近世にかけて伊勢外宮禰宜の「大内人度会氏高主の六男春彦」に附会され「白大夫度会春彦」として喧伝される。その後世の白大夫伝説に関わった伊勢の御師と比丘尼の布教活動について述べたのが、1「伊勢の白大夫伝説―御師と伊勢比丘尼―」である。そこでは、度会高主が溺死した娘の化現たる妙見菩薩に祈って春彦ら双生六人兄弟を得た、という誕生の由来を記した「岡崎宮妙見本縁」に基づき、妙見菩薩の童形像を祀り度会氏の祖先祭祀として営まれた「山宮神事」を、度会春彦が遠祖として語り継がれる有力な場と見なした。その祖先祭祀について再考したのが、2「度会春彦本縁―度会氏の祖先祭祀―」と3「宿神としての妙見童女像―度会氏の祖先祭祀と胞衣の祀り―」である。2は、外宮の山宮神事が「妙見星」あるいは「泰山府君」を祀ることの所以を、陰陽道や修験道の影響に求めて、「法楽舎」が置かれた世義寺の修験僧などの関与を示唆する一方、妙見菩薩が「外宮の丑寅、表鬼門の神聖なる地」に鎮座することから、五穀豊穣の守護者「豊受大神」への「法楽」神事でもあったと指摘する。それを承けた3は、妙見堂（旧岡崎宮）に「胞衣」を埋める習俗を中心に、改めて度会氏の祖先祭祀の意味を追尋する。その結果、胞衣をめぐる「祟り神」と「守り神」としての両義的性格と、妙見菩薩の「柔和と憤怒」の相貌とが重なり合う点に、「妙見像の信仰と胞衣納め」の結びつきが明かされて、「二つながらの力を内に秘め」た妙見菩薩は、度会氏を守護する「宿神」であり、胞衣納めは守護神に「一族の繁栄を祈るためであった」と導かれる。さらに、件の妙見童女像の祭祀に奉仕した「山田の陰陽師」の実態に迫ったのが、4「伊勢の白大夫伝説―山田の御頭神事と陰陽師―」である。その論考は、度会二門春彦の末裔として白大夫春彦を祖先神と祀った「外宮神官家の松木家」に注目し、同家が支配した金剛寺に伝わる白大夫伝説について、古来の箕曲郷船江の御霊神祭祀、産土社の御頭神事・神楽などに従ってきた陰陽師との関係を証して、間然するところがない。抑も、金剛寺の白大夫伝説は、度会春彦が筑紫からの帰途、拾って袂に入れた小石が巨岩に成長する「霊石伝説」に基づくが、5「伊勢金剛寺の霊石伝説―白大夫の袂石―」は、「論じ残した」というその伝説と伊勢比丘尼との関わりに論及し、白大夫春彦を遠祖と仰ぐ松木氏の支配下にあった金剛寺の比丘尼が、袂に石をしのばせ、その霊石の不思議としての白大夫伝説を語ったと推定する。何より重要なのは、金剛寺の前身「西星寮」の比丘尼らが、朝熊山の護法神で天照大神の化身とされる「雨宝童子」を祀っていたことから、袂石を「伊勢大神の依代」であったと考えることだ。そこで伊勢大神と結びつけられる白大夫度会春彦、その神霊を遠祖とする松木氏の政略は明らかであろう。かくて「白大夫伝説とは何か」という根本的な問いかけのもと、伊勢の白大夫伝説について様々な角度から分析を試みた第二部の諸論は、まさしく相互に連繫・補完する関係にあって、著者持ち前の粘り強い探究と思索が螺旋状に進展していく様を実感させる。

最後の「三　伊勢比丘尼の行方」には、1「「間の山」考―歌比丘尼の間の山節―」、2「西行谷の比丘尼―伊勢比丘尼と西行伝説―」、3「勢州の名取媼熊野参詣説話―「横滝寺旧記」をめぐって―」という三篇が収められる。いずれも比丘尼の活動を中心とした論考で、1は「間《あい》の山《やま》節」という俗謡を歌った歌比丘尼を取り上げる。本来は門付け・絵解きもされた「男の芸能」（折口信夫）を引き継いだ彼女たちは、勧進のため熊野と伊勢を往来することで熊野比丘尼とも伊勢比丘尼とも呼ばれ、「間の山」という「伊勢の宇治（内宮）と山田（外宮）との境界の地」においては、尾上坂にあった妙見堂の背後に胞衣を納める習いの葬送の地で魂降ろしをし、同じくその入り口にあった閻魔堂が表徴する冥府の入り口で祈祷し祓えなどを行っていた。そうした活動の跡を通して、間の山節に「死者を弔う歌念仏」、「死者を送る無常の鐘」としての本性が見届けられる。2は、西行谷の比丘尼を中心に、「西行自彫の像」（第一部詳述の「鉈作りの西行像」）、「西行供養灯籠」（「餓鬼谷の石塔」「枕返しの石塔」）という二つの伝説との関わりを述べる。それぞれの由緒を尋ねるなかで、中世創建の尼寺で伊勢の勧進事業で知られる「慶光院の屋敷」や西行谷「神照寺」などの退転・衰亡が語られる。それだけに一層、筆者が「形見」と称した西行木像や供養塔およびそれらの伝説が、いかに貴重なものであるかを感得することができる。本書の掉尾を飾る3の論考も「伊勢と熊野のつながり」に関わる。伊勢松坂の横滝寺の縁起「横滝寺旧記」にある「名取媼熊野参詣説話」は、先行の「名取媼熊野勧請説話」と異なり「伊勢神宮との結びつき」を強調する。「伊勢信仰を利用した浄土宗門の教線拡大のための方策」と考えられるその生成が、横滝寺が東熊野街道で伊勢と熊野につながること、その本寺で国分寺の「墓番」を務めた龍泉寺の尼僧が死の穢れを祓う伊勢・熊野比丘尼に類すること、横滝寺に「熊野那智山」銘の寺宝「大黒天の版木」が残ることなどから、伊勢と熊野を往還した勧進比丘尼の歴史を背景にもつと指摘される。かかる「交通の歴史」は、ほぼ全篇にわたる諸論の前提をなすものであった。その意味で、ここから巻頭に戻って読み返されるべき本書は、みごとな円環を描き出す。

以上のような概要の本書だが、今少しそのすぐれた特徴に触れてみたい。著者には、三部作以前にも『咄・雑談の伝承世界―近世説話の成立―』（三弥井書店、一九九六年六月）、『しげる言の葉―遊びごころの近世説話―』（三弥井書店、二〇〇一年一一月）という単著がある。副題が示す通り、近世説話の考察を主眼とするそれらに対して、本書を含む三部作には、近世説話を中世室町期に遡って捉え直そうとする姿勢が強い。本書で言えば、伊勢における西行讃歎説話の生成要因を、室町期の神官・御師による連歌・俳諧活動に見出した一1〜3が典型的で、およそ伝播よりも「生成」に重点を置いた著者は、説話が語り出される場の具体に目を凝らす。同じく熱田の西行伝説を中世の法楽連歌の伝統に連なるものと捉えた一4は、併せて鎌倉期の『熱田宮秘釈見聞』や室町中期頃の「熱田本地仏曼荼羅図」などの中世神道説をもとに、強固な本地垂迹信仰に支えられた熱田の聖地性をあぶり出す。これも説話生成の場へのこだわりにほかならない。続く那須野伝説を取り上げた一5にも、中世の「御霊と鎮魂の物語をうむ磁場」としての土地柄が強調されるが、それは死霊が発生し御霊が発動する那須野の「境界性」に深く根ざしていた。そこでの死者供養と鎮魂儀礼に従った遊行聖から先達と仰がれる西行像は、神域の内・外を分ける「西行橋」を起点にした熱田論考が、境界的存在として映し出した西行像をプロローグとする。フォークロアの常套とはいえ、著者の境界性に関する問題意識は、聖地間の交通史のそれととも に本書全体を貫流する。第二部の白大夫伝説論では、内宮と外宮の境界に位置した「間の山」での妙見信仰と胞衣納めの両義的な性格が示され、第三部の伊勢比丘尼論でも、「間の山節」を歌う比丘尼の生死の境界にふさわしい弔いや祓えの活動が闡明にされるなど、地理空間的な境界性と祭祀儀礼における両義性との重層的関係を中心に、本書の境界性をめぐる議論は多くの成果を収める。それらの祭祀や勧進などに携わった存在として、勧進聖・山伏・陰陽師・御師・座頭たち以上に注視されるのが、西行谷神照寺の比丘尼、伊勢と熊野を往来した宇治・山田の比丘尼、間の山の歌比丘尼などの女性民間宗教者である。彼女たちに注がれる熱い眼差しこそ、本書に際立つ最大の特徴と見て間違いない。熊野比丘尼の始まりは光明皇后に求められるが、「折口の勧進比丘尼論」を意識した本書で見逃せないのは、西行谷で出家し神照寺を開いたとされる西行の妻が、伊勢比丘尼の始祖のように捉え込まれることだ。その新たな勧進比丘尼論により、西行と同様、その妻もまた聖・俗の境界的存在としての像を刻印されたことになる。だが、それにしても、伊勢比丘尼が重要な役割を果たした西行伝説や白大夫伝説は、なぜ「外宮」「度会氏」と密接に関わるのだろうか。本書に残された大きな課題の一つだ。内宮に対する外宮の強い対抗意識などから理解できなくはないが、本書はその問題に正面から答えてはいない。もはや追考を著者に望めないだけに、その遺志を引き継ぐような研究の進展を願うこと切である。

三部作刊行後のことであろう。主なき研究室の片づけに立ち会われた松本氏によれば、三部作関係資料群が整然とファイルにまとめてあった由。著者の期する思いを感じさせる話だが、「これを先に見つけていれば、校正はもっと楽だったのに」とぼやきながら、何度も「あのズボラな男が……」と旧友を偲ばれた氏の思いもまた印象に深い。真の友に恵まれた著者の仕合わせを思った次第である。なお、西行生誕九〇〇年にあたる今年、西行学会では「特別展　西行」を和歌山県立博物館と共催し、大会も同展会期中に開催する。そのうちのシンポジウムは、本書に論じられた伊勢・熊野を含む「紀伊半島と西行」をテーマとする。会場のどこかで、「学問は楽しいな。」（あとがき）が口ぐせであった著者の温顔に逢える気がしてならない。

小林さん、秋の紀州で一緒に「学問」を楽しみましょう！

（二〇一七年六月二五日刊　三二一頁　本体価格三〇〇〇円　三弥井書店）

（やまぐち・まこと／兵庫教育大学）

催事紹介

「そこに、西行がいた!!」（二見浦西行月間）と活動内容

奥野雅則

キーワード
安養寺《あんようじ》　賓日館《ひんじつかん》　夫婦岩表参道《めおといわおもてさんどう》　西行かるた　西行公園

JR二見浦《ふたみのうら》駅から名勝・夫婦岩《めおといわ》へ続く「夫婦岩表参道」は、昭和の面影を残す昔懐かしい雰囲気が魅力になっていたが、平成十二年、売りに出された木造三階建て旅館跡地に十階建てのリゾートホテルが誕生。これにより軒並みの連続性が失われ、地域住民は、そこで初めて、これまでの町並みの魅力に気づいたのだ。

当地の育んできた歴史・文化には、これと同じ轍を踏ませてはならない。「西行庵跡付近の出土物が散逸」「地元観光業者は西行について何も知らないし、関心もない」「地元住民の郷土愛は薄れ、若い世代の転出に歯止めがかからない」――気づいた時には、取り返しのつかないことにならないよう、今「楔」を打っておかなければならない。

一方、平成十七年の合併により、二見町が伊勢市に実質吸収される形になって以来、二見独自の歴史文化に対する行政の認識レベルは低下し、それに倣うような形で住民意識も低下してきた。こうした流れの中、今が文化的町興しを推進し、子供のうちから郷土愛を醸成させていく最後のチャンスであり、「西行はそのための格好の材料、歴史資源だ」と思い至る。

そこで、平成二十四年五月、有志に呼び掛けて当実行委員会を発足させ、まず手始めの事業として、平成二十五年三月に、「そこに、西行がいた！」展を実施した。

夫婦岩表参道中ほどの「夢ぎゃらりぃ二見」を一か月間借り、西行が住んでいたと推定されている安養寺付近の遺跡から出土した遺物を展示するとともに、西行の人となり、人間関係、西

行が生きた時代背景、西行の当地での生活などをパネルにして展示した（写真参照）。

当地の観光事業として定着してきた「おひなさまめぐりin二見」と開催期間が前半三分の一重なったこともあり、おひなめぐりに来られた方が立ち寄って行かれたため、対外的PRが行き届かなかったにもかかわらず、約千名の来場者を見た。

また、期間中には、西行が生きた頃の食材を使った「西行御膳」昼食会を二回、当地での西行ゆかりの地を巡る「西行ウォーク」を一回実施し、それぞれ定員を遥かに超える応募をいただいた。

さらに、「西行トークin二見」と題したシンポジウムを二見公民館で開催、用意していた椅子（約百脚）では足りなくて、

【図版１】そこに、西行がいた!! 2014 チラシ

【図版２】西行演劇チラシ

【図版３】西行講談チラシ

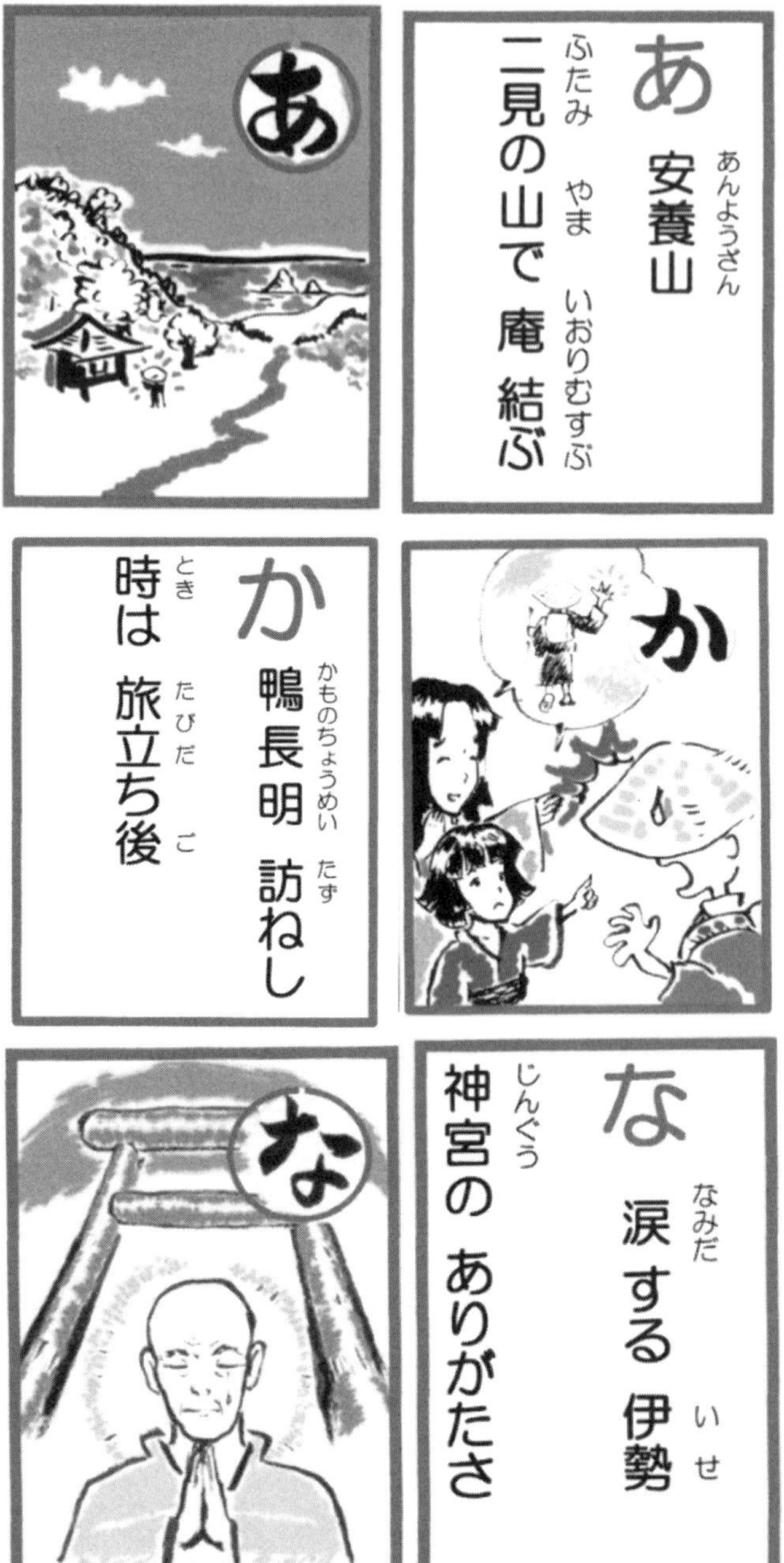
あ
安養山《あんようざん》
二見《ふたみ》の山《やま》で 庵《いおり》結《むす》ぶ
あ
か
か
鴨長明《かものちょうめい》 訪《たず》ねし
時《とき》は 旅立《たびだ》ち後《ご》
な
涙《なみだ》する 伊勢《いせ》
神宮《じんぐう》の ありがたさ
な

【図版４】西行かるた

立ち見が出るほど盛況だった。

これに意を強くした当会では、それ以降も同様の企画を毎年一回、一か月に亘って開催するとともに、期間中に催行する企画も、その幅を広げることとする（講演会のほかに、実行委員による素人芝居『命なりけり〜西行、覚悟の旅立ち〜』、西行落語会、西行講談、西行紙芝居など）（図版1・2・3）。

同時に、主に子どもたちの啓発のため、「西行かるた」を製作（図版4）。読み札の文句は、出来るだけ覚えやすいように七五調を基本にし、読み札の裏面に簡単な解説を付け、伊勢市内小中学校三十六校に寄贈した。

また、かるたに用いたイラストを二次使用して「西行紙芝居」を製作したり、二見町内の宿泊施設・観光施設設置用の「西行説明パネル」を製作・配付したりするほか、実行委員を中心に訪ねた「西行ゆかりの地」（河南町役場、弘川寺、善通寺市西行庵管理委員会、玉野市観光協会など）とも情報交換をしたりという活動を続けてきた。

出土遺物の一部については、伊勢市教育委員会との間で一年間の使用貸借契約（毎年更新）を締結し、重要文化財である当地の建物、賓日館《ひんじつかん》（資料館として一般公開）の一角に「西行コーナー」を設けて常設展示（変質しやすい墨書木製品はレプリカ展示）している。

西行生誕九百年に当たる本年の「そこに、西行がいた!! 2018」は、九月一日〜三十日の期間で、これまで同様、安養寺跡出土遺物の展示を始め、これまで実施してきたイベントのほぼ全て（展示遺物説明会、講演会、演劇、落語、講談、紙芝居、ウォーク、平安時代の遊び体験など）を、週末を中心に開催した（図版5）。

また、今後の展開としては、イラストをより漫画チックなタッチにして、子供向けの紙芝居、絵本、双六などを製作、図書館等での読み聞かせ会や「子どもかるた大会」の実施といった啓発事業と平行して、伊勢市教育委員会・三交不動産・地元自治会と協働して、西行庵跡推定地に「西行公園」の設営（出土礎石レプリカを埋め戻し、西行歌碑石板の設置、説明板や石碑を移設）、西行像や案内板の製作・設置などを企図している。

（おくの・まさのり／二見浦西行実行委員会委員長）

【図版5】そこに、西行がいた!! 2018 チラシ

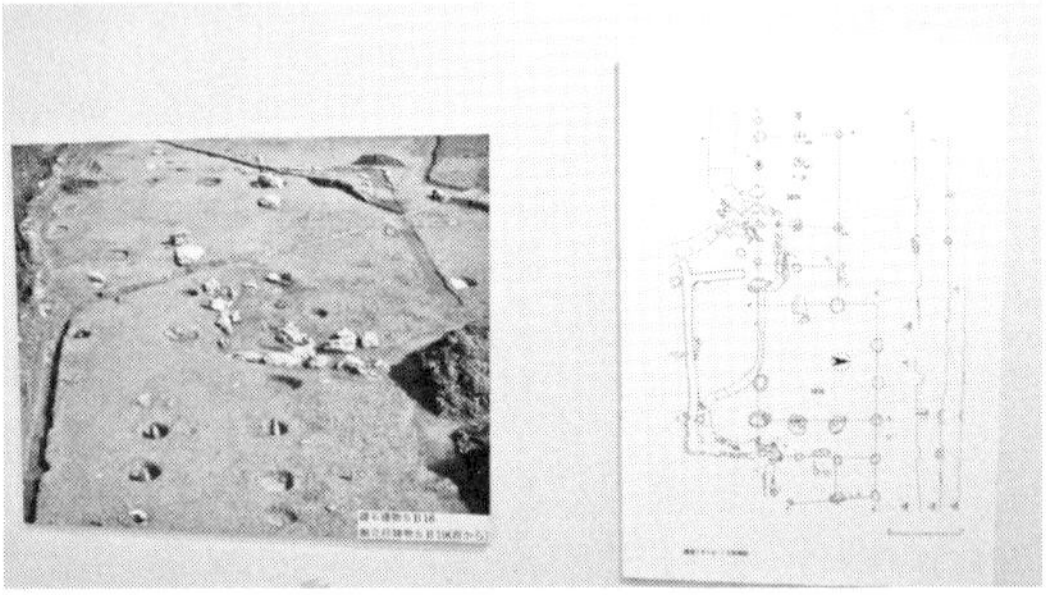

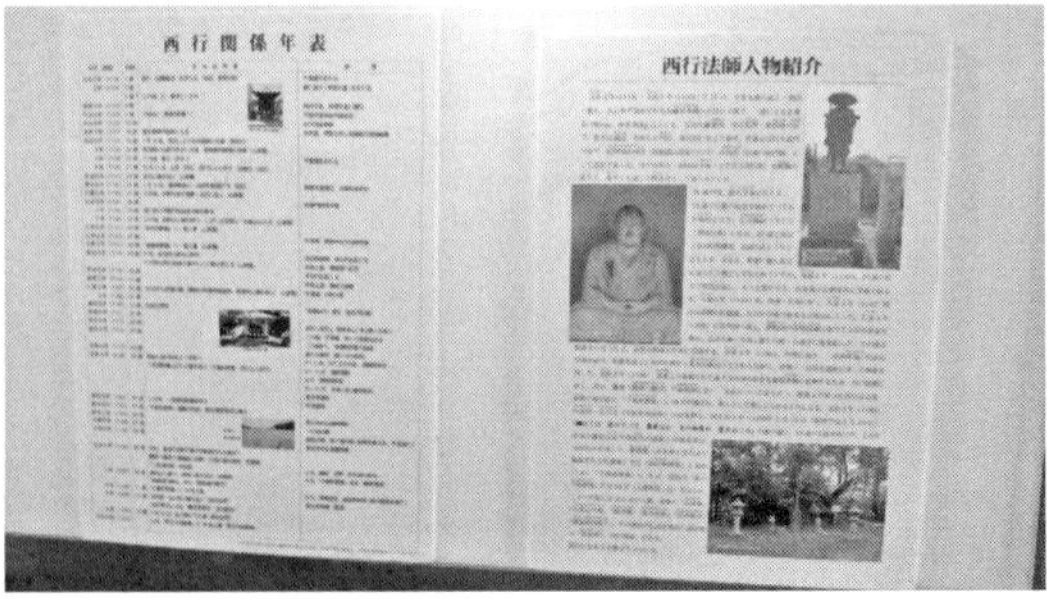

「夢ぎゃらりぃ二見」内展示の様子

国立能楽堂企画公演記録

西行生誕九〇〇年記念企画記録

荒木優也

西行法師生誕九〇〇年記念行事のひとつとして、国立能楽堂の四月企画公演では《特集・西行 生誕九〇〇年記念》と題して、西行ゆかりの能・狂言が上演された。平成三十年四月二十六日(木)、二十九日(日)の二日間にわたる当公演には、西行学会も協力しており、公演冒頭には二十六日は西澤美仁元代表により能『西行桜』の舞台となる西山の問題と膨大な桜詠における厳密な詠み分けを中心とした解説、二十九日は平田英夫前代表により能『江口』の成立背景について特にもどきの問題を中心とした解説がおこなわれた。また、パンフレット(『国立能楽堂』第四一六号、二〇一八・四)には、山口眞琴代表による「能〈西行桜〉と『西行物語』『撰集抄』」の解説が掲載されている。

西行ゆかりの能は、『西行桜』『江口』『雨月』『遊行柳』『松山天狗』が現行曲として上演されている(ただし、『松山天狗』を現行曲とするのは金剛流のみ)。また、『実方』は昭和六三年に金春信高により、平成五年には観世榮夫らにより復曲され、金春流では現行曲に、観世流では現在でもときおり上演されている。当公演では、そのうち『西行桜』『江口』が演能され、また仕舞として『実方』キリ、舞囃子として『松山天狗』三段之楽が演じられた。加えて、西行とかかわりのある狂言として『鳴子遣子』『花折』も上演されるという、西行尽くしの二日間となった。

企画公演　4月26日(木)午後1時開演

◎特集・西行　生誕九〇〇年記念

解説　　西澤美仁

仕舞・復曲

実方　キリ　　シテ　梅若実

地謡 川口晃平　角当直隆
山崎正道　山中迓晶

狂言・大蔵流
鳴子遣子

シテ／茶屋　茂山七五三
アド／何某　茂山宗彦
アド／何某　茂山童司

能・観世流
西行桜

シテ／老桜の精　梅若万三郎
ワキ／西行上人　宝生欣哉
ワキツレ／花見人　殿田謙吉
ワキツレ／花見人　野口能弘
ワキツレ／花見人　野口琢弘
ワキツレ／花見人　大日方寛
アイ／能力　茂山七五三
笛　松田弘之
小鼓　鵜澤洋太郎
大鼓　亀井忠雄
太鼓　小寺佐七
後見　加藤眞悟
山中迓晶
地謡　青木健一　角当直隆
川口晃平　山崎正道
梅若泰志　梅若実

長谷川晴彦　伊藤嘉章

企画公演　4月29日（日・祝）午後1時開演
◎特集・西行　生誕九〇〇年記念

解説　平田英夫

舞囃子・金剛流
松山天狗
三段之楽

シテ　金剛龍謹
笛　一噌隆之
小鼓　田邊恭資
大鼓　亀井広忠
太鼓　林雄一郎
地謡　工藤寛　宇髙竜成
宇髙通成　田中敏文

狂言・和泉流
花折

シテ／新発意　小笠原匡
アド／住持　野村萬
立衆／花見客　野村万禄
立衆／花見客　能村晶人
立衆／花見客　野村万之丞
立衆／花見客　河野佑紀
立衆／花見客　上杉啓太

能・金剛流

江口

前シテ／女 後シテ／江口の君	金剛永謹
ツレ／遊女	豊嶋晃嗣
ツレ／遊女	宇髙徳成
ワキ／旅僧	福王茂十郎
ワキツレ／従僧	福王知登
ワキツレ／従僧	矢野昌平
アイ／所の者	野村万蔵
笛	一噌隆之
小鼓	大倉源次郎
大鼓	亀井広忠
後見	宇髙通成　廣田幸稔　工藤寛
地謡	元吉正巳　坂本立津朗　宇髙竜成　松野恭憲　豊嶋幸洋　豊嶋三千春　田中敏文　金剛龍謹

観世流を中心とした一日目は、先日襲名をした梅若実（先の梅若六郎玄祥）による仕舞『実方』キリからまず上演が始まった。仕舞とは、曲中の眼目である箇所、たとえばクセやキリだけを抜き出し、シテが面・装束をつけず紋付袴の姿で、囃子を入れずに地謡のみで舞う形式である。『実方』は後シテが藤原実方の霊、ワキが西行法師で、キリは後場の太鼓序ノ舞のあとのワカ「みたらしに、映れる影を、よく見れば」から途中の後ノ舞を抜いた最後までをさす。実方は水鏡に映る自分の舞姿に、昔の美しい粧いとは変わった老衰の影を見いだす。そのような夢のうちの舞楽のありさまも現実の時ならぬ雷の前に消え失せ、わが跡を弔ってほしいという実方の声と形見の薄のみが西行の目前に残された。太鼓序ノ舞の余韻が残るかのような重みのある舞の所作から一転、雷のなるなかの運び、そして最後「跡弔ひ給へ、西行西行」の詞章のもと胸に扇をあてうつむく所作で終わっていく姿がたいへん深く心に染み入る。仕舞では舞台にワキは出演しないが、西行の存在を感じる終わり方。

次は、大蔵流の狂言『鳴子遣子』。『鳴子遣子』には、曲の要として西行の伝承歌が登場する。その土地の者が友人と遊山に出かけたおりに鳴子を見るが、その呼び名を遣子と呼ぶか鳴子と呼ぶかで口論となる。その決着をつけるため、ふたりの一腰を賭物にして、茶屋の亭主に判定を頼むが、それぞれ亭主に贈賄をする。亭主は、鳴子に関する西行の故事をかたり、西行が詠った和歌「賤が男が山田に掛けし鳴子縄引いて放せば遣子なりけり」を引き、どちらにもあてはまるのだと判定する。そうして亭主は、「奪い合う物は中から取る」という争っているものは第三者が利益をとるものだということわざどおりに二人の二腰を取って逃げてしまう。シテの茶屋は当初予定された茂山あきらが休演のため、そのあとの『西行桜』でアイを務める茂山七五三が務めた。

一日目の締めくくりは、能『西行桜』。シテの老桜の精を梅若万三郎、ワキの西行上人を宝生欣哉、地頭はさきに『実方』

を舞った梅若実が勤めた。また、大鼓を亀井忠雄が勤め、舞台がさらに締まる。

『西行桜』は、「花見んと群れつつ人の来るのみぞ、あたら桜の、科にはありける」の歌を中心に展開する物語。西山の西行の庵室では今を盛りと桜が咲いているが、西行は「花もひと木、我もひとり」とその一対一の閑寂にひたるため、花見禁制としていた。そのところに、上京辺に住居する者たちがはるばる訪れたため、西行はその花への志を見捨てがたく花見を許すが、冒頭の歌を口ずさむ。花見人が帰路につき夜になると、その西行の歌意をとがめ立て、桜花をあしらった山の作り物から夢中の翁が登場する。「桜の咎は何やらん」と花の精たる翁は西行と問答する。そして、老桜の精は西行との知遇を得たことを喜び、都の花の名所をともに語らい、「得難きは時、逢ひ難きは友なるべし」とその有り難き時と人との出会いを惜しみながら舞う。太鼓序ノ舞を舞い終わると、花の影は白んでいき、夢は醒め、夜は明けていくのであった。筆者は、故宝生閑の演じた西行を何度か見ているが、今回西行を務める宝生欣哉は、その亡父の西行を彷彿とさせ、懐かしさが先立ってしまった。西行が花見客に対応するところの上歌「捨人も、花には何と隠れ家の〜」の「げにや捨ててだに、この世の外はなきものを、いづくか終の住処なる、いづくか終の住処なる」の地謡は西行の境涯がよく表れ、二回目の「いづくか終の住処なる」は静かにまた醒めた感じで謡い納められることで西行の葛藤と諦念とが表現されていた。曲中のみどころ太鼓序の舞は、シテのリズムと囃子のリズムとが絶妙にあわさった優品。

金剛流を中心とした二日目は、金剛龍謹による舞囃子『松山天狗』三段之楽から始まった。『松山天狗』は、西行の白峰詣に題材をとった曲。西行が讃岐国松山に崇徳院の廟を詣で配所を訪れると、そこに来合わせた老人から白峰の陵を案内されるが、そののち老人は新院の生前のありさまを語ると姿を消してしまう（中入）。夜になると西行の夢に新院が現れ、都をしのび舞う（早舞）が、そのうち都への悲憤がつのり怒りを表す。すると、天狗たちが飛翔し、叡慮をなぐさめようとし（舞働）、白峰に消えていくのだった。舞囃子は、舞事（序ノ舞など）・働事（舞働など）といった囃子事を含んだ曲中の眼目の箇所（囃子事を含まない場合もときたまある）を抜き出し、シテが面・装束をつけず紋付袴の姿で、囃子・地謡で舞う形式である。この曲では、天狗どもの登場と舞働を省略した後場の箇所を舞い、また「三段之楽」の小書（特殊演出）がつくことで、新院が舞う早舞を三段の楽に替える演出となる。金剛龍謹の崇徳院は運びがきれいで、また舞働がない分、融のような貴公子然とした印象が強調されていた。

狂言は、野村萬・小笠原匡らによる和泉流の『花折』。寺庭の桜は花見禁制であると出かける住持に言い置かれ、留守を預かった新発意が、一度は花見客を断るも、塀の外での花見の物音を聞き酒ほしさに一人を招き入れてしまう。すると、ほかの者もみな付いてきてしまい、結局は新発意も交えたみんなで酒宴となる。さらに新発意は花見客が帰るときに、みやげとして一枝ずつ花を枝折りして渡してしまう。最後は帰ってきた住持が怒って新発意を追い込む。内容は、一日目の『西行桜』のパロディ。いうなれば、もどき。
二日目最後は、能『江口』。シテの女（実は江口の君）を金剛永謹、ワキの旅僧を福王茂十郎が演じる。『江口』は、西行と江口の君との歌の贈答「世の中を厭ふまでこそ難からめ仮の宿りを惜しむ君かな」「世を厭ふ人とし聞けば仮の宿に心留むなと思ふばかりぞ」が中心となって展開する曲。諸国一見の僧が江口の君の旧跡を訪ねて西行の歌を口ずさんでいると、どういうつもりでその歌を口ずさんだのかと若い女に呼び止められる。そして、女は、西行法師と江口の君との逸話を旅僧に語ると、実は自分が江口の君の幽霊だと声のみ残して消えてしまう（中入）。僧が夜もすがら読経していると、月澄みわたる川水に屋形舟とそこに謡う遊女たちの姿が月光に照らされて見える。遊女の霊は、世の人が迷いや罪を作るのはこの世の見ること聞くことにつけ心が乱されるからだといい、「面白や」と序ノ舞を舞う。やがて舟は白象となり、遊女は「仮の宿に心留むな」と言いながら普賢菩薩と現じて西の空へ去る。一曲の終盤、序ノ舞は重々しく舞われ、西行尽くしの二日間は拍手のうちに終わった。（以上、敬称略）
（あらき・ゆうや／國學院大學兼任講師）

西行生誕900年記念2017年EAJSリスボン大会サテライトフォーラム記録

西行の旅と文芸―時空の超越―

2017年8月29日　於新リスボン大学（ポルトガル）

パネル1　「旅する詩人―西行と世界の詩人たち―」

オーガナイザー阿　部　泰　郎

パネル2　「西行文芸の翻訳と翻案―時空の超越―」

オーガナイザー近　本　謙　介

ロカ岬

西行学会は、日本を遙かに離れ、ユーラシア大陸の西端、イベリア半島の大西洋に面したポルトガル、リスボンに“西行”し、生誕九百年記念行事の一環として、新リスボン大学で行われたEAJS（ヨーロッパ日本研究協会）において「西行フォーラム」を開催した。本学会の基本理念―共通認識である“越境する西行”にふさわしく、国際的な学術交流の場を生成する一環として、かつ国際的な比較の視座の許に、西行を再認識し、また、西行研究の国際的な広がりと連携を加速しようとする企てであった。大会前日のプレ・サテライトフォーラムであり、未だ多くの参加者が到着する前の開催（しかも国文学研究資料館のフォーラムとも重なった）であった為、参加者は20名程度であったが、それでも聴衆は熱心に議論を受けとめてくださった。特に有意義なコメントをいただいた兵藤裕己氏に感謝申し上げる。

本フォーラムの準備段階では、西行学会委員会の意向を受け、大会の2年前からEAJSリスボン大会会場校のAlexandra Curvelo新リスボン大学教授を通じて近本が交渉を進め、EAJS Committeeの議を経て、公的なサテライトフォーラムとして開催される運びとなった。西行という存在を世界に向けて発信する企画に深い理解をお示しくださったEAJSおよび開催に向けて継続的にご尽力くださり、フォーラムにも足をお運びくださったCurvelo教授に深謝申し上げる。また、翻訳の問題をフォーラムのテーマとして織り込むのに際し、比較文学の視点からさまざまにご助言くださり、かつパネリス

トとしても加わっていただいた平石典子氏に御礼申し上げる。このフォーラムは、学会の記念行事であると同時に、阿部が研究代表者をつとめる日本学術振興会の国際学術拠点形成事業（Core to Core プログラム「テクスト学による宗教文化遺産の普遍価値創成国際研究共同体の構築」(2017 ～ 2021) セミナーの一環として行われたものである。

本フォーラムは、「旅する詩人—西行と世界の詩人たち—」と「西行文芸の翻訳と翻案—時空の超越—」の二つのパネルによって構成され、それぞれ、阿部泰郎と近本謙介(共に名古屋大学) がオーガナイザーをつとめた。

阿部が担当した第一パネル「旅する詩人」では、西行をめぐって論じられ、考察するにあたって、常に問われ続ける課題である「旅」を主題とする。西行における旅とは、抽象的な概念ではなく、また多面的である。それは宗教的な修行や巡礼であり、あるいは歌枕を尋ねる為の遊覧であり、または参詣や展墓など聖なるものや冥の霊と向き合う営みであり、ひいては勧進や結縁のための社会的行動でもあった。西行に限らず、中世においては、我々が文芸用語として用いる「漂泊」や「放浪」などの詞でとらえ切れない行動が、「旅」をめぐってあらわれる。それは、たとえば一遍の生涯に冠せられる「遊行」という言葉によって、より具体的な身体性や世界観を与えられるものであるかも知れない。あるいはまた、物語や和歌の世界における「配流」や「遠島」など、人の世に直面する運命としての抗い難い旅や、自ら身を用無きものとして流浪する旅も、ひいては捕らわれて刑場に赴く死出の旅まで、生涯は全てが旅に譬えられるが、それらの全てを西行は詠むのである。和歌に限らず、物語・説話文学や伝承文芸の世界で旅する歌人の代表が西行であるが、そのような存在を、日本の和歌と文芸伝統のなかの旅に限定せず、より普遍的に、“旅する詩人”という視点でとらえることによって、西行を世界文学の地平の上に解き放ち、その広がりの中に問い直してみたい。

西行自身は、言うまでもなく和歌（とその詞書）しか遺していない。西澤氏の報告は、あくまでその西行その人の和歌に則しながら、その中での旅の核となり精粋となるひとつの世界に絞って、彼の旅における和歌とは何かを問おうとする、きわめて求心的な方向を設定された。これに対し、阿部報告は、西行の旅がその和歌のみでなく、むしろ和歌を種としながら中世物語、説話テクストの世界に展開し、更にそれが中世祖師絵伝とも旅という側面で連なりつつ、比較の対象となることを示し、遠心的な方向を提起した。更にその比較を、浦氏の報告では中世イタリアの詩人の生涯と作品について試み、水戸氏の報

告では中世スペインの英雄武勲詩の伝承から照らし出す。それぞれに対照的な位相から、“旅する詩人”西行の豊かな可能性を探りだす試みとなるだろう。

近本が担当した第二パネル「西行文芸の翻訳と翻案」では、西行像の形成と展開を考える視点として、翻訳と翻案の問題を取り上げた。これは、西行学の海外展開を意識した試みであると同時に、西行の文化史形成と翻訳・翻案の問題とが、いかに密接に結びついているかを検証する意図に基づくものである。西行の和歌や伝承は、現代では多くの言語に翻訳されているが、翻訳という営みが文化的背景と不可分に深く結びつく点に着目しつつ、翻訳を介した西行像形成の諸相について議論を深めた。同時に、日本の文芸史においても、西行像は、和歌を起点としながらも、説話・絵巻・能の世界等に翻案されつつ形成されてきた。翻案の視点から、諸文芸への展開のありかたを分析することは、時と空間を、すなわち時空を超えて西行の文化史を見定めることにつながるであろう。

平石氏の報告は、日本の詩歌の翻訳の困難さから説き起こしつつも、翻訳によって、詩歌が世界文学の中で新たな展開を遂げるすがたを浮き彫りにし、その多様なかたちにこそ、原詩歌の豊かさがあらわれるとする。翻訳される言語の性格によっては、ときとして原語の文化からは思いもよらぬイメージが付与される事例を紹介しつつ、翻訳のうちに世界文学への飛翔の可能性を見る示唆的な論点を提示する。

それを受けたAllik氏の報告は、西行の詠歌のことばと文化的背景の異質性を乗り越えるため、翻訳者は自文化の価値観に従ってテクストのドメスティケーションの必要に迫られることを説く。翻訳者にとって西行を「よむ」行為が、異文化と深い関係を結ぶだけでなく、むしろ翻訳に導入された自文化の価値観を認識するプロセスでもあるとする指摘は斬新であり、また翻訳をめぐる普遍的課題を提起する。

続くOyler氏の報告は、翻訳による文化の越境を、西行の文化史における翻案に見定めようとするものである。西行の神格化の過程が日記・説話等の言説による翻案と深くむすびつきつつ、伝記の形成とともに成し遂げられていくことを説いたうえで、能「西行桜」の分析を通じ、西行のワキとしての性格と夢中の翁のイメージとが、桜の表象とも根源的に相関しつつ芸能上も結実・昇華していくことを明らかにする。

翻案の問題は近本報告において、文化史のうちなる西行の分析へと展開される。和歌から伝承へと展開される翻案のありかたの背景に史実の明滅することを指摘し、享受史における翻案と改変による再生産のありようと、輻輳的文化史を背景とする翻訳の方法との隣接に着目する。そのうえで、文芸における究極的な次元での翻案と翻訳に対峙する解釈の方法論がきわめて近しい位相にあることを述べる。

こうした二つのパネルによる「時空を超越した西行の文化史の探求」は、旅と文芸との関係とも切り結びながら、世界文学の中に西行を定位することにつながるものと確信するものである。

2017年のリスボンにおけるフォーラムは、ちょうど西行生誕900年の年に当たる2018年の国内における記念大会等を経て、2019年タリン（エストニア）における歌と踊りの祭典に合わせて開催される集大成のフォーラムへと引き継がれる。一連の西行生誕900年を記念する事業によって、西行研究のあらたなステージへの扉が開かれんことを願う。

“旅する詩人”としての西行

EAJSリスボン大会フォーラム記録

阿　部　泰　郎

キーワード
西行　旅する聖　西行物語絵巻　撰集抄　一遍聖絵

大きな歴史の転換期であり、「乱世」として王朝的秩序が崩壊し「武者（ムサ）の世」となった時代（12世紀）に生きた西行（1118～90）は、自身の生き方がそうした時代の変化を体現している。すなわち、治天の君（院）に仕える武士から一転、出家遁世し僧侶となって自由な活動をくりひろげた。それは何より歌を詠むことにおいてであったが、同時に勧進、結縁という宗教活動も歌と分かちがたく、密教僧としても十分な力量を備えていた。自ら歌集を編み、当代の歌人たちとの交流のなかで披露された詠歌は汎く享受され、はじめは読み人知らずとして勅撰集に採られたが、ついにその死後には、後鳥羽院の『新古今和歌集』に、天台座主慈円と並ぶ最多の入集を遂げるまでになった。その死すらも、自らの詠んだ歌の如くに目出度き往生を遂げたと、既に同時代のレジェンドとなって、後世にも時代を越えて、民衆の記憶に深く刻まれた歌聖となったのである。

こうした西行の存在は、何より“旅”という行動様式（ビヘイビア）において記憶されることになった。いうまでもなく、『山家集』の羈旅の歌群がその源泉である。だが、西行が詠じた彼の旅は、むしろ西行の生涯やそのはたらきを伝承・説話の次元のうえでこそあざやかにしるしづけている。それは、西行の没後、半世紀を経て鮮やかに誕生した二つのテクストに、興味深い対照を示して象られ、ともに彼の“旅する聖（ヒジリ）”としてのはたらきを焦点化する。

おそらく、はじめから絵巻として創られたと思われる『西行物語』絵巻は、西行を主人公として前半に劇的な発心と遁世を描き、後半に修行の遍歴を描いて往生によって結ぶ物語絵である。その前半と後半は、出家に際し、縁から蹴り落とした娘を、後半に『発心集』を用いて自ら出家へと導く恩愛譚によって繋いでいる。物語が描く旅は、吉野から熊野詣での路を経て葛城に至る修験の世界、伊勢参宮の『沙石集』に近い本地垂迹説、また海道下りの旅における受難や同行を放ち捨てる逸話、更に奥州白河関までの歌枕を

訪らう旅、西国へは江口の遊女との歌問答をへて松山での崇徳院展墓に至るが、それらは、西行の歌そのものから生みだされたと言うより、既に存在したあり得べき聖俗の旅のモティーフによって再構成された、西行を謂わば狂言回しとする、旅に託した中世人の共同幻想と言えるかもしれない。

もうひとつの重要なテクストは、“旅する聖”である西行を作者として構想した『撰集抄』である。その奥書に、寿永二年（1183）睦月下旬、讃岐善通寺の方丈の庵において記した、と仮構する九巻から成る仏教説話集である。そのなかでは、西行その人が実際に赴いた地よりも更に広汎に、西は九州の鐘崎から、東は奥州の果てまで、日本国中を旅するなかで出会い、西行を媒ちとして記すのにふさわしかるべき「詩歌雑談」や仏神の縁起霊験譚まで類聚集成している。これらを、西行が自ら旅の途上で述懐と共に記したという設定により、『撰集抄』はその全体が聖地巡礼（ピルグリム）の書としての性格を帯びることになろう。慶政の『閑居友』をふまえながら、西行が自身の旅を草菴で回想しつつ書き著したとすることで、あつめられた各話は格別なアウラを与えられ、いわば西行を導師かつ因縁教化の語り手とする唱導の効用も期されよう。そうした『撰集抄』のユニークな構想は、『西行物語』絵巻でもその旅の重要なエピソードであった、『発心集』に拠る、武蔵野にて郁芳門院の侍（さぶらひ）であった遁世僧に出会う一話（巻六）から発想されたものかもしれない。“旅する聖”が己の先達となる聖と邂逅する、和歌と歌枕の名所を介しての見事な創作説話であるが、それは二様の全く位相の異なる西行の旅のテクストを生みだしたといえよう。

同じく中世の所産として、旅に生き、往生を願う人々と邂逅し、これを導く聖（ヒジリ）の姿を描くテクストとして、『西行物語』絵巻や『撰集抄』と対比されるのが、遊行の念仏聖一遍（1239 ～ 89）の生涯をあらわした『一遍聖絵』である。肉親であり後継者であった聖戒の編んだ十二巻の絹本絵伝は、妻子をはじめ全てを捨て、死に臨んでは己の著述さえ焼き払った聖の生き方には、おおよそそぐわない豪華な高僧伝である。そこには、全篇にわたって、一遍聖の遊行の旅が、北は奥州に配流された祖父河野通信の墳墓から、南は大隅の正八幡まで、全国にわたり描き出されている。若き日の善光寺や岩屋寺での修行から始め、各地の仏神の霊場寺社から市場・村落・海道までの景観を、そこに赴く一遍らを点景としてあらわして、まさしく中世日本の世界像が“旅する聖”と共に示されているのである。

『聖絵』において一遍が赴く聖地や寺社は、画家が実見した風景の写実とは限らず、熊野や石清水に典型的な、宮曼荼羅などの社頭図や、およそ絵空事として実際の伽藍と全く異なった建築を描くこともある（西行が三十年間活動した高野山に一遍も詣るが、『聖絵』は「高野山水屏風」に描かれた高野の壇上や奥院の図を全く反転させて描いており、明らかに下絵を用いて制作した消息を伺うことができる）。富士川での「あじさか入道」入水往生の場面で描かれる雄大な富士山図も、おそらくそうした図様のストックから描かれたものであろう。そうした“旅する聖”の道を描くうちに、淡路の二宮で

歌を詠み札に書いて打ち付ける、いかにも歌枕を訪れる旅のイメージも加えられるのである。これは、もうひとつの一遍の絵伝である後継者他阿真教の伝を合わせた『遊行上人縁起絵』では、あきらかに西行のそれを意識した、奥州白河の関屋の柱に歌を書き付ける姿としてあらわされる。

自身も多くの和歌を詠み、歌集も遺した他阿の遊行の旅を含めて、『遊行上人縁起絵』十巻は、一遍の旅は善光寺や熊野など主な霊場に限られるが、他阿の伊勢参宮や気比、越前、近江竹生島や奥州松島など、更に広い世界が加えられ、室町時代にかけて数多くの絵巻諸本が作られるなかで、描かれるそれらの景観は、おのずと名所絵の様相を呈していったのである。

やはり和歌の道に励んだ念仏聖の僧伝絵巻として最もすぐれた作品のひとつが、本願寺三世の覚如の生涯をあらわす『慕帰絵』である。自身も宗祖親鸞の絵伝を生涯にわたって制作し顕彰したのであるが、『慕帰絵』では、覚如が和歌会の座に連なり、また歌枕を訪れるため天橋立や和歌浦に赴く姿が描き出されている。そうした和歌好尚の僧侶の姿とともに、彼が祖師の行業をあらわした『善信聖人親鸞伝絵』において、親鸞の越後配流から関東への旅、そして筥根を経ての帰路に至る（そのなかに平太郎真仏の熊野詣までを加える）旅の姿をやはり不可欠なものとして構成するところに、祖師の絵伝にとって“旅する聖”のイメージが求められていたことが察せられる。

西行とほぼ同時代を生きた念仏の祖師である法然（1133 ～ 1212）もまた、その滅後に早くも伝記が絵巻として成立したが、その『伝法絵流通（でんぽうえるづう）』にはじまる一連の法然上人絵伝の最も目覚ましい場面（シーン）は、やはり彼の配流における西海への船路の旅（それは北野天神縁起絵巻とも同調している）であり、とりわけ室津の遊女が推参し歌をもって結縁しようとする段であった。ここにも“旅する聖”の面影が再現されている。それは、『西行物語』絵巻における江口の遊女との歌問答（或いは遥かに『撰集抄』にも記された性空上人と室の遊女との対面―生身普賢感見説話）が、互いに響き合っているようである。

こうして、中世僧伝絵巻は、等しく“旅する聖”の歌を介した仏神との交感や遊女との結縁、そして聖地の場を経歴することによる或る資格の獲得を、絵ものがたりのうえに表象しているようである。そして、それは『西行物語』絵巻が、その全体として示す仕組みと通底するもののように思われる。

最後に、以上に対比した念仏聖とはまた別な立場から、西行を仰ぐべき先達として欣慕した密教僧の遺したテクストを挙げよう。中世高野山の学僧として活躍した道範（1178-1252）は、晩年大伝法院との抗争の責めを負って讃岐に配流されたが、大師の聖地に赴いたその機縁をよろこんで、詠歌を含む日記『南海流浪記』を著した。そこには、善通寺をめぐって、西行の詠歌を想起し、そのゆかりの松を賞でる、大師と西行そして自身を“旅する聖”に重ねるしわざがうかがえる。やがて鎌倉末期、勧修寺の栄海（1278-1344）は、自撰の白描歌仙絵巻『釈門三十六歌仙』のなかに、聖徳太子や行基そ

して大師にはじまる詠歌する高僧の一人として西行を位置付ける。その姿は、通例の老相の西行ではなく、うら若い新発意の、いかにもこれから旅立とうとする西行であった。

これら中世の僧侶たちの間で、“旅する聖”の代表としての西行は、長く格別な位置を占めていたのである。こうした西行のイメージを、中世日本に限らず、より広く、国際的な地平に開いてみるべきであろう。そこで、“旅する詩人”として西行を比較の対象としてみたとき、何処の、誰がうかびあがり、いかなる対話が始まるであろうか。

以下に論文化された各報告が掲載される。三氏の報告は、それぞれに“旅する詩人”の諸相を多彩に示して興味深い。その諸位相が、互いに西行の豊かさを照らし出していると思われる。

西澤報告は、西行が最も多く詠んだ吉野について、あくまでも西行の和歌に則して、その旅のありようを検討する。彼が詠むのは、吉野への旅ではなく、吉野の花を訪ねることで誘《いざな》われる山内巡歴であり、「山内を重層的に入山し続け、隈無く歩き回る意思」をその詠から読み取る。他の聖地巡礼や大峰斗擻の道程を詞書によって饒舌に語る、他の西行和歌での旅とは、およそ対蹠的な吉野歌群は、報告者の問題意識では「西行にとって和歌とは何か」という永遠の問いに答えるための扉口であった。それはまた、何故西行にとって吉野のみが「花を訪ねて」山内を逍遙する一見自己完結的な聖域であったのか、という問いにつらなる。そこにはやがて義経が全国にまたがり奥州に至る逃避行のとば口となり、後醍醐帝が最後に拠として生涯を終えた歴史をもつ場《トポス》である。むろん大峰斗擻の出入口でもあった。その花はまた、蔵王権現がその種を京の嵐山にもたらしたと伝え、さまざまに展がる吉野の特殊な聖性－聖域を生成するシンボルであり、マテリアルであった。西澤氏が示される西行の吉野花曼荼羅といえそうな詠歌群は、私からみれば、そうした奥に果てしなく繋がり広がる世界への窓口であり、斗擻修行への憧れを詠ったものと思える。

浦報告は、「旅する詩人の日伊比較」として、十二世紀の西行を参照枠としながら、十三世紀イタリア・ルネッサンスの詩聖ダンテと十四世紀のコスモポリタン学者詩人ペトラルカの生涯と作品を辿りつつ、敬愛する二人の巨匠詩人の、それぞれの運命を特徴付ける旅と、それが詩と創作に如何に結晶したかを描き出す。それぞれの詩の訳文を提示しながら、比較の視点として「歌枕と叙景」「自己編集と伝説的様式化」そして「心身分離その他」というテーマの許に、彼らの旅を象る、または旅から生まれた独自なトポスの性質について、あるいは自己のメタ・テクスト化というべき、散文と韻文を組み合わせた自伝的作品の分析（たとえばダンテ『ヴィタ・ノワ』と『西行物語』を比較する試み）など、いずれも興趣を覚えずにおかない魅力に満ちた考察であった。

水戸報告は、「西行とエル・シッド－比較研究の試み」として、中世スペイン（イベリア半島のキリスト教諸王国というべきか）のレコンキスタ（キリスト教徒の王によるイスラム教王国から国土を奪還する運動）の代表的な英雄として伝説化された武将エル・

シッド（その呼称がアラビア語に由来することは興味深い）を主人公とする英雄叙事詩を取りあげ、そこに描かれた英雄像を西行と比較する。西行と共通するのは、武士身分の出身であり、その生涯が物語りとして伝説化されて伝承した点に限られる。しかも、エル・シッド自身は武人としての生涯を貫き、聖者として世を捨て、祀りあげられることも無かった。死後なお戦に立ったとは、むしろ弁慶の立ち往生に近い。一方で、西行が「乱世」の転換期に生き、保元乱から源平争乱の時代をただ第三者としてではなく、最後に頼朝による奥州藤原氏の征討までを見届け、それぞれの重要な人物《プレイヤー》たちとも深く関わり、彼らの運命を見守る役割を果たしていたことが、あらためて想起される。そのなかで彼らの詠歌は、一貫して一定のメッセージ性をもって放たれていた。「こは何事の争いぞや」という、突き放した諦観を含め、戦乱の世に和歌をもって対峙する宗教者歌人としての西行が、武勲詩に形象される英雄像とは対極的な地平にうかびあがる。ただし、西行は中世軍記物語の結末において、その世界を“旅する詩人”として締めくくる重要な役割を果たすことも忘れてはならない。また、レコンキスタの英雄という、ヒスパニアの国民的自意識の原像となったエル・シッドに対して、同じく伝承世界のるつぼの中に溶かし入れられた西行に与えられたのが、回国しつつその詠歌によって女子供に咲い者にされて地域の風土をしるし付けるトリック・スターとしての伝承像であることは、より大きな人類史的比較の視座を要求するものだろう。

以上、三氏の報告について、オーガナイザーとしてというより、共に西行して“旅する詩人”について楽しく語りあいながら受け取った多くの教示と出会いに対する、ささやかな返答として、ここに記すものである。その一端は、二〇一七年九月九日の西行学会大会で西澤氏と共に報告したが、もとより充分には伝えられなかった。西行学会はじめ読者は、ぜひ以下の諸氏の論文自体について、“旅する詩人”の世界を尋ねていただきたい。

（あべ・やすろう／名古屋大学）

花を訪ねて吉野山
——西行和歌の聖性——

EAJS リスボン大会フォーラム記録

西　澤　美　仁

キーワード
前登志夫　原風景　歌枕　柿本人麻呂　龍田山

このところ「西行和歌の原風景」というテーマが気になっている。西行和歌を考えてゆくのに、空間関係の諸相、風景とか景観とか、あるいは名所・歌枕といった和歌的なもの、旅の目的地や途中に立ち寄る霊山･霊場、神社仏閣といった聖域と呼ぶべきもの、そして生活や行動の拠点として立脚する場所、等々を一つ一つ丁寧に腑分けして見てゆく必要を感じるようになった。

その中で、やはり一番よくわからないのが、西行和歌には一番多く出てくる「吉野」という場所である。『撰集抄』を嚆矢として（注★1）、西行は吉野山に三年間住んだと伝承される。

> 長承の末の年、出家の望とげて、貴き所々をも巡礼し、面白き所をも見まゆかしく覚て、吉野山にさかのぼりて、三とせを送り侍き。（中略）上下の御前、安山《あんぜん》宝塔の御有様、心なからんすらみすごしがたく侍べし。されば、此所は心もとまりて覚侍しまゝに、三とせを過し侍りき。　（西行全集「松平文庫本」巻七の九）

住んだ、に違いなかろうが、むしろ僅か三年なのかという疑問も生じよう。三年は所謂「物語の時間」で、光源氏の須磨明石もかぐや姫も浦島太郎も平家の鬼界ヶ島も三年である。三年住んだ、は西行に吉野住まいの時期があった、と言う以上ではないのであるが、その間何をしていたのか、西行にとって吉野とは何であったのか、それが一番に気がかりであった。吉野に住み、吉野を生涯歌い続けた歌人前登志夫は、『存在の秋』（1977 小沢書店→ 2006 講談社文芸文庫）に

> 山上ヶ嶽を中心とする吉野の山々の霊感にみちた美しさをよくみつめることが吉野という風土を知る第一の手がかりであり、最終の課題であることを、わたしは繰返

し言ってきた。そのため、飛鳥より吉野に越える、竜在峠や芋峠に立つことをすすめてきた。それらの峠路に立って、大峯の山々を眺めていると、まさに空の冥府という実感である。

と書いた。吉野を知るには何より「吉野の山々」、ここでは山上ヶ岳以下の「大峯の山々」を「見る」ことが先決であり、その山々を見ながら吉野越えの峠を越えることが肝要である、という。西行を知るのに、吉野が「第一の手がかり」であり、「最終の課題」である、と読み替えたりしたいところだが、2年前、国内研修で奈良に住んだ折は、JR奈良駅のすぐ裏（北西）に6階建てマンションの最上階を借りたので、その「空の冥府」がよく見えた。南の窓からプラットホームが臨めるが、その上に三輪山がこんもりと見え、その後ろに凜々しく音羽山、その奥、右の肩に山上ヶ岳から大普賢岳、弥山（八経ヶ岳）、釈迦ヶ岳に至る大峯の山々が展開することがある。高取城跡や石塚遺跡付近からの展望はまさに絶景であるが、奈良市内からも大峯は見える。復原された大極殿の回廊からは、右手に生駒山からの峰続きで二上・葛城・金剛の連山が展開し、左手には春日山・高円山の峰続きで三輪山・音羽山・大峯連山が朱雀大路を挟んで相対しているように見える。その一部が自宅からも見えたのである。同じ前登志夫の『吉野紀行』（1967角川写真文庫→1984角川選書）には、14通りの「吉野越えの峠」が示されている。風森《かぜのもり》峠・重阪《へさか》峠・今木《いまき》峠（車坂峠）・芦原峠・壺坂峠・芋《いも》峠・龍在《りゅうざい》峠（冬野越）・細《ほそ》峠・関戸峠・桜（佐倉）峠・高見峠・宇野峠・入野《しおの》峠の13の峠に龍門岳が加わるが、当時通行禁止になっていた高見峠の他はすべてひと月余りで踏破した。

その道を歩きながら、なぜ西行は吉野への道程を記さなかったのか、西行にとって吉野はどのような拠点であったのか、を考えた。結果は見事な徒労であった、としか言いようがないが（注★2）、西行は和歌を詠む以外の表現手段を持たなかったため、西行と吉野との関係を考えるに当たっても、和歌を通して西行の「表現意識」を見るのが先決になる。西行和歌の吉野の詠み方は、それ以前とどう違うのか、西行和歌は吉野をどのような地として捉え、どのように詠むのか。吉野は歌枕の代表格なので、西行和歌も歌枕としての吉野を詠むに違いないが、歌枕と旅、あるいは聖地、聖性といったものとの関係についても考えたい。また、西行の吉野における拠点、すなわち西行庵についても意見を述べてみたい。

聖地巡礼との関係では、昨年の西行学会のシンポジウムで発表され、本誌前号に掲載された木下華子「道程を叙述する文体―『山家集』中国・四国関係歌群と『無名抄』から―」が注目される。「中国・四国関係歌群」と巡礼記の文体の類似性が指摘され、山家集に唯一存在する巡礼記の本文であると論じている。巡礼記の文体が家集に顕現するということは、旅の道程が記され、苦難・苦行があらわに身体的表現によって示され、目的地の地勢や歩き方が記され、さらには珍奇な見聞が記されるなど、和歌には馴染まない表現が目に付くことになる、とのことである。聖地を表現する方法は巡礼記に限ら

れるわけではなかろうが、聖地吉野を表現するのに、西行和歌はどのような方法を用いたのか、大峯や高野などとも対照しながら見ていきたい。

西行和歌に「吉野」は88首あらわれる。西行和歌の歌枕・地名では群を抜いて一位であるが、この数値には大峯を含めている。吉野山山上を意味する「御嶽」以外を除くと68首。二位67首の高野とはほぼ同数であるが、比較すると際立った相違が認められる。高野は歌枕ではないので、和歌には「たかの」あるいは「かくや」の音便化した「かうや」に掛ける用例が2首ほど見られたが、あとはすべて詞書で、特に「高野より」という起点を示す表現と、「寂然高野に参りて」という大原三寂の一人寂然が西行のいる高野山に登山する表現とが目に付く。西行自身が「高野へ参る」登山する用例もあり、

高野へまゐりけるに、かづらきの山に、にうじのたちたりけるをみて
さらに又そりはしわたすここちして　をふさかかれるかづらきのみね　（残集32）

は、高野への道程を示す一例である。役行者が葛城から吉野山の山上である金峯山に石橋を渡すという伝承を詠んでいて、吉野の聖性を示す例にもなりそうだが、高野への道が示されるという意味では、高野の聖性が表現されている。

聖地である高野を拠点にもしている、ということで、西行を考えるのに高野が重要な場所であることは明らかだが、吉野は詞書に出るのは極めて少なく、

くにぐにめぐりまはりて、春かへりて、よしののかたへまゐらんとしけるに、
人の、このほどはいづくにかあととむべきと申しければ
花をみしむかしの心あらためて　よしのの里にすまんとぞ思ふ
（山家集・下・雑1070）

が見える程度で、諸国を回国修行して帰京（在俗期をいう「昔の心」が対照される）し、次の修行予定地は吉野と言い、「吉野の里に住む」とも言うので、聖地を拠点にする、という点で高野と共通する一面が示される。その一方で、他の大部分は歌枕として和歌本文に詠み込まれている。

時間（分量）の制約もあるが、触れないわけにいかないので、ここにごく簡略にではあるが、万葉集から古今集を経て西行に至る、「歌枕吉野」の成立について見通しを述べておく。

万葉の吉野は約百首。犬養孝「万葉吉野歌抄」（注1『吉野町史上巻』）などを参看して、いざみの山（44）・人国山（1305）・司馬の野（1919）・今城の岳（1944）・丹生の檜山（3232）といった所在不明の吉野関連地名を加えると102首を数える。その基調は、題詞に「天皇幸二于吉野宮一時御製歌」（万葉・巻一27）（注★3）とある天武天皇御製と伝える、

淑き人の良しと吉く見て好しと言ひし　芳野吉く見よ良き人よくみ

であり、「吉野よく見よ」という吉野は、やはり天武天皇の「天皇御製歌」（同25）

み吉野の　耳我の嶺に　時無くぞ　雪はふりける　間無くぞ　雨はふりける　その雪の　時無きがごと　その雨の　間無きがごと　隈も落ちず　思ひつつぞ来し　その山道を

にいう「耳我の嶺」（異伝歌26は「耳我の山」）が前述の芋峠から遠望される吉野であり、吉野山の山上、大峯山、山上ヶ岳、御嶽とも呼ばれる金峯山である。もう一つの吉野が、題詞に「幸二于吉野宮一之時柿本朝臣人麿作歌」（同36）とある吉野讃歌の反歌（37）

見れど飽かぬ吉野の河の常滑の　絶ゆる事無く復た還り見む

に「見れど飽かぬ」（36にも）「復た還り見む」と謳われた「吉野宮」「吉野の河」であった。繰り返し詠まれた吉野讃歌の類想（315・907・913・920・923・1005・4098）以外にも、「吉野山」（52・1130）にも「吉野宮」「吉野川」（242・1134）にも「時無く」「間無く」雪や雨が降る水分信仰を反映した神仙思想が看取できる。その仙境に比すべき聖地吉野を「よく見よ」というのである（注★4）。

古今和歌集には24首「吉野」が詠まれる。仮名序（注★5）には、万葉集成立を語るにあたり、

古よりかく伝はるうちにも、平城の御時よりぞ広まりにける。かの御代や歌の心をしろしめしたりけむ。かの御時に、正三位柿本人麿なむ歌の聖なりける。これは、君も人も身を合はせたりといふなるべし。秋の夕、龍田川に流るる紅葉をば帝の御目には錦と見給ひ、春の朝、吉野の山の桜は、人麿が心には、雲かとのみなむ覚えける。

という一節がある。詳述する余裕がないが、君（平城の帝・秋・夕・龍田川・紅葉・錦）と人（柿本人麿・春・朝・吉野の山・桜・雲）の「合身」が和歌の対応によって語られていて、実在する

題しらず　　　よみ人しらず

竜田河もみぢみだれて流るめり　わたらば錦なかやたえなむ

この歌は、ある人、ならのみかどの御歌なりとなむ申す　（古今・秋下283）

が仮名序に明記されるのに対し、吉野山の桜を雲に見立てる作は

歌たてまつれとおほせられし時によみてたてまつれる　(つらゆき)
桜花さきにけらしなあしひきの　山のかひより見ゆる白雲
寛平御時きさいの宮の歌合のうた　とものり
三吉野の山べにさけるさくら花　雪かとのみぞあやまたれける
(古今・春上 59・60)

の「合身」によってしか得られない(注★6)。桜と白雲の見立ては、貫之にもう一首

(延喜十四年十二月女四宮御屏風のれうのうた、ていじゐんの仰によりてたてまつる十五首)
山の甲斐たなびきわたる白雲は　遠き桜のみゆるなりけり　(貫之集 32)

があるが、「桜を白雲に見立てる歌、人麿になく、古今集時代にも貫之以外の確実な例がない」(注★7)と指摘されるように、その見立て自体が当時の最先端であり、さらに吉野の桜についても、本稿では本文を割愛した人麿作歌（万葉 36「吉野の国の花散らふ秋津の野辺に」38「春べは花挿頭し持ち」）の「花」を桜と見る見解が散見されるが(注★8)、吉野の桜は万葉に他例がなく(注★9)、古今 60 及び 363・588 を以て初例とすべきかと思われる。万葉集ではむしろ龍田山の桜が定着していて、971・1747・1749・4395 と 4 首を数え、「龍田」の語は含まないが、龍田の桜を詠んでいる 1748・1750・1751・1752 も含めれば 8 首となり、4 首（971・2194・2211・2214）の紅葉を凌駕する。龍田山はむしろ桜の名所であり、万葉の桜の名所としては龍田山こそが随一であったと知られる。桜を詠んだ 971・1747・1749 には、「白雲の龍田の山」と「龍田」の枕詞に、貫之が桜に見立てた「白雲」を用いているのも暗示的である(注★10)。思うに、桜と白雲の見立てを本意とする「歌枕吉野」の成立には、この仮名序行文における「龍田」との対照が大きく関わったのではなかったか(注★11)。

古今集の吉野はしかし、まだ花が主役ではない。60 も「雪かとのみぞあやまたれける」であったように、3・317・321・325・327・332・363・1005 と 24 首中 8 首に雪が詠まれる。また、

(題しらず)　(よみ人しらず)
みよしのの山のあなたにやどもがな　世のうき時のかくれがにせむ
世にふればうさこそまされみよしのの　いはのかけみちふみならしてむ
(古今・雑下 950・951)

といった世外の地、隠遁の地としても詠まれる。このイメージは、

（寛平御時きさいの宮の歌合のうた）　　壬生忠岑
みよしのの山の白雪ふみわけて　入りにし人のおとづれもせぬ　　（古今・冬327）
（題しらず）　　左のおほいまうちぎみ
もろこしのよしのの山にこもるとも　おくれむと思ふ我ならなくに
（古今・誹諧1049）

などにも現れて、古今の吉野のもうひとつの基調を成しているが、「岩の懸け道」は万葉の

芳野作
神さ振る磐根こごしきみ芳野の　水分山を見れば悲しも（万葉・巻七・雑歌1130）

などに由来すると思われる。ごつごつした岩盤が神々しい吉野の水分山は安禅宝塔にあり

詠ㇾ蘿
み芳野の青根が峰の蘿席《こけむしろ》　誰か織りけむ経緯《たてぬき》無しに　　（万葉・巻七・雑歌1120）

と詠まれた「青根ヶ峯」とも呼ばれ、宮滝の吉野離宮跡から望めるその山容は美しい。因みに、950「み吉野の山のあなた」も同じ安禅宝塔の一帯を指すと見るべきで、西行和歌「吉野の奥」を考えるのに示唆的である（注★12）。

古今にわずか3首、しかも春歌は1首のみでスタートした「吉野の桜」は、「万葉の吉野」が「よく見よ」という天武天皇の故事に促された聖地巡礼を繰り返したのに対し、核心となる「人麿が心」はその和歌本体までが秘されたまま、秘仏を直視しないのと同様に、雲との見立てによって直視を拒絶した秘説化を、すでに貫之の仮名序の段階で成し遂げていた。注（10）に記すことになった後撰117がその一線を突破すると、勅撰集を見るだけでも、後拾遺121・金葉47・52・65・詞花22・千載70・80・1034・新古今132といった作例が生じることになる。八代集の「吉野の桜」全用例が39例なので、10例26%は、「龍田の紅葉」33例中、錦との見立て13例39%と比して、絶対数では見劣りしないまでも、比率的には相当に抑制されている、と言えよう。

そうした中で、西行和歌の用例14首（山家集62・65・110・115・132・142・143・987・1454・聞書集51・135・137・242・御裳濯河歌合32番左）は異常に高い数値である。西行以後には慈円24首が西行和歌の後継を主張するようでその数に圧倒されるが、西

行以前の私家集には、江帥集に4首（異本歌を加えると5首）あるのが目立つ程度である（内1首が詞花22）。貫之によって仮構されたとはいえ、王朝時代の吉野の桜の核心部分になる「人麿の吉野の桜」を最もよく受け継いだのは、実は西行和歌だった、ということになる。

それと同時に、実はここからが本論になるのだが、

独尋山花
たれかまた花をたづねてよしの山　こけふみわくるいはつたふらん　（山家集57）
（花の歌あまたよみけるに）
よしの山くもをはかりにたづねいりて　こころにかけし花をみるかな（山家集62）
山寺の花、さかりなりけるに、昔を思ひ出でて
よしの山ほきぢづたひにたづね入りて　花見しはるはひとむかしかも（山家集96）
花の歌どもよみけるに
よしの山こぞのしをりのみちかへて　まだみぬかたのはなをたづねん（聞書集240）

をはじめ、山家集565・1034・松屋本741③（松47）（注★13）・聞書集178・179・186・243と西行和歌には11例に「吉野の桜」を「たづね」る歌がある。この11例という数値自体が西行和歌の特異を十分に語りうる上、八代集用例は新古今86に入集した聞書集240が唯一であることなど、語るべきことは多いが、すでに紙幅が尽きており、詳細は別稿に委ねる。ただ、山家集57「苔踏み分くる岩伝ふらん」・96「崖路《ほきぢ》伝ひに訪ね入りて」が、古今951「岩の懸け道踏みならしてむ」・万葉1130「神さぶる岩根こごしき」を受けた表現であることに注目しておきたい。これらは吉野山内の崖路・懸け道を表していて、吉野山への道程ではない。「花を訪ねて吉野山」とは、「吉野山を遠望しつつ吉野山までの道程を急ぐのではなく、吉野山内を重層的に入山し続け、限無く歩き回る意思が示される」表現なのである。「14通りの「吉野越えの峠」」を歩いても、西行のではなく、前登志夫の後ろ姿しか見えなかったのは、吉野山の聖性を表現する方法としては、道程を示すことを西行和歌はしていなかったからである。

本稿は、紙幅の都合もあって随分中途半端になってしまった。大峯や高野との関係、吉野の拠点である西行庵の位置、吉野山に西行和歌の原風景が看て取れること、そして何より、吉野の花を詠む西行和歌がどのように聖性を示し得たか、などなど実に多くの結論を凍結したままになった。並行執筆することになった別稿「吉野山「西行庵」の成立」（日本文学7月号）「まだ見ぬ方の花を訪ねむ―西行和歌の原風景―」（国語と国文学11月号）に解答（解凍）を示す予定なので、是非とも参照願いたい。

注

（1）吉野町史編集委員会『吉野町史上巻』1972吉野町役場。

(2) 前登志夫は、古道を歩き通すことが自分にとっての「原風景」であるという(『吉野遊行抄』1987 角川書店)。私は道中一人として同好同学の士に出合わなかった。結局は前の後ろ姿を見ていたのかもしれないが、前には後述「万葉の吉野」が見えていたと覚しい。

(3) 万葉集本文は新編国歌大観による。その「新訓」に西本願寺本本文の漢字を可能な限り充てて読みやすくした。

(4) 最新の注釈書である多田一臣『万葉集全解 1』(2009 筑摩書房)も 27 を「この一首を契機に、吉野は見るべき土地として意識されることになる」とある。土橋寛「「見る」ことのタマフリ的意義」(万葉 39 1961 →土橋寛論文集上『万葉集の文学と歴史』1988 塙書房)に「「見る」ことは、古代においては単に感覚的な行為ではなく、人の生命力に重大な関係のある行為であつた」などとある(『古代歌謡と儀礼の研究』1965 岩波書店にも同様の言及がある)。また、唐木順三『日本人の心の歴史』(1970 筑摩総合大学→ 1973 唐木順三文庫・1976 筑摩叢書・1981 唐木順三全集・1993 ちくま学芸文庫)などにも類似の指摘がある。

(5) 古今集仮名序については、ちくま学芸文庫(小町谷照彦 2010)に従い、ルビを省略した。

(6) 顕昭古今集注(竹岡正夫『古今和歌集全評釈』1976 右文書院)が引く「或抄」に「人丸ガ歌ニ吉野山ノ桜ヲ雲トミタル事、所見ナシトイヘドモ、君臣合体ノコトハリヲアラハサンタメ立田河ノ紅葉ニタイシテ、ヨシノ山ノ桜ヲツクリ事ニ貫之ガカケルトモイヘリ。又人丸ガ歌アリシカドモ世ニツタハラザルトモイヘリ。爰ニ後撰歌、「ミヨシノヽ吉野ノ山ノ桜花シラ雲トノミ見エマガヒツヽ」此歌ニアヒタルヤウナレド、ヨミ人シラヌ歌ナリ。愚意ニ千万オボツカナクオモヒタマヘリト云々」とあり、横山聡「人麻呂の伝承的世界と吉野—『万葉集』の受容と名所歌枕—」(武蔵野女子大学紀要 33 − 1 1998)に指摘がある。吉原栄徳「古今集かな序難疑 2」(園田国文 4 1982)も古今 59 を「人麿の「吉野の山の桜」の歌を是認させる説得力」として創作したとする。

(7) 高田祐彦『新版古今和歌集』(2009 角川文庫)。古今 59 に付された注。古今 60 は

みよし野のやまべにたてるさくら花　白雲とのみあやまたれつつ　(新撰和歌 41)
(山ざくら)　とものり
みよしのの山べにさけるさくらばな　しら雲とのみあやまたれつつ　(古今六帖 4228)

といった異文も生じているが、古今集本文の優位性は動じない。

(8) 万葉 36 の「花散らふ」を桜と見る説は、土橋寛「人麻呂における伝統と創造」(前掲書 1988 ←初出 1956)に、「「花」は、草花とみるより桜とみる説に従いたいと思うが、枕詞と認める以上は、それを実景の描写とみるべきではない。にも拘らず、この語には、実景の描写であるかのような具象性がある。元来呪的なほめ詞であるはずの枕詞を、人麻呂は美的なほめ詞として用いているのである」に代表される。稲岡耕二「人麻呂「反歌」「短歌」の論—人麻呂長歌制作年次攷序説—」(万葉集研究 2 1973)にも同様の言及がある。万葉の吉野に桜はなく、吉野に限らずとも人麻呂歌にも桜はないが、人麻呂の「花散らふ」が古今仮名序の源泉になったと推定することとは、矛盾することなく、共存しうると思われる。

(9) たとえば、万葉の桜全 41 例を掲出した小清水卓二『万葉の草・木・花』(1970 朝日新

聞社）にも吉野讃歌は用例に含まれない。また、鳥越皓之『花をたずねて吉野山』（集英社新書 2003）にも、吉野の桜は古今がはじめてとの指摘がある。万葉 1868「川津鳴く吉野の河の滝の上の馬酔の花ぞ末《はし》に置くなゆめ」が 20 首連なる花の歌群（1854 ～ 1873）にあって桜も 8 首を数える中で、敢えて吉野川の馬酔木が詠まれたのは、吉野の花が桜と結合しにくかった状況を如実に物語る。

(10) 古今集では、仮名序から想定される人麻呂歌、と重なるのを慎重に回避していた、吉野の桜と雲との見立ては、後撰・春下 117 で実現される。

法師にならむの心ありける人、やまとにまかりてほどひさしく侍りてのち、あひしりて侍りける人のもとより、月ごろはいかにぞ花はさきにたりやといひて侍りければ

（よみ人しらず）

み吉野のよしのの山の桜花　白雲とのみ見えまがひつつ

「法師にならむの心ありける人」が柿本人麻呂でないことは言うを俟たない。注 **(6)** 参照。

(11) 古今の歌枕では吉野 24 首が群を抜いて多く、2 位の龍田 13 首の倍に近い。仮名序前掲箇所にその 1 位 2 位が一対の歌枕として並記されるのも、両者が歌枕の代表格であることを示唆する。注（5）の小町谷訳注は仮名序の人麿歌を「貫之の虚構か」という。君臣の合身によって、万葉集という和歌の黄金時代が生まれた、という文脈の中で、歌枕の発想がそれに肖って合身の場から産み落とされた結果、「吉野山の桜」「龍田川の紅葉」が歌枕の双璧となったという、その論理自体が貫之の虚構と見るべきであろう。桜の龍田山から紅葉の龍田川への転換に、吉野宮・吉野川から吉野山への転換も連動しよう。なお、この合身の場から生じた和歌秘説が王権を象ることを論じたものに、大谷節子「合身する人丸—和歌秘説と王権—」（今谷明『王権と神祇』2002 思文閣出版）がある。

(12) 現在、西行庵や苔清水のある奥千本は、かつて奥の院と呼ばれ、安禅寺（宝塔院）があったことから、安禅、愛染、宝塔、安禅宝塔などとも呼ばれる。詳しくは別稿に譲るが、和歌ではこのあたりを「吉野の奥」と呼んだ可能性が高い。ここを越えるとめっきり桜が少なくなる（時代は下るが室町末の「宇野主水日記」（『石山本願寺日記』1930 大阪府立図書館長今井貫一君在職二十五年記念会→ 1966・1984 清文堂出版複刻）天正十一年 1583 記事に「愛染宝塔トテアリ。コレガ奥ノハテノ心也。是ヨリ上ニハ花木ナシ。槇杉檜バカリ也」とある）。

(13) 山家集の異本「松屋本」の番号表記については、松屋本が版本に書き入れられた状態で現存する状況を反映して、久保田淳『西行全集』（1982 日本古典文学会→三版 1996 貴重本刊行会）では、本文には番号を振らず、索引に「山板書 225」などと頁で表記した。犬井善寿『西行和歌歌番号対照表』（1988 私家版）は「741 ③」と版本の書入箇所（版本の通し番号）と書入歌群での順位を明示し、西澤美仁・宇津木言行・久保田淳『山家集・聞書集・残集』（和歌文学大系 2003 明治書院）及び久保田淳・吉野朋美『西行全歌集』（岩波文庫 2013）は一致して「松 47」と松屋本独自歌のみに通し番号を付して表記する。新編国歌大観番号が万葉集を除いてはすべての歌書に通行する現状において、いずれも新編国歌大観番号以外の数値で表記されるのはなんとも残念な次第である。和歌本文に辿り着くには後二者

の「松47」が至便だが、惜しいかなその位置（新編国歌大観番号との関係）がわからない。唯一位置を具体的に示す犬井対照表では、他書を併用しない限り、単独では和歌本文に辿り着けない。結局両者とも『西行全集』の存在が前提になっていたのである。アマゾン・日本の古本屋など古書店サイトに在庫の存する現状では、『西行全集』の参看が不可能ではない以上、「犬井番号（和歌文学大系番号）」という並記の形（「741③（松47）」）が最も現実的であると判断した。

（にしざわ・よしひと／上智大学）

旅する詩人の日伊比較
——西行、ダンテ、ペトラルカ——

EAJSリスボン大会フォーラム記録

浦　一章

キーワード
イタリア古典詩人　歌枕　叙景　歌物語　伝説化

1　歌枕と叙景

西行（1118－1190）、ダンテ・アリギエーリ（1265－1321）、フランチェスコ・ペトラルカ（1304－1370）は、動機・原因はさまざま異なりつつも、いずれも頻繁に旅をした詩人であった。本章では、その経験が彼らの作品の中にどのような形で反映しているかについて、「歌枕と叙景」という視点から考えてみよう。まず、西行については、地名が歌の中に頻繁に織り込まれていることが注意を引く。調査を簡略にするために、観察を『御裳濯河歌合』および『宮河歌合』に限ると、『御裳濯河歌合』では全72首中18首、『宮河歌合』では全72首中14首が地名を含んでいる。2つの自歌合を通じて、吉野（ないしは吉野山）がもっとも頻出する地名であり、西行と桜の密接なつながりが窺われる。

地名を含む西行の歌には、「風さえて寄すればやがて氷つゝ返る波なき志賀の唐崎」（宮50）がある（注★1）。唐崎の冬のめずらしい情景が描かれており、読者は旅心を誘われよう。歌枕において詠まれた作品は、その地を訪れた時の印象をすばやく捉え、記録にとどめるという側面と同時に、先立って詠まれた歌との「テクスト相互的」（intertextual）な関係をもっている。西行は自分に先立つ能因の旅と歌をしばしば明確に意識していた（山1126および1127参照）が、とりわけ注目に値するのは、「津の国の難波の春は夢なれや蘆の枯葉に風わたる也」（裳58）であろう。西行は眼前の「蘆の枯葉」のみならず、不在の「難波の春」にも言及しつつ、能因の先行作品、「心あらむ人に見せばや津の国の難波わたりの春の景色を」（後拾遺・春上）を脳裏に浮かべ、また読者の記憶に呼び覚まそうとしている。このように、歌人は目の前のありのままの風景に向かい合っているだけではなく、先行テクストに描きこまれた風景を前にしているのであって、「叙景する」、すなわち「風景を詠む」という作業は、高度に知的な文学的遊戯という側面を

も有している。

西行と風景の関係がこのようなものであったとすれば、ダンテやペトラルカの場合はどうだったのか。観察の対象を『神曲』と『カンツォニエーレ』に限って、考察してみよう。『神曲』には、多くの地名が挙げられており、その場所は克明に描写されている。「地獄篇」第12歌4－10（地獄の第6圏と第7圏を隔てる断崖の描写）、同第30歌62－68（贋金づくりの工匠アダーモが喉の渇きを訴える場面）、「煉獄篇」第12歌100－108（煉獄の第1台と第2台をつなぐ階段の描写）等を参照されたい。それらの箇所では、この世の風景は、あの世を旅する主人公「私」が訪れた場所の説明として利用されたり、「私」が出会う霊たちの記憶にとどまり、そのアイデンティティと密接に結びついた部分として言及されている。それらの風景は、自然のものであれ都市のものであれ、きわめて微細に描かれているために、読者はそこを実際に訪ねてみたいと思うことだろう。そうした願望の実現が比較的容易なのは、「地獄篇」第31歌136－141（「私」とウェルギリウスが巨人の掌に乗って絶壁を下りる場面）で言及されているガリゼンダ（ボローニャの斜塔）であろう。

> ガリゼンダの上を雲が流れてゆく時に、斜面の下から仰ぎみていると、塔が自分の方に傾いてくる錯覚に陥るものだ。巨人アンタイオスは、まさにそのような感覚を私に味わわせることになった。私は巨人が身を屈めるものと気をつけていた。それはあまりに恐ろしい瞬間だったから、別の道を通ってゆきたいと思ったほどだった。

ボローニャの街のまさに中心に位置するこの斜塔を訪ねてみると、ダンテの当該一節が石に刻まれている。いま大切なのは、ダンテの一節とそれを刻んだ石のお蔭で、この斜塔が歌枕になっただろうか、と問うことであろう。答えは、否定的にならざるをえまい。

ペトラルカ『カンツォニエーレ』になると、歌枕になりうるような地名自体にほとんど出会わない（注★2）。『カンツォニエーレ』35番は、ペトラルカのもっとも有名な作品の1つであり、孤独なもの思いに耽りたいと願う恋人の心理をみごとに描き出している。

> ただひとりもの思いに沈みながら、もっとも人気のない野原を私はゆっくりとした遅い足どりで渡ってゆく。人の足跡が地面に刻印を残している場所を避けるために、私は注意深く目を動かす。人々の鋭い眼差しから私を守ってくれる、ほかの盾を私は見つけることができない。それというのも、陽気さの消え失せた私の立ち居振舞いの中には、私が内でどんなに燃えているか、外からでも読みとることができるからだ。だから、私は今や信じて疑わない、他人には隠されているわが生がどのような性質のものなのか、山も斜面も川も森も知っていると。しかしそれでも、愛が私と常に語らいながらついて来ないような（そして私も彼と語らいながらついてゆかないような）、それほどまでに荒涼とした険しい道を捜すことができない。

ソネットは､西行の歌「遥かなる岩のはざまにひとりゐて人目思はで物思はばや」（撰4、新古今 1099）に相通じるものをもっている。しかし、唐崎の歌と比べると、ペトラルカのソネットでは、詩人の内面の秘密を分かち合うことになる風景は、下線部にあるように、「山も斜面も川も森も」とだけあるだけで、ほとんど個別化されていない。この「山も斜面も川も森も」は「人目から遠く離れた処」という抽象的な風景を意味するのみであり、具体的な地名とは結びつかない。

ペトラルカがいかなる意識をもって風景に対していたのか。この点を深めてゆく上で興味深いのが､有名な『親近書簡集』第4巻第1書簡であろう。南フランスのヴァントゥー山に登った時の体験を語ったこの手紙は、その解釈をめぐってさまざまな議論が今も繰り広げられている。それは、好奇心を唯一の動機とした登山、つまり観光目的の登山が、山頂においてアウグスティヌスを繙いたことによって、人間の内面の発見へと大きく方向転換するからでる。第1および26－27節を引用しておく(下線は引用者によるもの)。

> この地方の一番高い山は、ふさわしくも「風の山」、ヴァントゥー山と呼ばれていますが、その山に私は今日登りました。<u>山の傑出した高みを見てみたいという願望が唯一、私を駆り立てた動機です。</u>…（中略）…それらの眺望のひとつひとつに感嘆し、地上の何らかのことに分別を働かせたり、［高みに登った］体の例にならってより高尚な事柄に心を傾けているうちに、聖アウグスティヌス『告白』を覗いてみるのがよいと思いました。親愛なるあなた（＝アウグスティヌス会修道士ディオニージ・ダ・ボルゴ・サンセポルクロ）が贈ってくださった、あの書物です。…（中略）…どこであれ、目に入ったところを読もうと思って、開きました。…（中略）…私は神を、またそこに居合わせた者（＝ともに登山した弟ゲラルド）を証人とします。私が最初に目をとどめたところには､次のように記されておりました。<u>「人々は、山の高みや巨大な潮流、広大に流れてゆく河川、大洋の広がり、星辰の軌道を驚嘆しに出かけて行く。だが、自分自身のことをなおざりにしている」</u>（＝『告白』第10巻第8章からの引用)。告白しますが、私は茫然自失しました。

筆者自身は、どちらかと言えば、ペトラルカは（そしてダンテも）風景を風景自体において見て味わうという意識をまだ十分にもっていなかった､という見解に傾いている。

風景に向かう意識はまた、関係するジャンルによっても大いに影響されよう。『神曲』のように叙事的なタイプの作品にあっては、たとえあの世の風景や人物であれ、それを明確に読者に伝えねばならず、その必要がこの世の風景との克明な比較や地名の明示につらなったのであろう。他方､『カンツォニエーレ』のような叙情的なタイプの作品では､内面の表白が重要さを増す分だけ、外の風景への依存が弱まり、その輪郭が曖昧になるのであろう（ちなみに、西行の「遥かなる岩のはざまにひとりゐて人目思はで物思はば

や」でも、具体的な地名への言及はない)。しかし、ダンテにとってもペトラルカにとっても、叙景は十分確立されたジャンルにはなっていないように思われる。風景をある人物や出来事の背景としてではなく、それ自体観察に値するものとする意識がいつ頃どのようにして確立するのか。言い換えるならば、「風景画」はいつ頃どのようにして確立するのか。イタリア文学(ひいては西洋近代文学)における叙景というジャンルの確立は、美術史研究と手をとりながら、探求してゆくべき課題であろう。叙景がジャンルとして確立し伝統化すると、今度は叙景詩の間に「テクスト相互的」な関係が成立するようになる。

『カンツォニエーレ』自体は歌枕を生みだす力をほとんど宿していないが、ヴェネト地方のアルクワ(パドヴァ近郊)にある、ペトラルカの終の住処となった家は、擬似歌枕的な役割を少しだけ果たすことになった。『カンツォニエーレ』234 番(注★3)に刺激されて、アルフィエーリ(1749－1803)がアルクワを訪れてソネット(*O cameretta, che già in te chiudesti*)を詠む(注★4)。すると、そのソネットを引用しながら、今度はフォスコロ(1778－1827)が、主人公がアルクワを訪れる場面を小説の中に描く(『ヤコポ・オルティスの最後の手紙』1797 年 11 月 20 日付書簡)(注★5)。ペトラルカとアルフィエーリ、アルフィエーリとフォスコロは密接な「テクスト相互性」によって結ばれている。ただ、次の 2 点には注意しておかねばならない。まずは、アルフィエーリおよびフォスコロの関心を惹いたのはむしろ「ペトラルカの家」であって、アルクワという土地ではないということ。次に、アルフィエーリもフォスコロも、中央集権的な国民国家としてのイタリアの確立が模索された時代の作家であること。中央集権国家という政治の枠組だけでは、ほんとうの国民は成立しない。それを創り出すためには、分かち合われる文化的なアイデンティティを植え育てることが不可欠であろう。そうした共通のアイデンティティを創り出すための手段として、「ペトラルカの家」を利用したという側面が、アルフィエーリにもフォスコロにもあるように思われる。もし彼らが文部大臣であったなら、「ペトラルカの家」を重要文化財に指定し、「もって国民意識を高揚すべし」と下達したことだろう。

2　自己編集と伝説的様式化

西行とダンテ、ペトラルカの比較を、「自己編集と伝説的様式化」という観点から続けよう。西行はすでに触れた 2 つの歌合を自ら編集しているが、そのほかにも『山家心中集』を自ら編んで藤原俊成に送ったと見られている。また、『西行法師家集』にも自選秀歌集という側面があるのかもしれない。ダンテもペトラルカも、自選詩集の編集に深く関わった詩人であった。1290 年にベアトリーチェが亡くなると、ダンテはそれまでに書き散らされていた詩片群の中から取捨選択して作品を一定の順序で配列し、選ばれた作品が生まれた背景を散文で説明しながら筋を展開させて、『ヰタ・ノワ』(新生)

を書きあげる。この「散文プラス韻文」という混合形式で書かれた作品は、その第29章の記述からも明らかなように、ベアトリーチェを神秘的な数9と結びつけ、神に直接由来する奇跡として伝説化する。そして、そのような例外的存在に関わりえた「私」自身もまた、神の特別な恩寵に浴した者として伝説化される。それゆえ、『ヰタ・ノワ』は歌物語的な形をとった擬似的自伝と特徴づけることができよう。『ヰタ・ノワ』で伝説化された「私」は、かつてのベアトリーチェが天国の案内人となることによって、『神曲』にも受け継がれることになる。

『ヰタ・ノワ』と『西行物語』の類似には驚くべきものがある。「歌物語的な語り」の形式が共通しているだけではない。素材としての歌、韻文作品の活用の仕方においても、両者は似通っている。『ヰタ・ノワ』においても『西行物語』においても、韻文作品が実際の制作年代とは異なったクロノロジーによって配列されたり、筋の展開との関連で韻文作品には元来のとは異なった意味が付与されたりしている。たとえば、『西行物語』第5章34(注★6)では、すでに言及した歌、「遥かなる岩のはざまにひとりゐて人目思はで物思はばや」が、恋する者の心理ではなく、俗塵を遠く離れた栖に対する憧れを表現したものとして挙げられている。他方、『ヰタ・ノワ』第3章では、元来ベアトリーチェとは無関係なソネットが彼女の死を予告するものとして利用されているし、第23章ではベアトリーチェの死後に詠まれたカンツォーネが、やはり生前から彼女の死を予告した作品として扱われている。『ヰタ・ノワ』と『西行物語』が大きく異なっているのは、『西行物語』では西行本人ではない不詳の作家が実録風の伝記を構築しているのに対して、『ヰタ・ノワ』では韻文の作者本人である「私」、つまりダンテ本人が実録とは言い切れない自伝を構築していることであろう。この違いは、三人称語り/一人称語りの差異となって表われる。

ペストが猖獗をきわめた1348年、ラウラが亡くなると、ペトラルカも自選詩集の編集に本腰を入れるようになる。今日『カンツォニエーレ』の名で呼ばれているのは、通常、ペトラルカの366篇の韻文作品を含んだ最終段階の形態の詩集のことである。その編集がいかなる段階をへて進められたかについては、今は踏み込まない。むしろ、『ヰタ・ノワ』との比較を通じて、最終段階の『カンツォニエーレ』の特徴を掴みだしてみよう。ペトラルカの自選詩集には、詞書に対応するものがなく、「歌物語的な語り」によっては展開しない。それでも、その62や212番などに含まれたカレンダー的な要素はラウラに恋してから何年の歳月が過ぎたかを明示しており、「私」とラウラの関係が時の中を動いていることが感じられる。『カンツォニエーレ』62番を参考のため引用しておこう。

> 天にまします父なる神よ、優美だが、わが害（あだ）となったあの婦人（ひと）の仕草を見た時、胸のうちに、すさまじい情欲の炎が起りました。その火ゆえに、囈言（うわごと）をつぶやきつつ夜をすごし、昼をいたずらに失ない、今にいった

私ですが、願わくば、汝が放つ光によって、導いてください。新しい日々の暮らしへ、称賛に値する別の企てへと。そうすれば、わが酷（むご）いあの仇敵（かたき）も、「甲斐もなく罠をはったことだ」と、虚しい思いを味わうことになるでしょう。
すなおに耐える者があれば、いっそう重くその者を苦しめる首枷よ。かの枷を首に負ったその日から、主よ、11年の月日がめぐりました。ああ憐れみたまえ、わが恥ずべき苦しみを。さまよい惑ふ思いを導いてください、よりよき目的に。十字架に汝がかけられたのは今日であることを偲ばせてください、わが迷う思いに。

しかし、「私」とラウラの関係が時の中を動いているといっても、両者の関係は一方通行のまま、まったくと言っていいほど変化しない。時折「私」は聖職者らしく神に心を向けて、ラウラへの愛を捨てようとするが、捨てきれず、ラウラに憧れ苦しみ続ける。ラウラが少しやさしい態度で接してくれると、「私」は天にも昇るような幸福を味わうが、そんな状態は長く続かず、再び悲しみに突き落とされる。「私」の心が堂々巡りしている印象は拭い難く、『カンツォニエーレ』が366、つまり閏年の日数と同じ数の作品を収録している意味も、おそらくそこにあるのだろう。言い換えれば、『カンツォニエーレ』には2つの時、すなわち「円環的に反復される時」と「直線的に流れ去る時」が反映されており、この2つの時の間で「私」とラウラの関係は緩やかに螺旋を描きつつ進行する。それゆえ、筋の展開は微弱で感じとりにくいものではありながら、『カンツォニエーレ』もまた自作の歌を含んだ擬似自伝的な作品と言えよう。そこでペトラルカは、「理想」と「現実」の間で迷いながら、決断に踏み切れないまま、いたずらに時に流されてゆく「私」を演出、より正確には言えば、自己演出している。自己演出という観点からは、先に言及した「ヴァントゥー山」についての手紙にもう一度触れておかねばなるまい。この手紙もやはり後年自己編集された書簡集に収録されているが、山頂においてたまたま開かれた『告白』の頁が、まさしく「内面に目を向けよ」と勧めていたとしている。この点については、自己演出＝虚構ではないかとの疑念が抱かれよう。

3　結び

本稿では、西行とダンテ、ペトラルカの比較を2つの観点から展開してきた。「歌枕と叙景」という観点からすると、西行とイタリアのふたりの詩人の間には大きな隔たりがあることを明確にした（たとえ、ダンテによって読者の旅心が誘われることがあるにせよ）。「叙景」というジャンルが日本では西行の頃にはすでに確立しているのに、イタリアのダンテおよびペトラルカの頃にはまだ確立していないように思われる。「自己編集と伝説的様式化」という観点からすると、『西行物語』とダンテ『ヰタ・ノワ』の間に著しい類似が存在することが明らかとなったが、同時に話者（一人称 / 三人称）の大きな違いも明確となった。ペトラルカ『カンツォニエーレ』は歌物語的形態をとらない

が、それでも『ヰタ・ノワ』に範をとった擬似的自伝であろう。西行、ダンテおよびペトラルカの比較にむけた、本稿でのささやかな考察が、何らかの刺激となって読者の研究を促進するよう心から希望する（注★7）。

注

（1）本稿では、西行の作品はすべて『西行全歌集』（久保田淳・吉野朋美校注）、東京、岩波書店、2015年から引用し、そこで用いられている略号によって指示する。

（2）『カンツォニエーレ』71番7－8に見られるように、地名が皆無というわけではない。だが、そこに挙げられている「ティグリス川」「ユーフラテス川」は「東」を示すために用いられているであって、2つの川が同じ水源から流れ出すことへの言及は、むしろ地理の知識であって、風景の描写とは異なっている。

（3）ペトラルカ『カンツォニエーレ』234番1－4：《O cameretta che già fosti un porto / a le gravi tempeste mie diurne, / fonte se' or di lagrime nocturne, / che 'l dì celate per vergogna porto》（おお小部屋よ、かつては昼に私を襲う激しい嵐に対して港となってくれたおまえは、今では夜の涙で泉と化した。昼は恥ずかしくて隠しているあの涙で）［下線部はアルフィエーリによって引用され、書き出しの表現として利用される］

（4）アルフィエーリ「ペトラルカの部屋に寄せて」1－8：《O cameretta, che già in te chiudesti / quel grande alla cui fama angusto è il mondo, / quel sì gentil d'amor mastro profondo / per cui Laura ebbe in terra onor celesti; / o di pensier soavemente mesti / solitario ricovero giocondo; / di quai lagrime amare il petto inondo / nel veder ch'oggi inonorata resti!》（おお小部屋よ、かつておまえはあの偉人を宿した。彼の名声は全世界をもところ狭しと広がっている。恋愛詩のあの深遠にして高貴なる巨匠のお蔭で、ラウラは地上にありながら天上の栄光に浴した。悲しくも甘い［恋の］思いの、わびしくも楽しい隠れ家よ。今は粗末なありさまのおまえを見ると、なんとつらい涙で私は胸を濡らすことだろう）

（5）フォスコロ『ヤコポ・オルティスの最後の手紙』（1797年11月20日付書簡から）：《Noi proseguimmo il nostro breve pellegrinaggio fino a che ci apparve biancheggiante da lungi la casetta che un tempo accoglieva / quel Grande alla cui fama è angusto il mondo, / per cui Laura ebbe in terra onor celesti》（ぼくらは小さな旅を続けた。やがて遠くに小さな家が白っぽく見えた。かつては、「名声を全世界にところ狭しと広がっているあの偉人、そのお蔭で、ラウラは地上にありながら天上の栄光に浴することができた」と詠まれた人物（＝ペトラルカ）が住んだ家だ）［下線部はアルフィエーリからの引用］

（6）『西行物語』（桑原博史全訳注）、東京、講談社（学術文庫）、2016年、172頁。

（7）紙幅の制限のため、本稿はリスボンにおける口頭発表とは若干異なったものにならざるをえなかった。発表原稿とハンドアウトは、http://researchmap.jp/read0008141/ にアクセスし、「講演・口頭発表等」を参照くだされば、ダウンロードが可能である。

（うら・かずあき／東京大学）

武人と歌の東西 西行とエル・シッド
――比較研究の試み――

水戸博之

キーワード
エル・シッド　中世　スペイン　武勲詩　伝承

1　比較は成立するか。また、何を比較するか。

本稿の目的は、西行と、筆者の研究領域であるスペイン語・ポルトガル語圏の文芸との間に比較が成立するか否かについて、考察を行うことである。日本の西行に対応する中世スペインの作品として『エル・シードの歌』または『わがシッドの歌』（以下、後者を使用）(注★1)を筆者は選択した。考察の出発点は、エル・シッド（Rodrigo Díaz de Vivar 1043－1099）が実在の人物であり、作品の成立は十二世紀後半から十三世紀初頭と、ほぼ年代的に並行することと、武人の出自であったことである。これ以外は、直接的にも間接的にも相互の接触は、言うまでもなく皆無である。

本論に入る前に、筆者の非力の弁解ではあるが、二者を作品において比較することは意図していないことを明らかにしておきたい。西行については、『山家集』をはじめとする主要な作品と『西行物語』を注解の助けを借り、また唐木順三や小林秀雄、塚本邦雄らの評論、白洲正子や辻邦生らの作品も一読したが、とても筆者のにわか勉強で扱えるものではない。このような中、本プロジェクトを企画された阿部泰郎教授から、後世への影響や伝承という視点をアドバイスとしていただいたことは、リスボンでの発表および本論を構成する出発点となり、筆者にとって救済ともなった。また、後述するように、エル・シッドに関しては、現今、すなわちフランコ（Francisco Franco Bahamonde 1892－1975）体制後の約40年間の歴史上の位置づけの変化や研究動向については、日本において、つい近年まであまり注意が払われてこなかったように筆者には思われ、再認識の契機ともなった(注★2)。

エル・シッドと後世の伝承とその形成は、西行伝説の特質を如何なる形で浮かび上がらせるであろうか。

2　西行に通底する『わがシッドの歌』の特異性

『わがシッドの歌』は、『ローランの歌』、『ニーベルンゲンの歌』と並ぶヨーロッパ中世における三大武勲詩の一つである。また中世騎士物語の範疇から見れば、これら三者にアーサー王と円卓の騎士たちの物語が加わるであろうか（注★3）。本稿の『わがシッドの歌』が他の二作品に匹敵するものであるか否か疑問が呈されるかもしれないが、後述のように、ロマンセ（スペイン伝承歌謡）や近世以降の戯曲などへの影響を考慮すれば、かつて見られたようなスペインの国粋主義的歴史観から発した過大評価では決してないことを理解されよう。本節では『わがシッドの歌』は、他の二作品とはかなり異なった性格を持ち、それが西行と意外な共通点となり得ることを指摘したい。

用語の厳密な意味はひとまず不問に付すとして、両者に共通するのは、一言でいうと「リアリズム」であり、それは二つの側面から指摘できよう。すなわち、奇蹟譚がほぼ皆無であることと、地名・地理情報の正確さである。

次のことがよく指摘されている。エル・シッドは極めて優れた有徳の武将ではあるが、それはあくまで生身の人間の領域を超えるものでなく、勝利は超能力や魔法によって得られたものではない。これに対し、『ローランの歌』のシャルルマーニュは200歳を超えた老人で、天使と語り、神に祈り太陽を静止させる超人あり（注★4）、『ニーベルンゲンの歌』に出てくるジークフリートの纏うと十二人力を得るという隠れ蓑（注★5）という類の話は皆無である。従って、『わがシッドの歌』に北欧神話、魔法使いマーリン、『ベーオウルフ』のような話を期待すると、大いに裏切られ、退屈な作品ということになる。

『わがシッドの歌』において強いて奇蹟譚と言えば、第406行で大天使ガブリエルが、モーロ人の地へ遠征に向かう前夜、夢枕に立ち、成功を予言することである。聖母マリアへの処女懐胎を告げる大天使ガブリエルは、お告げの天使として知られ、例えば『ローランの歌』第185節においてシャルルマーニュに夢のお告げを送る他、しばしば登場する。しかしながら、『わがシッドの歌』においてはこの箇所が唯一である（注★6）。ところで当時のスペインにおいて奇蹟が文芸のテーマとして人気がなかったかと言えば正反対である。すなわち、現在に至るまでスペインを中心としたカトリック世界に深く浸透している聖母マリア崇敬とそれにまつわる様々な伝承・伝説が多数作られていたのである。代表的な作品として、スペイン文学史上最初に氏名が明らかな13世紀の詩人ゴンサーロ・デ・ベルセオ『聖母の奇蹟』(Gonzalo de Berceo, “Milagros de Nuestra Señora”)がある（注★7）。この聖母は、いかなる罪を犯しても、処刑台に臨んでも、また地獄に落ちても、マリアに帰依するならば、救われるか、あるいはキリストへのとりなしを願うことができる一方、尊大な者や悪魔に対しては容赦ない鉄槌を下す姿で描かれている。この作品は様々な聖人伝を聖職者が当時ほとんど非識字者であった民衆の教化を目的に、聴衆の耳に馴染みやすい武勲詩に倣い、親しみやすい聖母の物語詩の形に作り上げ

たものである。人為と神意または超自然的力の介入という観点から、エル・シッド伝承とは異なるもう一つの伝承の系譜であり、両者の間に一種の聖と俗の役割分担が成立していたかの印象すら筆者にはある。

翻って、西行に関して、筆者が上述と類似あるいは対応する事例として思い浮かぶのは、弘法伝説との関係である。西行伝については、『撰集抄』に見られる、人骨を集めて人を作ろうとし失敗するという奇怪な話はあるものの、それ以外に奇蹟や奇瑞を伴う言い伝えを筆者は寡聞にして知らない。他方、弘法伝説は、大師ゆかりの泉、井戸、温泉をはじめとし、遺徳を偲ぶ様々な不思議を伴って全国に分布している。西行と弘法大師は、3世紀時代を隔てていることから、両者に直接的な接触は当然ないものの、史実として西行が高野山そして修験と関わったことを考えると、ここでも一種の聖と俗の二つの領域を筆者は見出さざるを得ない。もっとも、花部英雄氏の研究に、西行と弘法大師両者が登場する伝説が収録されている。これは本来「西行と熱田宮」の話型の歌問答で、一般には熱田の神との問答が、宮城県で採録された話では弘法大師との話に置き換わっている例とされる(注★8)。

もう一つの共通項、地名・地理情報の量と正確さに関して、『わがシッドの歌』に現れる地名は、岩波文庫版長南訳を参照して明らかなように、その大半が考証および特定可能である。このことが、後に英国の歴史家R. フレッチャーが批判するような、ラモン・メネンデス・ピダルらスペインを代表する研究者が膨大な労力を持って、伝承を史実として検証しようとした混同の一因となる(注★9)。現在、主流と考えられる立場は、歴史上のエル・シッド（El Cid histórico）あるいはRodrigo Díaz de Vivarと神話的かつ伝説的エル・シッド（El Cid mítico y leyendario）を明確に区別して解釈すべきという穏健なものである(注★10)。また、現在のスペインの歴史教科書では、『わがシッドの歌』は、もはや史実か創作かという二項対立的な議論の中ではなく、ロマンス諸語が誕生する過程における世俗文学の一例として扱われている(注★11)。

日本において、地名と詩歌との関係を問われれば、やはり歌枕に言及することになるであろう。さらに歌枕から連想される地域は、説話集『古事談』に伝えられる、一条天皇から、御前での藤原実方が行成との口論により、「歌枕を見てまいれ」と叱責を受け陸奥へ左遷される逸話が示すように、遠隔の地である。西行は、広く全国に足跡を残したとされるが、これまでの研究で明らかになってきたことは、それらのかなりの数が都から遠く離れた地に語り継がれる民間伝承の範疇に分類されるものである。当時の旅は、戦いの遠征ではなかったにしろ、異界の地を歩むがごとき危険に満ちたものでもあったことは疑いないであろう。

一方、エル・シッドの戦に明け暮れる生涯は、周縁地域のみならず敵地との接触や移動を必然的に伴うものであった。しかも「シッド」はアラビア語起源の尊称「主人」である。

cid < sīd（モロッコ方言形）< sayyid سيد（古典アラビア語）(注★12)

尊称シッドの由来については、『ロマンセ Durán 754; XXVIII』(注★13)、ギリェン・デ・カストロ『シドの青春時代』(Guillén de Castro, “Las mocedades del Cid”, 1610?)(注★14)とピエール・コルネイユ『ル・シッド Le Cid』(注★15)いずれにおいても、モーロ人の王たちが勝利者ロドリゴ・デ・ビバールに捧げたものとなっている。以下、その場面を示す。

> 『ロマンセ Durán 754; XXVIII』「……エル・シッドはモーロ人の王たちに贈り物を与え、別れを告げた。それ以降、エル・シッド・ルイ・ディアスと呼ばれ、モーロ人たちの間で、勇気と誉ある人の通称(Apellido)となったのである。(拙訳)」
>
> 『シドの青春時代』第2幕1701－1712「(王子ドン・サンチョ)“わがシド”と呼んだか。(モーロ王)わが国の言葉で“わが主人”のこと、それに値するだけの名誉は十分に持っておられる。(国王ドン・フェルナンド)相応しい名前である。(モーロ王)モーロの間ではそのように呼ばれておられました。(国王)あちらで受けたものならこの地でも授けることにしよう。“シド”と呼んで不都合はない。そして、後世の驚きのために家名にこの名を付け加え、家系にこの誇りを添えることになろう。(岩根圀和訳)」
>
> 『ル・シッド』第4幕第3場「(ドン・フェルナン)……だが虜にした二人の王が、何よりの褒美を出しておる。あの二人は、わしの前でお前を「ル・シッド」と呼んだ。彼らの言葉で「ル・シッド」と言えば君主と言うも同然だが、わしはこの立派な称号に文句はない。(1225)今後は、お前を「ル・シッド」と呼ぼう。皆、この立派な名に敬意を表するのだぞ。その名がグラナダとトレードをおののかせるがいい。そしてまた、その名がわしの治めている者たちには、お前の値打ちとわしがお前に受けた恩義とを伝えてほしい。(岩瀬孝訳)」

この「シッド」という尊称の問題点は、アラブ側の資料にこの尊称がロドリゴ・デ・ビバールに使われた記録が全くなく、むしろ「暴君」「呪われた」「敵の犬」などという蔑称のみが見いだされるという点である(注★16)。この点に関するアラビア語史料の研究は、19世紀の半ばからすでにオランダの東洋学者ラインハルト・ドズィ(Reinhart Dozy)らによって行われており(注★17)、筆者は未見ではあるが、かつてメネンデス・ピダルも『スペイン、キリスト教とイスラムを結ぶ環 España, Eslabón entre la Cristiandad y el Islam (Colección Austral)』、1956などの著書を執筆し検討を行っていた。さらに飛躍的に進んでいるはずの近年の研究動向の検討については今後の課題としたい。

以上の問題点はあるものの、『ローランの歌』第266節(3661－3666)のように、シナゴーグとモスクを同義に用いたり、ユダヤ教やイスラムが偶像崇拝であるかのように見なしたりする混同は見られない(注★18)。イスラムに対する戦いの場面も、観念的な宗教戦争という印象は強くはない。ロドリゴ・デ・ビバールにとりイスラムとの交流接触

は、不倶戴天の仇という関係ではなく、時には共同戦線を張るほどに日常的であったことも尊称「シッド」の由縁とも考えられる。また、『わがシッドの歌』においては、直訳すれば「モーロ人たちとキリスト教徒たち」という表現が「誰にも」「すべての人々に」「世間に」といった意味で使われている。これも単に地理的視野のみならず世界観が、フランスとピレネー山脈以西ではかなり異なるものであったことを示すものであろう（注★19）。

3　武人と詩歌の関係に見る東西の違い

これは西行とエル・シッドとの比較を意図した当初から漠然と認識していたことであるが、発表の直前まで東西の文学史上の大きな相違点になり得るとは考察していなかった点である。すなわち、後者に関しては、もっぱら描かれる対象であり、自身は土地の権利書の署名などを除いては、創作は全く行っていない。西洋文学の少なくともギリシア・ローマの古典や『わがシッドの歌』に並ぶ上述の仏独の中世の叙事詩において、作品中であっても、主人公たる英雄武人が作詞し朗詠するという場面は思い浮かばない。例えば、ホメロスのイーリアスの冒頭、女神ムーサにアキレスの怒りを歌うよう呼び掛けるが、アキレス自身は歌ったであろうか（注★20）。また、暴君と言われたローマ皇帝ネロ（37－68）が詩歌音曲に興ずるのを、質実剛健なローマの伝統に反し、惰弱なギリシア文化に溺れたものとして、歴史家スエトニウス（c.70-c.130）は好意的に描いてはいない（注★21）。他方、同じ紀元前後であっても、中国においては、四面楚歌の故事として知られる項羽が愛人虞美人に送った垓下の歌に代表されるように、日本の戦国大名の辞世の句とともに、言わば武人の嗜みであったと言えよう。

時代は下るが、小川剛生氏も太田道灌（1432－1486）と 17 世紀ドイツの「三十年戦争（1618－1648）」において皇帝軍の傭兵隊長であったアルブレヒト・フォン・ヴァレンシュタイン（1583－1634）との間で、詩歌に関する両者の相違点を指摘している。すなわち、享徳の乱（享徳 3 年（1455）－文明 14 年（1483））が同じく約 30 年間継続したことに始まり、両者の軍歴および生涯に共通項が見いだされるにもかかわらず、こと詩歌については、まさに全か無かの関係である（注★22）。

エル・シッドに関しても、史実を背景にした叙事詩のみならず青春期を描いた伝承においても、筆者が本稿執筆までに知り得た限り、上述の様に常に描かれる側である。この文と武、とりわけ武人の詩歌に対する姿勢の東西の差異については、プラトン（BC427－BC347）の対話編『国家』第 2・3 巻に見られる詩人追放論などに遡り、今一度検討するに値するのではないだろうか。

4　後世への影響と伝承の成立

4－1　ロマンセ（romance 物語詩）

上述の『わがシッドの歌』は壮年期を歌った作品であり、実在の人物没後約一世紀経過した 12・13 世紀において成立したと考えられ、ほとんど奇蹟譚が見られない内容であることからも、物語ではあっても実像から大きくかけ離れたものではないと考えられる。他方、この壮年期のエル・シッドに加え、「青年期」の事績と伝えられる稗史的な話が、ロマンセ（romannce 物語詩）とそれらを編集したロマンセーロ（romancero）の形で、相当数伝承されるとともに近現代に至るまで創作され続けている（注★ 23）。これらの大半は無名のフグラール（juglar）と呼ばれる吟遊詩人たちが、エル・シッドを基本的な主題として、聴衆の嗜好に応じ即興で形成していったものと考えられている。ロマンセとしばしばトゥルバドゥール（注★ 24）（仏語：trouvadour；西語：trovador）と呼称される詩人との関係については、今回十分に検討できなかったが、中世スペインに限って言えば、一応次のように考えて大過はないと思われる。すなわち、trovador が高い教養を備え氏名も明らかな宮廷詩人であり遍歴はしないのに対し、juglar は多くの場合、読み書きもあやしい遍歴の芸人であり、後者が近世以前のロマンセの作者であり演者であった。

4－2　伝承と写本をめぐる問題

『わがシッドの歌』を中世三大武勲詩の一つに数えることにためらいを覚えるとすれば、その一因として文献学的基盤の弱さが考えられる。現在の原典は、事実上唯一の写本に基づいている（注★ 25）。しかも、先述の R. フレッチャーによれば、「……一五九六年に―不思議なことにビバールで―発見されたが、一七七九年まで公刊されなかった。……」と写本の由来が明確でないことを示唆している（注★ 26）。筆者の私見では、いささか乱暴な推論と思われるかも知れないが、この武勲詩の伝承の過程において、写本を作成するという作業自体が通常文献学で考えられる程の重要性を持たなかったのではないかということである。

ここで筆者があらためて注目していることは、文芸において、叙事詩、叙情詩、和歌とジャンルを問わず、普及、伝播、伝承における文字媒体（ここでは写本）と鑑賞者の識字能力との関係である。日本の詩歌において、漢詩については読解においても当然のことながら高度な識字力が不可欠である。では、和歌においてはどうであろうか。例えば、東歌や防人歌は、採録伝承の過程で文字化されているが、作歌と鑑賞において、読み書きの力は必要条件であったろうか。

中世スペインの識字率は、一般に王侯貴族を含め、極めて低かったと考えられている（注★ 27）。一方、上述のフグラールが朗詠して伝えたロマンセーロ（スペイン伝承歌謡集）は、起源は古いものの、書籍として出版されたのは 16 世紀も半ば、しかも当時スペイ

ンの勢力下にあったアントワープであった（注★28）。時代は17世紀前半まで、かなり下るが、セルバンテスのドン・キホーテ前編（1605刊）第32章「宿屋におけるドン・キホーテ一行の様子」に、書物と朗読に関して興味深い記述がある。少し長いが引用すると：

「（宿屋の亭主）……刈り入れの時分になると、仕事が休みの日、人夫さんらがが大勢うちへ集まってきなさいます。その中には字の読めるお人が必ずいて、この本（騎士道物語）のうちから一冊手にとって、まわりで車座になったわたくしども三十人からの人間に読み聞かせるんでございます。……」（女房）「家にいてほっとするのは、あんたがそうやって騎士道物語を聴いているときぐらい。だってほんとに夢中で、そのあいだはがみがみ言われずにすむでねえ」（女中）「ほんとうでがすよ」……「だけんど実はおらだってあれを聴くのは大好き。……とくに好きなのは、オレンジの木の下でお姫様が恋人の騎士と抱き合ってて、見張り役の侍女が誰かにみつからねえかとはらはらしながらも、ああ羨ましいなんて指くわえてるなんちゅうくだり。こんなの聴いていると、おら、もう、たまんねえ」「で、お嬢さん、あんたはどう思いますかな？」と司祭が宿屋の娘に向かって訊いた。「さあ、あたし、わかりません」と、娘は答えた。「いっしょになって聴いてはいます。あたしには難しいけんど、まあ、聴くのは好きです。ただ父さんと違って切った張ったはちょっと……。あたしがええと思うのは、騎士が会えないお姫様をせつなく恋しがるくだり。……」（岡村一訳）（カッコおよび下線は筆者による。）（注★29）

口承芸能ではなく、書籍の朗読ができる人間が30人も集まれば一人くらいいて、その内容を司祭から宿屋の女中や娘に至るまで聞いて理解可能な状況を何と理解すればよいであろうか。もっとも、ドン・キホーテの騎士言葉が場違いまたは意味不明のものとして、嘲笑の的となっている場面がこれに先立って第2章と第16章に見られる（注★30）。

日本の和歌の言語においては、先に言及した東歌などのように都とは異なる方言として扱われる語彙はあるものの、詠み人同士で言葉自体が通じない、あるいは意味不明という事例があるか否か考えていたところ、先述の花部氏の著書に収録された甲斐国巨摩郡西行峠の伝説「西行法師の閉口せし山賤の歌」と題した話に遭遇した。桜を「隠し題」とした謎歌の類とされるが、収録した『郷土研究』の解説が「方言歌」とあるように、言語の異質さを示す一例とも考えられる（注★31）。

では、当時のスペインで言語文化的に社会を分かつものが何であったかと言えば、図式的に過ぎる見方かもしれないが、ラテン語の素養の有無ということに帰着する。スペインにおいても、近世に至るまで、ラテン語が学問のみならず高度な専門職を得るためには不可欠の条件であった。例えば、医師の資格が得られなかった。セルバンテスの父が医師ではなくcirujano（現代語彙としては「外科医」）であったために経済的困窮から脱することができなかったと言われている（注★32）。

エル・シッドに関して、1090年頃に書かれたとされる129行の断片であるが“Carmen Campidoctoris（「Cantar del Campeador 常勝将軍の歌）：逐語的には「Campi Doctor 戦場の師」となろうか）”と呼ばれるラテン詩がパリ国立図書館所蔵の写本（lat. 5.132.）に伝わっている（注★33）。この詩はギリシア・ローマの古典に通じ、韻律を駆使できるラテン語の学識のある人物、おそらくは僧侶の作であろうが、庶民が朗読を聞いて即座に理解でるものとは到底思われない（注★34）。他方、標準的なロマンセは16音節の一行（verso）を二つの半句（hemistiquios）にわけ、各句はa、oなど類音韻（asonancia）の脚韻（rima）から構成された平易なものであり、『わがシッドの歌』においては、各行の音節数にかなり自由な振幅が見られる。筆者の暫定的な所見は、慣れ親しんだ英雄武勲詩に筆録する必要性を演者も聴衆もあまり感じなかったから、仮に写本が複数制作されたとしても顧みられず、結果的に事実上一本しか残らなかったという単純なものである。

4－3　エル・シッド青春期の戯曲化にみる伝統の確立

さらに時代が下って、17世紀以降、青春期のエル・シッドを題材に、かなりの数の戯曲がスペインのみならずフランスにおいて創作される。先に尊称シッドの由来で言及したギリェン・デ・カストロ『シドの青春時代』（Guillén de Castro, “Las mocedades del Cid”, 1610?）とピエール・コルネイユ『ル・シッド』（Pierre Corneille, “Le Cid”, 1637）の二作を代表作として挙げておく。後者に関しては、フランス演劇史上二大論争の一つ「ル・シッド論争 la querelle du Cid」の発端となった作品であり、同時代のスペイン側からの批判なども興味深い問題であるが、本稿の目的からは大きく隔たるので、論考は他の機会に行いたい。

先に『わがシッドの歌』に奇蹟や超自然的要素が希薄であると述べた。一方、フグラール達の創作により、奔放ときには振る舞いに逸脱もある稗史的と形容した青春期の伝承の中で、キリストにより死後4日目に甦った聖ラサロ（San Lázaro）（『ヨハネによる福音書』11, 38－44）との話が、ロマンセ（例えばDurán 742; XIX）を通じて広く普及していた。すなわち、若きシッドがサンティアゴ・デ・コンポステラへの巡礼の途中、行倒れの醜悪な病者（gafo）の姿で登場する聖ラサロを救う。その後眠りについたシッドに聖ラザロは聖人本来の姿で現れ、スペインの守護聖人聖ヤコブが勝利をもたらすと予言するといった話である（注★35）。このことは、同時に、エル・シッド伝説が、17世紀初頭、最盛期は過ぎたものの、なお繁栄を享受していたスペイン帝国の国家神話として定着していたことを示すと思われる。すなわち、英雄エル・シッドの若き日：聖地コンポステラ巡礼（2008－2010）、聖ラザロの奇蹟（2115－）と夢のお告げ（2331－2351）、スペインの守護聖人聖ヤコブ（2350）、これらが一つの繋がりとして戯曲（comedia）の中に取り込まれているということである（カッコの数字は『シドの青春時代』該当箇所）。なお、戯曲としての分析と評価は他の機会に改めて行いたい。

最後に、貴重な機会を与えてくださった関係者の方々に深くお礼申し上げます。

注

(1) 作品名は、実質的に唯一の写本には見出されず、20世紀になって碩学ラモン・メネンデス・ピダル（Ramón Menéndez Pidal 1969－1968）が “Cantar de Mio Cid” と冠したものであり、ほかに “Poema de Mio Cid” とも呼ばれる。牛島信明・福井千春訳『わがシッドの歌』（スペイン中世・黄金世紀文学選集 1）国書刊行会 1994年、p.267。

邦訳は、牛島・福井訳他、長南実訳『エル・シードの歌』岩波文庫 1998年、岡村一訳『スペイン武勲詩　わがシッドの歌』近代文芸社 1996年。また、抄訳ではあるが、原典に文法解説、註解、語彙集を付した橋本一郎訳注『わがシッドの歌』大学書林 1979年がある。さらに、C. Romero Dueñas によるジュニア向け現代語版（Madrid, 1966）が、松下直弘の翻訳・解説による日西対訳「わがシッドの歌」の形で、NHK ラジオテキスト「まいにちスペイン語」2015年4月号から2017年4月号までの24回に渡り連載されている。さらに、スペイン語教材の中では、かつて上智大学等で使用された Enrique R. Ayúcar 著のスペイン歴史文化通史(先史からフランコ死後の王政復古まで）中級向け読本 “Visión de España（スペインの展望)”, 1969 の第4章 p.25-p.32 に梗概が扱われている。これら先学に本稿は多くを負っている。

(2) 近年の研究をまとめた文献として、本論には活用できなかったが、一点だけ筆者が入手したものを挙げておく。エル・シッド没後900年を記念した国際学会の論集。“El Cid, Poema e Historia Actas del Congreso International（12－16 de Julio, 1999)”, Ayuntamiento de Burgos, 2000.

(3)『中世騎士物語』は多弁を弄するまでもなく、岩波文庫のブルフィンチ作、野上弥生子訳の書名である。本書には『わがシッドの歌』は含まれていない。ただし、R. フレッチャーによれば、原著 Thomas Bulfinch, “The Age of Chivalry,” 1858 発刊時には、イギリスの読書界においてエル・シッドはすでに知られていたようである。参照、リチャード・フレッチャー著　林邦夫訳『エル・シッド　中世スペインの英雄』、法政大学出版局、1997　原著：Richard Fletcher, “The Quest for El Cid,” London, 1989, p.357。メネンデス・ピダル没後の主要な研究成果の一つである。

(4) 参照：第40・41節、第179・180節。佐藤輝夫訳『ローランの歌』（ちくま文庫「中世文学集Ⅱ」所収)、1986。第40節、佐藤の訳注（3）（p.48）によると、年齢は「叙事詩的誇張」とされている。

(5) 参照：第六歌章第336・337節。相良守峯訳『ニーベルンゲンの歌　前編』岩波文庫、改版 1975、p.97。

(6) 参照：岩波文庫版長南訳注、p.336。

(7) 参照：橋本一郎訳注『聖母の奇蹟』大学書林、1986。作品解説、スペイン語原典に文法的な訳注、語彙集を付したシリーズ中の一巻。全25話。原典を扱わない話にも梗概を付け作品の全体像が把握できる。

(8) 参照：花部英雄『西行はどのように作られたのか　伝承から探る大衆文化』、笠間書院、2016、p.149-p.151（Ⅲ旅と漂泊の西行、一修験の旅)。

(9) リチャード・フレッチャー著、前掲書、特に第12章「ビバールのわがシッド」。

(10) ピダル後の校注者でもあるアルベルト・モンタネル（Alberto Montaner）がその代表者である。モンタネルの研究成果（1993）を、長南訳は岩波文庫版に編集する際に使用している。また、筆者もその普及版 Alberto Montaner, “Cantar de Mio Cid”, Crítica, Barcelona, 2000で原典を通読した。彼の研究に基づいたHPは以下の通りである（最終アクセス日2018/03/30）。http://www.caminodelcid.org/cid-historia-leyenda/cantar-mio-cid/

(11)『世界の教科書シリーズ41 スペインの歴史 スペインの高校歴史教科書』、明石書店、2014年、p.44：「4.5　ロマネスク芸術とロマンス諸語（3段落目）聖職者たちの世界の周辺では、王権と都市の発達によって、俗語で書かれた世俗文学の発生が促された。それは英雄の事績に注釈を施し（たとえば『エル・シッドの歌』）、現世的な主題を導入して、トルバドゥールの詩のもとになった。こうして11世紀以降には、文章語であるラテン語と口語との差異を際立たせつつ、徐々にロマンス諸語が生み出されていった。」

なお、民主化移行期の教科書の訳が帝国書院から1980年に出版されているが、すでに極めて短い言及にとどまっている。神吉・小林訳、『全訳世界の歴史教科書シリーズ11　スペイン：その人々の歴史』。

(12) 参照：石原忠佳著『モロッコ・アラビア語』大学書林、2000、p.33。なお、「sīdi　私の主人」の語尾の -i は、一人称単数属格を示す代名詞であることから本文では削除してある。

(13) Durán＋アラビア数字は、Agustín Durán編 “Romancero general ロマンセ全集（1851）” の番号。ローマ数字は、Ed. Juan Bautista Bergua “Romancero del Cid”, Cuchía Cantabria, España), 2014の番号。

(14) 書名は岩根圀和訳注、大学書林、1987による。

(15) 邦訳は、岩瀬孝訳『ル・シッド』（『コルネイユ名作集』、白水社、1975所収）。なお、本書には、フランス演劇史上の「ル・シッド論争」文献の4資料も収録されている。さらに、筆者が使用した文献として、最初の2幕のみであるが、鈴木暁訳注『ピエール・コルネイユ　ル・シッド』大学書林、2007がある。

(16) Cf. http://www.caminodelcid.org/cid-historia-leyenda/cid-mitico-legendario/　Las fuentes árabes（「アラブ側の資料」の項）。

(17) 参照：リチャード・フレッチャー著、前掲書、第12章「ビバールのわがシッド」。

(18)「266（3361）フランス勢一千をもって、城下一帯、／ユダヤ教会、回教会など、くまなく捜索せしめ給う。／兵ども、手にせる鉄槌または斧をもて／すべての画像偶像を打ち毀てば、／詛いと妖術のたぐいは、その影ことごとくひそむ。（佐藤輝夫訳）」

(19) 3例示す。いずれも長南訳。「ラケールとビダスよ　わしの話を　モーロ人にもキリスト教徒にも a moros nin a cristianos 絶対に明かさぬと　誓いの握手をしておくれ。106－107」「ミオ・シードが陣営を　構築したあの丘は　モーロ人とキリスト教徒が el pueblo de moros e de la yente cristiana　この世にあるかぎりいつまでも　ミオ・シードの丘と文書にて　公に呼ばれることになろう。900－902」「ミオ・シードの口からかつて　発せられた誓

いの言葉は　―われを異国へ追放せる　ドン・アルフォンソ王の愛を取りもどすまで　鬚髯に鋏を入れず一すじの　毛すらも刈り取らぬことを　モーロ人とキリスト教徒の moros e cristianos 語り草とせしめよ―というものであった。1240－1242」

(20)「怒りを歌え、女神よ、ペーレウスの子アキレウスの、おぞましいその怒りこそ　数限りない苦しみを　アカイア人らにかつは与え、また多勢の　勇士らが雄々しい魂を　冥王が府へと　送り越しつ、その骸をば　犬どもやあらゆる鷙鳥の類の餌食としたもの、その間にも　ゼウスの神慮は　遂げられていった、……」呉茂一訳（岩波文庫『イーリアス 上』1964 年改版、p.9)。

(21) 国原吉之助訳　スエトニウス著『ローマ皇帝伝　下』第六巻ネロ（岩波文庫、1986、p.133-p.198)。

(22)「もっとも、ヴァレンシュタインが詩歌に秀でたという話は聞かないが、道灌の場合、歌人であることが七難を隠す効果を生んだように思える。戦場での没義道ぶりは五十歩百歩であろうが、戦争ビジネスで悪名高きヴァレンシュタインに対し、わが道灌は時に聖人扱いされるほどで、その差異だけは対照的である。」小川剛生『武士はなぜ歌を詠むか　鎌倉将軍から戦国大名まで』KADOKAWA、2016、p.180。

(23) 筆者が入手した最も広範に蒐集したエル・シッドのロマンセ集は Ed. Juan Bautista Bergua “Romancero del Cid”, Cuchía (Cantabria, España), 2014, 513pp. である。コルネイユやユゴーなど外国作家も視野に入れている。一つ難点は、ロマンセのナンバリングが、通常基準とされる “Biblioteca de autores españoles スペイン作家叢書” 第 10 巻・第 16 巻所収 Agustín Durán 編 “Romancero general ロマンセ全集（1851)” と大きなずれはないものの対応しないことである。

(24) 筆者が参照できた文献は、アンリ・ダヴァンソン著　新倉俊一訳『トゥルバドゥール 幻想の愛』、筑摩叢書 198、1972（原著：Henri Davenson (Henri-Irénée Marrou), “Les troubadours, Coll. (Le Temps qui court)), 23, Ed. du Seuil, 1961 である。なお、本書には、トゥルバドール詩の（スペイン＝）アラブ起源説を論じた「アラブ仮説」の章がある。その中で（訳書 p.178）スペインの師弟関係でもある碩学二人：Menéndez y Pelayo（1856－1912）否定派と Menéndez Pidal（1869－1968）肯定派が、この点について真っ向から対立したという興味深い記述がある。比較的近年の研究として、T . J. ゴートン著　谷口勇訳『アラブとトルバドゥール』共立出版、1982（Theodore J. Gorton, “Ibn Zaidun and the Troubadours A Comparative Study of Poetry,” Oxford, 1973）があるが、十分参照できなかった。また、最新の研究についても筆者は未見であり、今後の課題としたい。

(25) 写本は Biblioteca Virtual Miguel Cervantes の下記 HP から見ることができる。
http://www.cervantesvirtual.com/obra-visor/cantar-de-mio-cid-manuscrito-el-manuscrito-de-per-abbat--0/html/（最終アクセス日 2018/03/30)

(26) 注 **(3)** 前掲書：リチャード・フレッチャー著　林邦夫訳『エル・シッド　中世スペインの英雄』、法政大学出版局、1997、p.359。ここから訳書 p.361 まで、ゴヤの銅版画『戦争の

惨禍』でも知られるナポレオンのスペイン侵略と独立戦争（1808－1814）によって、スペイン情勢が西欧諸国の中で関心を集めはじめシッド研究の契機となったこと。1849年オランダの東洋学者ラインハルト・ドズィ（Reinhart Dozy）の著書『新しいエル・シッド像』が、シッドの脱神話化に破壊的な威力を持ったこと、そしてその本格的反論は1929年ラモン・メネンデス・ピダルが『エル・シッドのスペイン La España del Cid』の公刊までなされなかったこと、そしてその著作は英国の歴史家の目には幻想に過ぎなかったことが述べられる。筆者は、ドズィの2訳書："Recherches sur L' Histoire de la literature de Espagne pendant le moyen age", Paris, 1881; "Spanish Islam", London, 1913を入手しているが本稿には活用できなかった。

(27) 参照：前掲『聖母の奇蹟』v：橋本一郎「解説1．教養派文学の誕生」。

(28) 参照：橋本一郎訳注、『ロマンセーロ』、大学書林、1976：「まえがき」「解説」。橋本一郎著『ロマンセーロ　スペインの伝承歌謡』、新泉社、1975：ロマンセ全般の解説と訳。

(29) 岡村一訳・本田誠二注、『セルバンテス全集第2巻ドン・キホーテ［前篇］』、水声社、2017、p.407。最新の全訳であり、注は詳細である。

(30) 第2章（訳書p.47）「……娼婦である自分たちのことを〈お女中殿〉などと突拍子もない呼び方を聞いて、思わずげらげら笑ってしまった。」第16章（訳書p.184）「（宿屋の女中を姫君と思い抱きしめようとするドン・キホーテの騎士言葉の台詞に対して）マリトーネルこそいい迷惑である。ドン・キホーテに強く抱きしめられて冷や汗たらたら、なにを言っているのか理解できないどころか、その前になにも耳にはいらない状態で、……」

(31) 花部前掲書p.158-p.161「いきっちなつぼみし花がきっちなに　ぶっぴらいたる桶とじの花……右の方言歌は、往きに蕾なりし花が帰りの時に咲き、桶とじの花とは櫻の花のことにて、櫻の皮は曲物をしめ綴るゆゑにかく言えるなり……（『郷土研究』1の1、1913）」

(32) 参照：中丸明、『丸かじりドン・キホーテ』、NHK出版、1998、p.322-p.324：Ⅲセルバンテスの生涯　謎の血筋。大著を通読する前の手引き書として有益。

(33) 4行1連：3行の11音節サッフォー句と最後の1行5音節のアドニウス句からなる。

サッフォー句：長・短・長・長または短・長・短・短・長・短・長・長または短

アドニウス句：長・短・短・長・短

画像は部分的であるがネット検索で閲覧可能。スペイン語との対訳は以下を参照。https://antonimer-elcid.blogspot.jp/2015/12/carmen-campidoctoris.html

(34) 創作にラテン語で記すか俗語（古スペイン語）を用いるかという問題については、14世紀初頭に『神曲 Divina Comedia』で知られるダンテ（Dante Alghieri 1265－1321）の著作『俗語論 De vulgari eloquentia』（1302－1305?）が想起されるが、それと中世イベリア半島の状況との比較考察は今後の課題としたい。

(35) ただし『わがシッドの歌』において、聖ラザロが表れるのは、ドニャ・ヒメーナのミオ・シッド・エル・カンペアドールの無事を願う長い祈りの中で一度言及されるときだけである（第346行）。

（みと・ひろゆき／名古屋大学）

鴫立沢の情景
——翻訳からみる西行の歌——

EAJSリスボン大会フォーラム記録

平石典子

キーワード
翻訳　世界文学　言葉と意味の選択　文化的文脈　言語の力関係

はじめに

萩原朔太郎が「あの空気の乾燥した、カビや青苔の全く生えない、カラカラした西洋の気候の中で、石と金属の家に住んでる欧米人等に、到底如何にしても俳句の理解できる筈がない。俳句の翻訳といふことは、かうした根本的の問題に於て、絶望的に不可能だといふ外はない(注★1)。」と記したのは1934年、日本の国際連盟脱退翌年のことだったが、日本の伝統詩歌の翻訳の難しさは、現代になっても度々指摘されている。ウェイリー（Arthur David Waley）版（1925－33）、サイデンステッカー（Edward George Seidensticker）版（1976）に続く3つ目の『源氏物語』の英訳を2001年に出版したロイヤル・タイラー（Royall Tyler）は、以下のように述べる。

> ところで、原文の姿が大事だとすると、ここである特殊な問題が生じる。それは和歌だ。私には、多くの和歌はどうにも英語にはならないように思えて仕方がない。(こういっては悪いかもしれないが、『万葉集』『古今和歌集』の全訳などは不可能に思えてならない。)［中略］外国語の読者に『源氏物語』の和歌を鑑賞してもらうのは不可能に近いのではないか。［中略］序、枕言葉、掛詞、本歌の響きなどは、外国語ではほとんど通じない(注★2)。

ヴェヌーティ（Lawrence Venuti）は翻訳方略として、起点テクスト（Source Text, ST）を目標文化（Target Culture, TC）に馴染む目標テクスト（Target Text, TT）として翻訳する受容化 domestication と、STの異質性を尊重する異質化 foreignization の二つを提示し(注★3)、異質化方略の重要性を指摘したが、字数、行数、リズム、韻、といっ

た多くの制約の中で作り上げられる芸術である詩歌は、文化的文脈に大きく依拠するものであり、その翻訳は言語に関わらず特に困難なものだといえるだろう。しかも、詩歌を翻訳しようとした時には、異質化方略はとりにくい。いわゆる直訳は、TT を詩として成り立たせないことも多いためである。その一方で、19 世紀後半から行われてきた欧州言語への和歌の翻訳において、西行の作品は最初期から取り上げられてきた。『山家集』や西行の和歌のアンソロジーは、これまでに 15 冊以上刊行されており、多くの欧州言語に翻訳されている。本稿では、「三夕の歌」として『新古今和歌集』にもとられている「心なき身にもあはれはしられけり鴫立沢の秋の夕暮（山家集上　秋 470)」の翻訳を取り上げ、それぞれの文化の中で形を変えながら、「世界文学」として伝播していく西行の歌の世界を考えてみたい。

1　西行歌の翻訳

まずは、西行の歌の翻訳の歴史を概観してみよう。日本の和歌が欧州に初めてまとまった形で紹介されたのは、1866 年にディキンズ（Frederick Victor Dickins）がロンドンで出版した *Hyak Nin Is'shiu, or Stanzas by a Century of Poets, Being Japanese Lyrical Odes* のようである。ディキンズは英国船の船医として 1863 年（または 62 年）に初来日し、横浜に滞在していた 65 年に百人一首の翻訳の英雑誌への連載を開始している(注★4)。これは表題の示す通り、百人一首の翻訳であるが、底本が衣川長秋(注★5)の『百人一首峯梯』(1805) であることも明記されており、注や索引も付されたものであった。そこには西行による 86 番「嘆けとて月やはものを思はするかこち顔なるわが涙かなNageki tote ts'ki-ya wa mono wo omowasuru kakoji kao naru waga namida kana.」も収められている(注★6)。

With deeper melancholy sways	さらに深い物思いに揺らぐのだ
The moonlit night my love-sick soul;	月夜になると、恋患いの私の魂は。
See how my face my woe betrays,	見たまえ、私の顔に苦悩があらわれ、
How down my cheek the tears roll.	涙が頬を伝うさまを。

ディキンズは、和歌を四行詩として翻訳し、abab の脚韻も踏んでいる。ST である日本の詩を、TT である英詩らしく翻訳しようとする工夫がみてとれるが、その分、ST にはない表現などが付け加えられていることがわかるだろう。1870 年代になると、日本研究書や日本の紹介を行う書物の中でも和歌の紹介や翻訳が行われるようになる。1863 年からフランス国立東洋語学校で日本語教育を担当し、68 年には同校日本語講座の初代教授となったレオン・ド・ロニ（Léon Louis Lucien Prunol de Rosny）は、1871 年に『詩歌撰葉』*Anthologie japonaise : poésies anciennes et modernes des insulaires du Nippon* を出版しており、百人一首からも何篇かを紹介しているが、西行の歌はない。

しかし、五姓田義松の水彩画を多用したその装丁の美しさは、1885年に山本芳翠が挿絵を担当した『蜻蛉集』*Poèmes de la libellule* を出版したジュディット・ゴーティエ（Judith Gautier）にも影響を与えた可能性があるだろう（注★7）。そして、西園寺公望が仏訳した和歌をジュディットが改変した『蜻蛉集』には、西行の歌が2篇収められていた。そのうちのひとつは秋の歌（注★8）であり、鴫立沢の歌との関連も後述するため、下記に紹介したい。

SAIGIO
Même aux yeux railleurs　　もう何にも魅力を感じない人の　嘲笑的な目でさえも
Pour qui rien n'a plus de charmes,
En brisant les fleurs,　　色のない庭で　花がうちひしがれてゆく
Dans les jardins sans couleurs,
L'automne arrache des larmes.　　秋には涙を誘われるのだ

ここで、ゴーティエは脚韻abaabの五行詩として、西行の和歌のフランス語版を作成している。彼女がもとにした西園寺公望訳の歌は以下の通りである。

Saigio
Même à celui qui ne s'intéresse plus à rien, la tristesse de l'automne quand le vent secoue les fleurs de chrysanthèmes, ne peut être indifférente.（もう何に対しても興味を持たない者であっても、風が菊の花を揺らす秋の悲しさには無関心ではいられない）

この西園寺のフランス語訳と比較しても、ジュディットがフランス語の詩としてのTTの完成度の探求のために、かなりの改変を行なっていることがわかる。このような形で、西行の歌は19世紀のヨーロッパに紹介され始めたのだった。

20世紀に入ると、日本人による翻訳も登場する。英文学者であり翻訳家でもあった宮森麻太郎は、東京の丸善から1936年に *Masterpieces of Japanese poetry*（古今名歌集）を出版しており、そこには西行の歌も27首収められていた。宮森は、1932年には俳句の英訳アンソロジーも手掛けているが、この翻訳は小宮豊隆との論争に発展し、萩原朔太郎も先の引用と同年、この翻訳に疑問を呈している（注★9）。

その後、和歌の翻訳が本格化するのは戦後のことになるが、西行の歌は多くの和歌の翻訳アンソロジーに収められてきた。そして、西行の歌だけを集めた書物も1970年代から出版されている。以下は、国際交流基金のデータベース（注★10）をもとに作成した西行の和歌の翻訳本のリストである。（翻訳者、書名、出版社、出版年、［言語］の順に記す。）

1. Heihachiro Honda, *The sanka shu : the mountain hermitage*, Tokyo: Hokuseido Press, 1971. ［英語］
2. William R. LaFleur, *Mirror for the moon: a selection of poems by Saigyō* , New York: New Directions Pub. Corp., 1978. ［英語］
3. Веры Марковой (Vera Markova), *Горная хижина (Gornaya Khizhina)*, Москва: Художественная лит - ра , 1979. ［ロシア語］
4. Howard S. Levy, *Saigyō (1118－1190), 400 poems of the four seasons*, Yokohama: Warm-Soft Village Branch, Langstaff Publications, 1983. ［英語］
5. José Kozer, *Espejo de la luna*, Madrid: Miraguano, 1989. ［スペイン語］
6. Burton Watson, *Saigyō, poems of a mountain home*, New York: Columbia University Press, 1991. ［英語］
7. Cheng Wing Fun et Hervé Collet, (calligraphie de Cheng Wing Fun), *Saigyo : poèmes de ma hutte de montagne*, Millemont: Moundarren, 1992. ［フランス語］
8. Nissim Cohen, (desenhos a nanquim (sumi-e) Tova Cohen), *Poemas da cabana montanhesa : seleção de poemas de Saigyō (1118－1190)*, São Paulo: Aliança Cultural Brasil-Japão, 1993. ［ポルトガル語］
9. Donald M. Richardson, *A Collection of Japanese Poems from a Mountain Home*, Winchester: Donald M. Richardson, 1996. ［英語］
10. Luigi Soletta, *I canti dell'eremo*, Milano: La Vita Felice, 1998. ［イタリア語］
11. 翻訳者不明 , *Горная хижина (Gornaia khizhina)*, St. Petersburg: Кристалл , 1999. ［ロシア語］
12. Hiromi Tsukui et Abdelwahab Meddeb, *Vers le Vide*, Paris: Albin Michel, 2004. ［フランス語］
13. Markova Vera, *Цветы под снегом (Tsvety pod snegom)*, Moscow: AST, 2010. ［ロシア語］
14. Villányi G. András, *Tükröző dé sek*, Budapest: Scolar, 2011. ［ハンガリー語］
15. Alari Allik, *Mägikodu*, Tallinn: TLÜ Kirjastus, 2012. ［エストニア語］
16. Z deň k a Švarcová, *Odstíny smutku : sto starojaponských básní*, Praha: Vyšehrad, 2013. ［チェコ語］
17. Tatiana Sokolova Delusina, *Sankashinchuushu*, St. Petersburg: Гиперион (Hyperion Publishing House), 2016. ［ロシア語］

この一覧からは、西行への関心とその作品の翻訳は、英語圏で最も盛んであり、ロシアがそれに続く、といった傾向が見て取れるだろう。また、2010年代になると、ハンガリー語、エストニア語、チェコ語といった、いわゆるメジャー言語ではない言語への翻訳も目立っている。21世紀に入って、西行への関心は、さらに広い世界に広がって

いるといえる。

2　鴫立沢の情景

それでは、実際の翻訳を比較対照することで、何が見えてくるのだろうか。鴫立沢の歌について、具体的に検証してみたい。西行が奥州への旅の途中で立ち寄った大磯付近での情景を歌ったものだとされるこの歌は、1664年に「鴫立沢」の標石が建てられ、草庵が結ばれたことをきっかけに、19世紀には東海道の名所としての大磯の定着にも一役買ったものであった。最も翻訳の数が多い英語訳を中心に、いくつか挙げてみよう。

1. I am from passions quite immune, /Yet something cheerless strikes my heart / In autumn evening twilight, where / The snipe up from the marshes start. (Miyamori 1936: 377 (注★11))
2. Even to someone/ Free of passions this sadness/ Would be apparent:/ Evening in autumn over/ A marsh where a snipe rises. (Keene 1955: 195 (注★12))
3. While denying his heart,/ Even a priest must feel his body know/ The depths of a sad beauty:/ From a marsh at autumn twilight,/ Snipe that rise to wing away. (Brower & Miner 1961: 295 (注★13))
4. Hermit though I be,/ deep pathos comes o'er me, /as at the autumn nightfall/ I behold a lone snipe starting from the swamp. (Honda 1971: 81)
5. Thought I was free/ Of passions, so this melancholy/ Comes as surprise:/ A woodcock shoots up from marsh/ Where autumn's twilight falls. (LaFleur 1978: 68)
6. Even a person free of passion/ would be moved/ to sadness:/ autumn evening/ in a marsh where snipes fly up (Watson 1991: 81)
7. même une personne/ au coeur libre/ ressent de la tristesse/ quand du marécage s'envole une bécasse/ au crépuscule en automne (Cheng, Collet 1992: 63)
8. *In autunno, mentre sono per strada*　Non ho rimpianti,/ ma sento nostalgia/ al volo delle beccacce/ sopra la palude/ nella sera autunnale. (Soletta 1998: 59)
9. Même ceux qui n'ont pas de coeur/ goûteront cet instant/ une bécasse s'est envolée/ de l'étang/ au crépuscule de l'automne (Tsukui, Meddeb 2004: 145)

1936年の宮森訳から91年のワトソン訳まで、年代が分散する6つの英訳と、その後に出た2種類の仏訳、初めて詞書を訳している伊訳を挙げてみた。四行詩として翻訳している（ただし韻は一部しか踏んでいない）のは宮森と本田で、あとの翻訳は全て五行詩である。とはいえ、これはヨーロッパの詩形にあわせるものではなく、日本の和歌の5/7/5/7/7という詩形を尊重したものであり、現在、和歌の翻訳はこの五行詩の短詩、

という形が一般的となっている。

これらの翻訳によって浮き彫りにされるのは、日本語と和歌の特性である。すなわち、起点言語（Source Language, SL）である日本語が、主語や数を明らかにする必要がない言語であることと、ST である和歌の言葉―この歌の場合、「心なき」と「あはれ」、そして「鴫たつ」が問題となるだろう―の意味範囲の広さである。その検討のためには、日本の校注書でこの歌がどのような現代語にされているのかについても考えた方がよいかもしれない。

①俗世間のことは捨てたはずの世捨人のわが身にも、しみじみとしたあわれが知られることである。この、鴫が佇立する沢の秋の夕暮は……　◆鴫たつ「鴫の飛びたつ」とする説もある（注★14）。
②情趣とてことにはわきまえぬわが身にも、このあわれはしみじみ感じられるよ。シギの飛び立つ沢の秋の夕暮の（注★15）。
③和歌の常識なんて私にはありませんが、ここには心から感動するものがある。鴫が飛び立つ沢辺に秋の夕暮が寂しく訪れる（注★16）。

英語のみならず、欧州の多くの言語では、行為の主体者は明らかにされなければならない。数についても、単数なのか、複数なのかは文章の中でわかるようになっている。この歌で問題になるのは、「あはれを知る」のは誰なのか、ということと、鴫が何羽いるのか、ということであるが、1980 年代から 2000 年代の 3 つの校注書では、いずれも行為の主体者については「私」であるとしているものの、鴫が何羽いるのかについてはわからない。上記の英訳では、主語を「私」ととらえたものが 1・4・5、「人」としたのが 2・3・6 である。仏訳は 2 つとも「人」をとり、伊訳は「私」になっている。鴫の数については、英訳では単数と捉えたものが 2・4・5、複数が 1・3・6、とそれぞれ半数ずつになっており、仏訳は両方単数、伊訳は複数である。主語や数を明示しなければならない言語であれば、原文では明らかにされていなくても、翻訳者たちは何かを選ばなければならない。その際には、校注（注★17）以外に、先に出ている翻訳も参照の対象になり得るだろう。そうした文献を自分の感性と照らしあわせて、いずれかを選択する、という作業が行われるのである。

「心なき」「あはれ」「鴫たつ」といった言葉の翻訳に際しては、翻訳者たちはさらに頭を悩ませたに違いない。なにしろ、「心なき」は校注書においてもそれぞれ解釈がわかれており、「あはれ」は「しみじみとしたあわれ」とされることが多いのである。英訳を見ると、「心なき」は「(激しい) 感情から解放された」と捉えるものが多く、「心を否定する (3)」「隠遁者である (4)」などの訳もある。90 年代以降の仏訳、伊訳はさらに自由な訳になっており、「自由な心をもった (7)」「哀惜の念がない (8)」「心がない (9)」とされている。「あはれ」については、「もの寂しさ (1)」「悲哀 (2・6・7)」「悲しい美の深

み（3）」「哀感（4）」「深い物思い（憂鬱）（5）」「懐かしさ（郷愁）（8）」と、実にバラエティに富んでおり、9の仏訳に至っては、「あはれを知る」を「この瞬間を味わう」と翻訳している。「鴫たつ」については、後述するように、鴫をタシギとするか、ヤマシギとするかに違いはあるものの、全てが飛び立つ（または飛び立った）と訳しており、『新潮日本古典集成』の校注（①）のように、「佇立する」を採用しているものはない。なお、どの訳者も和歌を短詩として翻訳することを試みているため、「あはれ」のような、意味範囲の広い言葉を扱う際においても、説明的な長い翻訳があてられることはない。

このように、多様な翻訳が我々に見せるものは、多くの選択の結果が集まった結果としての、さまざまな鴫立沢の情景である。それは、原歌のひとつの解釈を提示しているにすぎない、ということもできるが、「あはれ」が必ずしも「悲哀」でないからといって、歌の翻訳の可能性自体を否定してしまうことには、あまり意味はない。この歌からさまざまな翻訳が生まれている状況は、それだけ西行の歌が豊かなものを有しているということなのではないだろうか。なお、ここでジュデット・ゴーティエの『蜻蛉集』の西行の翻訳に戻るならば、そのもとになった西園寺の仏訳（注★18）と鴫立沢の歌の翻訳との類似も興味深い。「風が菊の花を揺らす」を「夕暮れに鴫が飛び立つ」に入れ替えれば、「もう何に対しても興味を持たない者であっても、〈夕暮れに鴫が飛び立つ〉秋の悲しさには無関心ではいられない」と、まさに鴫立沢の歌の翻訳になるのである。この翻訳の類似が明らかにするのは、「をしなべて」の歌と鴫立沢の歌に通底する西行の心情が翻訳でも響き合っている、ということでもあり、浅田徹が指摘するように、画賛の翻訳をきっかけに「和歌に明るくはなかった（53頁）」西園寺がこのプロジェクトに関わったならば、鴫立沢の歌が誤って伝わったという可能性でもあるだろう。

3　文化的文脈と言語の力関係

さて、これまでは、翻訳がどのような言葉を選ぶか、ということを見てきたが、翻訳された先のTTは、TCの中で読まれることになる。ここで忘れてはならないのは、テクストがTCの文化的文脈を背負うことになる、ということである。続いて、この問題についても考えてみたい。

眼前の情景を歌ったものと思われる鴫立沢の歌は、参照しなければならない古歌などの点においては、海外に紹介する上でもそれほど難しいものではないだろう。しかし、たとえば「鴫」という鳥の文化的文脈を考えた場合、それぞれのTCの中でのイメージの変貌は起こりうる。

西行の歌における「鴫」がどんな鳥か、ということを考えると、「音はシギの羽音のみ（注★18）」との校注もあるように、その飛び立つ羽の音、または佇立するさまが、「晩秋の寂寞感（注★19）」を伝えるものだと考えられる。それは、日本の文学の中での鴫の位置づけ、すなわち、『万葉集』以来羽掻や鳴き声が歌われてきた伝統をもふまえたもの

だといえるだろう。一方、「鴫」の翻訳を見てみると、英訳では、タシギとヤマシギにあたる snipe と woodcock が存在することがわかる。日本にはタシギもヤマシギもいるので、西行の歌の鴫がどちらなのかについては断言はできないが、沢にいるシギ、ということで、タシギと考えた方がよいかもしれない。5 の LaFleur 訳を除く英訳のほとんどが snipe をあてているのも、そのためだろう。しかし、仏訳と伊訳を見てみると、そのどれもがヤマシギとなっている。これは、両言語においては、タシギがヤマシギの派生語のような形態（つまり、ヤマシギの方が一般的であるということだろう）であることとも関係していよう。そして、ヤマシギという単語は、簡単に罠にかかるからという理由で英語でも、仏語・伊語でも、「うすのろ」や「ばか」という意味も持っている。一方、英語のタシギ、snipe は、「卑劣な人」という意味も持つ。翻訳された鴫は、こうしたイメージも背負ってしまうことになるのである。さらには、例えばフランス語でヤマシギ bécasse といえば、「野鳥類で最も美味とされ珍重される(注★20)」とも評される鳥である。とすれば、7 のフランス語でこの歌を読むと、「秋の夕暮れ、一羽のヤマシギが沢から飛び立つ時に強く感じる悲しみ」とは、「食べられる存在である鴫」への悲哀である、との解釈も成り立つかもしれない。日本にも「鴫の壺煎り（鴫壺焼）」といった料理は存在するようだが、多くの日本の読者が考えもしないようなイメージが、歌を通して伝わる可能性もあるのである。

もうひとつ、最後に考えたいのは、言語の力関係についてである。翻訳リストの 5 番目に挙げた、キューバ出身の詩人、ホセ・コゼールによるスペイン語訳では、鴫立沢の歌は以下のようになっている。

> Creíme libre /de pasiones, esta melancolía /me sorprende: /en la luz crespuscular de otoño /Surge en la marisma una becada.（Kozer 1989: 35）

比較してみるとわかることだが、この翻訳は 1978 年のラフルール訳の重訳である。先述したように、多くの選択を迫られる和歌の翻訳者は、それまでの翻訳を参照しながら取捨選択を行うことも多いと思われるが、欧州言語からの重訳、ということになると、その選択の幅はぐっと狭くなる。英語 melancholy には、対応するスペイン語 melancolía が存在するため、「メランコリー」となった「あはれ」は、それ以外になりようがないのである。日本語のようなマイナー言語で書かれた文学作品の場合、重訳での世界への流通はまだよくあることだが、このような例を見ると、日本の文学が世界に流通する過程で、いつの間にか ST が英語のような、影響力の強い言語によるものに入れ替わってしまう可能性もあるのではないかと危惧される。バラエティに富んだ和歌の翻訳のありようは、実は和歌が世界文学として読まれていく中では望ましいものなのではないだろうか。

おわりに

以上、鴫立沢の歌の翻訳から見えてくるものを追ってみた。翻訳の実例からは、SLとしての日本語の特性や、STとしての和歌の言葉の意味範囲の広さ、言語間の力関係などが改めて明らかになったのではないかと思う。この歌を含め、和歌の翻訳を考える時、STの全容をひとつのTTに移し替えることは不可能だろう。しかし、翻訳によって、詩歌は世界文学の中で新たな展開をするものなのであり、その多様な形にこそ、原詩の豊かさがあらわれているのではないだろうか。生誕900年を経た西行の歌が、姿を変えながら今なお新しい言語や文化の中で読み継がれている姿は、「世界文学」としての西行文学の魅力を伝えるものだといえるだろう。今後もどこか思いがけない場所で、思いがけない形での西行の歌との再会を楽しみにしたい。

注

(1) 萩原朔太郎「俳句は翻訳できない」『萩原朔太郎全集』第7巻、筑摩書房、1976年、455頁。

(2) ロイヤル・タイラー「ただいま翻訳中—三つ目の英訳『源氏物語』」芳賀徹編『翻訳と日本文化』山川出版社、2000年、95-96頁。

(3) Lawrence Venuti, *The translator's invisibility: A history of translation*, London & New York: Routledge, 1995.

(4) ディキンズについては、川村ハツエ『F. V. ディキンズ—日本文学英訳の先駆者』、七月堂、1997年、及び岩上はる子「日本学者F. V. ディキンズの誕生—1860年代前半を中心に」『英学史研究』2008巻（2007）40号、pp.55-68. を参照。

(5) ディキンズはKoromogawa Daijinと表記。大人は長秋の号。

(6) Sai-gyo Hoshiは、注において左衛門尉康清の息子と紹介され、この歌が千載集から採られたことが記されている。（P.45）原文表記はF. V. Dickins, *Hyak Nin Is'shiu, or Stanzas by a Century of Poets, Being Japanese Lyrical Odes*, London: Smith, Elder, & Co, 1866, Appendix p.16.

(7)『蜻蛉集』については、吉川順子『詩のジャポニスム－ジュディット・ゴーティエの自然と人間』（京都大学学術出版会、2012年）で詳細な分析・考察がなされている。吉川は同書でジュディットが1875年頃までは『詩歌撰葉』を殆ど見ていなかったであろうことを指摘しているが、その後、日本人画家の挿絵を多用する装丁、という点で参考にした可能性はあるだろう。

(8) この歌の原歌は「をしなべてものを思はぬ人にさへ心をつくる秋のはつ風（新古今・秋上299)」であることが高橋邦太郎によって明らかにされている。（吉川前掲書54頁。）

(9)「宮森麻太郎氏の英訳した俳句は、外国で非常に好評ださうであるが、その訳詩を通じて、

外国人が果して何を感銘したものか疑問である。(「詩の翻訳について」『生理』第 3 号(1934 年 11 月))」

(10) 国際交流基金「日本文学翻訳書誌検索」 https://www.jpf.go.jp/JF_Contents/InformationSearchService?ContentNo=13&SubsystemNo=1&HtmlName=search.html 2018 年 5 月 30 日最終閲覧。

(11) Asataro Miyamori, *Masterpieces of Japanese poetry* 古今名歌集 , Tokyo: Maruzen, 1936.

(12) Donald Keene, *Anthology of Japanese literature, from the earliest era to the mid-nineteenth century*, New York: Grove Press, 1955.

(13) Robert H. Brower, Earl Roy Miner, *Japanese Court Poetry*, Stanford, CA: Stanford University Press, 1961.

(14) 後藤重郎校注「山家集」『新潮日本古典集成』第 49 巻、新潮社、1982 年、129 頁。

(15) 近藤潤一校注「山家心中集」『新日本古典文学大系』第 46 巻「中世和歌集鎌倉篇」岩波書店、1991 年、45 頁。

(16) 西澤美仁校注「山家集」『和歌文学大系』第 21 巻「山家集、聞書集、残集」明治書院、2003 年、85 頁。

(17) 翻訳が多く出ることになる 1970 年代以前に出ていた校注書では、風巻景次郎校注「山家集」(『日本古典文学体系』第 29 巻「山家集、金槐和歌集」岩波書店、1961 年)のように、「○心なき身にも—物のあわれを解せぬ世捨て人の自分にも。○鴫たつ沢—鴫が飛び立つ沢辺。(中略)ただし、鴫が佇立する沢とする説もある。(89 頁)」と、全体の現代語訳を掲載しないものが殆どであった。

(18) 西園寺の仏訳については、浅田徹「『蜻蛉集』のための西園寺公望の下訳について(第 9 回国際日本学シンポジウム報告 2)」(『比較日本学研究センター研究年報』第 4 号、お茶の水女子大学比較日本学研究センター、2008 年 3 月、49-58 頁)が示唆に富む。浅田は「西園寺には和歌を正しく理解する能力に問題があった(53 頁)」ことを指摘するとともに、この西行の歌については、当時のフランスでの菊花流行を背景に、「日本的な雰囲気を添えるものとして(55 頁)」西園寺が菊を加えたのではないかと考察している。

(19) 近藤潤一校注「山家心中集」45 頁。

(20) 同前。

(21)『世界の料理・メニュー辞典』学習研究社、2001 年、電子版。

(ひらいし・のりこ/筑波大学)

西行のドメスティケーション
——異文化における自己認識——

アラリ・アリク

keyword
Saigyo studies, translating of waka, reception of waka, translation theory, translation studies

I

Yuri Lotman pointed out that cultures tend to act like monads: foreign elements always remain outside of its boundaries and through translation an equivalent of this otherness is created from the building blocks available to the insiders. He writes: "The boundary is a mechanism for translating texts of an alien semiotics into 'our' language, it is the place where what is 'external' is transformed into what is 'internal' , it is a filtering membrane which so transforms foreign texts that they become part of the semiosphere's internal semiotics while still retaining their own characteristics."[1] It is as if we look at the outside objects through a window which makes some parts of the image clearly visible, though slightly distorted, while completely hiding others. We end up describing what *we see* in *our own words* valuing the qualities that seem to enrich our culture and downplaying or completely ignoring those aspects which appear to have no place in our world. Translating therefore is not so much about reaching the other but creating the representative image of this other in the confines of an already familiar culture.

One of the places where this kind of transformation occurs is the form of the waka. Most Western translations and textbooks present waka or tanka as a poem of five horizontal lines in the pattern of 5-7-5-7-7, whereas in the original form the poems are presented in vertical lines (usually one or two) and both extra syllables (*jiamari*) and missing syllables (*jitarazu*) are quite common. Why can't we then present Japanese poems as one- or two-line texts? The common answer is that in Western cultures a one-

line poem does not really work as poetry.

William LaFleur has stated about presenting waka as one-line poems:

> A one-line poem — at least in Western languages — is willynilly at the same time a no-line poem. This is a fact around which there is, I think, no route of escape. Lines of poetry are in this respect like sexes in the world of biology: you need to have at least two to make the whole question of sex a meaningful one.[2]

I find it interesting that the minimum of two lines is here explained almost as a natural biological necessity, which makes a one-line poem a deviation from the norm defying natural laws. Our own values seem so organic to us that it is hard to even see any other option — in order for something to be read as poetry it must *look* like a poem. We have to *see* the poem represented visually as a rectangle of text surrounded by the whiteness of the page. Even when a simple prose sentence is graphically presented this way our brain is wired to read it as poetry (this is exemplified by various cases of found poetry), whereas a single line is just a single line — a sentence, a piece of prose, nothing more. It lacks the other half, that other magical line which would make the whole text complete. The reader of a one-line poem cannot be at ease being constantly aware that something is lacking.

The first stage of domesticating Saigyō occurs on this level. In the early days of translating Japanese poems the original form was completely hidden. The following is the poem 86 (*nageke tote / tsuki ya wa mono o / omowasuru / kako-chigao naru / waga namida kana*) in *Hyakunin isshū* translated by Frederick Victor Dickins' (1835-1915)[3]. I' m sure a lot of people would have difficulties identifying this as a Japanese poem:

With deeper melancholy sways,
The moonlit night my love-sick soul;
See how my face my woe betrays,
How down my cheek the tears roll.

The rhymed four-line poem does not manage to transmit anything resembling the source text and the mood it creates is very different from the original waka. The other extreme is represented by Peter McMillan's translation of this poem with eight lines:

As if it were the moon
that bids me grieve
I look up and try
to blame her.
But in my heart
I know full well
these bitter tears
flow down my face
for someone else.[4]

Burton Watson's translation from "Poems of a Mountain Home" represents a common practice of translating waka into five lines.

Does the moon say "Grieve!"
does it force
these thoughts on me?
And yet the tears come
to my reproving eyes[5]

We can see that in addition to the usual format of five lines, we have examples of four and even eight lines in various translations of the text. The poem comes across very differently in all of these versions. We can clearly see that by splitting the Japanese poem into lines and presenting it visually as a western text, we would (in some cases) domesticate the text too much. The result might be a readable Western poem, but the connection with the original becomes too weak. Then again, by translating waka as a one-line poem we would foreignize it, making it something strange and almost unreadable as poetry. Hiroaki Sato reacting to LaFleur's statement of "poetry needing at least two lines" subsequently came to the conclusion that we should present waka as two-line poems. In Saigyō's case most poems split neatly into two lines. As an experiment, let us look at two of LaFleur's five-line translations, which I here present as two-line versions:

> What I see when I look around the dwellings of poor mountain people:
> Colors get faint in so quiet a village in mid-winter.[6]

> I thought I was free of passions, so this melancholy comes as a surprise:

A woodcock shoots up from marsh where autumn's twilight falls.[7]

This format seems closer to the original manuscript form — sprawling lines of hiragana flowing down the page occasionally interspersed with characters, which often break at the lower part of scroll into a second line. It also allows us to present Saigyō's long sprawling variations on certain themes like cherry-blossoms in sequences that would create a completely different kind of rhythm.

Some graphical aspects of waka are truly impossible to reproduce — a moon, flower or heaven written with a character with its silent visual presence in the text, but the number of lines is something we might consider in the future especially in case of Saigyō whose poem are often divided into two parts. I slightly regret that I did not use this approach in preparing my own Estonian translation of *Sankashū* published in 2012.

II

But if we cannot maintain the original form of the poems could we do something about saving the content? Can we faithfully relay the meaning of the texts that belong to a completely different tradition? The translators of classical Japanese poetry are well aware that in order to make a poem meaningful for the reader, they cannot rely solely on supplementary materials — foreword, afterword, commentaries explaining the intricacies of Japanese culture and poetic tradition. The poetic texts themselves must stand alone and should be enjoyable as poetic texts at some basic level without additional explanations. This can only be achieved when the reader recognize themselves in the text and discover in the poems something that speaks to them on a personal level. This means that the translation must embed such values into the translation and ensure that they are immediately accessible. Lawrence Venuti has written about this process in his influential book "Scandals of Translation":

> Translation forms domestic subjects by enabling a process of "mirroring" or self-recognition: the foreign text becomes intelligible when the reader recognizes himself or herself in the translation by identifying the domestic values that motivated the selection of that particular foreign text, and that are inscribed in it through a particular discursive strategy. The self-recognition is a recognition of the domestic cultural norms and resources that constitute the self, that define it as a domestic subject.[8]

He goes on to state that this process of self-recognition is basically narcissistic: "the reader identifies with the ideal created by the translation"[9]. The important values they find in translation are usually those deemed important in domestic culture, but they might be, according to Venuti, also "marginal yet ascendant, mobilized in a challenge to dominant."[10]

According to this division we might say that when somebody translates Saigyō as "nature poetry" it invites the reader to accept the universal nature of Western norms of valuing aesthetic qualities of nature, while enjoying the exotic Japanese landscapes, but should somebody translate Saigyō as Buddhist literature and stress the aspect of "way of poetry" (*kadō*) the translator would place the text in an "ascendant marginal tradition" of Western Buddhism with its own agenda of finding a deeper and more authentic relationship with reality. And since these do not exclude each other many translators try to activate both, anticipating different types of reader and varying reactions to the texts.

We might think that adding strong Buddhist nuances to the translation gives us better access to the otherness of Japanese culture, but on closer scrutiny these themes often mirror subjects already familiar in Western tradition. Saigyō's poems seem to speak of the same quest for selfhood already found in the Greek tradition where "knowing oneself" and "taking care of oneself" were (and in some traditions still are) the utmost goals of being a human being. In translation Saigyō's poems also connect neatly with many modern issues of over-population and environmental issues, which translators can skilfully emphasise in their versions. Saigyō's poems engage *with us*, because they deal with certain problems *we face* not because some Japanese author in the 12th century had his own difficulties in life. Following Venuti's statement above we could say that in Saigyō's quest for seclusion the modern urban reader narcissistically discovers their own yearning for leaving the crowded and polluted city streets. In writing about the simpler life in the mountains, Saigyō engages readers with neo-Luddite tendencies, who reject technology in favour of a more natural lifestyle. The people who are tired of Facebook and Twitter switch off their accounts and find reassurance in poems of Saigyō who laments the burdensome "news from the capital" . Yet another way to connect with the modern readership is to muse about sexuality. LaFleur's retelling of Saigyō stresses the homosexual relationships among the North-Facing Warriors[11] constructs an image of Saigyō as a person who struggled with his own sexuality and we can see how many readers might connect with him on this level.

Let us look at one famous example of a poem connected with the *shukke* of Saigyō. This poem was written on the topic of "expressing one's feelings on mist" (according to some accounts) during the same year Saigyō decided to abandon the world (6th year of Hōen, 1140). This waka shows that there are various ways to approach the subject of "leaving the world" (*shukke*). Every translation has to connect with the reader's sense of breaking all ties to make a lasting impression on the audience.
The following is Jack Stoneman's translation found in the anthology "Traditional Japanese Literature" :

sora ni naru / kokoro wa haru no / kasumi ni te / yo ni araji tomo / omoi tatsu kana

The empty sky
of my heart
enshrouded in spring mist
rises to thoughts of
leaving the world behind.[12]

The commentary added to this text specifies:

> This poem was composed seven months before Saigyō took vows. The opening phrase (*sora ni naru kokoro*) literally means "my heart that is the sky" or "my heart that is empty" which suggests that the poet's heart is becoming the sky, spreading infinitely until it becomes clear and empty. The verb *tatsu* means both for a person "to resolve" (on leaving the world) and for the spring mist "to rise" . The combined image suggest that Saigyō wishes to rise above the world where he can freely gaze on the clear and empty sky of his own heart.[13]

Stoneman introduces the idea that Saigyō's poems "carry Buddhist overtones" in the introduction but leaves it to the reader to see the connection with Buddhism in the translation. We get the sense that the poet's heart, mists, and 'sky' are intimately interrelated in a non-dual way, but his translation does not necessarily evoke any Buddhist context. This poem might be written by anybody who prefers a simple life in accordance with nature to the bustling city streets. If we replace "world" with "society" it might be written by the famous American hiker Christopher McCandless who inspired by Jack London decided to live in Alaska without a map or the necessary tools and died

accidentally eating poisonous plants.[14]

William LaFleur on the other hand inscribes the Buddhist interpretation into the text (this kind of embedded commentary is very typical of his translations) and thus tailors a much more specific version, which caters to the needs of Buddhist readers — an ascendant tradition in the West that has recently gained a firm foothold. His translation:

A man whose mind is
one with sky-void steps
into a spring mist
and thinks to himself he might
in fact step out of the world.[15]

The commentary explains:

> He plays here with double entendre of one word, *sora* —which refers to the sky but connotes as well the Buddhist emptiness — and another, *yo* — which here denotes the sense of being so enclosed by mists that the physical world disappears before one's eyes but with the secondary sense of a leaving of the world of secular life. It is a rich, skilfully executed poem. And it describes Norikiyo's state of mind.[16]

Although the translation itself might be read without connecting it to the Buddhist tradition, the words "mind" and "sky-void" alert a reader to take a more philosophical approach to the text, which is made clear in the commentary, where "sky-void" is clearly connected to the concept of emptiness.

We can see that the crucial difference comes from how translators deal with the process of becoming. In Stoneman's version it is the "poet's heart becoming the sky" and in LaFleur's version it is the "mind that is becoming empty" . These two kinds of becoming have a very different nature. The first version connects the reader with the poetic yearning for freedom one senses during spring, a certain wanderlust and a need to leave everything behind. The poet becomes one with nature — he is enshrouded in mist while floating in the spring sky. The second one about "stepping out of the world" into the "sky-void" of deeper understanding — achieving complete detachment from worldly things. Here the poet has become one with the relative nature of existence, he has embraced the empty nature of phenomena.

When we turn to the Japanese commentators we see that in some cases other aspects of this poem are stressed, which are equally important and relevant to the Japanese reader. Shigeo Gotō's rendering envisions Saigyō primarily as somebody who yearns for rebirth in Pure Land[17] and Nishizawa Yoshihito adds the idea of *yūrikon* — wandering spirit[18], which connects the poems with Japanese understanding that a spirit might leave the body and when it does not come back a person might die. This is yet another possible meaning of the word *kokoro* in the above poem, which often remains hidden in Western translations. When Saigyō states that his "heart leaves the body" when yearning for cherry flowers in Yoshino, we might not realise the terrible threat this presents — his spirit might never return.

III

While preparing my own selection of Saigyō poems published in Estonian in 2012, I was very conscious of inscribing specific values to the text that would speak to people in our local culture. Estonians have a specific word for *yūrikon* (*siird-hing*) and therefore *kokoro* can easily be rendered as heart (*süda*), mind (*meel*) or spirit (*hing*) in different poems. I emphasized the connection between our own nature beliefs and the Japanese world-view, which of course created discussion on the similarity of the two cultures. In order to balance this kind of domestication I also extensively discussed the uniqueness of philosophical ideas stemming from the esoteric teachings of the Shingon school.

During recent decades there has been a noticeable tendency of "going back to nature" among the readership of poetry in Estonia. Many have bought houses on small islands such as Hiiumaa, Saaremaa and Vilsandi. Nature and solitude are seen to support creation — one after another musicians, composers and writers would appear in media talking about their newly found roots in country life. I could not help but think about the words of Saigyō's poem: "Do those who leave the world behind really leave?" Saigyō was perplexed about "selling" his solitude as LaFleur rightly points out (VIIDE) and in medieval Japan the only true hermits were the ones who vanished without trace. It seems we would all benefit from a discussion about the paradoxical nature of seclusion, how it is a double-edged sword for public figures. This subject was picked up by the well-known reclusive Estonian writer Tõnu Õnnepalu (born 1962) who cited one of Saigyō's Estonian translations in his recent book:

When I tire of this spot as well,
too gloomy to live in,
when I drift
on my way, pine,
you'll be left alone[19]

Õnnepalu commented on this poem:

> This poem by Saigyō is the best summary of my life I have ever read. Always this constant pain in your heart looking at places you are leaving behind. Feeling of regret knowing that part of you inevitably stays there to decay at the mercy of changing seasons. [⋯] What is actually left behind, is nothing more than one old grey roof, one view from the window, one pine or apple tree, one darkness, one silence.[20]

In the following passages Tõnu Õnnepalu discusses extensively how authentic his own seclusion in Vilsandi actually is by citing yet another relevant poem by Saigyō. Reading Õnnepalu I felt that in some form Saigyō had truly arrived at the Western islands of Estonia and became part of our own cultural fabric.

We might say then, that we have many different Saigyōs depending on the core domestic values the translators chose to enable in their translations. These choices are not always conscious. According to translation theorist Douglas Robinson the translators always feels somatically tied to a certain community: they know what they would enjoy and what they would hate, where they would smile and where they would wince unapprovingly.[21] Thus the translator being part of a certain community might reflect the values of such a community almost unknowingly. But most often the choices are conscious and serve the need to make the poet relevant in their own local culture.

---

[1] Yuri Lotman. Universe of the Mind: a Semiotic Theory of Culture. I. B. Tauris & Co. London and New York 1990, p. 136-137.

[2] Cited in Hiroaki Sato. Lineation of Tanka in English Translation. Monumenta Nipponica, Vol. 42, No. 3, p. 348.

[3] *Hyak nin is'shiu*, or Stanzas by a Century of Poets being Japanese Lyrical Odes. Smith, Elder & Co, London 1866, p. 45.

[4] Peter McMillan. One Hundred Poems, One Poem Each. Columbia Univ. Press, New York 2008.

[5] Burton Watson. Poems of a Mountain Home. Columbia Univ. Press, New York 1991, p. 112.

[6] William LaFleur. Awesome Nightfall: The Life, Times and Poetry of Saigyō. Wisdom Publications, Boston 2003, p. 64.

[7] Ibid., p. 68.

[8] Lawrence Venuti. Scandals of Translation: Towards and Ethics of Difference. Routledge 1998, p. 77.

[9] Ibid.

[10] Ibid.

[11] LaFleur, Awesome Nightfall, p. 9.

[12] Haruo Shirane Ed. Traditional Japanese Literature: An Anthology, Beginnings to 1600. Columbia Univ. Press, New York 2007, p. 575.

[13] Ibid.

[14] See John Krakauer. Into the Wild. Anchor Books 1997.

[15] William LaFleur, Awesome Nightfall, p. 11.

[16] Ibid., p.11-12.

[17] Gotō Shigeo. Sankashū. Shinchō Nihon kotenbungaku shūsei 49,Tōkyō 1982, p. 195.

[18] Nishizawa Yoshihito. Saigyō: tamashii no tabiji. Kadokawa Sofia Bunko, Tōkyō 2010, p. 30-31.

[19] Burton Watson, Poems of a Mountain Home, p. 185.

[20] Tõnu Õnnepalu. Lõpetuse Ingel. Loomingu Raamatukogu 8-9, Tallinn 2015, p. 36.

[21] See Douglas Robinson. The Translator's Turn. John Hopkins Univ. Press, Baltimore and London 1991.

（Alari Allik／タリン大学）

謡曲『西行桜』
——西行上人の物象化と神格化——

エリザベス・オイラー

キーワード
謡曲『西行桜』　世阿弥　和歌　中世文学　中世芸能

西行上人として知られる人物の実生活について明確に分かっていることは少ないが、彼の没後直後から数々の伝記が書かれている。西行は『新古今和歌集』の中でも最も代表的な歌人として知られ、九十四首の和歌が収められている。この九十四首は他の歌と共に、文学や芸能の世界において彼の略歴を描くための基盤となっている。さらに、西行は後鳥羽上皇（1180-1239）の『御口伝』(注★1) や、藤原定家仮託の『愚秘抄』などでも賞賛されており、藤原信実（1176-1265）の『今物語』では二話に登場している。十三世紀には西行の放浪を描いた説話『西行物語』の原形とされるものが出回るようになった。その逸話や和歌は、後深草院二条 の『とはずがたり』や阿仏尼の『十六夜日記』でも触れられている (注★2)。謡曲が初めて書かれるようになった十五世紀初期には、最もよく知られ引用される歌人となっていた。西行が歌人としてだけでなく、旅人や世捨て人としても描写されたことは、能の登場人物の対象となる所以となった。本稿では、西行を描いた最も有名な能・謡曲の一つで、世阿弥作、そして今でも能楽五流派が上演する題目の一つである『西行桜』を取り上げる (注★3)。この曲は祝言的な四番目物に属し、シテは京都西山の西行の隠宅にある老桜の精を演じる。本稿では、伝説的人物西行が、『西行桜』の中でどのように描写されているかを、西行が多くの歌に詠んだ象徴的な桜について考察する。また、この曲の中心にある桜の木が能舞台の上と観客の想像の中で西行の描写とどのように重なっていくのかという点についても注目する。西行と桜木の対は、能楽における西行の描写をどのように反映し、また具体化しているのか、そして、日本で最も愛される歌人の一人である西行を歴史的にどう描写しているのだろうか。

『西行桜』の舞台は京都西山にある「西行庵」、季節は春。シテは老人の尉面をかけて演じる。シテは一般的に、人間の亡霊やその他の精霊に使用される舞尉、皺尉、または石王尉の能面を着用して演じる。老体の一場物の現在能だが、多くの点で複式夢幻能と

類似している。ワキの西行は能面をかけず、精霊の語りを引き出す僧として複式夢幻能のワキとある程度同じような役割を果たしている。桜木の精であるシテは、戯曲半ばに夢の中にいるかのように登場し、そして、ワキの眼前に現れた幻想を消し去りながら夜明けと共に終演する。『西行桜』は叙情的で優雅であり、一首の歌が他の歌を引き寄せるようにして詠われていく。また、『西行桜』は『杜若』『梅』『藤』『老松』そして『遊行柳』などの曲と同様に、シテが植物精の曲の一つでもあるということも興味深い。ここに挙げた最初の三曲に登場する若くて美しい女性の精とは対照的に、『老松』と『遊行柳』のシテもまた老人であり、多くの相違点はあるものの、『西行桜』と『遊行柳』(観世信光作)の構成と演出の類似性が頻繁に指摘されている。

世阿弥は著書で『西行桜』という題目の曲について言及することはないが、二つの文献でそれと思われる曲について触れている。『五音』の中で、世阿弥は「西行歌」を引用している(注★4)。『申楽談儀』(1430)では、能楽の構成についての段で二度触れられている。まず、『西行』(注★5)と『阿古屋松』は「……大かた似たる能也。後の世かかる能書く者やあるまじき」と世阿弥が語ったとされている(注★6)。また、世阿弥は,「『西行』の能、後はそとあり、昔のかかりなり 」と語っている(注★7)。従って、この曲の美しさは、春の桜の若々しい美しさと、シテの描写の中に捉えられた老人の優雅さと孤独感が一対になることによって主に引き出されているようだ。こうして呼び起こされたものが、西行という人物の歴史的解釈と、中世の文学的及び文化的背景において彼がどのような意味を持つのかを、以下に詳述して論証する。

『西行桜』は生前西行が興じた花見の春夜の様子を描いている。ワキの西行は一人で老桜の花を愛でるため、間狂言の能力に花見客を追い返すよう頼む。しかし、都からの客(ワキツレ)の一行が西行庵を訪れると、西行は彼らを歓迎し、一行はシテが隠れている舞台上の大きな「作り物」(大道具)で表現された木の下に臥して夜を過ごそうとする(注★8)。そして「作り物」の覆いが取られると、静寂な夜を乱されるのは桜の花のせいだという西行のつぶやき(歌)に応えてシテが姿を現す。精は、桜の花は非情無心であるため咎はないとたしなめる。やがて、二人は次々と謡いながら対話を交わし、草や木のように心のないものも仏になる可能性を持つという草木成仏の概念に行き着く。クセでシテは都の近辺の桜の名所を次々と詠いながら舞い、風格のある序の舞を舞って、夜明けと共に曲は終演する。

この曲には着目すべき点が多々あるが、本稿では特にワキとシテの関係、そしてその関係を多岐に理解するため曲中で活かされた構成に焦点をおく。前述したとおり、ワキは面をかけずに舞台に登場する僧である。しかし、一般的な複式夢幻能とは違い、このワキは広く知られ慕われている歴史上の人物である。また、西行は旅人として知られているが、ここでは彼は旅に出ていない。終始曲は庵を舞台とし、観客には西行が老桜と共にひっそりと夜を過ごそうとしていることが伝わってくる。幽霊の出る場所に偶然行

き当たった旅の僧ではなく、西行は当の場所の住人なのである。曲の開演とともに、西行は視覚的に木を象徴する「作り物」と一対を成している。

西行は自分が招き入れた花見客の来訪によって閑寂を乱される。しかし、彼はまた邪魔が入ったことによる失望を優雅な歌で表現する。「花見んと群れつつ人の来るのみぞ、あたら桜のとがにはありける」この歌は西行の自撰である『山家集』に「しづかならんと思ひけるころ、花見に人人まうできたりければ」という詞書と共にと詠まれている（注★9）。このように、曲ではこの小段において、歌とそれが詠まれた状況が演じられている。

この時点で、花見客たちは木の下に臥して夜を明かすと言いながら舞台を退き、夜が深まる中、西行を一人桜の木の下に残していく。ここで観客は複式夢幻能に似た状況にいるような感覚になる。僧であるワキは思索にふけり、既に歌に詠まれた舞台に一人意識を集中させる。ここでは、ワキツレが退場してワキと作り物だけが舞台に残されたことにより、その関係がより強調される。今や作り物の覆いが取り外され、シテが登場する。シテは西行が先ほど詠じた歌を口ずさみ、ワキは次のように応じる。

不思議や朽ちたる花の空木より。白髪の老人現れて。
西行が歌を詠ずる有様。さも不思議なる仁体なり。
シテ：
これは夢中の翁なるが。いまの詠歌の心をなほも。たづねん為に来りたり。
ワキ：
そもや夢中の翁とは。夢に来れる人なるべし。

伊藤正義は、この時点で「夢中の翁」を導入することにより、夢窓疎石の『夢中問答集』(1344) を示唆していると指摘する。『夢中問答集』は疎石と足利直義の対話を通して禅の概念を解説しており、世阿弥が能楽芸術を理論化させるのに影響を及ぼした作品である。伊藤はさらに、ワキと「夢中の翁」の間で交わされる問答はこの書を再現したものであろうと推測している。従って、本曲は西行の歌と疎石の論考という二つの文学作品を舞台で物語化したものに基づいている（注★10）。

曲では問答が続き、シテはワキをなだめ、桜の木がワキの苛立ちの責めを受けるべきではないという。そして、その結びは、植物精を扱った他の曲のものと類似している。「およそ心なき草木も。花実の折は忘れめや。草木国土皆成仏の御法なるべし」この小段は『百聯抄解』の対句によって結ばれる。

花檻前に笑んで声いまだ聞かず。鳥林下に鳴いて涙尽き難し。

クリは、『和漢朗詠集』に収められている白居易の対句を引用して次の初段を開始する。

夫れ朝に落花を踏んで相。伴なつて出づ。夕には飛鳥に随つて一時にかへる。

どちらの対句も花と鳥、花檻と林、朝と夕、出郷と帰郷など、相補的に対立する対を作り出している。鳥と花を対句で結びつけることにより、花檻を出て林へ向かい、そして最終的には帰郷するという空間的な動きの感覚を生み出している。朝と夕を一対にすることで、西行が感嘆する桜の花の初々しさが老歌人と組み合わさることを提言している。このような引用は能楽において珍しいことではなく、主題的にもふさわしい対句をそのまま引用することで、特に印象的になっている。これはまた、西行の歌を中国の名詩人たちの歌と対にすることで、曲が具体化する優雅さや詩的感性を表現する効果も担っている。さらに、桜の花は、言うまでもなく、花を咲かせた木の精であるシテを再び歌で表現している。象徴を対にすることで、ワキとシテの関係に注意を向けさせる効果もある。

次に、サシとクセは「物尽くし」へと進み、都の桜の名所を列挙していく。シテは千本（吉野山の中千本）に始まり、毘沙門堂、黒谷（金戒光明寺）、華頂山、清水寺、そして嵐山へと都の中心から北東の方角へ、東の山を越えて南東へと弧を描き、再び西行庵のある西へ弧を描いて戻って来る。このようにして、クセは舞台上のシテの舞に共鳴する仮想的な動作で、都を取り囲む景色を作り出す。そして、蘇軾による対句を引用して完結する。

春宵一刻価千金。花に清香月に影。春の夜の。

むろんこれは、夜桜を楽しむことに加え、刹那と永劫を一対にすることにより、まず舞台上に表現された出来事を、次に若さの一時的な美しさと歌中に月で表される存在の永遠の真理の結びつきを表現している。

戯曲は夜明けとともに終わりを迎える。

待てしばし待てしばし夜はまだ深きぞ。
白むは花の影なりけり。よそはまだ小倉の山陰にのこる夜桜の。花の枕の。

この戯曲は複式夢幻能を思い起こさせるようにシテが消え去ることで完結するが、それはまたワキ能に合わせて、桜の木が（眠る）西行を見守る中、夜が明けていく清々しさを表現している。

この曲で見られるワキとシテの関係は、四番目物としてはいささか独特なものだ。しかし、世阿弥が想定したであろう老体の作品、つまり彼が言うように、我々が普段ワキ能を連想する祝言の雰囲気を醸し出すような、より伝統的で優雅な形式を思い起こさせ

るための作品だと考えると、曲はより興味深くなる。このことが老人に桜木の精を具象化させたことの所以であろう(注★11)。桜の精は不思議な老人で、すぐに老桜の木の精だと自ら正体を明かす。この特色は、シテが「夢中の翁」としてはっきり名乗ることによって強化され、能楽において昔から神聖な存在である翁を想起させる。そして、権藤芳一が言及しているように、曲の囃子に太鼓を盛り込むことにより、「老木の強さと桜の陽性」の雰囲気を出している(注★12)。この戯曲は大昔の優雅さを演じるために、登場人物は老桜の精である老人シテによって具象化されている。

これにより、ワキの西行は複式夢幻能におけるワキに近い役割になる。西行は明らかにシテほど中心的ではないワキ役である。しかしながら、今の曲でも、『五音』と『申楽談儀』における言及でも、曲の演目が示しているように西行の重要性が示唆されている。同時にワキ役でも中心でもあるワキをめぐる一見難解な状況は、曲中でどのように扱われ、またどのような効果をもたらしているのだろうか。

『西行桜』は舞台上で謡を演じることだ。多くの能楽は謡の上演、そして中には『西行桜』のように特定の歴史的人物の歌詠みを曲化したものである。桜の木となった特定の例は、例えば、世阿弥の名著『忠度』にも見られる。しかし、『忠度』では桜の木は見えず、歌の詠み手で、姿の見えない桜の木にその墓を守られている亡霊のシテ忠度として具象化されているだけである。『西行桜』では、その関係は『忠度』が惹きつけるものとは若干異なる種類の緊張感を表している。『西行桜』ではむしろ、歌は(ワキである)歌人によって詠まれ、(シテである)桜の木の精によって繰り返され、そして二人の間で議論・問答が交わされる。この弁証法は桜の木を責める呼びかけの歌の形式を取り、それにより木に命が吹き込まれている。同時に、西行と桜の木の関係は、作り物と、作り物から舞台に登場し、熱心に耳を傾ける西行の眼前で舞を舞うシテとして視覚的にも明らかにされる。曲の歌詠みは、やがて中国の対句が導入されることによって拡張される。このことは、二つの点でシテとワキの並列関係を深めている。第一に、三つ全ての対句に出てくる桜の木は、まずは鳥と、そして次に月と一対になっている。第二に、桜の木は花と花見客の関係を歌に詠んでいるばかりでなく、その従属的な構造の中に優雅で暗示的な一連の叙情詩を演じながら、形式的に再現している。伊藤は、同様の組み合わせは西行の歌と同様に、夢窓疎石の『夢中問答集』にも見られると主張している。『夢中問答集』は、疎石と直義の対が示唆するように、ワキと議論するシテの翁を描写することにより舞台上で具象化されている

舞台背景に戻るが、曲は西行庵が舞台となっている。庵の存在は「うろのある古木」、すなわち精(この精は初めに自分自身と木を世間から忘れ去られたという詩的な表現の一つである「埋木」であると描写)の宿るところを表す作り物によって示されている。そして、その木はワキのものである。シテよりもワキの方がその土地の者なのであろう。曲がワキのその土地への愛着を解きほぐしていく。『西行桜』の構成が複式夢幻能に類似しているのと同様に、西行が典型的なシテに類似していることで、専門家たちの解釈

どおり、木の精をワキの顕現と見ることができる。西行（ワキ）と桜の木の精（シテ）は非常によく似ており、その関係は愛情を表現する手段である西行の歌から生まれている。歌を詠むという行為、つまり、つかの間の瞬間を捉えたいという衝動と、この曲が生み出すものは、歌人を映し出す鏡なのであり、それは対話者であると同時に、桜に向けられた愛情で知られる老僧西行の投射としての太古の精である。老齢からくる優雅さや厳粛さと、春の月に照らされた花の儚い美しさは、歌を詠むきっかけを物象化することによって一体化し、西行自身でもある夢中の翁を作り出している。

このことは、文化の象徴である人物を偲ぶ過程において、伝記に残したいという社会の衝動的行為をも実証してもいる。西行は自作の歌の中で最も知られた主題の一つである桜の木の精として能舞台で命を吹き込まれた。西行を桜の木の精としての物象化することは、クセで再現され、シテが観客を西行庵から都周辺の桜の名所への行楽に導いてくれる。謡曲と西行庵があったとされる京都の西山の桜の木のどちらが先に存在していたか知ることはできないが、西行と桜木の文化的な深い関わりを示唆する。

注

(1)「俊頼が後には、釋阿、西行なり。西行は、おもしろくて、しかも心も殊に深く、ありがたくいできがたき方も共に相兼ねて見ゆ。生得の哥人とおぼゆ。おぼろげの人、まねびなどすべき哥にあらず。不可説の上手なり。」Takagi Kiyoko, "Saigyō: a search for religion," Japanese Journal of Religious Studies 4:1 (1977), 42. から引用。

(2) Gustav Heldt, "Saigyō's Traveling Tale: A Translation of *Saigyō monogatari*," *Monumenta Nipponica*, 52:4 (Winter, 1997), 467-459.

(3) 過去の曲は金春禅竹によって書かれたものもある（佐成謙太郎著『謡曲大観』など参照）。本稿での世阿弥の作品に関する言及については、池上康夫　明治学院大学教養教育センター紀要：カルチュール 5-1 の「「西行桜」覚書」(2011), pp. 1-2 を参照されたい。

(4) 池上康夫（2011）「「西行桜」覚書」pp.2-3

(5) 世阿弥が『西行』と呼んでいた曲は、現在『西行桜』として知られている曲を指していると専門家の間でも合意している。

(6) Royall Tyler, tr., *Japanese Nō Dramas* (Penguin Classics, 1994), p. 215 の翻訳を引用。

(7) J. Thomas Rimer and Yamazaki Masakazu, trs., *On the Art of the Nō Drama* (Princeton University Press, 1984), p. 215 の翻訳を引用。

(8) これらは現在能のワキツレにあたる。権藤芳一の『能楽手帖』には、これは元々間狂言として概念化されていたものであろうと記されている。

(9) 伊藤正義（1986）『謡曲集（中）』, p. 85, 新潮社

(10) 伊藤正義（1986）『謡曲集（中）』, p. 441, 新潮社

(11) 池上は曲は「古風の映じ方」の能を具体化していると提言している。

(12) 権藤芳一（1979）『能楽手帖』, p. 119, 駸々堂出版

（Elizabeth Oyler ／ピッツバーグ大学）

文化史としての翻案と翻訳

——西行の和歌と伝承をめぐって——

近本謙介

キーワード
文化史のうちなる西行　翻案と翻訳　和歌と伝承　観心　鴫たつ沢

はじめに—文化史のうちなる西行—

日本の文化史上に屹立する巨人西行（1118～1190）は、同時代のみならず、鎌倉時代の後深草院二条、室町時代の宗祇、江戸時代の芭蕉への影響など、後世の文学史の展開を定位する観点からも重要な存在である。現代における西行への関心は海外にもひろがりを見せており、西行歌の翻訳（注★1）や伝承の研究などが進められつつある。現代における西行研究は、いわば時間軸と空間軸を超えて国際的に進められつつある状況といえる。

そのような研究状況を踏まえ、本稿においては、西行の和歌と伝承を取り上げ、その翻案と翻訳の問題を、文化史の視点から照射することを試みる。古典の享受と再生産は常に広義の翻案や改変を伴う側面を有しており、仮託や偽作（擬作）といった問題も含めたテクストの展開と流動を想定しなければならない。

たとえば、『平家物語』が多くの種類の伝本・異本として伝わる点もそうした実態を端的に示している。比較的古態を保っていると考えられる延慶本と、記事の整序が行われ、琵琶法師たちの語りにも用いられた覚一本系諸本との間には大きな異同があり、その改変過程は、単なる削除や増補という範疇で説明しきれない問題を内包している。両伝本のあいだには、話材の有無や多寡にとどまらぬ、全体の構想に関わる異同も随所に指摘することができ、それは物語の享受であると同時に、再生産としての性格を有しており、一種の翻案とも位置づけられる。

西行をめぐる文学史・文化史においても同様の問題が存している。西行の和歌を配列しながら、西行の一代記を構成する『西行物語』は、西行の往生伝ともなっているが、そこに用いられる和歌の詠歌事情などは、必ずしも『山家集』等と一致するわけではな

【図1】『西行学』創刊号表紙

く、すでに翻案の物語と認識すべきものである。さらに、数多く伝存する『西行物語』伝本の状況も、『平家物語』と同じく、享受と再生産の過程を如実にものがたっている。西行を集中の説話と話末評語の語り手であり記し手に仮託する『撰集抄』には、創作性の高い説話が数多く収載されており、こうした仮託に基づく擬作の営みも、西行伝承の翻案・再生産の側面として、西行の文化史のうちに定位すべき課題である。(注★2)

芭蕉が、『西行物語』や『撰集抄』の影響下に『奥の細道』を著したことを考えれば、西行の文化史は、むしろこうした翻案や再生産のうちに成り立っていると言っても過言ではない。

西行の文化史は、現代における知の記憶としても、ひとつのコードとして組み込まれている。【図1】は、西行研究の進展をはかる目的で、2009年に創設された西行学会の学会誌『西行学』創刊号(注★3)の表紙であるが、ここに桜の画像が選択されたことは、なかば必然であったものと思われる。

西行と桜との連想を後世への知の記憶のコードとして決定づけたのは、『山家集』上・春・77に、「花の歌あまたよみけるに」の詞書とともに見える一連の歌の中の、

願はくは花の下にて春死なむその如月の望月のころ

にさかのぼるが、この歌のたどった道のりは、必ずしも平坦ではなかった。『新古今和歌集』撰集過程における切り出し作業で一旦抹消され、勅撰和歌集においては、のちに『続古今和歌集』(注★4)巻十七・雑歌上・1535に入集することとなった。

つまり、この歌も、西行が釈迦の涅槃を意識してその通りに亡くなった聖なる歌としての位置づけは、『新古今和歌集』撰者藤原定家および撰集を下命した後鳥羽院によって、確立されてはいなかったことが知られる。

現代につながる西行と桜をめぐる文化史の文脈は、むしろ、『西行物語』等に記される伝承によって醸成されていくのである。

1 『新古今和歌集』と西行をめぐる文化史

西行に最多入集歌人の地位を与えた『新古今和歌集』(注★5)の巻軸歌・巻二十・釈教歌・1978 は、「観心をよみ侍ける」の詞書を持つ西行歌、

闇はれて心のそらにすむ月は西の山べやちかくなるらん

である。

勅撰和歌集の最終巻に「釈教歌」を配した後鳥羽院と撰者藤原定家の意識も問われるべき課題であるが(注★6)、なにより、仏教における「観心」の視点から「心」を見つめる西行歌をもって集を終える構想は注意すべきであろう。そこには、煩悩による心の闇が晴れて清浄の境地を表す「澄む月」を詠み込み、西方往生を祈念する西行歌によって集を閉じようとする後鳥羽院と定家の意識を、明確に読みとることができる。西行を往生人として思慕した定家が、この西行歌を巻軸歌に据える意義は、深いところに達していたとみるべきであろう。後鳥羽院と定家による西行の評価は、集の編纂意識全体にも及んでいたのである(注★7)。

この点は、『新古今和歌集』編纂を命じ、自らも西行を高く評価した後鳥羽院が、『後鳥羽院御口伝』において、

西行は、おもしろくて、しかも心も殊に深く、ありがたくいできがたき方も共に相兼ねて見ゆ。生得の歌人とおぼゆ。おぼろげの人、まねびなどすべき歌にあらず。不可説の上手なり。

釈阿・西行などは、最上の秀歌は、詞も優にやさしき上、心が殊に深く、いはれもある故に、人の口にある歌、勝計すべからず。

と評する点にも通底している。下線部のように、後鳥羽院が繰り返し「心」の観点から西行を評することは、歌の「心」のみならず、西行の仏道における「心」をも念頭において記している蓋然性が低くはないように思われる(注★8)。引用部には、釈阿すなわち定家の父俊成を西行と並列して、最上の歌人として称揚する意識も見えている。

定家や後鳥羽院による西行と俊成(釈阿)への畏敬の念は、仏道と歌道とが一体となったところに表出される歌のすがたに基く部分があると考えられる。

西行の「心」を詠み込んだ歌に、後鳥羽院や定家といった同時代の歌人たちが意識的であったとすると、それらふたりを下命者・撰者として成立した『新古今和歌集』巻四・秋上・361 ～ 363 に配される以下の三首の連続性にも注意が必要であろう。

題しらず　　　　　　　　　　　　　　　　　　　　　　寂蓮法師
さびしさはその色としもなかりけり真木たつ山の秋の夕暮
　　　　　　　　　　　　　　　　　　　　　　　　　　西行法師
こゝろなき身にも哀はしられけりしぎたつ沢の秋の夕暮
西行法師すゝめて百首歌よませ侍りけるに　　　　　　藤原定家朝臣
見わたせば花も紅葉もなかりけり浦のとまやの秋の夕暮

「三夕の歌」として人口に膾炙するものであるが、結句が「秋の夕暮」で読み納められていることからも、三首が偶然並んだとは考えがたい。これら連続歌の詠者が、西行を中心において、寂蓮・定家といった西行の影響下にある新古今歌人たちである点も示唆的である。これらの歌を配列した定家自身の歌は、「西行法師すゝめて百首歌よませ侍りけるに」との詞書から知られるように、西行の百首歌勧進に応じたものでもあった。こうした経緯で詠んだ自らの歌を西行歌に続いて配する際に、定家がその意味に無頓着であったとは到底見なされないのである。

そして、ここに配される西行歌もまた、「心」を詠み込んだものであった（注★9）。

2　史実と文化史のうちなる西行―「鴫たつ沢」歌の展開の視点から―

前節で取り上げた「三夕の歌」の中核をなす西行歌、「こゝろなき身にも哀はしられけりしぎたつ沢の秋の夕暮」は、西行伝承へと展開し、文化史のうちにひろがりを見せていく。

「鴫たつ沢」歌は、『山家集』470番歌を起点とするが、その詞書は、

秋、ものへまかりけるみちにて

との、簡略な詠歌事情を記しているに過ぎない。それは、『新古今和歌集』当該歌が、前歌の寂蓮歌を承けて「題しらず」とされる点にも引き継がれている。

ところが、『西行物語』では、

相模国大庭といふ所、砥上原を過ぐるに（中略）その夕暮方に、沢辺の鴫、飛び立つ音しければ、

のように、具体的な詠歌の場が記されるに至り、西行の東国への旅の途次に詠まれたものという伝承が成立している（注★10）。『西行物語』は、鎌倉時代前期の成立と目されているので、『新古今和歌集』成立から半世紀を隔てない時点で、当該歌については、物語の要素として翻案が施されていたことが了解される。

また、鎌倉時代前期成立の説話集『今物語』(注★11) 42では、

> 西行法師が、陸奥国のかたに修行しけるに、千載集撰ばると聞きて、ゆかしさにわざと上りけるに、知れる人、行き合ひにけり。この集のことども尋ね聞きて、「我詠みたる、鴫立つ沢の秋の夕暮れ、といふ歌や入りたる」と尋ねけるに、「さもなし」と言ひければ、「さては上りて何にかはせん」とて、やがて帰りにけり。

との逸話が記されている。『千載和歌集』撰集の話を聞きつけて、奥州から都へ上る西行が、その途次で知人に行き会い、自らの「鴫たつ沢」歌の入集の有無を尋ね、この歌が採録されていないような歌集を見るために上洛しても意味が無いと言って奥州へ戻った、という話柄が成り立つ根底には、この歌を西行のある種の面歌《おもてうた》(注★12) とする認識がすでに存していたことを想定することができそうである。

そもそも、本来は無関係であるはずの「鴫たつ沢」歌と『千載和歌集』とを結びつけてかたる本話の根底には、いかなる伝承成立の論理や前提、あるいは翻案意識を想定することができるであろうか。

その点を確認するために、本伝承に関わることがらを、事実関係から整理することからはじめたい。

西行は、自撰私家集『山家心中集』を『千載和歌集』撰歌資料として、藤原俊成に提出したことが知られている。西行の奥州への二度目の旅からの上洛が、1186年末から1187年春頃と考えられており、都へ戻った西行は、ふたつの自歌合 (注★13) の集『御裳濯河歌合』・『宮河歌合』を作成し、それぞれの判詞 (注★14) を、藤原俊成・定家父子に請うている。

「鴫たつ沢」歌は、『御裳濯河歌合』第十八番に配されたが、1187年末に俊成から届いた判詞において、この歌は負とされていた。俊成が「鴫立つ沢」歌をあまり評価していなかったことが確認されるが、実際、翌年1188年に撰集を終えた『千載和歌集』においても、俊成はこの歌を採録してはいない。

俊成が「鴫たつ沢」歌をことさら評価していたわけではない点は、史実として確認されることがらに属するわけで、『今物語』説話生成の背景には、どうやらこうした事実が見え隠れするように思われる。

「鴫たつ沢」歌が高く評価され、文化史上に大きな意味を持ちはじめるためには、定家の撰集になる『新古今和歌集』(1205年成立) 入集を待たねばならなかった。

『今物語』の成立は、確実に『新古今和歌集』を下っているから、『新古今和歌集』入集以降、「鴫たつ沢」歌の評価が高まる一方で、俊成による不評という史実を踏まえた伝承の形成が短期間のうちに進んだものと思われる。それは、定家によって最高の評価を得るに至った西行のたどった道のりを、俊成との対比から振り返り、再確認するかのごとき、ものがたりの生成と翻案の過程でもあった。ここに、『今物語』(翻案の物語)

における深い次元での史実との照応性を見出すことができるであろう。

「鴫たつ沢」歌をめぐる西行の文化史は、史実を踏まえた詠歌事情の翻案と、詠歌を取り巻く伝承の形成から、その歩みをはじめることとなったのである。

3 翻訳のうちなる西行

ここに取りあげてきた西行の文化史をたどる上で重要な、西行の「心」をめぐる詠歌は、西行伝承と和歌の翻案のみならず、翻訳の問題を考える際にも、さまざまな問題を投げかけるように思われる。

これまでに著されてきた多くの西行歌の翻訳書は、

こゝろなき身にも哀はしられけりしぎたつ沢の秋の夕暮

の歌を取りあげており、日本における西行の文化史のみならず、海外の西行研究者たちにとっても、西行を考える上で避けては通れない必須の歌との認識が形成されているようである。

ここでは一例として、*Saigyō, poems of a mountain home* / translated by Burton Watson（注★15）における英語への翻訳を取り上げ、西行歌の翻訳の問題を、文化史との関わりから論じることとする（注★16）。

Even a person free of passion
would be moved
to sadness:
autumn evening
in a marsh where snipes fly up

なお、本歌の翻訳に、注釈（annotation）は付されてはいない。

比較対照するため、日本における本歌の現代語訳も一例示すこととする。


俗世間のことは捨てたはずの世捨人のわが身にも、しみじみとしたあわれが知られることである。この、鴫が佇立する沢の秋の夕暮は…。（注★17）

まず、「こゝろなき身」を、「a person free of passion」と訳すのが適切かつ充分であるのかは議論の余地があると思われる。「俗世間のことは捨てたはずの世捨人のわが身」といった、仏道修行の身との関わりを踏まえた現代語訳との乖離からもその問題は顕在

【図 2】鴫たつ沢のイメージ①

【図 3】鴫たつ沢のイメージ②

化しているが、同時に、第二句にある「あはれ」との関係からは、「情趣を解するか否か」の問題も念頭においたもの言いとなっており、現代語訳もそれを訳しきれているわけではないように感じられる。この「あはれ」を「sadness」と翻訳することへの違和感は、語誌と文化史の双方に基づくものである。

より端的な翻訳の問題に目を向けるならば、「鴫たつ沢」をどのような光景と認識するのかといった点がある。「snipes fly up」との英語訳は、明らかに複数の鴫がいて、それらが飛び立つ瞬間を詠じたものとの理解に基づいている。現代語訳では、「鴫が佇立する」とあって、日本語の特性から単数・複数の区別は、この歌では言語上に表れてはいない。英語への翻訳においては、起点言語に明示されない単数・複数の別を選択する必要に迫られることとなる。また、現代語訳では、鴫が「佇立する」光景を想定しており、「飛び立つ」光景とする英語訳とは明らかに異なっている。もっとも、本歌の解釈史においては、「佇立」説と「飛立」説とは併存してきており、いずれを是とするかの最終的な根拠は、「あはれ」の文化的美意識に求めるしかないのである。

「鴫たつ沢」歌の翻訳にあたり、上記の問題を織り込むためには、注釈が不可欠となるように思われる。和歌という文芸の表現史と文化史とを必ずしも共有していない異文化言語への翻訳の際には、翻訳と注釈との有機的併用を前提として臨むべきではなかろうか。

そのような点をさらに確認すべく、続いて、第一節で取り上げた『新古今和歌集』巻軸歌、

闇はれて心のそらにすむ月は西の山べやちかくなるらん

の翻訳を取りあげることとする。

Darkness dispelled,
is the radiant moon that dwells

in the skies of the mind
drawing nearer now
to western hilltops?

* West is the direction of death and of the
Western Paradise of the Buddha Amida (注★18)

本歌を訳す際には、和歌表現史および仏教文化史的前提を踏まえつつ、表面的な光景の背後に籠められた暗示や、重層的な意味合いが活かされる必要があろう。

まず、「闇」と「心」とが併記されるだけで、「心の闇」に象徴される煩悩の意味合いが込められているのが和歌の表現史の常套である。また、「そら」は、天体の「空」と「心の空」なる状態とが掛けられており、仏教における「空」の思想や解脱の観念が意識された表現である。

さらに、そうした「こころのそら」に「すむ月」は、「住む」と「澄む」とが掛けられているのは当然として、仏性にも喩えられる清浄かつ円満な月をモチーフとして(注★19)、それが「こころのそら」に「澄む」状態を暗示しており、月輪観《がちりんかん》や虚空蔵求聞持法《こくうぞうぐもんじほう》等に見られる月と関わる観法をも意識した表現であると思われる。

こうした和歌と仏教における文化史的な表現を、逐語的に置き換えるだけで正確な翻訳を作成することは、おそらく不可能である。それはまた、現代語訳においても同様かと思量される。そうした場合に工夫し活用すべきは、注釈であろう。結果的に、和歌の翻訳の場合、文化史を異にする異言語への翻訳も、日本の文化史上における現代語への翻訳も、同様の工夫を前提とする必要が生じるように思われるのである。

本歌の下句に詠まれる内容は、西方極楽浄土への往生が意識されており、引用した英語訳では、その点を注釈によって補っている。これは妥当な方法ではなかろうか。

和歌のような、掛詞や序詞を駆使した重層的な意味を包摂する文芸の翻訳にあたっては、注釈の有する意義がきわめて重要になるものと考えられる。韻文である和歌のリズムをもできる限り翻訳に活かそうとすると、それはなおさらである。

小結

本稿では、西行の文化史について、翻案と翻訳の視点から分析を加えてきた。まず翻案の側面について、虚実を織り込んだ史実との関係から分析し、それを古典をめぐる享受と再生産の所産として位置づけた。続いて、翻訳をめぐる問題について、西行の和歌を取りあげ、掛詞等により重層的な意味を込めることのできる和歌という文芸を、表現史と文化史を越えて翻訳する際の困難を指摘すると共に、翻訳と注釈を有機的に併用する方法の効用を説いた。

前節で取りあげた『新古今和歌集』巻軸歌は、翻案・翻訳双方の視点から論じたが、それは本稿の議論の方向性とも深く関わるものである。

この歌を翻訳する際のむつかしさは、西行が自らの仏道修行者としての到達点を、和歌という彼のもっとも必然であった表現手段のうちに詠み込んだことから生じていると言うこともできるであろう。これは、信仰と表現とを文化史のうちに凝縮して織り込んだ結実のすがたともいうべきものである。

この歌の『新古今和歌集』巻軸歌への採録は、勅撰集下命者後鳥羽院と撰者藤原定家による西行歌の享受であり、詠歌事情から切り離した勅撰和歌集最終歌への転用、翻案と位置づけることができる。西行が仏道修行の末にたどりついた境地を詠う本歌の内容と表現とは、和歌による往生を成し遂げたとされる西行にとっては、不即不離のものであったに違いない。それを承けた定家は、信仰と和歌への熱意深き王の編纂を命じた勅撰和歌集巻軸に、この歌を据えた。それは、勅撰和歌集を和歌による往生を保証する文芸として構築しようとする営みにも通じていよう。このように企図され翻案された結果としての巻軸歌の解釈が、単純な翻訳･現代語訳で事足りることがないのは明白である。

文化史と結びつきつつことば（歌・物語等）を紡ぐ文学のありようは、その享受史における翻案と改変による再生産をもともないつつ展開するものである。それは、おのずと輻輳的文化史を背景とする翻訳の方法論の必要性に帰結するであろう。

おそらく、文芸における究極的な次元での翻案と翻訳に対峙する解釈の方法論は、きわめて近しいところにあるものではなかろうか。本稿においては、それを西行の和歌と伝承のうちに探ってきたが、文化史のうちなる翻案と翻訳の位相は、相互に通底する範疇に存するように思われるのである。

注

(1) 21世紀以降に限っても、*Saigyô* ; poèmes présentés, traduits du japonais et commentés par Hiromi Tsukui et Abdelwahab Meddeb（Paris: Albin Michel, 2004）、*Tükröződések* / Szaigjó szerzetes ; Villányi G. András（Budapest : Scolar, 2011）、*Mägikodu* / Saigyō ; klassikalisest jaapani keelest tõlkinud ja kommenteerinud Alari Allik（Tallinn : TLÜ Kirjastus, 2012）、*Odstíny smutku : sto starojaponských básní* / Saigjó ; [z japonských originálů přeložila Zdeňka Švarcová, přebásnil Zdeněk Gerych]（Praha : Vyšehrad, 2013）等が陸続と刊行されている。

(2) こうした現象を夙に捉えた論文として、西尾光一「西行的人間と西行好みの人間―「撰集抄」の仮托性―」（『文学』37-4 1969年4月）、中村幸彦「擬作論」（『今井源衛教授退官記念文学論叢』所収　九州大学文学部国語学国文学研究室、1982年6月）がある。

(3) 2010年8月刊、笠間書院。

(4) 文永二年（1265年）成立の第十一番目の勅撰和歌集。

(5)『新古今和歌集』には、94首の西行歌が入集している。

(6)『新古今和歌集』に先立つ、藤原定家の父俊成の撰になる勅撰和歌集『千載和歌集』は、巻十九「釈教歌」・巻二十「神祇歌」の配列となっている。

(7) 後鳥羽院と定家の意識の鬩ぎあいについても問われなければならないが、ここではその問題を主題とはしていない。後鳥羽院と『新古今和歌集』巻二十巻軸歌群をめぐる問題については、近本「危機に対峙する文芸の構想と変奏―藤末鎌初における往生と汎宗派的志向をめぐって―」(『日本文学』「特集 危機と対峙する中世文学」、2016年7月)にも触れるところがある。

(8) 後鳥羽院が、頻繁な熊野参詣に示されるように、仏道修行にきわめて熱心であったこともひろく知られている。

(9) 西行歌における「心」の問題は、西行歌における用例と、和歌史上の展開の両面から丁寧に位置づけられる必要がある。

(10) 砥上原《とがみがはら》は、神奈川県藤沢市南部の古地名であり、西行が東国への旅に際して通過した可能性を想定することができる。鵠沼地区周辺をこの地に比定する考え方があり、そうすると、鴫のいる寂寥とした秋の夕暮れを感じる場としてもふさわしいこととなる。

(11)『今物語』は、延応元年(1239)以降の成立、藤原信実編になるとされる。

(12) その歌人の代表歌。

(13) 自らの詠歌を左右に番わせ、歌合の体裁にしたもの。

(14) 歌合において、それぞれの結番(けちばん)の優劣・勝ち負けを判断し、その評価・理由等を記したもの。

(15) New York : Columbia University Press, 1991

(16) ただし、ここでは誤訳の可能性の指摘や、正確な翻訳の提示を意図しているわけではなく、翻訳に伴う問題を、文化史の側面から抽出することを目的としている。

(17) 後藤重郎校注『新潮日本古典集成』(1982年)による。

(18) ＊以下の二行は、翻訳に付された注釈(annotation)部分である。

(19) 満月を仏になぞらえる表現史は、「弥陀の御顔は秋の月」(梁塵秘抄)等に確認することができる。

(ちかもと・けんすけ／名古屋大学)

西行生誕九〇〇年記念
平成30年度　第10回西行学会大会プログラム

第1日　10月27日（土）　受付開始　13時
［会場］和歌山県立近代美術館2階ホール

【講演】13時40分～14時50分
西行と紀国、西行くさぐさの歌
東京大学（名）　久保田淳

【座談講演】15時10分～16時20分
讃岐の西行―佐佐木幸綱と語る
早稲田大学（名）　佐佐木幸綱
上智大学　小林幸夫
藤女子大学　平田英夫

【総会】16時20分～17時

【懇親会】17時30分～19時30分
［会場］ホテルアバローム紀の国

第2日　10月28日（日）　受付開始　9時30分
［会場］和歌山県立近代美術館2階ホール

【研究発表】9時45分～12時
『残集』の世界―僧形と徳大寺家と―
早稲田大学(院)　穴井　潤

〈西行〉と読経の声
千葉大学　柴佳世乃

福島県双葉郡浪江町の西行伝説
―『奥相志』の記事から原発事故まで―
國學院大學(兼)　小堀光夫

【シンポジウム】13時～16時40分
テーマ「紀伊半島と西行」
《司会》名古屋大学　近本謙介

熊野より伊勢へ行く西行
宇津木言行

西行の大峯修行の再評価
就実大学　川崎剛志

紀伊のなかの西行―地域史から捉える人物像―
和歌山県立博物館　坂本亮太

会場担当・大会問い合わせ先・西行学会事務局
〒673―1494　兵庫県加東市下久米942―1
兵庫教育大学　山口眞琴研究室内
電話　0795―44―2082
電子メール　saigyoujimukyoku@gmail.com

西行学会の記録

○EAJリスボン大会サテライトフォーラム
西行生誕九〇〇年記念「西行の旅と文芸―時空の超越―」
二〇一七年八月二九日
於新リスボン大学
パネル1　旅する詩人―西行と世界の詩人たち―
旅する詩人としての西行　阿部泰郎
花を訪ねて吉野山―西行和歌の聖性―　西澤美仁
旅する詩人の日伊比較―西行、ダンテ、ペトラルカ―　浦　一章
武人と歌の東西　西行とエル・シッド
―比較研究の試み―　水戸博之
パネル2　西行文芸の翻訳と翻案―時空の超越―
鴫立沢の情景―翻訳からみる西行の歌―　平石典子
西行のドメスティケーション：異文化における自己認識　アラリ・アリク
謡曲「西行桜」：西行上人の物象化と神格化　エリザベス・オイラー
文化史としての翻案と翻訳
―西行の和歌と伝承をめぐって―　近本謙介

○第九回大会　二〇一七年九月九日・一〇日・一一日
於静岡英和学院大学
九月九日（土）
公開講演
西行勧進―『国宝 久能寺経』―　良知文苑
特別報告
大西洋に臨みて西行を語りあう
―リスボンEAJS大会「西行フォーラム」開催報告―　阿部泰郎
総会
懇親会
九月一〇日（日）
研究発表
『西行物語』の語彙―コーパスを用いた予備的分析―　冨士池優美・鴻野知暁
蔡 佩青・橋本美香
「心のうち」と止観
―西行詠における「苦し」の位置づけ―　荒木優也
シンポジウム
テーマ「西行伝承の世界」　司会　蔡　佩青
『西行物語』の和歌の多様性　橋本美香
西行伝承とは何か―文献説話の世界から―　木下資一
「西行発心のおこり」の内と外　花部英雄
九月一一日（月）
実地踏査　藤枝市岡部町（専称寺・西行笠懸けの松、西住墓・十石坂観音堂）
静岡市清水区（日本平西行歌碑・鉄舟寺・天王山遺跡）

○寄贈図書
西山郷史『妙好人　千代尼』（法蔵館、二〇一八年一月）

○西行学会　平成二九・三〇年度役員

常任委員（一〇名）

宇津木言行　蔡佩青　五月女肇志　近本謙介

礪波美和子　中西満義　西澤美仁　花部英雄

山口眞琴（代表）　山本章博

委員（一〇名）

阿部泰郎　荒木優也　伊東玉美　木下資一　小堀光夫

坂口博規　錦仁　平田英夫　松本孝三　渡部泰明

会計監査（二名）

木下華子（平成二九・三〇年度）

橋本美香（平成三〇・三一年度）

編集委員会（六名）

山本章博（委員長）　宇津木言行　小堀光夫

平田英夫　松本孝三　山口眞琴（事務局）

企画委員会（五名）

西澤美仁（委員長）　阿部泰郎　蔡佩青　近本謙介

中西満義

事務局（三名）

山口眞琴（代表）　五月女肇志　礪波美和子

西行学会会則

■第一章　総　則
第一条　本会は、西行学会と称する。
第二条　本会は、西行の研究を学際的に開かれた視野で推進し、会員相互の親睦をはかることを目的とする。
第三条　本会は、次の事業を行う。
一、機関誌・資料等の刊行
二、研究発表会・展覧会・講演会等の開催
三、その他、目的を達するのに必要な事業
■第二章　会　員
第四条　会員は、西行の研究に携わり、かつ委員会の承認を経たものとする。
第五条　会員は、入会金一、〇〇〇円、会費年額四、〇〇〇円を納付するものとする（ただし大学生・大学院生に限り会費を半額免除する）。二年以上会費 を滞納した場合は会員から除くことがある。
第六条　会員は機関誌に投稿し、本会主催の会合に出席し、研究発表会において研究を発表することができる。また、機関誌の配付を受ける。
■第三章　役　員
第七条　本会に次の役員をおく。
一、代表委員　二、常任委員　三、委員　四、会計監査
第八条　委員二〇名は全会員の投票により選出する。ただし会の運営上必要な場合には委員会において委員若干名を推挙することができる。常任委員は一〇名とし、委員の互選による。
推挙による委員の選出内規
第一条　西行学会会則に規定する「委員会での委員の推挙」は本内規に基づいて行う。
第二条　推挙による委員は、現・次期事務局から各一名、編集委員長一名、委員以外の大会開催予定校から最大二名、その他会の事業を執り行うための委員最大三名の計最大八名に限ることにする。
第九条　代表委員は本会を代表し、常任委員は会務を執行し、委員は会務の審議に当り、会計監査は会計の監査に当る。
第一〇条　役員の任期は二年とする。ただし、再任を妨げない。
■第四章　事　業
第一一条　本会の事業は総会の議に基き、常任委員がこれを企画し、執行に当る。
第一二条　本会の事業は毎年総会に報告する。
■第五章　会　計
第一三条　本会の会計は、会費及びその他の諸収入によって賄う。会計年度は毎年四月一日から翌年三月三一日までとする。
第一四条　会計報告は総会において行う。
■第六章　総　会
第一五条　毎年一回総会を開く。ただし、必要ある場合は臨時にこれを開くことができる。
第一六条　総会の運営に関して必要な事項は別に定める。
■第七章　事務局
第一七条　本会の事務局は代表委員の所属する機関内におく。
■付則
一、本会則の変更は総会の決議による。
二、本会則は平成二一年四月から有効とする。
なお、平成二九年四月から、本会の事務局を左記住所に置く。
〒六七三—一四九四　兵庫県加東市下久米９４２—１
兵庫教育大学言語系　山口眞琴研究室内

編集後記

西行生誕九〇〇年記念の年、『西行学』九号をお届けする。発行が大幅に遅れたが、過去最多となる二四名の執筆者のご協力によって何とか完成に至った。深く感謝を申し上げたい。

今号も多彩なラインナップとなった。まずは、生誕九〇〇年記念行事の先陣を切ったＥＡＪＳリスボン大会の西行フォーラムを、完全再現することができた。海外からも寄稿いただき一部英文による掲載となったが、諸分野からの貴重な論考は、二〇一九年エストニア、タリンでのフォーラムへと引き継がれていく。また、記念行事関連では本年四月の国立能楽堂での記念公演記録も掲載した。

もう一つの柱は、昨年の静岡大会の記録である。このシンポジウムでも、国際比較の視点から西行説話伝承を捉える考察に及び、リスボンで取り上げられた翻訳・翻案の問題と自ずと結びついてくる。講演いただいた良知文苑氏の論考には、久能寺経そして西行への並々ならぬ思いが込められている。実地踏査の記録とともに静岡の西行伝承がまとめられ、表紙も藤枝市岡部の西行座像とした。静岡の関係者の方々には大変お世話になった。

投稿は、研究論文三本、研究ノート二本と多数あったが、厳正な査読の結果、それぞれ一本ずつの掲載となった。方法論、研究対象において新見地を開くものである。引き続き積極的な投稿をお願いしたい。

西行ノートは充実の三本。名古屋茂郎氏の連載に加え、宇津木言行氏の最新の研究成果を踏まえた西行年譜は至便。文献目録地方版では茨城県を取り上げた。創刊号以来六県目になるが、全都道府県制覇までの道のりはあまりに長く、会員の力を結集しなければ成し遂げられない。松本孝三氏の「西行家」の発見のようにまだまだ埋もれた西行が各地に眠る。

西行学の名著では、久保田淳著作選集をその編者でもある小島孝之氏に、貴重なエピソードとともに詳説いただいた。書評は、昨年鬼籍に入られた小林幸夫氏の著書を取り上げ、山口眞琴氏にお願いした。その研究が断たれたことは返す返す惜しまれる。

静岡の日本平には新たな西行歌碑が建立され、また催事紹介で奥野雅則氏に執筆いただいたように、伊勢二見浦では西行を核にした地域文化の創造が活発である。こうした動きには勇気づけられる。

次号は生誕九〇〇年記念大会の記録を柱とした、学会としても記念すべき一〇号となる。無事刊行できるよう努めたい。

（山本）

西行学　第九号
平成三十（二〇一八）年十月二十日発行
編　集　西行学編集委員会
発　行　西　行　学　会
（代表委員　山口眞琴）
〒673—1494 兵庫県加東市下久米942—1
兵庫教育大学　山口眞琴研究室内
saigyoujimukyoku@gmail.com
発　売　笠　間　書　院
〒101—0064 東京都千代田神田猿楽町
二—二—三　ＮＳビル内
tel 〇三—三二九五—一三三一
fax 〇三—三二九四—〇九九六